U0122739

半日浮生

《半日浮生》吳正散文隨筆集，是一段心靈的療癒旅程。透過作者獨特的觀點和細膩的筆觸，讀者將被帶入充滿思想與感動的世界。從戰爭的殘酷現實到家庭的溫暖回憶，從對自然的感悟到對文學的反思，書中散發着深邃的哲思和動人的情感。這本書不僅喚起對愛與和平的渴望，更引領讀者重新思考人生的意義和價值。在繁忙的現代生活中，《半日浮生》將成為您心靈的慰藉，讓您重新連結內心，找到生活的平安與寧靜。

——編者按

目錄

Part Two

半日憂惱半日閑

——《半日浮生》序言三

過一不過二，過二不過三，看來我的這篇序言真還是非寫不可的了——諺語之說往往蘊藏着某種古老而又神秘的智慧，叫你不服也不行。

其實，寫此新序並不止於過一過二過三之說，它真還有其相當之必要性的：其一，書名之更換。舊版之書名《浮生三輯》，竊念於晚清散文家沈復的《浮生六記》；而新書名《半日浮生》，則取材於唐人李涉的詩句「偷得浮生半日閑」。Actually，當時我也曾在書名究竟該叫《浮生半日》呢，還是《半日浮生》間有過徘徊；前者似乎更貼近原文，是基於詩人立點發出的一種感慨。後者則換位去了讀者的那一邊，意蘊：親愛的讀者，若真能偷得浮生半日之閒暇，您是否有此雅興坐定，靜下心來，翻頁此書，聊目幾行，看看能否與閣下產生幾許心靈的共鳴？我當然是希望能有的，故，決定採用了後邊的那個書名。

第二點是此版書中又增添了二零一五年上海人民出版社問世版之後更寫就的若干新篇，故，篇幅稍有擴容，從二十三萬字增量到了二十八萬。其三，才是最重要的那一點：較之前者，此版自有其 fundamental difference。從一九八五到二零一七年的三十餘年中，我作品的簡體文本，在中國大陸的各大出版社，陸續

序言

出版有三十來種，算起來，應該也是個老作家了。但這一次不同：因為它是繁體版。每回當我拿到新書時，我都會喜不能禁，愛不釋手，從心底裡輻射出一種隔世的親切感來。望着那一豎行一豎行繁體字形在眼底下展開，那種質感，那種厚度，那種聲蘊並茂的景深度，讓我懷疑自己莫非前世也是個寫書人？清末民初，或明末清初，這些熟悉的字形應該都曾從我的硯面筆端落墨在了宣紙上過的。我於是再拿出簡體書版來作一對比，其感覺竟然變得如是的 eerier ：就像個在大都市打工了十多年的農民工，雖然未曾一一經驗經歷過，但也算是個開了眼界之人。如今經濟蕭條了，失業了，不得不提着行李鋪蓋又回到了鄉鎮的老家：窄巷、陋街、板房，什麼都是熟悉的，但什麼也都變為了陌生，心中遂升起了一種凄涼的茫然感來。我審視着自己連篇的無有邊際的遐想，不禁兀然笑了。

說及這部《半日浮生》（舊名《浮生三輯》），十五年前在上海人民出版社出書後的一段往事，便油然浮上了心來。其實我想，值此再序的機會，也不妨說一說這隻「虛構非虛構」的故事，其情節並不複雜然也不失曲折；最重要的是，它很生動，反映了當今中國文壇的人文生態，也折射出了我，這麼一個求文者，這一路走來艱難、心酸與跌宕，現實以及夢幻，入世或者出世，反正，也算是圍繞着此書簡繁體版問世之前前後後趣事的一段擇優而敘吧。話說二零一六年（還是二零一七年？）春夏之交，也就是我的這本《浮生三輯》問世後約莫年餘，我接到了居住於澳洲悉尼的夏女士發給我的一條短訊，短訊內附有一則徵集書稿以資評獎的通知。通知說，書稿只要是以華語創作的，並是於近些年來在正規出版社出版的散文集都符合條件，而作者之對象則是面向海內外所有的華人作家。

夏女士是我的表妹，從小就玩在了一起，兄妹感情甚篤。她的正職是在悉尼的一所官辦的語言學校裏，教新移民和欲赴華者英中文，業餘愛好則是文學創作。她是澳華文化活動的積極參與者和推廣者，也是「惠友讀書會」澳洲分會的會長（其會總部是設在北京或是新加坡則不甚清楚。），她創作的文學作品也常見諸華文報刊。而她，也是我的那次二零一九年在悉尼召開的作品研討會的主要發起人和組織者。那時節，因這次活動的需要，我已把我在中國大陸出版的幾乎所有的作品集（其中當然包括了這本《浮生三輯》）都寄給了她，以方便她分發給各位籌組人員先行準備。好巧不巧，接獲徵稿通知的那幾日，夏表妹剛讀完那本《浮生三輯》，印象還很鮮活，深刻。她於是便建議我把「浮」集寄去評委，她在電話線那頭斬釘截鐵地同我講：「此書必能拿到三毛散文獎無疑！」我笑答曰，什麼三毛四毛的，到頭來，不要又弄了個「一地雞毛」！

我說此話是有原因的，我的不少作品：長中篇小說、散文隨筆、詩歌、文藝理論，都分別由全國各大出版社送報過若干個中國國家獎。據說，在評委群間，人氣也挺旺盛，評價亦很高，但不知咋的，總是在臨門一腳前，被吹哨叫停。我說，國家大獎尚且如此，那種地方獎，不送也罷。我還打哈哈說，五十萬大獎都已泡湯了，還在乎那五萬麼？但對方堅持，說，絕對是本好的散文隨筆集子，還用了個英文單辭叫「sophisticated」來形容它。我說，那書出版也有一兩年了，我這裡自購的一百冊書，送人的送人，寄出的寄出，所剩也已無多，我還需作保存備考之用呢——那通知不是說參與者須寄九本樣書的嗎？夏女士道，這些您就別管啦，由我們惠友讀書會和澳洲文聯方面出面推薦——您不還是我們澳華文聯的名譽顧問？至於九本書的事，那也好辦，我們可以在「孔夫子舊書網」上搜索，九冊書也不算多，湊齊了，我們直接從悉尼寄去評委，不就結了？又說，吳正哥，您也不要太敏感了，拿國家獎畢竟是件大事，每四年才一次，哪有競爭不激烈的道理？能主動參與國家舉辦的各種文學活動總是件好事；再說了，推薦作家與作品也是我們這個讀書會的辦會宗旨之一——她從來是根愛國鐵杆；又生性敦厚，天真，對於人性的陰暗面，寧可信其無，不願信其有。

我這一聽，便犯了傻。要澳洲人去國內淘舊書，郵去澳洲，湊齊了，再寄回到中國浙江來，如此大費周章，何以使得？我說，那就不麻煩你了，我自己來辦吧。看看這次的「雞毛」能否飛上天？

此事於是便如此定了。既然定了，我便生多了一個心眼。聽說，我在滬上文壇碩果僅剩的一位好友，剛從上海文藝社退下來的陳先法兄也是該獎項的評委之一，我便請他出來，喝了回咖啡。我告訴了他那書送「三毛獎」的事。他說，那好啊——此書在上海人民出版社出版，不也是我推薦的嗎？以此書的品質，獲獎的機率很高，送一下是值得的。但我說，據聞是當地的一位企業家贊助了幾十萬來搞此項活動的？他說，是。我先有些遲疑，但最後還是把話說了出來。企業家贊助？不會是要他的「小三」上位，弄些人去「陪綁沙場」的吧？——如今的中國大陸不是很興這一套嗎？他聽罷，一臉嚴肅，道，嗨！吳老兄，你真是一朝被蛇咬，十年怕井繩啊。不會的，那企業家我見過，人很正派的，他完全是因為當地出了三毛這麼個大作家很以為傲，很想光揚光揚，宣傳一下當地的文化質素罷了——再說了，不還有宣傳部門把關麼？又說，這回，他是歸屬於初評委那攤的，你老兄既然送了，他也會留意一下的，云云。

一晃半年多，我已差不多把這事全都給忘了，直到有一回在街上遇到先法兄，遂問，你從舟山（位於浙江省）回來了？答應曰，是啊——早回來了。他朝我尷尬地笑了笑，沒再接下文。我當然明白是怎麼回事了：雞毛沒能飛上天，箇中原因，倒不是贊助人的「小三」要上位，而是我這個「異類小四」必須下位。

而下面的部分，便進入了「虛構非虛構」的環節了。

故事還要追溯回到半年前，我的那本《浮生三輯》以高票通過初評——一如我的所有送報國家獎的作品集的情形相類似。第二日就要在媒體上公佈初評結果了，但舟山宣傳部收到了一隻華東區某一線大城市宣傳部門（抑或宣傳部門屬下 xx 協會）打來的電話，並指名要找宣傳部長本人來接電話。宣傳部長來了，也接上話了。對方說，她（或他）是該部門的一位工作人員，領導要她（他）打電話來問一問，你們那「三毛」初選結果中有沒有一個叫「吳正」的作家？答曰，有啊。人氣還挺高的呢，作品一致被看好。但對方說，領導關照是否將他的名字撤下來？還請你方斟酌一下……

「哦……」

序言

「至於原因麼，我也不清楚，因為領導沒說。」

舟山宣傳部長马上「拎清」。答曰，好吧，我明白了。我這就去把新聞稿先撤了，換個其他的人名上去——後來證明，那個換上去的所謂「其他人」，是一位澳門的女散文家。其實，這種「座山雕」殿上的「天王蓋地虎，寶塔鎮河妖」「怎麼臉紅啦？精神煥發！怎麼又黄啦？防冷塗的蠟！」一類的官場加密語，圈內人，何個不通曉？領導沒說，不就等於說了？還需公仔畫出腸嗎？通過「文革」互揭互鬥，隨後又來了個「全面平反，官復原職」的運動連接運動，還有哪位領導不學乖，不學精，不學得更「雞賊」，更進退有據，萬事留有餘地了？而一個民族的質素土壤也就是在這一波又一波的經驗與超驗之中得以改造的。

就此一事，我真還意猶未盡，想囉嗦多幾句。「我」不妨試着從第三者的角度，為他們甲乙雙方各自換位思考一下。先說乙方（舟山）。心中自然明白：所謂「沒說」，即不便說。但有一點可以肯定：It is nothing to do with 政治或作品本身的文學品質問題，而應該是領導（們）的那些擺不上枱面來的私人糾結。因為，若是文學品質，通過這麼多位評判高手專業眼光的過濾，哪還有看走漏眼的？而假如是前者（即，政治上的偏軌），更不可能。因書是國內一級出版社出版的，歷經三審把關，如真有什麼瑕疵或火沫星子，也一早給剔除和掐滅了。然而如今，既然有人打招呼，此面子如何可以不賣？往後的日子還長着呢，萬一下一回，輪到我們有求於他們時呢？——要知道：人家可是一線的國內國際的大都市啊。再說了，吳正此人又非何方神聖，我們大家都不認識他，也沒聽說過，除他個名，又有何相干？

再說甲方（即：所謂「一線大都市」的那些官人們）。這事雖小，自然不能與國家級的獎項來作比擬。但，畢竟也是個獎，一旦獲取，會上報上電視台的，此乃與我等全面封殺吳某人的宗旨有悖。Anyway，還是老戰略：先靜而觀之，對於事件的發展加以追蹤即可。若能自然淘汰的最好，我等也不必興師動眾，從而過早暴露了「火力點」。若到了實非無奈時，再露頭出水面來冒他一冒，不怕對方不心領神會。北京方面都能擺平，豈談一個小小的舟山地區？

說了甲乙雙方，應添上一段第三者（即作為觀察者的所謂「我」）說，才算是有了個因由緣起的完整性。按理說，以某大都市的宣傳部門（或其屬下的「某協」「某某協」「某某某協」一類的有關機構）的立場和職責出發，對滬地飽含有深情的任何藝術作品，作家和藝術家，他們都應該加以鼓勵和推薦的，此舉對於這座國際都市的歷史脈絡之追尋，和當下形象的展示都不無益處。這批不請自來的，散落於域外的，有着濃厚故鄉情結的海派遊子們及其後裔，既不需要受薪，又不會來爭搶與分享體制內人員的官位、職稱和福利的 volunteer(義務勞動者），市府管理部門理應展開雙臂，納入懷中，縱情歡迎才對，但不是的。因為所謂「部門」也是由人組成的麼，比如 xx 市作協是由 xx 市的作家群落組成，xx 市美協由 xx 市的畫家們所組成的那般。只要影響了個人的私利（不管是有形的還是無形的，物質的還是心理的）我才不管你哪門子宣傳部門職責和方略啥的，我這個當主任，當主席，當主編，當理事，當文化名人的

序言

心理糾結，又如何來解開？嗨，麻煩是在於：誰讓你那個叫「吳某人」作家的創作素材、生活環境和年代恰好都卡在了這同一排擋之中的呢？於是，妒嫉之車便立馬提速了。妒嫉：嫉才、嫉財、嫉識（注意：此「識」非那「色」——雖然發音很相似——我一個髮白面皺、年過古稀的老翁，除了「暮色」，云何他色可言耶？——一笑！）這裡的「識」，是指每個人知識結構的迥異。

於是，一切便恰如其分地佈局出了上述的那一幕戲，能最終得以順利演出的種種必要的舞台背景之元素。其實，我想在這裡開解諸位仁兄心結那句話是：今後的吳某人非但不會參與國內的任何評獎活動，甚至連出簡體書版的可能性也變得很小了——除非特殊情勢。故，那些「火力點」永不再會有暴露之虞了。我看最好儘早撤點走人，省事省心，於人於己，也算是件功德事。

請別問我，我的這故事是何從聽說的？或，你將它說得如此繪聲繪色，你有證據嗎？我說，沒有，也不需要有。首先：有所為，便有所知。正如民諺所云：若要人不知，除非己莫為。其次，我是在搞文學創作，非出庭呈供，又何止於此？——都說了「虛構非虛構」麼。但，至少有一點是可以肯定的：修行人不打誑語，我是絕不會自毀武功的。況且還在舟山，觀世音菩薩的道場，我夠膽造次？再者，這不是在給書寫新序嗎？書將流向世界，留給後代，落筆千鈞哪，我又豈能？！我又豈敢？！

當然，若有仍存疑惑者，也有興趣的話，不妨且當旅遊，做下義工，抽空去有關部門（包括舟山，還有那座一線城市的）一一排查。好在時間沒過幾年，想必當事人（無論是當官的還是評委們）還都在位——

至少在世——之後，再看看我之故事的虛虛實實究竟各佔幾成？我又是如何將它們編織成文的？而這，又合不合乎我那「虛構非虛構」的創作理念？其實，還說漏了一點，而且還是最畫龍點睛之點：君不聞，貴為一大國的李中堂克強大人在其卸任兩屆總理之際，前往國務院各部委向老同事們告別。在他的那段即興演辭中，他說了那句話：人在幹，天在看——蒼天有眼哪！然而他卻未作出進一步的詮釋：何為幹？何為看？云何「有眼」？於我，一個平頭小百姓，理當敬而效之，又何必言之鑿鑿，給聽眾（讀者）留些想像的空間不好嗎？

說說，說說，又不免要扯到我在別文中提到的那個報名參加「特種兵訓練營」的比喻了。就有那麼一次，當我匍匐前進在一片高壓電網下時，就見到那位人高馬大的黑人教官突然出現在了我的眼前，他用橡膠包捆着的一根粗木棍向我的頭顱猛擊過來（橡皮木棍絕緣），我一陣疼痛，頭昏目眩，倏然耷拉下頭去，連匍匐前進的動作也下意識地中止了。但我聽到那個黑人在厲聲高喊道：「Go on! Go on! m...!——」我只得忍着劇疼，強打起體力與精神，繼續那個左一移右一挪的爬行動作，那一棍子，就是那一棍子啊！二十年後的俄烏戰場上，那瞬間，當我聽着子彈貼着我的頭皮「啾！啾！」地飛過時，我明白，只要我的頭顱抬高半英寸，我的腦袋就會被俄國人的子彈擊得粉碎！那位黑膚色的恩師教官——豈止恩師，簡直就是我的救命恩人！鑒於此，我衷心地感謝那位「工作人員」及其背後的領導（們），我吳某人滿懷真誠地向你們諸位深深一鞠躬，為了你們如此讓我消業障，如此的在人生舞台上，與我天衣無縫配合，各自演好了各自的生命角色。我說的是大實話，何以故？因為拿獎與獎金都是在耗福報，而 delete them all 才是消業障。我問你將如何取捨？其他人我不敢說，但我知道，修行人的選擇必定會是後者。唯當事人迷哪！恰似那位曾讓我恨得牙根癢癢的黑人教官，我等凡胎俗輩又哪能預測到二十年後的某個生命場景？

其實，那隻「三毛獎」的故事還是有一段下文的。一年之後，我去杭州參加好友夏烈老弟張羅舉辦的一次文學活動。經互相介紹，我認識了來賓中的那位漂亮的來自浙江舟山的女宣傳部長。說她長得漂亮，一點不為過：她膚質白皙，身材苗條，嬌小玲瓏，讓人見一面，便印象深刻。後來，主賓雙方又在窗外景色如畫的「樓外樓」包廂舉辦了一場宴會。席間，我因要方便一下，便離席推門，踏上了那條鋪着柔軟地毯的長長走廊。沒走幾步，就見到那位美女部長正迎面向我走來。走廊上空寂無一人，就我們倆，無從回避，只得相向而行。漸行漸近時，她向我莞爾一笑（笑容中似乎藏着了一絲不自然），而我，亦以微笑狀作答。就當兩人擦肩而過時，一切便盡在不言中了。人說，狗尾續貂；我這是狗身續上了一截貂尾啊。而這，便是這隻說起來和聽上去，總有那麼點兒醜陋的故事的美麗結局。補上，以求全之。

再換個主題聊幾句吧，此序寫得也夠長了——權當是圍繞此書簡繁版面世前後的一段往事之回首吧，若此，也不至於算是太離題了。

念及當年在上海人民出版社初版此部書稿時，余曾不勝唏噓說是自己六十七年的人生怎麼就倏然閃過，已近古稀了呢？然而，待到如今，繁體版面世時，已是二零二三年中，我七十五歲了。都說人生如白駒過隙，近百年的工夫就像流星划過天際，瞬間消逝。其實，在壽命幾萬、幾十萬，乃至幾百萬歲的天人看來，我們那所謂「長長的一生」也就是他們日曆上的「半日」而已，（故，《半日浮生》，是也！）就好比我們在觀察水中的浮游生物，born in the morning and dying in the evening 那般的可憐哪！

然而，人生畢竟還是很有意義的，尤其是降生來到了這個娑婆世界的人生。它讓你有機會聽聞佛法，有機會自我修行，了脫生死。這些年來，世道極不太平，遂讓互聯網上的預言題材大行其道，從十六世紀的諾查丹瑪斯到今日裡的印度神童阿南德，從中國古代的《推背圖》到遍佈五大洲四大洋的英國的派克，美國的珍妮，墨西哥的某某，阿根廷的某某某。其實，所謂預言（prophecy）皆是神之代言人，即先知們（prophets）眼望着天邊的一段喃喃自語。若真有，那也是一段神性的邏輯推理（Sacred Reasoning）而非世俗的（Secular Reasoning）。但無論如何，預言絕非是鐵定的，預言仍是可以改變的（及此，順便向讀者推薦一本叫「了凡四訓」的書——「了凡」即「改命」——想必一定開券有益）。何以故？因為人性即佛性，最高的神性；只要你——以往的許多高僧大德都已親證過——淨念相繼，行善處處，人類的定業是能得以改變的。唯所謂修行，並不是專指我們常在武俠片中常見到的那個鶴髮童顏、銀鬚飄飄的高人，在山洞中面對着一炷清香的坐禪——這當然也不失為其中之一種——更多時，是我們在這紅塵世間的自我磨練，所謂「反聞聞自性」，如此不斷地反聞反問反詰反思反省，其後，便會有了入佛知見的可行道顯前

序言

之一刻了。而依報（世間境緣）便也會隨着正報（汝之自性）轉趨光明和美好了。

故，依吾愚見，所有預言皆可休矣！結論很明確也很簡單：假如人類一直任其惡習發展下去，仇恨、不平、妒嫉、貪婪，末日之戰遲早會降臨，因為你已將靈魂出賣給了魔鬼。而假如個個人人都能侍奉正教，從善如流，災難則一定是可以避免的。別天天眼巴巴盼着哪天基督耶穌下凡來救贖罪惡深重的我們，我們，原是可以自救的！道理很簡單，還是前面說過的那句話，自性即佛性，而哪有佛性戰勝不了魔性的？

癸卯仲夏 2023 年 6 月 30 日
於香江 Tanner Hill 寓所

Part One

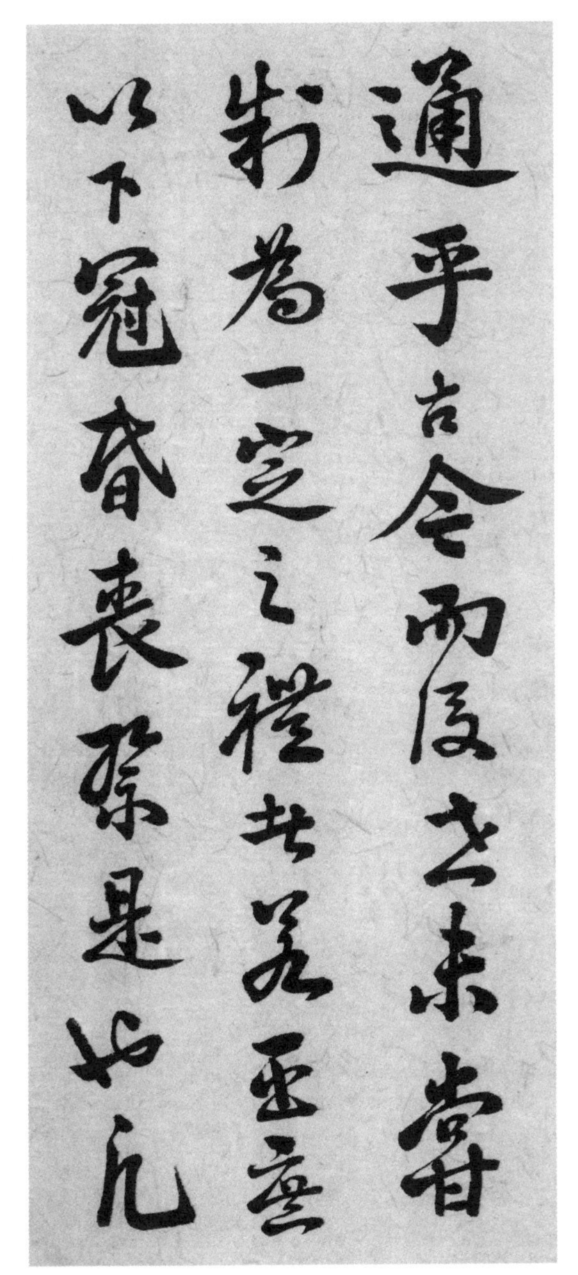

吳頌義章草書文獻通考自序選

作者祖父章草墨跡

人類用燈光來征服黑暗
上帝用滿月

吳正

戰爭與和平

到家已經是九點了，疲乏和頹廢征服了我。而暴跌的股市令思想慣性地轉向那個已不再有價值的念頭：假如我在昨天都將它們賣出了，那又有多好哇！

親人們對我永遠最理解，整局晚飯桌上沒有笑語。太太說：「孩子測驗得了個滿分。」我沒吭氣。母親說：「多喝一碗烏魚湯，今晚煲得特好。」我不做聲。兩個孩子更作乖，由始至終，竟沒有一句爭食的吵鬧。

十點正，電視照例打開，宏博而悲壯的音樂之後，映出了幾個斷鋸型的字體：第二次世界大戰實錄。大家一樣無語地觀看：母親怎樣祝福兒子，妻子怎樣吻別丈夫；戰壕裡，士兵怎樣掏出那幀家鄉和親人的相片，凝視着，然後插刺衝鋒；戰俘營裡，單衣的戰俘又怎樣在萬里外的西伯利亞雪原悄然僵斃。殘酷，進行着，人類只是無法自拔……

當悲壯之樂再起，大家才從歷史的恍然中回進現實。是上牀的時間了，但誰也不想動彈。我突然用一條臂抱住了兩個女兒，另一條則摟緊了妻子，母親坐在我們對面，她說：「那年八．一三，在上海，我抱着你已不在人世的大哥逃進租界，日機『噠噠噠』地在後面追趕，不知道哪一粒子彈會輪到我們。」太太說：「其實，只有在沒有戰爭的日子裡，才會有股票那麼一種刺激。」我環望着她們，一個接一個，口裡沒有，心裡在說：「世界需要和平，我需要的，只是你們……」

1989年12月24日

聖誕前夜

Part One

牀邊童話

習慣在母親柔言細語的講故事聲中，想像着王子、仙女、月宮、天河以及種種朦朧而一步步地邁入夢境，是多數有着幸福童年的孩子所共有的經驗。

我，也不例外。

其實，故事也無外乎老就是那麼幾隻的重復又重復，滾瓜爛熟到有時母親張冠李戴了，我還能立即加以撥正：「不，媽媽，仙女還沒摘桃呢，第一次摘的是葡萄。」

「噢，是的，是葡萄，乖孩子，快閉眼睛。」於是我便安心地合上眼，而下一個人生鏡頭已是滿屋金色的晨光，母親正笑吟吟地站在牀邊，準備替我穿衣了。

但偏有那麼一次，母親直到該我上牀的時間仍未歸家。父親坐在熊熊的壁爐前，讀着一冊書陪我睡。

沒有故事、仙女以及葡萄。

而缺乏了這些美麗想像的陪伴，不知怎麼的，入睡便成了一種不再可能。不知過了多久，只覺得有一隻手隔着「窸窣」作響的被窩拍拍我的肩：「睡不着麼？」

我從被窩中探出熱乎乎的臉蛋：「嗯，爸爸，我想聽故事……」

「但爸爸不會講故事，」停了一會，他走到面對我小牀的落地長窗前，拉開了垂簾，「這兒有一隻故事，一隻現實的故事，」他望着我的眼睛，「你能從中想像些什麼出來嗎？」

窗外是一派典型的上海寒冬的景象：昏暗的路燈斜照着法國梧桐枯禿了的枝丫，西北風中，一些行人正緊裹大衣與圍巾頂風而行。我想：他們正趕回家去吧？就像現在的媽媽……下意識地，我復將頭臂龜縮回暖烘烘的被窩中去，心中充滿了一種莫明的安全感：這裡，正是全世界最溫暖的地方呢。

我慢慢地閉上了眼睛，並很快入睡了。在那一夜的夢中，我已長大成人，臨出門前，母親把一件大衣披在我身上，說：「外面冷……」而父親卻將一柄寶劍交到我手中，說：「備着它吧，孩子，世界上除了公主與仙女外，還有惡魔。」

1990年元月13日

離港赴滬前夕

Part One

青石板下的春天

上世紀九十年代的第一個陽春，我結伴上海詩人黎老同遊西湖。一個詩的季節，一個詩的地點，一個詩的遊伴，我們選坐在廢棄於湖畔的一方大青石碑上，望着陽光下粼粼的湖面出神。碧草已深，遮住了我們的腳踝。石碑是一方古代的遺物，彎曲的篆刻傳遞着某類遙遠的訊息。

「還是起身走走吧！再說，也不要壓死了石板下的春天。」

我驀地被一種莫明的內疚刺痛：「是的，壓死新生的，除了青石板，就千萬不能包括我倆！」當我們沿着湖岸，外套搭在臂間，開始信步之前，我向青石碑扔去了最後的一瞥：我們的文化就如同我們的歷史一樣地悠長啊。

那次漫步我們談了很多，談社會、談人生、談文壇、談詩歌，談及很遠很遠的過去以及未來。

入夜了，黎老已呼呼入夢，我仍失眠。推開賓館臨湖的窗頁，夜正深黑。在這冬蟲早已死絕、夏蟬還未誕生的季節，只有醉跌進湖水中的星星在靜靜地閃爍。不知怎麼地，我老抛不開對於那方青石板以及石板下萌動的、絲絲掙扎着的生命的牽掛。

春，正向她的深處走去……

1990 年 3 月

月光

月光，是在陽光的男性消耗、疲憊、淡暈、隐沒之後的那種女性的露面：温柔、病態、默默且醫治創傷，如一帖帶薄荷鎮痛劑的膏藥。

曝曬了一天的丘崗的肌肉，此刻正赤裸在她凉凉的舐吻中。萬雀寂靜，千株肅立，唯她流動；天空黝黑，大地黝黑，唯她乳白；凡喉俱瘖，凡眼皆合，唯她辛勤；上帝沉思，歷史斷章，唯她持續；山入夢，水入夢，人入夢，唯她清醒。月光是一種反其道而行之、永遠試圖以其蒼白的振臂，訴說某些真理之外的更真理，諸如：美的涵意，靜的本質，夜的企圖，死的另一度境界，以及空虛的被填充原來是由另一類更廣博更無限的空虛，等等，等等。

故此，處身於月光中的最佳動作便是：托腮沉思、或在窗前或在銀海孤嶼般的露台上；而貝多芬的《月光曲》和蕭邦的《夜曲》只是一種心的無聲的奏鳴，就連一句溜滑於唇間的無意洩露也不允許……偶爾，也會有寫日記、譜曲、吟詩一類的衝動，那也最好克制，或讓它成為一種凝視着筆尖的久久不肯落筆。而至於在小樹林裡或海灘上，互視互飲着對方眼神的情侶們，最多也容許一聲若有若無的幽幽的嘆息，動情還是勾魂，反正語言是絕對多餘的，就更談不上什麼山盟海誓之類。

Part One

億萬年的投影，千古的斑記，永恆的反省，月光便是；最單純的音樂，最原始的繪色，僅一字的詩句，那是：虛。

1990年9月

鋼琴

它站着，烏黑，沉默而笨重，你能否理解它有一顆靈魂？如水似月，當纖纖的指尖在鍵面上掠過，一點即碎；或如電似雷，當重重的力量在其心窩間捶下，撕心肺而不裂。

那天，當秋雁在落日的天邊望斷，再之後又很久，很久，你的魂魄早已被一縷潺潺的幽訴勾住，若即若離，時隐時現。你忽然覺得有些涼了，雙手抱住了肩頭，看一片枯葉從枝頭黯然飄下。而街對岸的那扇仍沒有着燈的窗頁半開，你只能想像在牆上正放映着的一襲巨大的身影，掀背俯腰地向着一排貝齒投入地剖白，你能說些什麼呢？除了輕輕地向自己嘆出口氣來：「哦——這是鋼琴……」

又一回，皓月當空，現實慘白，且紋絲不動如佈景，而你正獨自徘徊在一處佈局井然的庭院裡。雕像、露台、噴泉、台階，而樹影婆娑，如揉碎的夢境。突然，你被一連串激蹄般行進着的音符鈎住，恰似猛然游進了激流中去的，一尾絕望了的魚……你覺得中世紀不就在昨天？你感到人生再大的衝動也無非是那種向着高音區域的，琶音式消失的音符吶喊。你又能說些什麼呢？除了張開雙臂，朝着絕對空虛的天空呼喚道：「啊——這是鋼琴！」

但當它站着，烏黑、沉默而笨重，你會否因此開始思索起所謂靈魂棲息的種種方式：飄蕩？依附？寄居？還是感觸的精蟲，往往會在意想不及的一刻，令你精神受孕的某種可能？

1990年9月2日

眼鏡

當目光不再聚焦的時候，人類便發明了它。

在上帝賦於人類的諸多的恩賜物中，雙眸應是最珍貴的一件了。除了色彩的拼調、影像的圖配外，還有善惡的識別，真偽的鑒定，而更重要的是那兩扇靈魂之窗的打開、下簾、掌燈和反射熠熠星光的種種傳說。

Part One

躲在鏡片背後的智慧的眼、思索的眼、火辣的眼、利劍的眼、淫恥的眼、虛偽的眼、勢利的眼、詭計多端的眼……眼鏡，都是第一線的接近者。它伸出兩條長臂去攀住了臉崖峭壁上的兩幅天然屏障，為了使自己永遠不至於在各式目光的直逼下而退縮。因為它必須清醒自己的使命：對於佩戴者，世界，哪怕再廣大，都是透過它的一種徹底被涵蓋；而對於世界，佩戴者的雙眼，哪怕再個案化，也只可能是經過它的一種，在同一標準線上的，洞察力的校正。而那拱橋洞，架鼻樑而過，架中界而過，架意識之復疊而過，遂將兩束分散的觀察，各以為是的判斷，民主集中成了同一種的行動指南，左右互補，不偏不斜。

然而，世界有時也會模糊，當它從太熱切的幻想突然進入到涼氣襲面的現實中，或當成就與幸運的蒸汽將它透明的大腦皮層沖昏時。有時，生活也會斑漬點點而不再清晰，那是因為太多時空的污垢蒙蔽了它的本來面目。記住，最佳，也是最通常的方法，無非是將它摘下，再呵上一口反省的內涵，擦拭，便是讓它恢復透視功能的唯一步驟了。

唯在夢境中，目光遵循的又是另一套聚焦理論，因此當睡眠，我們便將它摘下，讓它捲腿收臂地勞息在了黑暗中的牀頭櫃上……

1990年9月4日

遊戲的規則

凡遊戲，都有規則，人生那一場的是：無論輸贏，只可回首，不容反悔。只有一種選擇去完成一種搭配；一種特定去製造一種染色體的當然組合。走一條道路，循一延軌跡，繼續一個方向，為了到達一處不想到達都一定要到達，也一定會到達的，談不上是什麼的，人生目標。因此，每個生命的十字路口，都徘徊着眾多的彷徨者；而其實，彷不彷徨都一樣，哪一條道不同樣地佈滿荊棘？

有時，走在大街上，千百個旁行者中的某一個向你睨上一眼，隨即轉入了一條橫巷，猶若流星滑向天邊，水滴溢出人海，他，遂隐沒成了一段永恆的不知下文。

有時抬頭，在夜色深濃的都市，萬千亮燈的窗洞向你啟示：無數筋疲力盡的跋涉者，恰巧今晚，都在這裡匯合，而明早，又將各奔各程。

有時偶經叩門者與啟門者恰好於那一刻在淚水中擁抱的，他人的門前，你會困惑：究竟，他們的道前與路後，連貫着一個怎麼樣的故事？曲折着一段怎麼樣的情節？而淚，為什麼就一定要是朝着對方永遠也見不到的背上滴下？至於擁抱，到底算不算是肉搏人生沙場後的一種情感補償，還是動作慣性？

Part One

在我們這個生之世界，每個人，都是一個例外，而無數例外，構成一局從無例外。每段命運，都是一種特殊，而億點特殊均勻為一片平等。每起邂逅，都是一次意外，而萬千意外描繪出一軌必然。因此人，是不適宜去想往他人之種種的，這是兩個不同的命運層面，互滲之不可能，猶若時光的無法倒流一樣。你是這一座，他是那一座，永不能移動的青山，卻總是你看他，他看你，更高。

這便是人生：無數不可忍受，但總要，也終會被忍受的人生；無數不可思議，但必須，也必能自圓其說的人生；無數悔恨，無數內疚，無數不如意，無數不知所措，因而只有順其自然的人生；猜無數個謎，卻亮出的只有一張牌底的人生；設無數條假如，卻歸於同一結論的人生；作無數隻美或惡之夢，醒來，仍發現睡在同一張牀上的人生。

1991年6月30日

於香港

少女的祈禱

一生中，人有過無數個第一次。在記憶的天秤上，第一次的珍貴往往重於今後無數次重複的總和，這是因為第一次在腦膜上刻下的記憶，以及聯想總是最深刻、最頑固、最無法改弦易轍，因而便也具有了最權威的引導性、暗示性。人有初戀、初吻、禁果的初嘗，而我最難以忘懷的第一次卻是一曲鋼琴的旋律，在一片上海寒冬之晚的背景上定格成了一幅永恆的畫面。

1967年底。我，正處於迷醉音樂的年歲上；而社會，又正喪魂落魄在一個瘋狂漩渦的中心。學校停課了，始終逍遙於政治運動之外的我，只能將一日近十小時的青春能量全都燃耗在了小提琴的練習中，而讓自己近乎錯覺地沉湎在巴赫、莫扎特、貝多芬那些神話般的名字和神話般的旋律之中。為了防止琴聲外洩而招來紅袖章們的倒眉怒顏，我的妙法是將一團碎布塞進琴肚裡，於是琴弦便發出了一種只有拉奏者才能分辨得清的低吟之聲，嚶嚶切切地在耳畔歌唱着中世紀，歌唱着陽光煦麗、月光溫柔的另一度時空。

一日，我的提琴老師興奮而至，並告訴我說，他已為我找到了一位鋼琴伴奏。「而且，」他說，「這是一位與你年齡相若的少女。」這無疑是一個令我怦然心跳，繼而更浮想聯翩的消息，但使我好奇的仍是：在這翻江倒海的世道中，哪裡竟還能安穩地下一座象徵「資產階級」的樂器——鋼琴？

不管怎麼說，為了讓自己的耳朵能適應正常的提琴音色，我便着手將琴肚裡的碎布取出來，並壯大了膽子地準備了幾首小品，靜靜地盼候着那個美麗機會的來臨。

這是一個上海所常見的朔風革面的寒夜，我們抱着琴，走進了一條上海傳統式的弄堂。路燈昏黃，月色凄涼，沒有維也納的露台，沒有野薔薇裝飾的百葉窗，沒有吉他，沒有情歌。一扇「石庫門」住宅的黑門打開了，穿過一片狼藉的天井和簡樸的客堂，我們登上了一條嘰咋作響的窄梯。但，就在此時，一溜串向高音區激蹄而進的清澄音符忽然從扶梯轉彎處流出來，流下梯級，直透我們的心臟，我們拾級而上的腳步嘎然而止了。「少女的祈禱！——」幽暗中我能見到提琴教師的眸子在閃亮，「這是這首曲子的曲名——唉，多久沒聽了，遠久得就像在前一世的人生哪！」

真相，是在我們進入房內，並與彈奏者交談之後才逐步瞭解到的。這是一間七、八平方米見寬的亭子間，傢具除了兩張單人的鋼絲牀，幾把折椅，就要算是那座顯眼的，幾乎佔據了一半空間的舊式壁琴。而琴上方的牆上，除了幾條「語錄」外，還有一幅毛主席與其親密戰友在研究文稿時神情專注的宣傳海報——沒有雕塑，沒有燭台，沒有油畫，更沒有熊熊着詩意的壁爐。而彈奏者也遠不是身着拖地白紗裙的貴族少女，飄逸動人，她只是一位近於發育不良的矮小蒼白的女孩，令人印象深刻的是她那對憂鬱的眼神和沉思的表情。

「爸爸媽媽都隔離了，正房和傢具也都貼上了封條，只留下姐姐、我、每月三十元的生活費以及這方亭子間。」在互相熟絡了一會之後，她說，並用眼睛幽幽地望着我們，「什麼都不重要，什麼都能克服，只盼能給回我們這架琴……說是妄想吧，但我說，哪裡也都會有好人，而那位工宣隊指導員就是其中的一個，他只說了句：『彈起來要小心些』便同意了我這項大膽的懇求。於是，琴蓋上的那張封條就拆除了。」她將坐在琴凳上的身體側轉過去，一提手，一串向高音區遞進的琶音便濕漉漉地隨勢而出了。「少女的祈禱，我愛這首曲，尤其是在這樣的季節，這樣的深夜，彈到它，就會聯想起幼年時，爸爸如何手把手地教我們彈琴的種種細節——嗨！少女的祈禱呀少女的祈禱，這就算是我們姐妹倆共同的祈禱吧，祈禱父母能早些回家，祈禱冬天快過，春天快來，祈禱昨天的歡笑又能重新在這間亭子間裡升起，祈禱……」她轉回臉來，眨一眨眼，兩顆豆粒大的淚珠便溢眶而出了。

「伴奏譜帶來了嗎？」停了一會兒，她才說，並用手指了一指我的提琴。這才令我們記起了此行的目的，但我與老師兩人面面相覷，顯然，我們原先的打算都已不約而同地修正了。「還是讓我們聽你彈琴吧——就彈『少女的祈禱』，」我說，「這比伴奏或許更有意思。」

「是麼？」一絲淡然的微笑自她臉上掠過，但沒有反對，因為就在下一刻，她已轉回身去，開始了彈奏。

癡癡醉醉地，當我傾聽着這人類最純潔的旋律在這世紀最混濁的中心升起，並在這寒冬的夜空中開始傳蕩，我突然覺得一切都淨化了，至少在這八米見方的亭子間中，世界變得溫馨、善良，充滿了美的祝願和愛的理解。

二十多年過去了。那麼個春末夜，中年的我正置身在南國一處繁華的島上，在半山區的一座豪宅的某個單元的寬暢客廳間。一切都已徹底改變：觀念、容貌、環境以及人生坐標。一尊散髮披肩的亭亭少女的身影正坐在距我三、四米外的三角琴前，俯身仰首地彈奏。激昂的八度音程震顫着我的心靈：這是「少女的祈禱」的前奏。但當主題溫柔地露面，並依依而又依依不捨在高音區的脆滴般的憧憬中時，我再也承受不住了，我起身向彈奏者走去，並在她琴凳的一角坐了下來。

「Daddy？……」女兒的手指停止了彈奏動作，抬起臉來望着我，這是一張像她母親一樣漂亮的瓜子臉。

「……知道 Daddy 第一次聽這首曲子時的情景嗎？」我自言自語道，並不需要對方，也知道對方無法回答。

「嗯……」

「二十五年前，一個上海的寒冬之夜，在一間朝北的亭子間裡，一座舊式的壁琴，一位與你年齡相若的少女……」

「她是誰——她是媽咪嗎？」

「不，」我的眼神恍惚着，「她只是一位我見過一次面，甚至連姓名都忘了問的女孩。她，矮小、蒼白、發育不良；她眼神憂鬱，表情沉思，她不——絕不——美麗。但她卻是第一次為我彈奏了這首美麗樂曲的人，她讓我瞭解了少女們的心中在祈禱些什麼……」

女兒迷惘地望着我，她可能模糊地知覺了些什麼，或者什麼也沒有。但這些都不要緊，重要的是現一刻的她，能被我在懷裡實實在在地摟着，而她長長的秀髮正由我的指尖緩緩地梳理過去。「你有你的年華，Daddy 有 Daddy 的，孩子，而音樂之所以不朽，這是因為只有它，才可以跨越了時空，」我說。

1992 年清明後一天

享受平凡

究竟，世間何種擁有才最珍貴？答案是：平凡。

平凡是一種群體間的互相認同，一種如魚得水的和諧，一種安逸兼安全感，一種因此便不怕會有高處不勝寒或滴水溢出河牀後必遭蒸發的結局，一種我我你你他他、我們你們他們的人類社會無論如何也都包含我這一小份子的歸屬感。

最美，往往珍藏於民間，民間是一座最巨型的保鮮庫：任何天倫，任何樂趣，任何歡笑，任何真摯，只有在這裡才永不言腐敗。錢買不到的，權搶不到的，名誘不到的，都在這裡四季疊更，周而復始；而一旦被擄入皇宮、載入龍盤、高供於大殿之上後，便會迅速枯萎。這是因為：在這人造的泥土中喪失的正是那種最寶貴的養料成份：平凡。

平凡令你瞭解人，也令你能被他人所瞭解。因為人，都難免會有心理高壓的時刻，而瞭解以及被瞭解才是舒壓之唯一有效的途徑。反觀顯赫，顯赫很孤獨，有時只是一種攪漿糊面的化妝——笑怒從此不再能由衷的化妝。至於舉世矚目，到底這是一種幸福呢，還是痛苦？恰似墓地夜行，吹口哨，誰也說不清是為了壯膽，還是心情真是太輕鬆一樣。太子喬裝入市井，總統化名訪民情，工作之需，考察之餘，誰又能肯定說他們各自都不是更要去釋放某類長期憋積的感情呢？名人的苦惱只有名人知：名歌星還是公審犯，射燈聚焦處，榮譽或者恥辱，反正同為一尊眾目睽睽下的獵物，這點是一致的。而警衛森嚴中的富豪深宅，相信居住者的體會也不會比坐監相差太遠。

渴望成名以及對於成名後種種好處的假設，這都是些常人們在遠觀名人時的一種想當然，身歷其境者的感受未必就真如此——這是合理的：名人的昨天不也是常人？在其歷經奮鬥而建立起成就大廈的時候，名聲，這飄虛無的遮眼簾也會隨之深濃起來。如何能求自我突破，能穿透這霧障般的假像而摘取生命的真諦，這便是已成名者們的下一步奮鬥目標，只有擁此志者才能發覺原來人生的追求是圓周的：始於該點的終於該點，出身於平凡的回歸平凡。當然，永遠會有那些老喜歡坐在往昔成就的塔尖上，被讚美之聲所包圍的沾沾自喜者。那類人，其實不應該算是個真正的成功者，至多也只是個成功路上的半途而廢者。這些一生只為追求名利（而不是真理）而奮不顧身的心理動力無非就一種，那便是：虛榮。虛榮之所以含有個「虛」字，可見我們的前人在創造此一詞彙時，早已為我們埋下了領悟的伏筆。

平凡，只有平凡才是實實在在的，是從塔尖回來地面的腳踏實地。平凡，不是人人能夠懂得享受的一種最低也是最高境界，最小也是最大的奢侈：平凡如幾碟味品高雅趣致的食餚，需要細嚼慢嚥，絲絲品嘗，才能心領神會其中之妙處；而名騰利囂恰似暴飲暴食，狼吞虎嚥之後不是泥醉便是嘔吐。

對於重享平凡，我能僅供參考的簡易之法是：揀一個思路最清晰，感覺最富有彈性的黃昏，走出你閉門造車的斗室，去融入人流，融入社會滔滔的汪洋。做一滴水，在街頭、在劇院、在小販們熱氣蒸騰的攤檔前駐足；或選一個陽光煦爛的星期天，換上球鞋和運動衫褲到郊外的草地上去張手伸腿地躺下，仰望藍天，仰望浮雲，你會覺得昨天離你又近了，童年離你又近了，春天離你又近了，不因為什麼只因為你——又平凡了！

甘於平淡，乃智者認識人生的終點。

1992年4月20日

於香港

Part One

歸來還是回去？

投入上海懷抱的最慣用途徑是自虹橋機場，總先是機艙橢圓型窗口間的激動的張望，然後是走廊，通往護照檢查台的長長隊列；行李，手提車，以及操着純粹滬語的海關人員。出關，意味着要像一位步上舞台的演員一般，去面對鐵欄前的一大群五顏六色的接機「觀眾」，而其中必有一張笑開了顏的臉迎向我，一掌伸出的手，一段緊握以及不知在何時便發覺自己已站在了候機廳的自動玻璃門外：廣場上旗幟舞着晚風，的士耀眼的尾燈眨閃着，駛過來又駛過去……意識在這時方才開始沉澱：幾小時前還在香港的我，現在又真真實實地站在上海的土地上啦！

然而這一次，我卻是換另一個方式進入上海的。

天剛蒙蒙亮，船艙裡就折騰開了。我住的是頭等，一人一室，然而兩隔壁的二等，甲板上的三等卻不理這些，嘰嘰喳喳的人聲笑語，拖凳沖廁、移箱迭包之音響組合卻早已令我閉眼容易，入眠無門。而最難抵禦的還是那曲由「播音室」在反復播放的徐小鳳的「賣湯丸」，令那沒入早餐的腸胃中真還產生一種空蕩感。我坐起身，掀開了窗簾的一角：茫茫的晨霧中泊着幾艘灰體的軍艦——我知道我們的「錦江號」是自半夜起已停在了吳淞口外，等待天亮後的入港信號。

船是在我登上甲板後的一刻鐘內又開始向前移行的。一切置於晨曦裡，一股江水的腥味鑽入鼻孔，船舷的兩旁列滿了正向岸邊指指點點着的乘客。儘管，岸的兩邊都是千篇一律的霧中的田野，但風景欣賞者們的興致似乎一直保存在高漲的狀態，且時常能聽到彼此間為了一個所經之處究竟是「川沙」還是「南匯」的地理位置而爭得互不相讓。然而最搶風頭的還要算是一位廿來歲的上海小夥子：高高瘦瘦，西裝外套披在肩上，外露的白襯衫筆袋裡隐隐約約着一包「萬寶路」。他被好幾位婆、嬸、叔、伯級人馬圍困着，急迫地打聽着今日上海的式式與種種。

「儂哋位阿弟像是離開上海嘞晨光勿長伐？」一位操着因為久疏而明顯生硬了的滬語的男子向他攀搭。

「一年——儂呢？」

「四十有多啦。四八年底去的台灣，那時我只有十九歲——咦，儂去的哪裡，那能咖快就可以回來了呢？」

青年笑眯眯地向周圍那些聽眾睨了一眼，顯然他（她）們是早已聽說過他那一年經歷了的：「去了澳洲——扒分。」

「啥麼事？扒……？」

「儂哋位阿叔就有所不知了，」一位胖態雍容的港籍滬婦插上咀來，「現在上海閒話裡嘞現代化新名詞多得交關，扒分的意思是：賺銅細！」

「精確來講，應該是：相當吃力地賺銅細」，經義務「陪譯員」的這麼一解釋，青年的神態便更顯得「專業化」了，「現在嗰上海啊，勿要太現代化了噢？！新名詞勿去講，新大廈，新商場，新酒店，劈叻啪啦矗起來——上海人又有鈔票啦，現在日唧，幾千塊一桌酒，幾千塊一套衣裳，隨買買！儂勿要以為吡牌歐洲人，賣相好來西，徒有其表，我哪能勿曉得？袋袋裡能摸得出花頭來嗰人沒有幾個……」

「以前就聽說有『萬元戶』，現在嗰上海……」

「啥沒事？！萬元戶？——毛毛雨啦！現在上海做個體戶嗰，啥人沒有十幾、二十萬？儂聽講過一個叫『楊百萬』嗎？做做股票，就賺了幾百萬，其實啊，上海過千萬嗰戶頭，也勿是沒有，只是傳媒勿報道罷了——我嗰朋友中就有……」

「是伐？……」在周圍一派敬畏的眼色中，台地老人關心的卻還是他的切身問題。「我講啊，小兄弟，我是第一次回來，下了船叫的士勿曉得是勿是方便，還有，會勿會給敲竹槓？……」

「哟嗰叫『斬』。」

「斬？」

「斬！——」回答者利用臉部表情和左右手的配合，作出了一個狠狠地刀切牛排的動作。

「噢……形象！形象！不過旅館方面，我還沒訂，儂講哪一家會比較……？」

「高檔的有文華、花園、希爾頓。」

「我是講比較……」

「中檔的有靜賓、上賓、國際、華僑。」

「……哪比較經濟實惠一點的呢？」分了三次的話頭終於接完，「阿拉在外頭賺錢還勿容易，再講年青時代苦慣了，老了還勿想浪費；回上海主要是來看看，講排場也沒啥意思，儂講是伐？……嘿嘿！——嘿嘿！……」

「對！」

「言之有理。」

「是嘮，是嘮。」只聽得叔、伯、婆、嬸輩中一片附和之聲。

「……那就住『海員賓館』——百把塊一夜，彩電、空調、熱水浴，一應俱全。再講，經理還是我朋友。」

「不曉得能勿能替我介紹一下？」

「閒話一句！」

「那太好了！」老人急忙掏着衣兜，「就寫在這本通訊錄上……」

「嗰嚒請問……」雍容胖婦顯然不甘錯失時機。

「啥嚒事？」剛打算面對通訊錄的頭又抬了起來。

「包酒水，不曉得儂有勿有路道？——」

「沒有問題！梅龍鎮還是綠楊邨——儂揀！」

「叫車子呢？」人圍中又傳出一個聲音。

「吔嗰還用講？！阿拉阿弟就是調度員。」而此次，竟連眼皮也沒從「通訊錄」上抬一抬。

「給我留一個位址……」

「也給我留一個！……」

「……」

幾乎一下子，好幾條手臂外加好幾冊「通訊錄」都塞到了他面前，而埋頭於其中的他已只能見到兩片披肩的西裝膊頭在上下掀動，表示着：他的簽名動作正在進行中。

要不是汽笛的一聲長鳴，我倒也被鼓起了一份衝動去向他索取一行通訊位址來——不為了什麼，至少是有趣，且是強烈着現代上海特有的「趣」。然而在江面遠端出現的樓群曲線勾畫在朝霞晨空上的畫面就在此時令我——我相信，還有我周圍的所有人——都砰然心跳起來。

「那幢高房子不就是江海關嗎？」

「瞎七搭八！此地一帶是提籃橋，外灘還遠着呢。」

「提籃橋？就是從前關犯人嗰牢監？好像附近沒有什麼高樓……」

「勿要再翻老皇曆啦！」不用看，我已能辨出這是那位「扒分」者的音調。果然，權威一開腔，便立即啞雀了周圍所有的反對之聲。「現在嗰提籃橋——勿要太鬧猛噢！飯店、酒樓、卡拉OK，缺哪一樣？儂勿看見那幢最高的建築？吔啯就是我要介紹儂去住的『海員賓館』；再講，目前吳淞路又在拓寬、拉直，今後從市中心來此地，『嚓』地一部的士，紅燈還勿要過幾盞……」

真的，我視覺的思路已不再需要依靠這位「專家」的導引了。畢竟，這些年我回來上海的次數也不能算少，新舊記憶和印象編織在想像力的經緯線上，向着沿江而立的建築群背後的那片縱橫交錯的巷弄，赭紅色的舊式民宅以及乳白色的現代崛起漫天蓋地地鋪展開去。我，感覺自己正輕而易舉地踏上了大名路，彎進高陽路，拐入唐山路，繞過周家嘴路，便上了溧陽路。現一刻的溧陽路應該正怱忙在一片上班族自行車的鈴聲音中，而它的另一端則終止在居住環境十分幽靜的山陰路；山陰路的盡頭有一座著名的公園，那兒曾經生活過，如今埋葬着中國的一代文豪魯迅。至此，我精神的視線才鬆下一口氣來，緩緩地圈上了一個句號。它開始向後退去，在溧陽路中段的那一片綠蔭環抱間它開始徘徊：兩旁紅磚灰瓦着法式老洋房和日式小洋樓的地方久久不肯魂散而去的，正是我童年的夢哪：我在那裡出生，我的幼稚園、小學、中學都座落在那個區域，我便是在那麼一派氛圍中，離家回家、上學放學，自己踩着自己腳印地長大了，懂事了，讓什麼叫所謂「世界」，在自己的理解力中心漸漸聚焦成了一種無可置疑的存在。之後，在緊張的人生戰場，在怱忙的似水流年中，它竟會變得遙遠，朦朧得像一場夢，一場一旦醒來，即使再真切，再感人，也不會有誰在大白天會去刻意將它牢記住的夢。而重返，恰似在許許多多年之後的某一回偶然的午睡間，驀地，發現自己又置身在了那片親切無比的氣氛中了，並在強烈的主觀意念的控制下，說什麼也要將那場珍貴的夢境續完，箇中滋味，就像《時光倒流七十年 Somewhere In Time》中的那段刻骨銘心的愛情故事，只有身歷其境者才有體味權。

然而，同是一種感受，其分子與分母在另一個場合就好顛倒了過來，那是從我上海公幹期接近完成的前幾天開始的。

當一種歸心如箭的情緒日更一日地深濃起來時，意識告訴，現實更告訴我，夢該，也總要醒的，我的「白天」畢竟在香港！於是，香港生活與生意的種種細節便又開始潮漲起來，它們漫過意識的沙灘，向我存在的堤岸逼近過來，而這種感覺幾近完全真實於當自己已辦完了全部的出境手續，手提一件隨身的輕便，在候機室的沙發椅中終於鬆下了一口氣地坐下來時。這是因為在感覺上，自己已經離境，只待波音機的一聲長嘯，由漆黑的時光隧道，再將我從童年截回中年，五十年代截往九十。

就這樣，我背靠椅墊，手握一卷已無法再令思路進入其中的詩集，坐着，漫茫地等着，讓一片出境旅客的笑聲在周圍此起彼伏。突然，一襲瘦高的身影打從跟前經過，令我近於困鈍的思路突然亢奮起來。

「嗨，朋友！」我自己都不明白，為什麼我會站起來，向他打招呼？

「嗯？……」他回過臉來，迷茫地望着我。

「可能你忘了，那天在回上海的錦江輪上……」

「噢，記起來了，記起來了，張先生，儂好！……」

「不，我姓吳。」

「噢，對了，吳先生，吳先生，」他恍然大悟般地伸出一隻手來與我的相握，「哪能？——回香港去？」

「是啊，儂呢？經香港回澳洲？」

「一點還勿錯，虧儂還記得！——屋裡全在香港？」

「嗯。」

「出去幾年了？」

「十五年。」

「嘸嚜講來，儂也算是個老香港了？」他的眼神中有一種光彩放出來，「來，坐一息。」說罷坐下，並隨即從上衣袋裡掏出一包「萬寶路」，彈出一枝，作出了一種要拋擲過來的趨勢。

「不，不，我不吸煙，謝謝！再說——」我用手向他身後的那塊「候機廳裡嚴禁吸煙」的告示牌指了指，他轉過身去，「噢……」尷尬一笑，他又將煙塞回了原處。

「到上海來做生意？」

「也不完全是，不過每次回來，尋夢的意識倒是十分強大的。」

「噢……？」

「活了四十多年，有辰光想來就像做了一場夢，而這夢的前半截都是以上海為背景的。」

「連儂哋種人都有此感受，更勿要講阿拉了……我是要想請教一下，以儂目前的人生位置來觀察，究竟哪一頭更像你的家——上海呢，還是香港？」

這倒真是個一把卡在了我最痛處的提問。我記起了那次在復旦課堂上，面對大學生們的類似問題而作的一段描述：每一回，當我拎着手提箱，站在家門口前按鈴時，我便已理所應當地盼待着下一個生活鏡頭的出現了，那便是門被打開，捲髮的小女兒鳥兒似地撲向懷裡，而亭亭的大女兒則斯文而羞怩地靠在我的肩上，讓我撫摸着絲帛般的秀髮；妻子趨向前來：「一路上都好？」繼而，便是在那香澤上的一唇親吻。唯有老母親，總是銀髮蒼蒼地站在一旁，無言地瞧着，讓寬慰的笑容掛滿了面孔。每次，漩渦在這團圓一幕中的我就有一種強烈的流淚衝動，這是一種人於太幸福時所必會有的生理反應。怎麼說呢？家的概念有時竟斷層在那麼個感人的瞬間。

「能轉換個話題嗎？——我答不上來。」我的眼神望向了別處去。

「……假如方便嗰閒話，到了香港還想求教儂幫個忙，」過了許久，我才聽得一個聲音在邊上響起，我抬起臉來，「是哋能嗰，我還是第一次到香港來，有個遠房的表哥講是講會來接我飛機，假使萬一落空，能勿能問儂要隻電話、位址，頂多……頂多也就借宿嗰一兩夜……？」

「閒話一句！——」我急不及待地用他那天在晨輪上的語調向他道出了一種由衷的歡迎，於是，大家便相視而笑了。

至於寫有電話和位址的字條那是在登機閘開始檢票時才忽忽塞給他的。下機後，雖東張西望，也再未能見到他的身影。到家了，團圓的那一幕依舊上演，且一樣地動人，就不見那位連姓名都忘了問的同鄉的來電：第一天沒有，第二天我仍掛在心上，第三之後我也就不再去想他了——看來，他的表哥終於還是來接了他的機，而現在的他，應該又回到了澳洲，重新捋袖，投入了再一輪的「扒分」運動。

1993 年元月

詩人與盲美

因為構思的需要，我總喜歡偷偷地溜出辦公室，在戶外的那片平台花園上，揹着手兒踱步。那是一片位於香港太古城住宅區的花園式平台：連接在高矗與高矗之間，寬闊、整潔、遍植花木；間隔着噴泉、水池、條椅、立地園燈以及抽象雕塑的佈局，給人以一種強烈的現代建築的美學感受。

可惜的是：能享受這種美麗與寧靜的人卻很少。在香港，這片生存戰場上，凡中青年，一律上場，剩下一些老弱病殘的幼小的點綴着這派景致。而在他們之中，唯我，是一個突出的不協調：非但年處精壯，又能有在此踱步的清閒，而且還經常一個人自言獨語，激動時狂奔如風，臉色蒼白，目中無物，速覓一隅僻靜處半蹲半跪，取出紙筆，亂塗一通，繼而才緩緩起身，再次漫步。

那是一個仲春的下午，陽光明媚，氣候溫潤，我習慣地將紙筆袋入口袋，便神情恍惚地踏上了正處於花絢葉茂之中的平台花園。通常，我不是垂頭凝視足下流過的地面，就是仰首空對碧天浮雲，其實在此思路騰躍的當口，即使目光迎視過任何人或事，也都不會有產生令其聚焦之能量的。然而，這卻是一次鮮見的例外。我竟自老遠便見到一襲少女的形象簇擁在花叢之中。她側坐着，一件薄飄的細格府綢襯衫貼合着她青春的身段。或者，她的坐姿與存在就是一首詩，反正肯定是有某種類似於意境的東西自她的周圍輻射開來，否則，我那挪動的腳步是絕不可能不由自主地向她靠近過去的。她，由一位老婦人陪伴着，坐在一張墨綠的長椅上，細嫩、白皙的臉的一側彎勾着一縷自額頭流下來的烏髮。膝頭上攤開着一冊厚書，兩手擱在書頁上；而眼，卻是望着遠遠的海景，出神。我自她的面前走過，第一次竟然沒敢轉過頭去。這是因為，要與這樣一位矜持的少女對峙眼神，哪怕一瞬，也都需要一種心跳的勇氣。

當我在偌大的平台上繞了個圈，再次踱經她面前時，當我的目光驀地抓住了她的那對大、美卻毫無動態的、雕塑物一般的眼神時，我的心刹那痙攣了：她，竟是一尊盲美！我的心怦怦地跳動，仿佛是做了什麼虧心事一般。慌慌張張地離開，悲鬱、惆悵得幾乎有些憤慨了：其感覺與偶然撞見一樁他人的隐私，或是自己在一個光鮮的場合間作出了一項粗魯的舉止而後悔莫及時相類似。

第二天，當我重拾筆紙步上陽光之中的平台時，我，應該是懷着構思之外的另一起朦朧之目的的。果然，她仍坐在原處，一樣的坐姿，一樣的打扮，所不同的是一旁沒了陪她的那位老婦人。我胸有成竹地向她走去，只在長椅的邊上遲疑了一會，便在其另一端坐了下來。她似乎毫無反應，長睫毛之下的盲目木納地注視着遠方。和風輕拂起她略帶蓬鬆的長髮，周圍靜極了，只有幾隻麻雀在花叢間「嘰嘰」地歡叫。觀察了一會，剛打算起身離去，忽然——

「請問先生，是不是快三點了？」

我吃驚地轉過臉去：「嗯……是的。」一段靜默之後：「你怎麼知道我是一位先生呢？」

「憑直覺。」

「噢——，」我舒出一口氣來，「你很美，小姐，說真的，很美，可惜……」她仍然堅持着那起坐姿，但我清楚地見到兩片淡淡的紅暈飛上了她桃白色的頰上。其實，這才是我想繼續表達的：「你讓所有的人都來讚慕你的美麗，卻無法體會這種讚慕的目光究竟是如何的？」當然，我咽下了這半截話頭。

「那是十年之前的事了，一場大病後，世界從此向我關上了所有的門窗。但童年時代對於春的記憶卻不會褪色，而且還隨着年齡的增長，愈來愈強烈了——我的周圍都開滿花了嗎？」

「是的。」

「什麼花？」

「杜鵑。」

「顏色？」

「大紅、粉紅、嫩黃、雪白，繽紛極了！——你能想像嗎？」

「能。她們一定都很美麗，所以我選擇了坐在這裡。」

再一段靜默。「先生，你會寫詩嗎？」

「啊？！——」這一次我幾乎是脫口而出的。

「你也喜歡詩？」

「又憑直覺，難道？」

「也不完全是，因為我自己就愛讀詩，雖然這對於我們盲人來說並不容易。吸，這便是本詩集，只不過是一種盲人讀物罷了。」這，才揭開了那本永遠攤放在她膝頭，包裹在深紫紅硬封面中的厚冊的謎底，「我愛摸讀着它，坐在春天裡，想像春天，感受春天……不過現在，我得走了。」她說着竟站起身來，似乎能看見我驚愕的表情，她追加的那一句話是：「因為婆婆她，回來了。」

果然，那位老婦人手握着兩杯可樂，遠遠地向我們走來。神色略有些緊張地將其中的一杯遞給了她。「這個男人是誰？」沒有回答——因為的確，她也不知道我是誰。「都同你講不要同任何陌生人攀談，你能看見他們的面目嗎？」當她扶着她慢慢離去時，我只聽得那句在她耳旁低低的抱怨聲，而讓我這個「面目不清」的「陌生男人」半個屁股留坐在長椅上，不知該起立呢還是繼續待下去？

又過了幾天，我因商務需離港而去，待再次回到這片平台上來揹手踱步，已是一個月之後的事了。短春已逝，夏的驕陽灑滿了平台。我慣性地繞到那張空椅處，杜鵑的大部份已經凋謝，只有麻雀，仍在枝叢間「嘰嘰」地歡叫。一天、二天、三天、一星期、二星期、三星期，她，並沒有出現。或許，她那謹慎的婆婆帶她去了另一個平台？又或許，春天過了，她也不想再出來了？這些，我都無法知道，我知道的只是自己的心窩總是空蕩蕩的，像被掏去了些什麼，尤其是幾天後的一個傍晚，當我遠遠地看到一位飼鳥的老者正神情悠然地將一籠鳥雀自枝丫上托遞下來，並用一方黑布自上而下地將其罩上——說消失就消失，光明，原是如此地虛幻哪！我的心更近乎於病態地顫抖了起來。

1994年3月28日

Part One

上帝的涵義

上帝，不論祂的外號、別名、他稱還會有多少，指的都是同一種超能的存在；時空之上，形體之外，凡常力所不能夠達之處，祂便在了。而人，不管他是有神，還是無神論者；說，還是不說出來；表達，還是表達不清，意識之中總擺脫不了有那麼一影尾隨。祂，遠遠近近、跟跟停停、神神秘秘、朦朦朧朧；祂注釋因果、彩排人生、軌跡命運、必然結局；祂精確着恩仇善惡每一小格間的函數關係；祂以空氣、陽光、泥土這三項基素，昨天、今天、明天這三度時空，觀察、提示、等待這三種手段，完全了這片五光十色的世界，合成出那段甜酸苦辣的人生，祂是誰？祂就是上帝。

這麼多的哲學、預言、玄機、巫術都在圍繞同一主題隔靴抓癢，朝着同一目標無的放矢；沒有一本教科書——哪怕聖經——能將上帝講解清楚，沒有一套理論——就算佛教——能將生死輪回自圓其說。人，只是在生命的自燃中，隱隱約約地悟及一切不可能之外的唯一可能；忽忽閃閃地照明出一襲非我非你非他的龐大的存在，我們無所選擇，我們無從回避，我們只有詞彙出一個上帝的字眼來踏實自己，來壯膽自己，來心安理得地認定謀事在人、成事在天的真理。因此，人是可憐可悲且孤單無援的，而路則愈走愈崎嶇，天色則愈暗，心便愈驚悸。唯信仰才是一種提燈的照明，上帝，於是便被點亮，且在人生漸深的暮色中愈來愈炯炯起來。

然而，我之驚覺祂的存在卻是在一次極為普通的日常觀察中。

那天近晚，忽然渴望停下手中一切的作業而讓大腦能有一刻漂白的我，竟將興趣都傾注在了屋角的那小片蛛網上。這是一片看來已有了不少時日張開的陷阱，一隻肥褐的蛛王居中，而在其邊緣則散落着獵物們早已被食空了的鱗鱗軀殼。突然，一隻綠體的昆蟲闖入了我觀察的視野，在一個說時遲那時快的瞬間，獵物已被網住。一陣慌亂的掙扎，觸動的只是「網國」統治者的神經，令它沿着網脈絲絡迅速地向目標滑去。可能還會有些其他的什麼，但有一點是肯定的：上帝的概念便是此一刻向我閃出了一種悟感，我站起身來，僅一個伸手的動作，就將那顆綠豆般大小的可憐蟲與那張險惡的粘網脫離了，而令興冲冲趕來的大肚子食客白喜一場，綠蟲則於渾噩之中被推進了自由的空間，一度弧線，便自開啟了的窗口飛出，頓時消失在了明亮的室外。但就當我鬆了一口氣地坐下，並再度仰望蛛網時，閱讀到的卻是另一隻獵物被逮的故事。只是這一次，縱然再有「上帝」的大悲大憫，我也不願起身，因為這次被網的是一隻花腿大蚊，想到它口尖暗器，摸黑偷犯，嗜血播疾，遺「癢」人間的種種劣徑，我想要觀賞的反倒是它那組如何被葬身蛛腹的鏡頭！至於其後，其後我當然是如願以償啦。

花蚊與綠蟲的悲喜劇就如此輕易地上演、落幕——輕易到除了我，全世界沒有人會知道在這生存的一角，曾軌跡過兩種怎樣絕然相反的命運曲線。而至於好自問我，則在心的考卷上羅列出了一連串的假如：假如那天我並不在場？假如我在場而並不去介意那種種發生在蟲界的「驚險」？假如我在場並也留意到那張蛛網所經歷的一切，然而卻只限於旁觀上的興趣……當然，所謂假設，那只是一種在結局後的溯源而上，除了反思的價值外，別無他意。然而對於「上帝」這起龐大的課題，一節輕鬆的反思又能增添些什麼呢？除了……上帝，其實也並不抽象，人人，有時，便是他人的上帝。而我的一首名為「上帝」的短詩更是如此構思的：**他每晚在自己的畫像前／下跪、且／祈禱：「萬能的主啊，請賜我以／力量……」**

1994年5月1日

美，變奏自真

在泰戈爾以前，小詩並不發達。泰戈爾可說是第一個將一種形式以斷思而展現卻連綿為全域的創作技巧，重新詮釋了所謂「詩」究竟是什麼？詩小，聯想卻龐大；句短，涵意卻深長；斷句可被解讀成是一道道獨立的哲題，而連篇又能被理解為是一種統一波伏的情緒，光滑，閃亮且流動如潺溪。這便是泰戈爾——記得第一次接觸他的《飛鳥集》是在我十三歲的初一時。這是一本由鄭振鐸譯的薄冊子，封塵在圖書館架的一角被我好奇地發現。但就當我躲在一旁如饑似渴地閱讀起來時，一位老者型的語文教師走來，順手翻過書的封皮：「嗯，好書！」他環顧了周圍一下，輕聲地說道。而另一位偶經的青年教師的觀點卻正好相反：「資產階級人性論——小心中毒啊！」當他揚長而去時，我見他腋下夾着兩冊厚厚的沉甸：奧斯特洛夫斯基的《鋼鐵是怎樣煉成的》以及吳運鐸的《把一切獻給黨》。然而我，卻一發不可收拾地迷上了泰戈爾，我朦朧地意識到，這是一潭墨綠、墨綠的無底湖，而我只是在它最表層浮泛着的一葉醉舟。

三十年過去了，泰戈爾還是泰戈爾，而我卻從一個幻想澎湃的少年變成了一位理智沉澱的中年人。可能是在一種年齡——年齡，既仍保鮮着身為母親的孩子的記憶，又豐富着對自己孩子之愛的雙重感受的年齡的當口上，令我最偏愛的還是泰氏的《新月集》。這一塊塊自一個稚童的眼中透視出來的，這個世界的切面，竟是如此令人驚訝地清澈、透明且神奇得令我們這些身為讀者的成年人，都自始至終浸淫在一種曾似相識又從未相識的錯覺中；是啊，最深奧的哲理其實也就是最樸素的原始。這，就是泰戈爾的偉大之處了：用最日常的語談來結構最永恆的詩篇，用最通見的景物來喻示最醒世的真理。以原托海，以靜襯動，以善抗惡，以愛制蠻，以大自然舐犢人類，以兒童教誨成人。他向我們指出，詩不是其他的什麼，詩即美，美即真，真即我們每個人與生俱來的，赤裸裸地根本不需要任何偽裝。讀泰氏的詩，就像在聆聽一位鬚髮飄飄的老哲人望着雲端的自言自語，緩急有序，抑揚頓挫，婉如陶醉於一段純印度式的古典音樂。印度的田野山丘在他的筆下凹凸浮雕，印度的民態風情在他的紙上潑墨深淺，他是一位以語言為奏器的彈唱式詩人，游牧在他深愛的黑黝黝的印度大地上。一位舉世推崇的偉大詩人，因為他，首先只是一位平凡的印度人；

Part One

一個思想深邃的傑出哲賢，因為他永遠只是個長不大的人類孩子。

「光如一個赤身裸體的孩子，在葉叢中快快活活地遊戲，他不知道人原是會欺詐的。」——詩人的理解其實是何等的深刻啊，但他寧作一個一無所知者。

1994年6月5日
於上海西康公寓

窗前

因為商務的關係，一個長長的夏季我幾乎都是在上海渡過的。從我家開着空調的窗口望出去，整條西康路都躺在晌午的陽光中，戴白涼帽的騎車女士自兩旁的樹蔭間穿行而過，車鈴碎響，遙如城市午間的夢。而在抬眼的視野中，兀立着的是層高三、四十的波特曼酒店的主樓，像一位裸體的石屎巨人，無言地忍受着酷暑；毗鄰的西康公園裡，蟬聲連綿，即使閉了窗戶，也一刻不斷地滲入室內來。

這是一派上海盛夏的景色。八月中，我就是帶着這些記憶回去了香港。九月底，當我再次站立在滬寓的窗前時，上海正沐浴在午後秋陽燦爛的金色中。天空醉藍而高遠，我打開窗戶，颯爽的秋風隨即灌入室內，帶着幾分已經遠去了的夏的氣息。街上很安靜，學校都已開學，在對街西康公園門口進出的，因此，都剩下了那些換上了長袖褪色外套的退休人士。從高處注視着他們互道分別，並約定明晨在公園的某方拳場空地或廊蔭下再見的種種細節，我的心中便充滿了一種莫明的親切感。其實，不僅僅在春回大地時，對秋涼的日子，我也一樣地豐富着一種類似於蘇醒的感受：前者是相對於沉甸甸的冬日，後者則對比那汗粘與蚊蠅的暑天。人，尤其是一位善感者的心靈是經常需要靠某種環境變換來調節的，有時適中的憂鬱感並不是忍受，而是另類情趣別致的享受，享受是因為在這特定的場景和氛圍中，總會有某些遙遠的記憶被斷章式地喚醒。一如此刻立於秋窗前的我，竟無端端地為一些朦朦朧朧的熟悉所感動。我不知道這是些什麼，在遠遠的時光隧道的彼端影影綽綽，在記憶的深處蠢蠢欲動。或者，這根本是些什麼也不是，可能只是學生時代，某次病假後的療養期間，在金風拂面的街上所作的一回輕鬆散步，想像着此刻的同學們正在肅穆的課堂上接受嚴厲地訓導，而自己卻能如此逍遙怡得的一絲暗暗自喜罷了。然而，更深層次一點的感覺聯動則是：在我們一代人的那個火紅色的，半軍事化的年月中，「自我」成了一種十分珍稀的奢侈，尤其對於我這麼個好孤獨好反思的少年來說。一段薄暮中的獨步之後，一盞垂目枱燈下的屠格涅夫，比三年自然災害期間，能偶嘗到白脫加麵包的滋味更誘人百倍啊！也就是殘留在記憶底層的，那麼丁點兒諸如此類溫柔之芽的重新爆綠，便足以使那一次的那一個，在那一扇秋窗前的，中年的我，如此投入，如此陶醉，如此地迷失在一處如煙似霧的過去，不願歸去——人，就是這麼的一頭需要境界生活的動物哪！

可惜不出一個星期，我又得再度回港作業了。對於一位在滬港間奔波不定的人來說，這窗口，恰似一扇人生與自然間別致的洞開：流動着歲月，調換着四季，疊更着感覺，斷層着生命。因為到下一次，待我再一次能擁有站立在這窗前沉思片刻的空閒時，只怕時節已近隆冬，而蕭殺臃腫的街景裡，人們如何趕路匆匆，回家去享受暖烘烘的火鍋以及天倫，這又是另番情趣了。唯除了其他聯想外，這幅金風習習的秋意圖無疑又將增添為我回憶影集中的新一幀，可供凝視良久的珍藏了。

1994 年 7 月 12 日

（追補 1993 年 10 月之感覺而作）

鳥瞰

所謂「提升」境界，「條理」思路，鳥瞰，不失為是一種妙法；而俯看日常所熟悉的種種雜亂無章，於一刻之間在你腳下縮影成一盤棋的感受更近乎於神奇。古人「欲窮千里目，更上一層樓」的意境中，多少還包含一種爬梯之辛勞與臨窗之開懷間的苦樂轉換關係，以及一級登高才能獲多一份視野的原始哲理。然而，現代的高速電梯，卻能在十來秒的時隙內，用一盒封閉着空調、燈光、地毯與綿綿輕音樂的方箱，將你自芸芸着眾生的地面「唰」地射上樓高三十三的花園飯店的頂層，而讓這古人樸素的境界於瞬刻間疊合為一種今日奢侈的現實——這便是為什麼每次回滬，我都少不了要去到這間位於花園頂層的「歐陸軒」（The continent Bar），坐下來，呷上一口「愛爾蘭」咖啡，眯眼遠眺地享受一段飄飄欲仙時光的原因之一部份。

記得學生時代的鳥瞰，只是趁人不留意，連躲帶跑地登上自己就讀的那所學校的五樓天台，心跳加氣喘地飽睹上它個三百六十度的環周。通常，這不過是十來分鐘的真空，但那已是指點江山，引導着思路的一連串的穿街與入巷了。那時的我們，胸前飄飄着紅領巾，心中則澎湃着抱負與想像：哪一所大學的校舍，哪一座冒煙的廠房，哪一艘泊江的艦艇，將會命運着我們神聖的未來？然而總是在聯翩的浮想之夢還來不及作夠時，已被聞訊趕來天台的老校工像一群鴨子般地哄下了樓去。

那年代的上海，朱瓦灰牆的里弄矮房經緯成一片典型的滬式市容，一幢五層高的鋼骨水泥建築已算是一位「鶴立雞群」的偉漢了，更不用說十八層的「上海大廈」或二十四層的「國際飯店」了。而我，就正是暗懷着這種尋夢的目的首次登上「歐陸軒」的。那是在一九八八年歲末的事了，當時舉家回滬過節，我帶着還不滿十歲的女兒站在了「歐陸軒」的落地玻璃窗前。我本想遠遠地指給她看爸爸小時候曾生活過的那條現在正藏身在霧灰深處的弄堂，並順便告訴她一些有關童年的自己如何沿着橫街豎巷幹出的種種頑皮佚事，然而我發現，自己竟一時間做不到！不因為什麼，因為只是當時的上海已令我驚訝不已地改變啦。在遠遠近近視野中矗立着的是好幾幢玻璃幕壁的高層建築（聯誼大廈、瑞金賓館、希爾頓酒店還是雁蕩、愛建公寓——那還是在詳詢了服務員之後才精確地對應上了名稱的），將昔日的十八或者二十四層都比例成了名符其實的小弟弟，它們明晃晃的牆身在冬日午後的陽光中反射着耀眼的光芒。當然，舊址最終還是找到了，然而，定期來到這「歐陸軒」作一番鳥瞰便自此之後成了我的一項固執的癖好。

從一九八八到一九九四年，我已不下一、二十次地坐到這幅巨型的玻璃窗前來凝視過，然而上海，硬是每一次都給予我新的感慨、新的驚喜、新的激動：上一輪的手腳架拆除了，但為了下一回誕生的新的手腳架又在升起；新大廈的名稱剛問世，更新的命名卻又在腳手架的子宮內發育、成型；南浦與楊浦的「工」字型塔墩坐江指天，而橋身蜿蜒，自浦西的南北兩翼縱深入茫茫着無限前途的浦東開發新區。所謂「高層」如今已愈來愈到了不可能再以「幢」來計算，而不得不以「群」來劃分的階段，而這，又正是現代國際大都會趨於成熟的外部生理特徵。社會的內分泌在劇烈地強化其激素功能，上海，便像一個童稚了四十年的少年，一步跨入了他勃勃着強勁生機的青春期。而至於「欲窮千里目，更上一層樓」詩句的今日詮釋則更印證了另一種壯麗的循環：上海正一層更一層地築高，上海前景的視野便也愈拓展愈遠大，望到羅湖橋那端的香港，望到日本海對岸的東京，望到大洋彼土的那一大片參參與差差，於是上海建設者們胸中的藍圖便更具象，更宏偉，更有了趕超的目標，他們只是在稍稍坐下小息之後便又重新直起腰板來，說：「幹！——再繼續，幹！」於是，上海便一米又一米，十米再十米，百米更百米地愈長愈高了——而所有這些，就是我獨坐在這三十三層的空中酒吧作鳥瞰時所奔流而出的詩一般的瞑想。

當然，最可人的仍勝不過在落地窗玻璃前，三五知己，海闊天空，談今論古地縱情一番。倦了，放眼窗外，指指點點，再來多一次新坐標的定位。一次，就在我得意忘形地指手畫腳時，一位服務員小姐笑吟吟地走上前來：先生，你究竟來自何方呀？香港，我答，連頭也沒回地繼續着窗外新目標的辨認。香港？難道香港的高樓還嫌少？這，才是一句令我僵化了比劃動作而轉過臉來的問話：不錯，香港確有着數不清的尖端建築，奢侈着驚人的豪華；但上海，上海怎麼同呢？上海是我的家，我的故鄉喲，世間有哪一個游子的心不是弦牽着故鄉的寸土寸水的？故土的哪怕一分長進，對於他，都百倍地珍貴於異鄉的一匹美妙啊。

話雖是這樣說，但古樸畢竟還是有古樸無可替代的回味。童年的上海正一弄一街一段一區地改觀，一磚一瓦一牆一座地消失，而讓我們這一代人，興奮之餘不免惆悵着一種強烈的失落感。失落是因為我們意識到，現在仍屬於我們的，那還握不滿一把的青春殘留，終將會隨着上海舊貌的改觀而被永久地埋進了歷史長河的浪濤間，因此，我們便會忍不住地懷念，懷念舊時，懷念童年，懷念朱瓦灰牆時代的上海。有時，懷念就像一壺醇濃醇濃的酒，喝醉了，再昏昏睡去，而醒來的明天，在我們面前矗立而起的又將會是一座怎麼樣嶄新、錚亮、閃閃生輝的上海啊！雖然，她將是我們中老年的現實，然而，對於我們的下一代以及更下一代——上海的新一代以及更新一代的建築者們，她又將第次輪回為另一場青春以及童年依稀的夢，遙遠而親切。不變的只有一組詞彙的搭配，那便是美麗的上海以及勤奮聰明的上海人族。

1994 年 9 月 18 日 晚

Part One

海

生活在香港的最大好處就是能常見到海。

出門是海，推窗是海，散步沿海邊，喝咖啡則更必須自一個望得到海的角度。

苦悶了，在海旁的一段緩步，將一切的不可忍受都交托給了海，去寬容；瘋癲了，蹦跑過數里寬的沙灘，一頭撲進海的懷抱，讓涼涼的醉藍舐擁着你，波傳你的興奮，溶解你的歡樂，沉浮你的情緒，理解你的種種無可表達，以同一句「嘩嘩」的詞彙來應答。

有時思索，海邊，除了你，就只剩下一輪當空的皓月，粼粼的無垠恰是一場實與虛的答辯，結論在海天相連的深藍邊際；有時感觸，看海如何在某個陰霾的早晨天海一色地、鉛重地展開，人生不也有點像一幅正放映着黑白影片的寬銀幕？沒有風帆，沒有海鷗，千古的洪荒間只浮動着一息人的靈性；有時懷念，在霞光萬道的夕陽還來不及觸及水面的前一刻，去看海，你會覺得你的情操純得像金子，散落在萬頃波面上無從打撈；有時激昂，最合適的景觀無乎於成了能站立在海水將自己撞得粉身碎骨的絕壁懸崖上。奉獻，不一定要以身相試，那捲滾而至的雄姿，那前仆後繼的無畏，那撕心裂肺的絕唱，還原你一份英勇氣概，滿足你一曲悲壯遐想——能做些什麼呢？「啊，海魂！」你只能回報以這麼一句泵自於心井最深處的讚美！

海是美的：美得原始，美得寬闊；美得粗獷，美得壯烈；美得蒼茫，美得凄厲；美得不定形，美得赤裸裸……然而，海之於香港仿彿池塘成了一潭裝飾，一角都市，一門商業，一條樓價便由它而叫高或壓低的重要依據。重圍在石屏密林中的海，因而每日每夜都不得不忍受萬千隻眼睛對她的，隐自於各個角度的密密麻麻的窺視：哪一隻窗洞中鈎心鬥角着遺產爭奪戰的無恥，而哪一道門縫中又不擇手段着收購以及反收購役的卑鄙。海的心中，或者都有數，只是海並沒有退避，沒有灰心，依舊坦蕩，依舊晶瑩如藍寶石。人解釋說，為了一方屈居的斗室，窗開就必須朝海；海理解說，為了一種狹隘的心胸，視角就真應該放寬闊些哪——海，就這樣地糅合在香港的生活形態中，香港人日醒夜夢的縈繞裡。

然而對於我，海的美妙是她能讓你想像；讓你抒懷；讓你的心靈淨化在一節不知不覺的神往中；讓你猛然記憶起某些遙遠的遺忘，重溫某段隔世的高尚，回歸某條最樸素的真理；讓你在一度定義着永恆的精神層面上，哪怕再短暫，也作多一刻滯留——海，啊……海！

生活在香港最大的好處就是能常見到海……

1994年9月22日
於香港

筆

當你失意，當你孤單，當你絕望，當這世間的一切最終都落在了你的把握之外時，至少筆，是一項例外。

你輸她以真情，她便回報你以「沙沙」的流動，吐暢，吐夠，吐足，吐盡，完了，再墜下一墨點重重的感慨。筆，始終是你最可信的訴吐者，最堅韌的承諾者，最細心的理解者，最一字不漏的表達者——至於告密，那是紙幹的勾當，一天，當它在一雙陰險冷笑的眼睛前不得不和盤托出，與筆，就絕無關係。

一盞帶光暈的枱燈，一方壓滿了泛黃相片的玻璃枱板，夜深人靜，黑暗在你身後佈防了一千零一圈的重圍，在這全世界唯一的一座光明的島上，靜躺着的是一疊雪白的稿箋。而你，設想就在此刻旋開筆筒，提起筆來：你怎麼不會覺得那筆端的盡處正尖銳着你所有的感覺，就像暴風雨中心的一支避雷針，正顫動在生命的制高點上，渴盼着一朵帶電之雲的飄近？你盈淚的瞳，你酥軟的心，你放電的魂，此刻，竟都附托給了那枝瘦瘦小小短短細細的貌不驚人的筆，她，便化身為了你的精神，標杆出了你的境界。

這時候的世界隨你塗畫，這時候的人生任你佈局，這時候的愛情憑你想像，這時候的仇敵由你拳棒交加——筆，就是如此的一種傳神兼入韻，連杆着你深奧無比的心井，汩汩地泵出你密藏的情緒：清澈、透明、甘美並飽滿着你最新鮮的體溫；時而教人貼近，時而叫人感動，時而叫人驚嘆，時而教人去認識一個連你也不曾認識過的你自己。筆，只是以一種藍色的血液去流透，去貫通，去填滿你的那種鮮紅所無法深入的絲絲細微，而讓一片真你，先平面在紙上，再立體在了閱讀者的想像裡。當然，筆有時也會有被扔棄在一邊的時刻，這是要在你閉目切齒地破指替筆，直接以血紅替代墨藍，痛書一篇生命的檄文，那當口上的筆只會安靜在一旁，默默地理解着：她理解自己能力的終極，她等待着在那沸騰一幕之後的再之後，那尖包紮着繃布的手指終又會重新將她顫抖地拈起……

筆，就是這麼的一枝風骨傲立，堅挺着一種不可被辱，寧斷也不屈。當你強權，當你狂妄，當你獨裁，當這世間的一切似乎都落入了你指鹿為馬的蠻橫裡，唯筆想說出那些真實，拒絕合作……

1994 年 10 月 10 日

老

年輕的人們，當他們在運動場上汗油晶瑩地龍騰虎躍；或是三五成群在海濤嘯捲的崖頂嶺端高談闊論，壯志滿懷；或是在某個花好月圓之晚摟着情人微顫的身軀，享受一次烈火般的長吻，誰又會去想到「老」，這個不祥的字眼？這是因為躲在它後面的那個字更可怕，那便是：死。然而，老卻無聲地游動着——朝你朝他朝一切人。要知道，當它一寸更一寸地向你靠近之時正是你身強力壯、生命輝煌之刻。

有時見到一位風癱的老人，哼哼呀呀，任人擺佈，「我也會老去」的陰雲會在你如日中天的思想晴空一掠而過；有時忍受一位嘮叨得難以忍受的老人囉囉嗦嗦地重複着同一個無關緊要的題目，你曾否想到，他，可能就是老年了的你的寫照？只是有意還是無意，你不願在此類思路上作太久的停留——離「老」，反正我還遠得很哩。然而老，便是在這種情境的反復而又反復之中將至了。

其實，老又有什麼可怕的？不經老的人才可悲呢，因為這意味着夭折。老的意義就在於它是不可改變的，它是你歲月的終站，是你一切努力與掙扎的必然結局，它蹣跚的腳步遲早會在你生命的長廊之中響起。

「夕陽無限好／只是近黃昏」為什麼不能將這著名的詩句，作一個字的更動呢？——夕陽無限好／因是近黃昏——立足點便立即自消極轉到了積極上。黃昏，是一個詩化了的時分，是回顧一天得失最美妙的當口：滿足還是後悔，站立在黃昏的制高點上，你，應最有發言權。老，不是什麼——不是悲觀，不是絕望，不是渾渾噩噩地等待那一天的來到，作為一種生命的演奏，再氣勢恢宏的交響樂都會有最後一個休止符，都會有指揮的手勢懸空圈結的那一刻，成功與否的標準只在於：樂停音絕之後的下一刻會不會有轟然的掌聲響起？其實，平靜祥和的老年正是對於奮鬥了一生的你的最高補償：假如說老的後一個字真是死的話，它的前一個字更重要，那便是：生。生與死平衡在你的那座老之天秤的兩端，這是一種心安理得，一道沒有了生之遺憾於是也就消失了死之恐懼的等式——所謂名垂千古或者遺臭萬年，老的明天並不會從此便消失。

當然，老決不是件愉快的事。老的不愉快不僅因為血管，而且更在於觀念的硬化。因此，減低膽固醇的攝入並不比增強現代意識的吸收來得更重要。時代在前進，也曾中青年過的老終會讓位於下一輩，這非但是一種必然兼自然，而且更是一種光榮，一種功成利就的引退，一種登上所謂「德高望重」聖座的第一步台階——除了筋骨痠痛、行動滯緩外，老的悲哀更在於不知覺地讓自己做成了絆腳石。所謂第一線的老人總喜歡與青年結伴，而第一線的青年總喜歡與老人為伍，揭示的不就是這麼一種社會接力賽的傳棒精神？

遠的必會近來，近的必將遠去——老的公正就在於它平等地對待所有的人：貧富貴賤，即使是世間最強權的暴君也逃不過老的最終來到，於是，世界便有了一次更換新貌的機會。

當你年輕，當你強壯，當你的生命正燦爛地行進着的時候，請明白：老，正在道路遠端的那團迷霧間等着你，它會借助生活中每一瞬閃過的機會來向你提醒說：都準備好了嗎——包括生理、心理以及先死而後生的那一層深奧的意趣？

1995 年 5 月 1 日

於香港

Part One

與雲的對白

一個肅穆的畫展上，眼光隨着腳步流淌而過：人物，靜物，風景，街容以及反映某類重大主題的龐然展開，只是令我沉浮在了色塊與表現手法的此起彼伏中，心情負重而困倦。突然，一幅名為「雲」的油畫驀地抓住了我的視線，令我那遲鈍了的感覺又重新銳利了起來。這是一幅偏靜在展廳一角的小小壁掛，不受觀眾留意，就如當初，它明顯地沒被展會主辦人太多垂注那樣。基調為素灰白的畫面什麼也沒提供，遙遠而渺茫的地平線很低，之上飄浮的是幾朵綿白色的主題。空——這是當你的目光與作品接觸到的瞬間所頓悟到的那個字：從空曠到空洞，從空虛到空靈，空是一種最無可定義的定義，最沒法規範的規範：填充物？你或者能在某一天找到，但就絕不在手邊，下意識告訴你，那是要在你心靜氣和地去沉思和再沉思之後，才可能出現的事。

這，便是雲，那種界限在氣體液體與固體之間的存在——其實，又何必神態凝重，壯懷激烈地去翻江搗海？生活原是一種在取景意義上的斷章取義，任何一種最常見的景物之中都可能會蘊含了些深刻的玄機，而雲，便是這麼樣的一類題材。

有時，你搭乘一架波音機，機頭一掀嘯，就把世間所有的煩囂都拋在了下面，載你闖進了這潔白的雲的故鄉：之上，是一穹晶藍晶藍的碧空；之下，是一片湧動着千姿百態的雲浪的海洋；而你那飛機小小的投影正緊貼着那些柔動着的峰谷之曲線滑行。這便是雲的本貌，晴雨雷電，在蒼穹與大地之間，扮演着它那一份特定的角色。於是一下子，人間悲喜劇便有了答案：命運並不神秘，它們的實質不都是那同一穹晶藍的永恆，晶藍的空？

又有時，在你經歷了氣喘吁吁的登攀之後，終於佇立在了黃山群脈的水墨畫一般的峰頂之上了。除了風聲與松濤外，這裡是一片寂靜的世界。浩浩蕩蕩的雲群在你腳下，就像無聲影片裡的萬匹駿馬，奔馳而過。在這裡，傾軋已化作後浪推前浪的柔體運動；而陰謀，則敞開為了一派白皚皚景觀的聚散。你看得入了神，想不到雲的另一層意境竟如此坦白，如此奇妙，如此非人間！你開始理解，為什麼會有神女仙士自這峰端駕霧騰雲而去的種種傳說了。

然而，你畢竟是你，你還得回到你那充滿了俗念與是非的人間去，或擁擠在人流中，或跋涉在大路上，或躺臥在草垛上，嘴銜一莖枯葉地仰望浮雲飄過。這時節上的雲，已改換成了完全另一副存在的姿態，它會以一種喃喃的口吻與你對話，它在說：我來自海面，來自草原，來自幽谷，來自遙遠的地平線的那一個半邊，你們少點兒什麼，我都可以為你們帶來，大自然一切單純的祝願都包含在我綿綿脈脈的目光之中。

清晨，它說，我被朝陽染紅染金染成了一匹華貴無比的錦緞；而傍晚，我又遭夕輝染血染火染紅染成了世間最悲壯的一場落幕。但，它說，這些都不是我，那只是一對對觀察的眼睛，將喜悲的色彩把我塗抹後的結果，真實的我不過是一小滴一小滴的水珠，那些無名分無實質無色彩無重量無地位的水珠，它們微不足道，它們因而只能飄浮在空中，它們互相吸引，它們彼此依靠，它們集合在一起，它們凝聚在一塊，然後——然後便有了我。我重則化作淚，輕則騰為汽；我也有我的命運與人生，我的命運是永久的飄泊，而我的人生，便是在這淚與氣之間的循環的無窮無盡啊……

之後，你便舒舒緩緩悠悠然然的又飄浮了過去，只留出了一截透藍的時空來讓你的聽訴者斷思：從此鄉飄往他鄉，自該國流亡他國，沒有祖國也沒有故鄉，究竟，你悲愴的結果是自由呢，還是你自由的代價是悲愴——請告訴我，遠去了的雲呀，雲……

1995 年 6 月 28 日
於香港

燈語

每當暮色上漲，燈，便已在那幽暗之中急不可耐地等待着了……

窗外，海鷗啾叫着，海浪以一種單調的音節拍打冷崖，而今晚的你就恰好落腳在距離這一切不遠的一座傍海的小屋裡：一盞還沒被點亮的孤燈陪伴着一個清寂幽思的你。

沒點燈，並不因今晚停電，更不為了省電節能，而是你不捨得讓暮靄，這一杯灰白均勻地飽和了詩質的溶液，就在這一伸手一按指之間被攪亂了。你愛享受這一股帶甘性的苦汁在你的心田流過，再枝枝丫丫滲開去的感覺；你愛讓感情承受着一種任悲鬱的濃酸腐蝕，卻咬唇堅持住的堅毅。你理解，從星光到火把，從火把到油燈，再從油燈到燈泡的一切照明設備，不變的只有一樣，那便是對光明的定義與執着。而你更明白，絕大部分面積都黑暗在了記憶夜色曠野中的生命，其實也就是那一幕幕燈下場景的縫接，而燈，才是人生那一脈透亮的貫通。你，於是便染上了那種愛在不着燈的現刻，回想一段燈下之過去的怪癖。

……可能那是在那座被你喚作為故鄉的城市中的某個深秋的傍晚，落葉的現實恰好與你蕭瑟的心境吻合，而燈光又正巧與月圓相逢。屋外，你想像着那些你能熟背如流的街巷如何沉浸在似水般的秋涼中；而屋內，你卻被一盞燈的温暖柔柔包圍。燈的涓涓的目光傳神着一種暗示，體貼着一種慰藉，你覺得平靜、安逸、充實，欲望的吶喊已壓低成了一句與燈的喃語。你需要告訴燈許許多多你的不平，你的悲憤，你的那些莫名的感觸，和無數早已沉澱在了你心底的隐私。你覺得燈的可靠，就因為了它的那隻堅定的燈杆和那傘稳稳的燈罩，而燈的可信就由於了它脈脈含憂的目光。是的，你當然也有過最貼心的人，並也曾在某個花月之夜向她敞開了心扉。但燈卻不然，它紋絲不動地站着，炯炯地燃燒着一種堅定的能量，它更使你深信：你面對的要麼是無窮，要麼只是你自己——那個你最愛、最恨、最無可奈何，也是最可能讓你驚異面對一刻的人的影子！你取出筆和紙來，但想想又不妥，復再換成唐詩宋詞，換成托爾斯泰，換成《約翰·克利斯朵夫》，你確信無疑地認定，那些古代或當代的偉大靈魂，正清清嗓音，準備在燈下與你對話。有時，當然，難免也會有某具醜惡形象溜滑進燈之光流中來的偶然事件，諸如一張告密的臉，一閃整人的笑，一付猥瑣的表情，一彎腰獻媚的動作：但你大可不必在意，這些屬於暗角中的寄生族類，是註定不敢在這光明中待久的。它們會迅速地溶解、淹沒在燈的美麗的光暈裡，從而讓你認識：只有善良的寬容才是永恆的真理。當然，對於你，這麼一位對音樂切齒咬牙痛愛者的最佳燈下生存方式，無外乎於找出一張沙沙的粗紋唱片來重溫一回少年歲月的真切，讓鋼琴憂鬱極了的旋律，讓小提琴高把位上的揉入，讓圓號低沉的呼喚，讓長笛銀光閃閃的飄逸，來點觸你心端的那尖最柔弱最易受傷害的部位，來汲取你那幾顆怎麼吝惜也不得不給予的中年淚滴——時光回流，是常常與燈，這麼一件似乎總寄居着某種靈性的物體相關聯着的。

只是在今夕，你的燈卻仍未點亮，在一座傍海的小屋裡。你希望在黑暗中聽海，琢磨海的那種單調而隐晦的語言，還是，要在黑暗裡感受，時間如何在你身邊無聲流過的那種種不可思議，連你自己也說不清。或者，你僅想藉着月光的絲絲寒縷來打量那盞離你只有一呎之遙的燈：你要體念她的迫切，折磨她渴求開放的願望，你要一字一句，一筆一畫地在心裡描繪那團耀眼的輝煌，此刻如何在她胸中蘊藏，而黑暗又如何在四周冷笑的所有細節——黑暗與光明就在這樣地對峙着呢，你想……

1995年7月20日

於香港

秋

秋是一種氣息，一種混合着枯葉以及陽光的高高遠遠的氣息。在故鄉的上海，你在九月初上便能嗅到；而在這南國的島嶼，陽曆的十一月尾它才開始深濃起來。

所謂「一葉而知秋」，其意境實在高邈。設想你在一個雨灰的清晨或者某回夕輝似金的傍晚獨自踱步在一條景深的林蔭道上，緬懷而落寞。驀地，你見到一瓣孤零，脫離了它那群熱鬧的綠色，飄然而下，一縷無故的悲涼會自你的心頭升起：秋到了——秋，畢竟到了。你甚至會很動情地彎下腰去將那片枯葉拾起，恍若拾起了某種心情。你總覺得有某段類似於「黛玉葬花」式的典故在你心頭縈繞，揮之不去。這是一種溶解些許傷感的驟然清醒：夏季過去了，驕陽似火將愈來愈成為一種背景式的記憶。秋是一曲旋律，踏着明快的節奏乘風而來，沙沙的林間，起皺的湖面，都市無數的巷堂間，曬台上迎風招展着的，內容大小不一的晾衫竿：秋臨人間，從一片飄零開始到一地枯黃完成。

秋是靜美的，不炫耀、不張揚，悲悲切切地走完了一程蕭瑟的人生；秋又是貢獻的，不吹噓、不索酬，紮紮實實地負重着一片收穫之田野。秋的雙重人格完美在她含蓄、矜持的姿態、表情以及目光中。秋屬於女性，而且是東方的勞動女性——雖然無言，但看得出，秋，她鄙視春，鄙視這種歸於名門豪女式的濃妝、眩暈以及華而不實。

然而，我之對於秋的情有獨鍾卻是有關乎於她之靈性的。

我總愛在初秋，那個一年之中最輝煌的時節裡去看望西子湖，去體會那種被醉美而透明的她充分擁入懷中的感覺。蘇堤的殘荷，白堤的衰蟬，這是秋曲演奏中顫音揪心的彌留；而無論是影影綽綽在湖水深處的三潭島，還是青巒綠水紫煙白霧盡處的，美麗着傳說的背景之後覆背景，整座杭城此刻也都沐浴在了秋的安詳中。一樣的湖光山色，一樣的悠悠歲月，這裡一抹那裡一筆地，造物主又到了往她那塊調色版的墨綠之中若有若無地注入一種叫金色的季節了——秋意濃化在悄然間。

然而，品味秋韻的高潮，似乎總要等到你去造訪靈隐寺的那一個下午連黃昏才來到。朱牆璃瓦隐蔽在竹林的幽深處，寬大茂密的竹葉沙沙地歌唱，搖入一地金黃，而你就踏着這一路鬆軟，攀下、中、上天竺而去。一路無人，楓紅桂香，天高雲淡，只有秋，這位迷人的女郎與你結伴同行：時而嘻笑，時而喃喃；時而穿肋挽臂，時而貼身纏綿。翻嶺之後的彼坡是龍井，古井古亭，流泉淙淙，這時的你才見到有幾疏人影散坐於深山的茶室內，並向你證實說：你還存在於這塵俗的人世間。你喚來一杯清甜沁肺的碧茶，呷一口，看竹林稀疏之間，殘陽如何閃輝着地沉下，你向自己說：為什麼拖不住呢？又一個秋日在逝去，這似乎每一寸都用金子鑄成的時光啊，白耗一日都是一種莫大的浪費呢！

於是，你便堅持要搭夜車趕回上海去，你憂思着自曠漠的月台上最後一個離去，再穿過秋涼如水的灰暗街道，回到你那間温馨無比的斗室中。窗前一彎秋月，窗下一盞暖燈，寒暖、悲歡以及苦樂——秋的啟示有時又很深刻……

這樣的日子一年之中也不過二、三十天，當朔風夾帶着寒流的先頭部隊在吳淞口岸首次登陸時，我便在策定着回港的種種計劃了——並不為了什麼，而是為了去追秋。

因為那段日子中的香港，秋意正值興濃時。滿山滿坡滿露台的簕杜鵑怒放，恍若一團團燃燒的火焰。而天空醉藍海水醉藍，將香港，這座神奇着世界最巍峨建築群，豐富着全球最瑰麗色彩的國際都會也溶化進了被這雙重藍色浸染了的背景之中。我站在半山家居臨海的露台上，重温這秋在人間的金色夢幻：這是秋之奏鳴曲迴旋式的再現部，而我，就是依靠了這現代航空技術的不可思議，才得以一路追蹤，抓住了這秋之裙邊的。儘管如此，但我知道，就當滬城西池正準備進入臃腫的寒冬時，我的心卻仍留在了蟹肥菊燦時節的江南。

1995 年 9 月 22 日

回滬前夕

Part One

殘疾車

所謂殘疾車，並不是說車有什麼毛病，而是指駕車者為殘疾人士。本是一種為着方便傷殘者的日常行動而設計的交通載具，當它適應時勢地演化成了一類運客的生財工具時，在滬人口語中的「殘疾車」便也被賦於了一層新的意義。它們在大上海街巷如迷宮般的版圖間竄入拐出，彌補着這個東方超級都市的交通堵塞與不足，構成了上海市容的特色流動景觀之一種。

殘疾車通常是由一輛舊款的國產「幸福」牌摩托改裝，焊延出一截鐵架，鋪架上幾方木板（講究些的還可以在木板上墊襯上一層薄薄的人造革面連泡沫內芯，算是提供一種軟感享受），捲展一簾帆布篷簷，擋陽又遮雨。於是，司機居前，搭客在後，特殊的交通工具便開始在這特殊的時代，「突突突」地招搖過市了。

話說殘疾車也有過一段風聲鶴唳的艱辛期。一是因為它的陋貌多少有損於上海改革開放的形象，二是它穿街鑽巷橫繞直行歪打正着的門門道道也不便於交通的正規化管理，三是沒有登記也不曾註冊的它，繳稅當然也就成了義務之外的事。綜合上述三大原因，當局也不是沒曾下過要將其徹底清一清理的決心的。那時節，你常能見到警服端莊的執法人員，一個白指手套的敬禮，便將殘疾車截停在了道口街邊，而衣衫不正面色菜黃的殘疾車主則哈腰陪笑，遞上一份證書還附帶一支香煙什麼的，在風中雨中霧中車輛排氣管的廢煙中比劃着某種解釋。後來，就聽說有人提出了三點反駁意見：殘疾人士身殘志不殘，他們自食其力，為自身謀點小福利，難道也非得繳它個全稅什麼的不成？你們明白今年是什麼年？（那年恰好是國際殘疾人士年）以及你們可更知道中華人民共和國傷殘人士協會的最高領導人又是誰的兒子嗎？三句反問一出，就連再高官銜的都支吾以對王盼左右而言他，就更別提那些警服與袖章之類的了。

其實，在正方所提的理由之中，至少第三項還是很有些依據的。免稅使那些傷殘人士受益自然完全合乎情理；只是就因為免稅，殘疾車的駕駛群間便混跡進了不少本不應屬於此等行列的手明腳快者，不知廉恥地搶食着那份分撥於他人的優惠。有一回，我就搭上了一輛車側邊還橫綁着一支拐杖的殘疾車。這是一支上凹包軟布下墊套膠掌的跛者棍，很能讓人產生一些當車主收工停車熄機後，拄着它一瘸一拐回家去的情節聯想。然而，就當車行駛到半路時，車身在擁擠的車流間被擦了一下，擦它的是一輛自行車的前輪。殘疾車「唰！」地一個急剎車，而見狀不妙的騎車人剛想逃遁，就被「忽」地竄下車來的「殘疾人士」健步如飛身手不凡地一個招式，緊緊揪住。只見他滿臉橫肉兼滿口粗話，一吐為快之後更一賺方休。就當他晃掂着幾張「大團結」，右手敲打着左手地走回來時，我問他：「你究竟是哪裡殘疾啊？」「殘疾？」他先是一愣，繼而狡黠一笑：「少了一隻腰子，」他往胸肋的左下方那麼地按了按，「你有X光透視眼嗎？」我，當然沒有。車又開動了，迎着呼呼的風聲，他似乎還在說些啥。「什麼？——你說什麼？」我盡傾着前身地問他。「掛羊頭賣狗肉，你聽說過這句成語嗎？」這次，我毫無疑問是聽說過的。

在上海，出門搭乘殘疾車之所以至今仍不能廣泛被人接受的原因，除了該等「車輛」從無票據可以出具外，不舒適不安全又無招來揮去的士的那種氣派也不失為幾項重要因素。而對於那班遲早總能找到車資報銷去處的搭車者來說，就更犯不着為公家省那兩個小錢而去經受路顛之苦的了。然而我卻不同：搭車從來便是自己掏腰包倒在其次，更主要的還是乘坐這類四大皆空的殘疾車於車水馬龍間驚險而過，能讓你享受一番車轔轔、馬蕭蕭的意境，還有某些一般搭車程式所無法提供的情趣的，諸如上車之前煞有其事地討個數講個價，而下車之時又出其不意地往他手中塞多五元十元的，以換取對方一疊串喜出望外的「謝謝！謝謝！」之類的劇情發展。

印象最深刻的一次搭車是在年把前。一位右臂高位截肢滿腮鬚樁的大漢，單手擋把地為我駕駛一輛相當破舊了的雜配車。車常出毛病，每過幾個街口，他都要下來，踢東打西地折騰一番，然後再走。但到了復興路南昌路口，車就索性「罷工」不動了。大漢用一根繩索套住引擎，一個猛拉，摩托「突突突」地呻吟了幾聲便告停下，再試一次，還是一樣。既然要用它來賺錢，為什麼就不去買架新的？我問。窮哪。窮？做不到生意嘛？倒也不算是，一天一張「四偉人」還是可以照牌頭嘅。那還能算少？一天一百一月三千——再說還不用打稅，我擺出了一副在行的模樣。但負擔重啊，一個風癱老娘、一個瞎眼老婆，幸虧女兒乖，都考進大學了，但學費又是高到叫儂吃勿消！……我覺得自己的心窩酸溜溜的，眼眶也開始酸溜溜起來，有誰沒有老母、妻子和女兒呢？你這人也是的，好娶不娶，還去娶個瞎子老婆回來佔手腳。不瞎的，能要我嘛？他停止了手中的活兒，轉過臉來望着我——這倒也是真的。只是看來車是非要大修不可的了，因為他已將工具攤滿一地，擺出了一副作戰前夜的架勢。我跳下車來，往他手中塞入一張「四偉人」：「你慢慢兒幹吧，我沒時間等了。」說罷，頭也不回地走去，連領受一聲「謝謝」的情趣都流失了。

而最逗人的一次搭乘殘疾車，那又是在此半年之後的事了。

那回兒成都路高架還沒竣工，而新閘路又正拓寬，四叉路口的車流量要比平素高出至少一倍。好在我的那位駕車人車技高超，竟能循着那條車流與人行道岸間的窄縫安然楔入。雖然，我一早已見到有個小男孩，叉開雙腿挺立於前沿陣地，「面向大眾」地似乎正打算幹些什麼，但還在我未及反應過來之先，車已在他的前面停了下來。一條波形拋物線，宛若羅馬廣場上某位天使胯下的噴泉細流，說時遲那時快地展開了它的浪漫射程，而落點又正巧是我的褲腿跟。我「啊」地一聲叫喚，連忙縮腳。司機聞聲，轉過身來：「小赤佬！——」男孩受驚，管他三七二十一，急忙收拾起器具，返身便逃。而綠燈偏又在此時亮起，背後傳來一連串催促的鈴聲與喇叭聲，司機於是只得開車。「不好意思哦，先生！——最多我少收一半車費啦，」他說。

到目的地的時候天色已暗，大上海的憧憧樓影高低錯落在靄霧濃濃的煙波裡。我當然不會少給他錢，並且仍是按常規塞多了他十塊。他在暮暗中辨認完了手中的所得之後抬起臉來望了望我，而我則望了望褲腿上的那灘未乾的尿跡，於是，兩個人便都不約而同地笑了開來。

1996年1月30日
於香港

Part One

秋在巴黎

應該說我們是與秋天同時來到巴黎的。據接機的友人說，巴黎前多少天氣溫還屬炎夏，然後便下了幾場雨，接着就開始了最迷人的巴黎之秋了。

巴黎之秋金色，這不僅是指她那些敏感於季節變換的法國梧桐樹，更因了那一座座每一回都不忘反射夕陽輝煌的巴羅克建築群的屋頂。群鴿起飛，再灰白相雜地降落在噴水池和雕塑的廣場上，踏着落葉，從容覓食。而廣場四周，不論大小，通常都是圍滿了露天咖啡座的，猩紅色的篷簷下，即使在淅淅瀝瀝的秋雨中，咖啡茶客們也一樣能悠然地觀賞噴泉鴿群和落葉，那水彩畫一般的景色，而不受被淋濕之干擾的——這便是巴黎市容（其實又何止巴黎，這幾乎是整個法國大小市鎮）的著名景觀的一種。每當見到那些長髮領結腮鬍式的藝術型人們，能在一張小方桌前，一支清啤，一杯 cappuccino（卡布奇諾），凝視着街景呆坐上數個小時的情景時，妻子都不禁要問我：「到底，他們何以為生？」

的確，對於已經習慣了匆忙生活節奏的東方都市人來說，巴黎人的閒散有時顯得不可思議。但藝術的傳統與想像，或者就是從這種閒散之中萌芽抽枝的。在那個金色的下午，我們沿着香榭麗舍大道，自 CONCORD（協和廣場）朝凱旋門方向走去。這是一條極富層次感的國際大道：中間是一條在一個多世紀前，已頗具遠見地，規劃和修築了的寬敞的六車道來回線，而兩邊栽種有高大聳天的栗子樹；其次是鋪着彩磚的人行徑，人行徑旁高低錯落着各式名品商鋪與咖啡店，商店的後門開放在茵綠坡伏的草坪上。之上，又點綴着噴泉，長椅與無所不在的石雕以及古堡式的豪華餐廳、私宅以及公館，此一座彼一間地躲藏在影影綽綽的林蔭間。人行道上熙熙攘攘着來自於世界各地的不同膚色種族，以及各式宗教信仰的人群，彼此友好融合，匯流成一幅彩色斑斕的巴黎秋色圖。路旁，一個垢面長髮的藝術家沉浸在他自己拉奏出來的大提琴低沉的旋律裡。而一尊全身都塗成了灰白色，連眼珠都不轉一轉的人像，站立在一方石座上，邊上擱有一份英法文併書的字牌：難道，我也不像是一座雕像嗎？於是，在他攤開的帽肚裡便有了「叮噹」扔下硬幣的聲響。在一個有思想卻沒有出路的時代，在一個科技被高速追求着的時代，在一個物質過剩的時代，在一個人的隱私與社會嚴重絕緣了的時代，心理障礙的浮現已成了世界各發達國家與地區的常見病，包括法國在內的西歐尚還能自我調節的原因，或者就因為了那些露天咖啡吧——這便是我對妻子提問的解釋理據之一。這與北京人的「侃大山」，四川人的「擺龍門陣」，有着異曲同工之妙，巴黎人的溝通溶解在他們苦澀的咖啡杯裡。為此，我們便也毅然決定在這些巴黎人族間，在乳酪與咖啡氣息的重圍裡坐下來，享受一杯 4.5 法郎的 cappuccino（卡布奇諾）。其實，咖啡與在義大利公路沿旁的 Mall（商場）中用 3500 意幣（約合 4.5 法郎）就能站討上一杯來喝的也沒啥兩樣，但下意識告訴我們，這是在巴黎，在香榭麗舍大道上，在一個迷人的秋午。近處，衣着姿彩而光鮮的美女俊男在你身邊時裝表演般地穿梭而過；遠處，透過 CONCORD 油綠綠的草原，羅浮宮的金頂閃耀着路易十四時代的誘惑。

在法國，濃膩得叫人呈現消化不良狀態的，除了她含有大塊cheese（乳酪）的洋葱湯和法式蝸牛餐外，更有她大小博物館與皇宮內收藏的無數件藝術珍品、牆雕、壁掛與碩大驚人的穹頂畫。米開朗琪羅的肌肉，達芬奇的微笑，米勒的沙龍，梵高的田園，讓你視覺復疊，嗅覺失靈，聽覺迷幻，觸覺敏感到了虛幻的膚質以及體温。你只能任己沉浮在一片藝術的汪洋中，不知滅頂會在何時。從原始到文明，從野蠻到開化，從創世紀到最後審判，金戈鐵馬，柔肌曲姿，眼神呼吸擁吻作愛，站坐曲立跪——這些屬於另一度時空的偉大藝術栩栩如生地雄辯着，它們也曾不是一場夢哪！那天綿綿着陰雨，我們搭乘捷運快線前往位於巴黎郊外的「楓丹白露」（多美的中文音譯名！而我對其英文譯音的理解是：FOUNTAIN——BLUE，藍色的噴泉），這兒有一處拿破崙的行宮，他就是在那裡向他的衛隊告別，踏上了永不回歸的流放之途的。宮內遊客寥寥，我倆肅穆地走過拱穹高隆的拿破崙與約瑟芬的臥房，小息室，過廊以及會議廳。一切如舊，恍如只隔了個昨夜。金碧輝煌的雕刻無言，巧奪天工的吊燈無言，傢具無言，石像無言，拿破崙稱帝的宣言還攤開在原桌上。法蘭西帝國的燦爛，隨着拿破崙的逝去而滑入下坡的軌跡。這是因為，只有回歸生生不息的人民才能永恆，拿破崙稱帝的逆動，為他英雄式的霸業畫上的是一圈可恥的句號。

回到巴黎市區時，陽光再度露面。我們自OPERA（歌劇院）的出口鑽出地鐵，沿着繁華的奧斯門大街東行，地上還濕漉漉的，陣風吹來，梧桐樹的枯葉飄落紛紛，而我們，卻又重新温暖在了金色的秋陽中。再去哪兒喝杯什麼吧，剛來巴黎兩星期的我們似乎也都染上了那種不治之症。我們在「老佛爺」百貨公司斜對面的一家咖啡店裡坐下來，呷一口波多紅酒，欣賞着窗玻璃外糅合着古典與現代的街景。街上來來往往的人群中，也有不少亞裔人種，提着大袋小包，自名品店離去。這都是些日本人，同行的法國朋友告訴我，他們是歐洲文化最熱烈的追崇者。在經濟高速繁榮後的今天，他們最大的興趣便是來巴黎購物。然而，他們能用錢買回法國的藝術品，但買不回法國的藝術感——這是我的評斷。這倒是，法國朋友笑眯眯地轉過臉來望着我，對於你們中國以及中國人，其實，法國當代的諺語中也有一句相關的表達法。是麼？——只是它與經濟繁榮和購物都無關；對於一位深不可測着思量、盤算以及心機的人物，法國人的表達是：你怎麼如此Chinese啊？愕然，我只能，也只有，愕然——對於此項前所未聞以及聞所未聞，我不知道自己該感到悲哀呢，還是自豪？

其實，說到法人的單純、直露與輕信，仿佛是與他們深厚的藝術素養構不成任何比例關係的。但他們也就如此地生活着，且互相融會溝通，還時不時地搞些淺薄的示威辯論提案什麼的，以期再增加些民主濃度。然後，又會在政客們朝三暮四手法的障眼術下，被輕而易舉地矇騙過關。這便是法國人：創作了羅浮宮古典的奧賽近代，以及蓬皮杜前衛藝術的法國人。雖然，對於鐵罐一堆，尿布一塊，麻袋片若干的前衛藝術，我真還癡蠢地缺乏鑒賞的天賦，但對於蓬皮杜文化中心外廣場上的那片自發的藝術綠洲，我興趣之外更澎湃着感動。又是個夕陽西沉的黃昏，我們自博物館中精神疲怠地走出來。廣場上一派熱鬧：彈吉他的，吹薩克斯風的，作畫的，跳太空舞的各行其道。而夕輝如灑，鍍金了一切：人面笑容、畫架以及薩克管。

三五個衣衫襤褸、鬍髮環面的藝術家跪在碎石地面上，邊喝可樂邊作畫。他們利用廢罐、棄樽、噴塗液和刮刀之類的一陣擺弄，就成型了一幅太空意境作品，路邊那麼一擱，隨後再標上一個價格。而一位身段窈窕的金髮美女始終陪伴着他們，並於他們之中每一個完成了作品的人輪流擁吻。自由溶解在法國人的血液中，這是一種從三百年前就已經開始了的人的生理變異，它不需要東方人的認同與理解，它自有它文化背景的上文與續篇。

天色暗下來了，寒風驟起。秋意已不覺在我們來到巴黎後的兩個星期中變得更加深濃。不知怎麼地，我們忽然想找一家中國飯店，而且最好還是家滬式飯店，去晚餐——不因為什麼，只因為思鄉。「巴黎不好嗎？」妻子問我。叫我怎麼說呢？無論你到過世界多少地方，仍走不出故鄉對你的強大引力圈，那兒有你的童年與過去，有你可以真正溶入的背景與人群，我們別無選擇，除了祈盼上海能真正從內到外地完美起來。至於餐館，最後還是在位於巴黎十三區的中國城裡找到了。菜餚的味道如何倒在其次，反正帶給了我們一種心理滿足。夜已很深的時候，我們自餐室裡走出來，巴黎的寒夜仍具有居里夫人時代的那股顫抖力。我緊了緊身上的呢絨外套，挽實了妻子。我們從悽惶的貴族時代的青銅路燈下走過，再一次地想起了巴爾扎克，想起了雨果，想起了莫泊桑，想起了蕭邦與喬治桑那段夜曲一般柔美的愛情故事。

1996 年 10 月 13 日

剛自法國回港

夕輝中的茵斯布魯克

傍晚時分我們到達茵斯布魯克，這座除了詩樂之都的維也納之外，對東方人來說，可能就算是最熟悉的奧地利城市了。茵城位於奧國的西北部，距花園之國瑞士的邊境只差兩小時的車程。那天，送載我們的雙層旅遊巴士便是在一下午的濛濛細雨中，穿越了整版翠綠欲滴的瑞士山林，當金色落日再度露面的時候，才遠遠望見了茵城的屋脊城廓的。

茵城與落日的同步出現豈止是合拍這麼簡單？簡直可以說是一場壯麗交響樂的轟然高潮。落日金色，茵城金色，金色覆蓋金色，金色反射金色，茵斯布魯克最輝煌的夕輝裡——更何況還在金秋裡的一場濕漉漉的雨後？

這便是我們漫步於黃昏茵城大街上的印象了。大街上行人稀落，據說，這是這座人口不滿百萬的西歐城市的常見傍晚景象。街道兩旁最高也不超出四、五層的巴羅克建築鱗次櫛比，風格各異，且紅黃橙綠灰白玫瑰絳紅玉桂色地開放着各式想像，宛若一座爭豔鬥妍在夕輝中的樓宇的大花園。朱漆紅的有軌電車從大街的中央悠悠駛過，挺着一支堅定的斜辮。寬闊的車廂內乘客寥寥。胖乎乎的，包着一方絲質頭巾的歐洲婦人坐在臨窗的座位上，神態怡然，笑意微含，而深凹進鼻樑間的幽藍眸子教人記起日內瓦湖醉人的湖水來。時光仿佛仍滯留在上世紀末本世紀初的某個秋日，地球上的一切翻天覆地與他們隔絕，二十世紀的工業革命二十一世紀的電子戰役，只是一種遙遠在美洲在日本在另一個星球上的傳說。一洞虛掩着的百葉長窗後，傳出來拉赫馬尼諾夫鋼琴變奏曲的旋律，讓人懷疑簡．茜莫爾飾演的那位《時光倒流七十年》（Somewhere In Time）中美麗得似乎不食人間煙火的女主角，是否真會在某個金輝如鍍的街角處突然一身白衣裙一頭飄逸秀髮地出現？

其實，在十五六世紀的一段時期，茵城曾是若干王朝的定都地，於是，在這座本已古樸如隔世的城池中心，更完好如昔地保存有一塊夢幻般的思古綠洲。文化、藝術、宗教以及時光都定格在某個歷史瞬間，它像一件活的標本，展覽在二十世紀九十年代生活形態龐大的博物館中。

它精華的集中地是一處被稱為「金屋頂」的廣場，在那裡，中世紀的帝王們能從一座鑄銅與白玉石構築成的露台上，每逢慶典，欣賞藝人的表演以及接受民眾的歡呼。以今天的標準來看，其實，那片所謂「廣場」只是一方用褐色花崗岩鋪砌出來的面積約莫數英畝的空曠地，以一柱玉雕噴泉為中心地深陷在周圍低至二層高也超不過五層的，繁曲複雜着貴族時代壁雕與色彩的建築群落之中。對於一個街道狹窄得一位身材偉岸者叉腿展臂便能觸及到兩壁的時代，「廣場」的含意當然與現代有異，而五層高的疊石建築也就成了當時的「摩天大廈」了。倒是所謂「金頂」可算為名至實歸：憑欄廊柱、露台牆雕、教堂拱頂以及商鋪奢華的鑄銅吊掛，一切都雙重鍍金在夕陽以及奧匈帝國昔日的輝煌裡，令人眩目、神迷，甚至連形容都會感到語窮。奧地利政府保護這片珍貴歷史遺址的方法，並不是太多的法令以及官方投資，而是將它置於市場經濟規律的保鮮庫裡：任何產業購置者都能將它佔為己有（當然除了廣場、街道以及其他公用設施外），只要你願意遵守政府有關原築風格的保持與維修等一切條例的話。

於是，金頂廣場便又回爐到了人民生活的沸騰海洋中，這些舊日貴族府邸的每隻窗口現刻，都温馨着現代生活者們的燈光以及白紗窗簾，而那一座座曾美麗着月光情人飛吻以及私奔等等傳說的拱肚型露台上，如今都掛滿了盛開着紅白玫瑰的花槽，一派勃勃生機。你驚訝地發現，原來這座城市之所以清寂的全部奧秘，是它的人口的幾乎一半都可能集中來了這裡。人們說着笑着，從窄街兩旁或廣場四周的商鋪裡出出入入。幾百年前，騎士和劍客為博美人一吻而濺血的決鬥之地，如今擺滿了彩色的遮陽傘和塑帶藤編椅，絲領結的紳士和金耳墜的淑女在咖啡果汁可樂的陪襯下在這裡盛開。中世紀走遠了，唯噴泉不老，唯雕像不老，唯夕輝不老，如今人們對以決鬥來示愛的理解已修正為：沒有了生命，愛情還有何處可供寄居？

夕陽漸漸西沉去了教堂的背後，在這幾乎還能幻聽到馬蹄之噠噠聲的十六世紀的窄街深巷間，夜色迅速地潮漫開來。咖啡和牛奶的香味從尖拱頂的地堡裡飄出來，街道兩邊的古董店裡，單頭燭光吊燈閃耀着一種幽靈般的神秘。忽然，妻子指着前上方的某處說要讓我瞧。這是一扇已被若干木條封釘死了的窗口，黑咕隆咚的背景上閃過了一張白鬚蓬亂的面孔，眼神迷茫且帶點兒惶恐。對於這麼一位可能是DICKENS（狄更斯）筆下遺漏了的人物的上文與續篇，我與妻子的推斷不一：她堅信這是位因為盼等他青年時代的情人而終於年久精神失常了的固執者；而我卻認定這是一位大詩人兼哲賢，正在這夜色漸濃的懷古氛圍之中捕捉靈感的蹤影——事實上，誰又能說得清？好在能為這夕輝之中茵城的記憶埋留下一條謎的線索，這一點，說什麼，總都是一種值得。於是，我倆便平息爭論，相視而笑了。

1996年12月3日
於香港

領帶

領帶的好處在於小小面料，少少裁剪，稍稍縫工便能成其為一種商品，明窗亮櫥裡的那麼一擱，賣個不錯的價錢。

一旦戴上領帶，它便佔盡了你形象的中面中央中心和中線，突出在似乎是一切外套襯衣和面孔的背景上，完了還不忘在你最要害的喉結處打個死結——看你往哪裡逃？！

第一個發明以領帶來充作某種標誌的人，看來，不是別有用心，就是自有一番難言的人生苦衷。好端端地擺着舒坦、閒散與輕鬆不揀，人，偏要去追求一種自我束縛，鑽進一環預設的圈套，且還強調說：所謂「克己復禮」的孔訓，您瞧，古為今用之後還輪到中為洋用。早戴晚除，別說領帶除了氣管保暖外就一無實用——據領帶推銷商介紹，領帶功用多元化，既展覽了前程也留備了後路：春風得意時，讓它飄飄然地張揚人生；哪天破了產，不用墮樓跳海地吆喝眾人前來圍觀，一次悄悄的懸樑，便能了斷一切——包括債務。

當然，領帶的表現並不總是悲觀、極端以及靜態的。

那天，你站立在嶺顛崖端，帶鹹腥味的海風迎面吹來，揚起的除了長髮，就剩下領帶。山盟在你腳下，海誓在你眼前，美人在你緊緊的臂腕間。面對旭日或者落日，哪一隻人生故事不會動人似童話？而那一段愛的情節不會瀟灑如飄然的領帶？所謂紅色代表熱情，金碎象徵豪邁，斜紋涵意穩重，圓點喻示關懷——那天，在總經理室的大班桌前，高大俊挺的你風度翩翩，一個起立的動作，便故意讓那截色彩與圖案的絕佳搭配，悠蕩悠蕩在了女秘書桃面柳眉的流波盼顧裡，如此招數，再傲的芳心還不怕一下給征服了？再說，在斯文的生意談判桌上，有時也難免會有爆發粗野爭執戰的時候，面對對手顯明而卑劣的敲詐，領帶筆挺的你，或許會出其不意地將它臨時充當為某件演戲的道具，你扯着脖子上的那條紳士們的標籤將自己朝前拉去，青筋暴凸，怒目彪圓：想將我狗似地牽着走？哼，沒門！！

鑒於上述種種用途，領帶，便在世界上疫症一般地無藥可救地流行開來。在那些堂皇的Office、華麗的歌劇院、莊嚴的審判庭，竟然還有門牌告示說，非領帶（結）的佩戴者嚴禁入內。而這些，自然是領帶製銷商們所十分樂聞的，他們在電視雜誌街口路邊大做廣告，繁榮了社會也繁榮了自己的腰包。當然，回饋非但有，有時還很慷慨，比如在那個舉國上下一起戴領帶，也是在近若干年才風行起來的國度裡，某個在海外靠做領帶生意發了達的商人，就一擲億金地捐了個帶「委」字頭的官銜來當當。有人說，這會不會也太那個了？我說，怕啥？如此交易自古皆有，看要看他的那筆捐款究竟能撐起幾座「希望工程」？

因為希望是必須永遠要保持的，即使失敗，也要堅信成功一定會在明天。懸樑——領帶的那種末道功用——畢竟要三思，不，應該是六思九思乃至十二思，而行。依我說，絕望這個字眼壓根兒就應該從辭典中清除出去；待到長夜一過，朝霞依舊時，再度繫上領帶，披上西裝，提起考克箱，對着鏡子校對一下笑姿，然後就出門；相信自己也相信領帶——在朝陽的照耀裡，美麗的領帶畢竟還是很有說服力的。

1997 年元月 21 日

於香港

聽螺

一隻海螺靜躺在我書櫃的閣架上，在一個夏日的悠遠悠遠的午後，與我相隔着在日光中閃耀着的櫃玻璃互相久久凝視——她在思念海麼？我想……

你知道為什麼海螺能吹響嗎？

這是潮汐——海的喜怒哀樂——在她胸中的蘊藏；

你知道為什麼海螺會有波紋和斑點的膚色嗎？

這是水草和魚兒——那些水底的居民們——以及大海本身在她身上留下的終生記印；

你知道為什麼海螺會有雪白無暇的內壁嗎？

這是她純潔心境的另一幅寫照，另一層切面，另一種剖白；

而你知道為什麼海螺的形狀，會是由一尖端點突然地漩渦向一片豁然開朗的嗎？

這是海螺的境界，當她成長成型成熟於寬廣無限的海的胸懷之中時，是海，潛移默化了她如此的一種信仰與思維模式——所謂退一步海闊天空，可見，鑽牛角尖就絕非是海的氣質與本性。

你更是否知道：海螺的哨音為什麼會如此深沉，如此凝重，如此粗獷，如此含有一種隱隱約約的迫切，且衝破烏雲沉壓的海面，猶若切割一片絕望之重圍的？

這是她底氣的迸發，對於遠方哪怕只留剩下的一片孤帆，她都不肯放棄希望，她都執着地相信：只有母親喚子式的真切，才是令其能鼓起不顧一切而回歸之勇氣的保證。

海螺的孩子與母親的雙重人格包孕在她一動也不動的躺姿中，在那個悠遠悠遠的夏日的午後，在我書櫃的擱架上，與我相隔着在日光之中閃耀着的櫃玻璃互相久久而無言地凝視，安靜、沉靜而平靜——她在思念海麼？我想……

無論大海曾給過她多少狂暴、驚險與恐怖的記憶，但她仍不變地，也不肯有改變地屬於海，這份固執就如我們一見到她就會情不自禁地聯想起大海來一樣——海之於她，就如故鄉之於你我一樣。

海螺，以她特異的造型、色澤與觸感來讓你體念到另一度空間真切的存在：冰涼、流動，且貼切如絲帛。就是這種空間造就了她，舔呀舔地，將她周身的棱角都打磨成了一種精緻與光滑。試想一件終生與水草、魚兒以及晶瑩透藍的背景為伴的生命，即使在她脫離了那種她以及她的祖祖輩輩們曾賴以生存的氛圍後，又怎可能不在她的身上仍殘留有一份童話式的意境與靈性的？

海螺，曾經是這樣的一件生命。然而此刻，她卻在我書櫃的擱架上躺着，在一個悠遠悠遠的夏日的午後，與我相隔着櫃門玻璃無言而久久地互相對視，安靜，平靜又沉靜——她在思念大海麼？我想……

我打開櫃門，嘗試着用耳朵去貼近她，去傾聽她的那種單調的「嗡」的心音。而這，又是一種什麼樣意義的訊息傳達呢？

是的，這是一道悟空的哲題。

她從水中來到陸地，來到這片我們靠肺葉呼吸的生物群中間，來到這片被我們稱作為絢爛多彩的世界上。當然，這兒不再會有魚兒與水草，在這豪華的乾巴巴陳設的書房中，在這一排排中外名著們的包圍間，她在想些什麼？她想說些什麼？我細辨着她的心聲，但她仍以永恆的「嗡」聲來回答我。

人們掏空了她的心肺，再將她斑點的軀殼來裝點這一個與她完全無關的世界。對此，她又有何感觸？——沒有答復，甚至沒有丁點兒異聲的暗示，除了那「嗡」。

她不再，事實上也不需要再，發出任何聲響，在這書房的書櫃的書架上，在這麼個悠遠悠遠的夏日午後。大海離她很遠，烏雲離她很遠，船頭離她很遠，古銅色的肌臂與鼓起的腮幫都離她很遠很遠。而孤帆，即使再渴望能聽到她母親式的召喚，此刻的她亦都愛莫能助。她能甘心嗎？她會情願嗎？——但她的回答仍是恒一的「嗡」。

於是，漸漸地，下午便向它的深處走去，再走去了。夕陽西沉，暮靄已不知在何時爬上了窗台。但我不會去開燈，不會。只是為了她，為了那隻在書櫃擱架上靜躺着的她，為她能淹沒在一片不是水的，而只是黃昏時分光線的煙波浩渺之中，而她，會不會因此而有了些許歸鄉的感覺呢？

我轉身離去，突然，我聽到了一聲若有若無的嘆息自背後升起……

1998 年 7 月 9 日
於香港

Part One

邂逅孔乙己

天色暗下來的時候。我途徑襄陽北路巨鹿路口上的那家「咸亨酒店」。是店堂裡通明的燈火吸引了我，還是那座站立於大門口的孔乙己老先生的泥塑銅像讓我產生了親切感？反正，我信步前往，推門跨了進去。

馬上就有「歡迎光臨！」的喊聲傳來。

一曲尺的櫃枱倒還像魯迅描寫的那樣擱在那兒。茴香豆也是有的。我流覽了一下菜譜，見它還放在了冷菜類的頭條。只是「着長衫的」換成了穿西裝的了，而所謂「踱到後堂去慢慢吃」而今也變成了預定包房，宴請賓客了。

但我是屬於那「短打」類的，在堂前找了個座位坐下。自然先要了一份茴香豆，外加一碟「醉棗」（此物係菜譜裡的「新丁」，魯迅在他的原著裡好像並無提及），再溫了半斤陳年花雕，吃了起來。

負責照看我那張桌子的服務員是位二十歲上下的紹興姑娘。想必來上海打工也有些年頭了，一口流利的滬語中還帶着濃重的鄉音。她熱情地給我介紹菜種，說，現在吃大閘蟹正是當令時節，九雌十雄，要不要替您來一對？我笑而搖頭。她又說，那就來條桂魚吧，冬筍香菇清蒸，味道是很好的。但我還是笑拒了。難得她如此盡職，賣力為老闆推銷，這令我感動。我於是便叫了道「蟹粉豆腐」

作為補償。

蟹粉豆腐上來了，味道果然不錯。我想，孔乙已當年應該是沒嘗到過的，否則，孔兄在品此美味之下的臉部表情，於魯大師的筆下還不知道會如何妙趣橫生呢。見我吃得滿意，服務員小姐便說，我們的螃蟹隻隻都從陽澄湖來，那種安徽蟹、江北蟹，阿拉是從不進貨的。我說，用這種蟹出蟹粉，是不是可惜了點？女孩家聽罷就笑了，笑容有點尷尬。說，用來出蟹粉的蟹都是「撐了腳」的；否則，不蝕煞老本？儂是老吃客了，騙您是騙不過的——但您絕對可以放心，東西保證衛生。我說，老吃客？老吃客不是他們麼？我向包房的方向呶了呶嘴。他們啊，他們不是暴發戶就是吃公款的。老吃客一般都坐大堂，她說。而且都吃「蟹粉豆腐」？我說。於是，她笑了，我也笑了。

這一笑不要緊，姑娘的美態畢露了。我開始留意地打量起她來：她穿一套蘭白碎花的滾邊扣襟工作服，凸顯了她年青流暢的身材。姑娘的皮膚白皙而細嫩，單酒窩，尖尖的下巴處還長着一顆「美人痣」，望真了讓人着迷。我想，假如年輕四十歲，說不定我會愛上她。就聽得她在一旁問道，您是作家嗎？我暗暗吃驚，問，何以見得？她說，作家協會就在附近，常有作家到我們這裡來用餐。原來如此！本以為自己天生一付藝術家氣質呢，看來還是應該回到「老吃客」的定位上去比較恰當。

我說，既然你說我是個作家囉，哪我就考你一考。考我一考？她淡定地望着我，並無感覺意外的表情。你知道茴香豆茴字的四種寫法嗎？答曰：如今字體簡化，茴字只有一種寫法了——看來，在我之前，出此考題者已遠不止我一個人，不覺倒有了些迂腐和可笑的內愧了。

買單了。她遞上一褶黑皮的夾子來，說：八十八元，還不滿一百，好意頭。但我卻給了她一百。我說，把好意頭讓給你吧：不用找了。這回，她白皙的臉上泛起了一層興奮的紅暈。她說，謝謝您啊，老闆。我說，剛才還是作家呢，怎麼一會兒就變成老闆了？她答不上。在我不想考她時，她倒被我考起了。

離開「咸亨」時，黝黑的天空裡飄起了細雨。但我見到孔老夫子仍微彎着腰，一動不動地站立在深秋的寒雨裡，穿着他的那件「十年沒補沒洗」的長衫。那時的他還沒讓丁舉人家給打斷腿，他當然不會知道作者在其小說裡將如何安排他命運的下文。故，他仍笑眯眯的舉着一顆茴香豆，為飯店的老闆招徠顧客。

2006 年 12 月 25 日

蕭邦的夜曲

說起蕭邦，最令我神往而又心醉的還是他的夜曲。有人說他的波蘭舞曲華麗，即興曲靈動，練習曲深刻；也有人說，他的敘事曲聖哲，幽默曲盎趣；更有人說，他的協奏曲才是他所有鋼琴曲中最完整最全面的作品，無論是結構、技巧、風格上都統一，最有研究和演奏的價值。這些說法都對，但於我，我還是最喜歡他的夜曲。

因為這才是真正的蕭邦，憂鬱的蕭邦，詩人的蕭邦，失望然而總沒曾絕望了的蕭邦。就像我在一首詩中所形容他的那樣：一旦遭第一滴淚酸蝕後，便一發不可收拾了的蕭邦。

他畢生寫了二十來首夜曲。「夜曲」是一種調名，說它與「夜」以及「夜色」無關也無關，有關也就有關。因為凡可稱作「夜曲」的音樂作品一定會蘊含了夜的那種靜謐與惆悵，那種神秘，那種冥想，那種愁腸百結，諸如此類。夜曲是條既定的河牀，而蕭邦則不斷地將他那病態的憂鬱注入其中。奏蕭邦，因而，最好是選一個雨灰的早晨或金輝的黃昏，你獨自待在書房裡，自彈自賞。那音樂是一種訴說，既是蕭邦訴說給你聽的，也是你訴說給你自己聽的。還有，在用詞方面也有點兒講究。這不叫彈琴或奏琴，而叫「弄琴」。這樣地弄琴，這樣地向着一排黑白相間的貝齒去傾訴你的心緒，這，才是蕭邦。就本質而言，蕭邦的音樂更適合用來改良人的氣質，而不是當眾演奏。

今日有很多演奏家都在演繹蕭邦，但能真正進入其靈魂者不多。蕭邦不是讓那種被掌聲、鮮花和紅地毯所寵壞了的演奏家們來演奏的，他們離蕭邦的靈魂都遠了點。技巧不代表什麼，技巧只是一種手段，千萬不要將手段代替了本質——這是件很容易混淆的事。無法進入憂鬱蕭邦之精神內核的緣故，是因為你不憂鬱，不痛苦，不無奈。掌聲是樣壞東西，它將你從音樂的身邊拖離。

蕭邦的愛情故事，據說，也很美，很富傳奇色彩。因為愛的對方也是一位才華出眾的女作家喬治桑。而喬的強勢個性與蕭邦的陰柔氣質又恰好陰陽顛倒，盈缺互補。但，事實是這樣嗎？蕭邦不善於辭令，但卻工於旋律與和聲。究竟有些什麼隱藏在了蕭邦的那顆苦澀而又憂愁的靈魂的背後呢？

蕭邦在留下了這麼些作品後，便匆匆離去。他死時只有三十七歲。或者造物主差遣他到這人世間來走一遭的真正目的，就是讓他來釋放，來宣洩那種非語言所能形容的情緒的。蕭邦的靈魂是用一種叫作憂鬱的元素鑄成。他臨死前囑咐要將他的心臟運回他的祖國波蘭去埋葬，而他的遺願得以實現。如今，蕭邦已成了代復一代波蘭人的驕傲。在華沙的一座氣勢宏偉的大教堂的一根中心柱子下埋葬着蕭邦的心臟，柱子上刻有一行字：蕭邦的心臟在此安葬。而蕭邦，就以此絕筆來完成了他最後，也是最美的一首安魂曲。那次去華沙，我找到了那座教堂和那根大理石的圓柱。我扶柱而立，用滾燙的臉頰貼在了它那冰涼的石面上。我覺得自己雙腿變得酥酥軟軟的，再也站不直了。因為我記起了，也輕輕地哼起了，他的夜曲。我跪了下去，我說：「蕭邦啊，蕭邦，請告訴我，你的那顆埋在地下的心臟此刻是否仍在跳蕩？」

2007年5月27日
於香港

美、錢、權及其他

女人貪美，男人貪錢。

男人用錢財去追求女人，女人用美色來吸引男人。

女人認為美是一切，沒有了美，她們一無所有。

男人理解錢才是一切，沒有了錢，他們一無所有。

當然，最佳最童話式的搭配是：貌帥有錢的男人，又是少年得志；飄逸如雲月的貴族少女，又是億萬家產的繼承人——這是白馬王子與鳳凰公主的故事原型，曾協助言情小說家們哄騙了不知多少傻男癡女，讓他們生活在了永不會、也不願醒來的灰姑娘式的霧水鏡緣的夢境裡。

當然，最令人羨慕的是二十多年前的那場世紀婚禮。鑽馬金車，隊列一排好幾里地。萬人空巷，而全世界十幾億觀眾同時在電視機前觀看查里斯王子，那位英廷王位的合法繼承人，如何迎娶他的那位如出水芙蓉一般美貌的嬌妻——戴安娜王妃的。

雖然結局又是另一回事：他倆的婚姻終以先分居後離異的傳統方式暗淡收場；並在戴氏決定再嫁他郎的當晚，座駕失事喪命，箇中原因至今撲朔迷離。至於王子的現況也好不了多少，年近花甲的他已滿頭灰髮，先是與他的那位老情人卡蜜拉偷偷摸摸地幽會，後來雖然明媒正娶了，但仍因英國公眾對卡蜜拉絕無好感，而令王子的新婚姻蒙上了一層始終都抹不去的灰暗。

可見，美、錢、權的繩索是並不能捆綁住幸福這種東西的，就像竹籃打不起水，鳥籠囚不住空氣一樣。幸福的匿藏地，往往是在廣闊人海的某一個平凡的生活角落裡。與它有直接感應的聯繫物只有真誠，這一種品質。而在錢、權與表裡不一的「美色」所代表的那個領域裡，缺乏的恰恰就是真誠。

當然，對美與財的追求之於人類所以不可少，這是因為它們是生活本身的夢。夢雖虛幻，但它是一種投影，一種宣洩，一種生活的實體能在鏡面中照到一個虛幻自己的對稱。是一架平衡生活的天秤，而天秤翹起的那一端的盤中，所需要的正是這麼一塊無形的砝碼。一項科學實驗證明：每個人一旦進入睡眠狀態，無論他知不知覺，或者記不記得住，他便同時也進入了夢境。而假如剝奪了一個人做夢權利的話（即在睡者眼球開始有震顫現象產生之時就將他喚醒，如此反復），被試驗者的精神不日即可崩潰。可見再窮再醜再潦倒，一旦中止了夢想的生命是沒有明天的生命。然而，明天之後還有明天，明天其實永遠也不會真正到來，明天只能存在於夢幻中。就這層意義而言，對於美與錢的嚮往與追求便顯得有些積極意義了：這是上帝的安排呢，還是人類天生欲望的慣性使然？反正，讓你始終對晃蕩於前方的一隻明日的夢彩之果饞涎不已，追求不懈，這是引誘激勵你心甘情願走完那條哪怕是再坎坷的人生之途的恒久動力——當然，要等到兩根燈芯之中的一根熄滅了之後才肯瞑目的，那也只能算是一個極例了。

然而，夢畢竟是夢。用美與錢編織成的夢境是一帖精神麻醉劑。服少或許能有鎮靜和鎮痛的作用；服多了卻會上癮，會變癡變呆會最終喪失自我，從而淪落為權貴名人們一世的忠實擁躉，可憐可悲又可笑。再次說回令我們凡人們驚羨不已的戴妃：在世人眼中，她那燃燒了三十六載的輝煌人生，其實也就是一來一回地走過了那麼同一段路程。那一天，八匹駿馬將一個身披白婚紗的，十八歲的她從西敏寺（Westminister）拉向英國皇宮敞開着的大門，讓她從此登上了財富與權貴的巔峰。十八年後，又是這同一架馬車，將躺在一具豪華棺木中的她再從皇宮拉回西敏寺的喪禮廳去，從此便沉入了一個孤島的永久的寂靜中——這樣的顯赫，這樣的浮華，這樣的財富，這樣的曾經是美豔如仙，難道你也會羨慕？事實上，她的悲劇恰恰始端於她一旦嫁入了豪門之後，且「門」愈「豪」，則劇情可能愈悲慘。否則，論其身段與氣質，成為一位收入不菲的時裝模特兒也不是沒有可能的事。到時，再陪伴一段美好的姻緣，一個忠實體貼的丈夫早送晚接什麼的，平凡以及相對窮着點的話，對她，未必就不是件好事。

生存這樣東西很奇特，要有虛實對稱，要有夢醒平衡，要有影體相隨，太偏重於任何一邊都可能會令你的心理天秤失調。但無論如何，美與錢總比醜與窮好，追求，因而也就無可厚非了。但若能將美的概念擴張成「美好」，寧信美好，不信醜惡；而又將錢的概念溯源為對於勤勞以及知足的理解和肯定，於你我的心理平衡以及整個社會道德地基的強固，會不會更有些積極意義呢？

2007年10月7日

月光德彪西

生活在一個世紀前的法國作曲家德彪西之所以獨特，之所以不可替代，這是因為他的鋼琴意像曲，與同樣是生活在那個時代的印象派畫家、意識流派作家們的作品，一起構築了世界藝術發展史上的一個重要轉捩點：他們都不約而同地從佛洛依德心理解析理論中獲取啟迪，將傳統藝術的外化表現形式，收斂成了一種內省式的感悟與形象昇華。

德彪西一生的作品量並不龐大，卻以其意像的新奇與精緻、畫面感的細膩與逼真，屹立於歷代音樂作品的汪洋大海中，顯示出了它們與眾不同的鮮明個性。他愛用碎音，愛讓一長串不規則的小調音階流動而過——如此風格叫人想起了蕭邦——然後再由強漸弱地消失在了鋼琴鍵盤的高音區間。似風似雨似霧，似瞬息萬變中的波光粼粼的水面。他用旋律與和聲來描繪灑滿了月光的露台，或捕捉一片落葉飛過庭院時的翔姿。他甚至還能用音符來素描出存在於一個孩子的玩具角落裡的，各種靜態了的想像和童話故事。德氏訥言，但他好沉思，擁有了一對深邃的瞳眸。他老喜歡將椅子倒過來坐，手握椅背的圓柄，處身於巴黎郊外別墅的廊蔭裡，怔怔地望着遠處的河流、田野和在風中搖曳着的白楊樹的樹梢，一坐就是一個長長的午後。他說，他不習慣從別人的音樂作品中去尋找自己的創作靈感，與他藝術女神的直接對話者只有大自然本身。

有關德氏的生平，筆者所知不多。唯一件細節不得不一提：在與柴可夫斯基的親密關係破裂之後，那位叫做梅克夫人的俄籍富孀，曾聘請德彪西擔任她和她孩子們的私人鋼琴教師長達三年之久。這位自己並非是音樂家，但卻一生充滿了傳奇音樂色彩的，生活在了十九世紀末的俄國女人，究竟對德彪西創作的靈感提供過什麼貢獻沒有？這不失為是一項有趣的具有聯想深度的懸念。在德彪西眾多的作品中，他早期創作的《月光曲》（CLAIRE DE LUNE）仍是一首流傳最廣，最令音樂欣賞者們迷戀的鋼琴小品。詩人余光中如此來形容：走出樹影，走入太陰／走入一陣湍湍的琴音／誰的指隙瀉出寒瀨？／誰用十根觸鬚在虐待／精緻而早熟的，鋼琴的靈魂？／弄琴人在想些什麼？

是啊，譜寫這些旋律時的德彪西究竟在想些什麼呀？披一身月光，採一地陰柔，透過婆娑搖曳的樹枝，樂仙投下的是一片朦朧的睡意。此曲的創作靈感，據說，源自於法國的印象派詩人保羅的一首詩。然而，一旦音樂問世，再怎麼樣的語言形容的框架都會顯得蒼白、笨拙和無能為力了。因為，音樂原是語言盡處的一種表達藝術；稀薄，卻能讓欣賞者的想像力無限地伸展開去。

歷代描繪月光的音樂作品很多，其中最著名的當然是貝多芬的月光奏鳴曲；而蕭邦的多首夜曲中也都蘊含了豐富的月光意像。月光千古，所謂「秦時明月漢時關」，如此思古幽情常常給樂曲鍍上了一層美妙的憂鬱色彩，讓人聽起來心生嚮往和陶醉。其實，中國也有中國的月光曲。那便是瞎子阿炳的《二泉映月》。阿炳見不到月光，卻能用心靈去感受它。阿炳的月光曲因而悲涼沁魂；而德氏的月光曲卻處處透出了法式的貴族氣息，典雅而飄逸。同樣的月光，灑落在同一片人間，卻會在有着不同文化背景的作曲家的心中投下迥然有異的印記。這便是月光，這種自然景色在藝術感官領域內的不同的化身。

聽德彪西月光曲的另一個聯想是莫內和雷諾瓦的畫意。其實，這兩位畫家描繪更多的不是月光，而是陽光——陽光投射處的陰影層次效果。說其似，主要指神似。法國藝術的濃鬱氣息就是他們作品的共通點。透過畫布和樂譜，那個時代的巴黎生活場景的種種神韻又復活了。同是在那首詩中，余光中對德氏的曲調還作過「月光仰泳在塞納河上」「裝飾維也納露台」一類的描寫。但我以為，這就有點兒畫蛇添足之嫌了。倒是到了詩的結尾處，詩人將聽賞這首不朽名曲時的感受表達得真切、淋漓而雋永：我站在古代，還是現代？／我是誰？誰在想這些？

2007 年 11 月 4 日

於香港

治痔遇神醫記

患痔疾三十餘載，期間，時晴時雨，時平時發。拖延至今才問醫之由無非兩個字：怕痛。

倒是有言：長痛不如短痛。然而，人心虛卻，且常懷僥倖：寧可被「毛毛雨」的長痛折磨年復又一年；就是害怕「咔嚓」一刀的「短痛」之了斷。其實，此事也出有因：痔瘡摘除雖屬「小不點兒」的手術，然而其疼痛度，據說，決不下於開膛破肚的「大件行頭」。而我，就是帶着這項眾所周知的疑慮，問遍了幾乎所有上海、北京、香港和紐約等諸大醫院，各種名師，都說：手術沒問題，後遺症也不會有，唯「免痛」之牌，則誰也不肯，也不願亮出來。

所有頑疾一旦上身，其嚴重程度的增加，只可能是與年齡同步，而不可能相反。近期，痔疾又發作，垂脹流血，行動不便，以及種種不雅的難言之隐遂令「咔嚓」之響，日趨變得清晰於耳起來。恰於彷徨之際，就聽聞滬上有家名叫「香山」的區級小醫院，內殿竟供養有「大菩薩」一尊：沈德海醫師及其團隊，使用中西合璧療法，非但能根除此頑疾，且還能保證無痛！

我懷着半信半疑的心態，前往一試。我化三百塊掛了個「專家門診」，如此代價讓我擁有了能與沈主任面談和察症的機會。沈大夫短小精悍，說一口刮啦鬆脆的上海閒話，乾淨俐落。查驗完畢，他在我的屁股上「啪」地抽了個響亮的「臀光」，道：「都這麼嚴重了——住院手術！」我則邊提褲邊從垂簾後轉出，小心翼翼地發問：「……手術痛伐？……」「痛？痛還要我沈德海做啥？」仍不放心，進一步探詢之：「聽說此病手術者無不疼痛難熬啊？」答覆是：唯香山醫院肛腸科除外耳！

如此言談，讓我驟生信心，什麼大醫院名醫師，什麼留學生洋玩意兒的，我一概不信了。直覺告訴我：在我面前坐着的是一位仁者、智者、自信者，故也是信心與勇氣的灌輸者。

翌日我入院來，各種體檢指標過關後，便被推進了手術室裡去。我是腰麻，下半身完全失去知覺，但頭腦部分卻還是耳聰心明的。無形燈下，就聽得醫務人員竊竊私語的營營聲。約莫半個時辰的擺弄，事畢。戴藍帽的沈大夫來到我跟前，拍拍吾肩：「老哥，是環形痔！大傢伙裡的大傢伙！」他用手指圍了個圈，比劃道，「（痔核）足足有半個高腳饅頭之大！」我聞言，不禁厥倒。而他則繼續調侃說：「能將此寶貝藏匿於體內三十餘年，還不肯出送，實屬難能可貴啊！」我自然也被他說得啼笑皆非了。我說，謝謝您，沈醫生。

餘下的日子裡，我安然無恙，無痛無憂，亦無任何併發症顯現。有的只是每日例行的中西輔助的藥薰和吊滴而已。探詢鄰房病友，所感所見所受也都大同小異。個個都豎起大拇指來讚嘆沈大夫的仁心仁術，醫技高超。

出院當日，我去見沈主任，且饋贈拙書法《心經》一幅，以表謝忱。他笑眯眯地望着我：如何？吾言非虛不？我說，如是，如是。我又說，不是我恭維先生，閣下醫術堪稱當今中國——不，應該是世界——一流！聽說屠呦呦了吧？他聞言，便舒心地笑了，道，無所謂。所謂上善若水，水利萬物而不爭，事善能（此乃老子《道德經》裡的一段話）。屠不就是憑着這種精神而最終踏上了那條紅地毯的？被證明了的倒是國醫國學的博大精深，理當推向世界，造福於人類。就比如說痔瘡這病，名堂雖小，且不登大雅之堂，但就不能說其中的學問探究有所止境。一旦觸及此話題，他便顯得有點兒滔滔不絕起來。他說，其實，這不能不算是國際醫學界的一大難題：如何保留組織，不動一刀一槍，便能將其降服，且還要讓病人沒有太大的痛苦？他說，他是百里松、丁哲先，兩大痔科國醫高手的第三代傳人。蟄伏於此區級小醫院，低調而安寧。藉此平台，帶一幫團隊，他便能潛心鑽研，免於任何外界不必要的干擾。他認為，這是他眼下所能做出的最佳人生與事業選擇。如今，無論是科界、學界、教界、還是文藝界，人際關係糾纏而複雜，混跡於其中，有百弊而無一利。但，他隨即便轉換了話鋒，道，不說也罷，不說也罷……再說了，你老哥也是個文圈中人，理應明白箇中因由，我則頷首示附。

他一直送我至電梯口，大家還留了微信，以便聯繫。梯到欲開時，他忽忽說道，來到了我這裡，不論部長局長富人明星，還是凡胎百姓，我都一視同仁。與其而言，他們都有一個共同的名字，叫「病人」。

走出醫院，走上復興路，就感覺今天上海的空氣特別清朗。估計 p2.5 的指數肯定已跌到了標準值以下了。就起念欲寫小文一則，以志其事外，還能傳播一下訊息，以惠其他患者。怕就怕一點：別把沈大夫與他的那間「小廟」搞熱騰了，陡增其工作壓力——但我想不會的。作為醫生，治病救人是其天職，能見到更多的患者離苦得樂，肯定是沈大夫的心願。思及此，心頭顧慮便也煙消雲散了。

2016 年元月 19 日

於滬上

Part Two

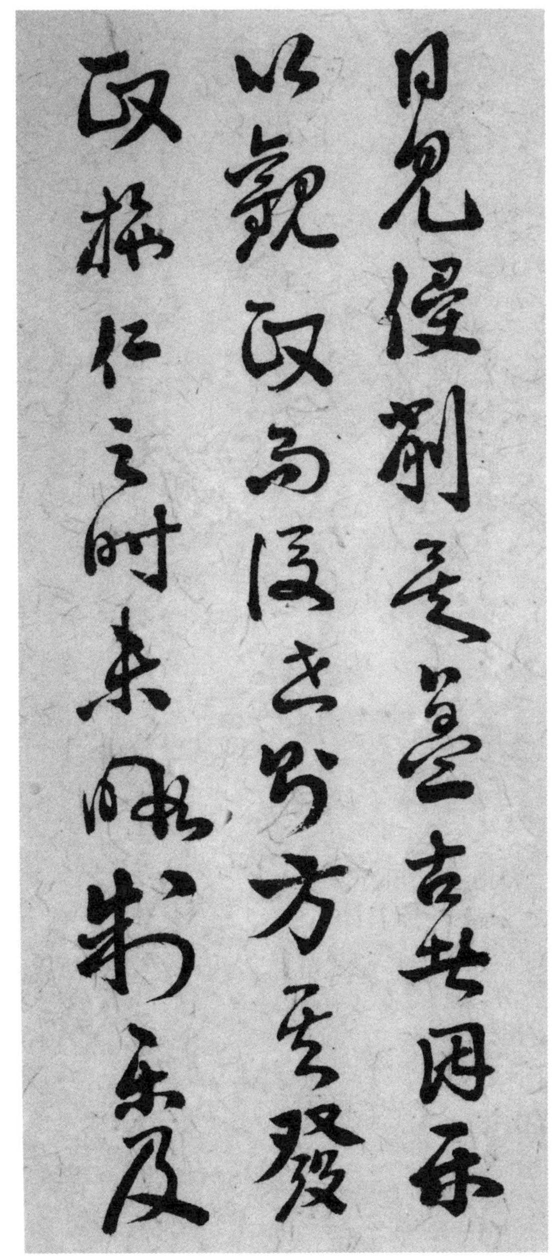

吳頌義章草書文獻通考自序選

作者祖父章草墨跡

天意憐幽草
人間重晚晴

李商隱（唐）

可愛的記憶

我永不會忘記，我親愛的孩子，當你還是個剛來到這世界不久的嬰兒，搖籃在你小小的吊牀中，哼哼呀呀的時日。我和你媽媽俯視着你，心中蕩漾着無限的愛憐；我不會忘記，即使你已長大成人，自己也成了孩子的母親——你的那些搖盪在小小吊牀中的哼哼呀呀的時日。

你曾是那麼弱小的一截生命：一張鑲着兩瓣鮮唇的小臉，那常常舞動着的蓮藕般嬌嫩的四肢和那有着細軟、微捲、淺黃色乳髮的小小的生命啊！……我不會忘記——我怎會忘記呢？你溫恬如陽光的笑容——那剛從另一個世界帶來的最純潔的表情；你那小小的，卻足以使父母之心癱軟的哀求的哭聲，以及在糖粒逗引下掛着淚珠的重返了的笑臉……

我怎麼會忘記？我怎麼能忘記？

我們習慣地把你喚作「心肝寶貝」——雖然你也有你的全名，但我們從來不用它。我不會忘記，我親愛的孩子，當你第一次將你小小的臉蛋貼磨在我鬃立着鬚根的臉上，你迷惑地退縮了，而當轉向母親，貼向她光滑的頰上時，你滿足的笑容才展開……

我不會忘記，你第一次試圖用腳跟支撐着自己，努力憑藉着牀欄向外張望的成功，和家中那頭白色的小狗給你帶來的驚訝與狂喜！

我也不會忘記，一個向你佯裝的俯衝動作所帶引出來的一連串銀鈴般的笑聲。

我又怎會忘記在夏夜裡，酣睡中的你：舒展着四肢，盡情地享受着睡眠的安逸，臉上泛着甜絲絲的笑意。我也因此可以盡情地，盡情地親吻你——吻着你的髮，吻你的頸，吻你粉紅色的頰，吻你睡閉着的雙眼以及你散溢着乳香的唇，因為你全然不會知覺鬚根的刺痛，依然舒展着四肢，臉上泛着甜絲絲的笑意……

這是上帝賦於全世界父母的同一顆不可動搖的，無從抗拒的，固執的愛的心啊，我的孩子，這是一顆貢獻的心，一顆被愛之網俘獲了的心，一顆為着你而情甘意願的心，我的孩子！是父母遺傳給我們，我們正遺傳給你，而你將遺傳給你的孩子們的永恆不變的愛的心啊！

……我還多麼清楚地記憶着你小鴨般的，扶着那小小吊牀的牀沿學行走的動作。我的孩子，常令我百思不得其解的，當你那柔柔的小小的足掌第一次接觸到堅實大地時的感受會是什麼？我的孩子，但你對這個你還不瞭解的世界的嚮往會有多深，我卻是知道的。我的孩子，因為我曾感到過你心房的激烈跳動，當你第一次在飛駛的車內見到花花綠綠的世界在窗邊掠過的時候；而當睡意正開始朦朧你的雙眼，然而為着對這繼續醒着的世界的留戀與酷愛，你與睡眠所作的不懈的搏鬥，但仍終被征服了的那有趣的一幕；我曾如此細心地觀察過啊，我又怎會忘記呢？

如今，你已長成一株亭亭玉立的小小的人兒：能在清晨離家時依在我懷中說一聲「爸爸，我想念您」；

而在晚歸時，向我展開雙臂，鳥雀般飛奔而來的小小的人兒。但我們仍習慣地喚你作「心肝寶貝」——即使你已長大，甚至自己也成了母親，我們仍堅持要這樣來喚你的，你知道嗎，我的孩子？因為我們怎會忘記，我們怎能忘記，忘記這所有的一切啊——從你搖籃在那小小的吊牀中哼哼呀呀的時候已開始了的一切呢？……

1984年6月
女兒三歲零四個月

自私的禮物

小時候，總幻想說最好命的事兒無外乎是擁有一位在學業上任之，而在生活上又縱之的父親。等自己也做了父親，這種想法便恰好來了個顛倒，好反思的我常問自己：究竟，這算不算是一種自私？

雖然，也不是不經常地作點兒克制，但女兒的前途以及盼望能將她雕琢成一件人類精品的種種渴望不斷地壓迫着我。一天工作再忙，煩慮再多，一回到家，還來不及換拖鞋，就向她嚷開了：「快，天眉，快把琴譜拿出來，練琴……。」還不滿十歲的女兒，說來也夠慘：一書包沉重的功課外加電腦和兩門外語，以及我，這麼個偏又認為假如沒有音樂，人就必然會缺少了某種氣質元素的父親。

每次，她幾乎都是從電視房裡探出頭來，求憐地望着我：「能讓我看完這一集電視連續劇嗎，爸爸？學校的功課剛做完……」而每次，她又都是失望地含着淚，坐上高高的琴凳，無聲地擱起琴譜，打開了琴蓋。

「我這世人最憎的便是練琴！」——暗地裡，她向溺愛她的祖母狠狠投訴。

當琴聲自客廳裡升起時，我便忽忽地解去領帶，一邊將手臂往晨褸的寬袖筒裡伸，一邊就站在了鋼琴的一旁：「和聲要彈得平均……不要彈錯，聽見了嗎？不要彈錯！……還有節奏，是切分的，你彈成什麼了？你看你，都彈成什麼了？！……」有時心急起來，竟不自覺地將在琴蓋上敲着拍子的手指攢在了一起，一拳捶在了低音區鍵上，一聲轟然巨響，僵住了女兒正彈動着的手指，而那些含眶之淚也便化作了兩行晶晶的委屈，滴答在了黑與白的鍵盤上。

一股憐憫混合着內疚襲上我的心頭，那是在很多很多年以前的某一次了，我在她長琴凳的一角坐下來，摟着她，吻着她的烏髮：「是爸爸不對，爸爸太粗暴，但這都為了你好，木不雕不成品哪！……不談這些了，總之，只要你好好練琴，到你十八歲，假如你又能彈得一手好琴的話，爸爸送你一件大禮。」她轉過臉來，立即破涕為笑：「裙子？皮鞋？還是 HELLO KITTY 的手袋？」

「嗨！——」我復將臉色轉為嚴肅，「先不講這些，你現在的任務是：練琴。」「嗯……」期票再遠，她至少知道我從來是個言出必行的父親。而從此之後，這座遙遠的精神宮殿便激勵着她次復一次，日復一日、年復一年的長征，直到她已是個亭亭玉立的十四、五歲的少女了，每次練琴前都還沒忘向我慣性地提示上一句：「記着您的禮物啊，爸爸。」

而在於我，也並不是不曾作過認認真真考慮的，一套最新科技的鐳射音響；一輛白色的日產跑車；或是像電視廣告那般地將一片薄薄的銀行附屬金卡擱在她十八歲生日那晚的枕邊——但我選擇的都不是它們之中的任何一樣。

十七歲的最後一夜，快近十二點了，她從自己的房中出來，隆隆重重地選穿了一套演奏會用的紗裙，自客廳中走過，自我們面前走過，坐上了她的琴凳，然後回眸望着我。她沒，我也沒，說什麼，但互相的心中都明白。

手指落下去了，這是蕭邦的降E大調夜曲。無論是氣氛、時間、地點以及我的偏愛，這都是一首最合適的選擇——這是她給我的；而我的呢？我打開錄音機，塞進了一盤空白盒帶。

她成熟、飽滿的彈奏已最忠實地記錄在了磁帶上。望着她又俯身又仰首的投入姿態，我憶及的是自己的童年和父親：這是遺傳呢還是報應？他曾如何雕琢我的，我更是以雙倍的苦心去雕琢我的孩子。

夜曲在最尾的一縷嫋嫋聲中消散，但她還遲遲不肯從琴凳上站起來。最後，當她起身，走過來，並在我與她母親的中間擇位而坐時，她的目光已變得十分柔順並亮亮地閃着些淚花：她也被自己所演繹出來的那個蕭邦所感動了。

我將磁帶放到她手中：「爸爸想了好久，但這才是你自己創造的，也是爸爸所能給你的最好禮物。」沒有意外和驚奇，只有理解的目光，「爸爸自私麼？——」

「不，您是世界上最好最無私的爸爸。」

已很久不曾了，但這一回我又摟住了她，吻着她的秀髮，而讓時光倒流回去了十年之前的那一晚。人生，就是對於那些動人細節的重複啊！我想。

1989年12月20日

故鄉迴旋曲

一

一九七六年年底，他仍生活在上海，那座樓群灰色，人海藍色，然而在半世紀前，卻曾是五光十色的國際大都會的城市：這裡是他的故鄉，他在這裡出生、受教育、品味苦甜，辨別真偽，認識人生，沉澱記憶……

一輛「黃魚車」高速地從四川路橋上直沖下來，他高度警戒地坐在硬邦邦的車坐板上，一手擋車龍頭，一手按剎車柄，時刻防着萬一的發生。車，順利地急轉上了北京路，當車速慢慢兒地緩下來時，他又開始了左一蹬、右一蹬的慣性動作，尾隨着一輛西行的21路電車踩踏起來。這是在他記憶中老不肯褪色的一幕：他正從虹口區的一幢日式小洋樓搬家前往靜安區一座英式花園洋房的底層。「黃魚車」上高低參差塞着一套老式的柚木傢具，一位紮着馬尾散辮的水蜜桃一般晶瑩剔透的姑娘，正坐在車舷的鐵架上，這便是他龍顛鳳倒地狂愛了七年的女友，美美。

這是他倆人生征途上的一個不小的轉捩點。從那幢座落在虹口區的一條偏靜街道上的日式洋樓中，他還能收集到人生最初的記憶斑影：盛夏滿街濃蔭間不歇的蟬鳴以及午睡時分的安謐與昏沉；隆冬時節後弄堂裡的雪人，雪仗以及小夥伴們凍紅的手指、耳根與鼻尖。童年，根本不知道憂鬱為何物。六十年代初的一個夏日，他才被告知說，父親將去一個很遠很遠的地方謀生，那個地方叫作：香港。滿月夜，他仍記得，他與父親同站在滿地月色的小庭院中，那裡一株粗壯的石榴樹，一缸擺尾的金魚，據說都是在他出生前已存在於那兒的了。

「好好照料它們，記得餵食、換水。每年五月前別忘了除蟲，否則石榴花開不盛……」月下，他見到父親的眼睛有一種水盈盈的反光，「要孝敬媽媽，你是她唯一的孩子，要代我照顧好她。我走後，你便是留在家中唯一的男人了……」一下子，他覺得自己長大長高了很多，那時，他才十二歲。

從此，他便不自覺起端了一種發掘自我的生活：他總是遠離當時學校中那類一浪接一浪的火紅的活動，而老愛一個人悄悄地躲在那幢老宅三樓的斜閣上近乎於病態地冥想、閱讀、寫作、拉琴；沉醉於巴赫，沉醉於蕭邦；咀嚼往事，咀嚼童年。而最令他醉心的是上海梅雨的季節，自那扇落地百葉窗望出去，街上行人稀少，片遮斜依，汪汪的地面將一切堅硬的色彩都柔和了——對故鄉的記憶便如此這般地刀刻在了他年輕的腦版上，成了他今後文學創作浩瀚海洋中的一條重要的注入源。

一九六六年中期，「文革」爆發，別說人遭殃，就連小庭院中那株石榴樹和一缸金魚都沒能免於一難。然而，他卻正步入人生最熱烈的花季年華。十八九歲的他，將自己青春的能量燃耗在的不是打、砸、搶與派性的你死我活的爭奪裡，而是對音樂、外語、詩歌的無限美好的追求中。他只覺得時間太少太少，而要學的又太多太多了。一本本的英語原著被他啃完，一首首的練習曲高峰被他征服，他覺得自己的精神肌肉正愈來愈豐實地勃然發育成一個真正的人。

這一切都在那幢日式小洋樓的斜閣上悄悄地進行着，一盞古樸的黃銅枱燈，一頂湖綠色燈罩下的那方光明的世界便是他的天地了：知識從那裡汲取，人生觀在那裡顯影，而他那深濃的像血漿一般的感情也從那裡潑濺在了稿箋上。一九六九年冬日的一個黃昏，正如他常在作品中形容的那樣，「當落日正悲壯地告別大地」，他與美美，那個與他同從一位導師習琴，邂逅相戀兩年的女友，正面對面地坐在那扇落地長窗前。上海的沒有火爐的冬天往往凍麻人的指、趾，但此一刻的他倆的心中，都各自沸騰着一股火山般噴岩的炙熱。

他已記不起他倆那四瓣滾燙的唇片是如何最終膠合在一起的上文與下段了，他只知道，自從那個瞬間之後，他便無可藥救地墮入了愛河。而這一段劇情的演出所借助的，也是那同一幕日式斜閣的人生舞台背景。

從此，除了眾多的其他之外，在他生命中更注入了「愛情」這支瘋狂的合劑；美美，成了他可以傾訴衷腸的唯一知音者。這是因為自從一九六八年，當他被他就讀的那所學校作為「反動學生」嫌疑犯而遭審查後，他便開始向社會套上了另外一副完全不同的臉譜：間歇性精神分裂症患者。這是一場演了十年才落幕的活劇，句號圈斷在他提着一隻旅行袋跨過羅湖橋的那一刻。唯有在他們兩人的世界裡，他才又恢復了自我：他仍然是那麼一個熱烈的他，聰敏、銳利、警覺且靈氣襲人。他瘋狂地創作着，戀愛着；戀愛着，創作着；戀愛肥沃着創作，創作雨露着戀愛。他將那些在當年危險性絕不低於一枚定時炸彈的大疊真情文字的記錄，藏壓在一隻手提式電唱機的小木箱裡，一遇風吹草動，便與美美兩人提着到處藏躲。

時光便在這甜蜜、恐懼、真情與偽裝的極端矛盾的重織之中流去，直到那一晚，當他踩踏的那輛「黃魚車」自四川路橋上冲下來，轉上了北京路，再從北京路拐入了一條悄靜的橫街上，他的新居就在那條街的彼端。突然，一瞥曳着長尾的流星自他面前的深藍的天空上清晰地划過，他那脆弱、敏銳，時刻被預感所充滿了的心一下子便收縮了起來：「你見到了嗎，美？——」

「嗯。」

「我說，」他猛地轉過來一張汗涔涔的臉，蒼白的咀唇有些微顫，「這一定是預兆，沒錯，是預兆！

美，你說，是禍，還是福呢？」他停止了踩踏，騰出一隻手來，一把抓住了車舷旁的女友，往往在這種時候，他需要她的安慰。

「當然是福啦，四人幫都倒台了，往後的日子只可能是光明……」星光下，他凝視着她的眼神，像以往千百回一樣，他從其中汲取的是信心和鎮定。

從來預言不出差錯的她，這一回也一樣：十四個月後的某一個早晨，他做夢般從一位丁姓戶籍警的手裡接過了那份淺綠色的「來往港澳通行證」。那是一九七八年初春的事了，地點就在他靜安區的新宅。「冬天還沒流盡，春天卻已來臨……」這是他留在了上海的最後一首詩之中的首兩行，當赴港之夢的實現就明白地擺在他面前時，他突然覺得那種對故鄉的割捨可能更不可忍受。

二

一九八三年底，他正拚殺在香港，那個一世紀前還是個漁村，半世紀前剛雛形為一座大城市，如今卻是珠光通宵耀眼的世界經濟奇跡的香港。這是他的第二故鄉。他是帶着一攬子大陸觀念和濃烈的「上海色彩」登上這片戰場，而後，再在那裡被資本主義的鋼鐵機械所無情地矯形的；他掙扎，以血肉之軀；他呼叫，以人性之聲，但漸漸地，他開始平靜，開始理解，開始適應……

又是一個夜晚。寬廣的遍植綠樹的太古城平台上，他從遠景中緩緩走來。在上海，即使這不是一個朔風割面的日子，至少也不會離此太遠，況且在這十二月末的黃昏六點，深冬的夜幕早已將整座城市籠罩。然而在香港，這正是一個金燦燦的傍晚，氣候溫潤，剛剛西沉下夕陽的海平線上仍殘留着一片金紅的餘輝，幾十幢白褐相嵌的三十層的巨廈藝術化地排列在海岸線上，結構出了這片舉世著名的香港中產階級的住宅區。車頭的射燈，車尾的紅燈，以及寬大落地窗間的大螢幕的彩像開始閃爍，揭開新的夜幕，但在他思維空間中劇烈旋轉着的絕不是眼前這些景物，而是遠在千里外的故鄉。那幢日式小樓，那方庭院，那株早被刨根的石榴和已是在十八年之前那次抄家運動中砸爛的金魚缸。他腦海中收搜着那些弄堂夥伴們的小名以及他們種種被誇大了的表情鏡頭——他正努力尋回童年，而童年則永久地留在了那個時代的故鄉，他明白。

一種明顯的電磁場在他周環形成，他清楚地感到空氣中那類負離子的濃度正高速地集聚，集聚到終會令他爆炸的某條極限。他面色蒼白，他手腳冰冷，以至連如今已是他太太的美美打對面走來也沒察覺。她手推着一輛嬰兒車，鶴立於矮小的廣東人之中，她是一位有着典型滬浙特色的美婦人：修長、白皙、豐滿，水蜜桃的昔日正在被一種成熟的風韻所替代。

「又想寫詩啦？」不用多問，她只是太熟悉他的這種表情了。

這才意識到與她面面相對的他如夢初醒：「美，你說我能重開始寫作嗎？就在這裡，在香港！」他一把握住了她的手，「我實在太渴望啦！」在每個生命轉折的關節眼上，他，都少不了她的預言。

「你正開始走出這片沙漠，你已見到盈水的綠洲了——」

是的，生活的鏡頭立即倒敘回了他跨過羅湖橋的那瞬間，在明顯可將「政治」，這副鐐銬拋棄的同時，他已隱約地感到自己正鑽進另一方叫作「經濟」的枷鎖：就連撐着彩條傘的小販攤上的任何物品，包括一罐汽水，一隻柑橘，都標着令他這位穿着「天平」白襯衫，人造纖維長褲的陸客所咋舌的價格。但當地人似乎毫無感覺，他們嘻笑着，選購着，並當着彷徨的他面前「噗！」地扯開罐蓋，大喝了起來。而他呢？寒酸地照管着一個舊旅行袋，吃力地揹着兩隻火腿，活像個單幫客似的，迷惘地登上了港段客車，向着香港更繁華的腹地進軍。在若干年後，所有這些感覺才化作了文字，記錄在了他的作品之中：從一個權之輪子飛旋的陸地，我們／來到了一個錢之殺聲震天的島上——／始終是弱者，我們？……

那是他在抵家後才得知的：在香港，他屬於一個相當富裕的家庭，從一幢雄踞港島半山豪宅的某一層單元望出去，港九神話般的景致日夜鋪展在他的腳下，然而，這項可能令第二個人引以為榮為傲為幸的現實帶給他的除了失落便是空虛。一下子失去了上海這塊土壤的他，失去了美美的他，絕緣了詩與音樂的他，只覺得原先的那顆時刻鮮紅悸動的心突然之間被掏空了，代而塞之的是一團又一團的有關錢，有關名欲、財欲、利欲、性慾以及一切非愛非真摯概念的填充物！尤其使他不能忍受的是他不斷在敏感察覺到，存在於他那些眾多親友間懷疑的目光，感慨的搖頭，訕笑的口吻，他清楚地意識到：在這世界上站立起來不靠父母，不靠家庭，要靠自己。這便是為什麼他拒絕了一切所謂「機會」，而出乎意料地終選了一家只是靠自己應徵而被錄取的公司，由低級職位開始訓練自己。

一年之後，當他在九龍紅磡火車總站，張開雙臂迎抱他那一半仍留在上海的魂魄來港與他會合時，他說：「我們可以開始了，美。」

「那就讓我們開始吧——而且要發揚上海的『黃魚車』精神。」她答道，並笑了。

於是，半年後，一家融藝術與商業成一體的嶄新商業模式，便在當時還只是矗建中的太古城平台商場上標豎起來了。他將它取名為「樂度音樂中心」，這是一家集售琴、租琴、供譜和音樂訓教於一身的商業機構。至於十年後的今時今日，它已發展到分行三間，教師三十人，學生近千人，並每年輸出不少音樂新秀的規模。然而在當時他動用的全部資金，僅是父親給他赴美留學的三十萬港幣，並還是在一片懷疑的目光中起步的。或者是幸運，或者也不能排斥說他有一點兒機警過人的商業頭腦與眼光，反正他是成功了，在那疾風驟雨的香港商界上，他徑直開闢出了讓藝術與經濟，這兩個殊死的冤家能共棲共存的一塊領地。而且，以此為基地，它倆便可能有機地溶化進這個國際金融中心的幾條基脈中去，包括股票、外匯、地產投資，甚至連他父親的生意也由他順利成章地接上了手。一種完全屬於它倆獨樹一幟的經濟基礎正愈發粗壯起來。他每天馬不停蹄地，從容不迫地處理着各種中英文檔：律師的，會計師的，銀行的，政府的；電傳文本從他眼下一目十行地流過，覆電稿件自他的筆尖飛快地結構出來，然後是列印，是簽字，是「嘀嘀嘀」的電波——他幹得歡極了，他綽綽有餘地應付着一個在歐美受正規教育的人才所能應付的一切商務。有時，他不是不會想到那幢日式洋樓斜閣間的種種，那盞古樸銅燈下的一潭光明的天地，他正是在那裡被自我造就出來的一株怪才，而且，他更相信在他的故鄉上海，在他的那一代人之中，這類怪才也絕不會少，所不同的是：他來了香港。更有時，他會衝動地想將手中的商務擱一擱，而將那一樽一直封存在心底的珍藏回憶打開瓶塞來嗅一嗅：那裡裝的是文學，是詩，但他都緊咬牙關地克制住了，他向自己重複着那則典故：大禹治水，三過家門而不入。終於，時光流呀流地流到了一九八三年底的那個金燦燦的傍晚，他緩步在遍植綠株的太古城平台上，並與他的美美面面相對。飛躍，終在此一刻被「臨絕壁而冲天」地激發了！他告誡自己說：放棄吧，一切，都順從吧，逆頂，也不會有用。於是，他便毅然下水，任憑瘋狂的詩的漩渦一下子將他吞沒，將他席捲而去，並一途顛撲，一途沉浮地直奔那無際無涯的文學的太平洋……

自從那個無名的黃昏之後，又過了七個漫長或者說是短暫的年頭，他，卻創作出了包括一部長篇小說，三部長篇譯著，六部詩集在內的近二百萬字的，豐碩的藝術成果。人人都說他脫胎換骨了，他說他只是恢復了自我；今天「間歇性精神分裂症」也好，「香港商傑」也罷，他只是扯去了一切面具，在那方本就應該屬於他的領地上站起來，笑眯眯地面對人生。只有一件令他遺憾的既成事實：那一疊曾壓擠在一方電唱機手提箱中的，令他與美美經歷了多少不眠之夜的，他最初的真情的記錄——他一直在懷念，在追憶着這些文字，他好奇，在那個時代，那個年齡的他究竟會寫出些什麼來呢？他渴望能重閱一次，雖然他為它們準備了足夠的淚水，但這一切已再無可能：當美美也準備出國，而故鄉，在那個年代，誰也說不準將來如何的當口上，它們已被狠心地付之於一炬。

三

一九八九年年底，他重回上海，他那條人生長河曾經潺潺的源頭。人海不再純藍，他印象中眾多的色彩開始在其中攪動；樓群也不再純灰，他注意到塵垢滿面的花崗岩大廈正被逐幢沖刷乾淨恢復其百年前的本色。原路名、原店名、原來的股票市場，據說，就打算開設在原來的地址。人說，歷史有時會開開玩笑，而他那段人生最鮮烈最親切的記憶，偏偏就縫隙在那一截玩笑期間。他恍惚地走在昔日熟悉的街巷上，他不知道自己應該算是主人呢，還是客人？他不清楚自己是來尋夢的呢，還是打算再多做一場新夢？他徘徊，他猶豫，他緬懷，他若喜若悲在失落與復得之間……

一架半新的波音 707 機歇泊在虹橋機場的停機坪上。機門已經密封上，在這距離起飛可能已不足半個小時的此時此刻，艙內卻仍激蕩着一種分離與歸家的雙重餘波的淺淺迴旋。曾在一星期前把他送來上海的這架飛機，現在將接載他回去香港。人生便是如此，來了，再回；因為回了，才會有再來。貼坐在窗邊的他偶爾將頭掉扭過來，一個不小的驚訝之情突然自他的脊樑底升起，再像電波似地向全身擴散：鄰座的一位水蜜桃般的上海姑娘，同樣的年齡，同樣的馬尾散辮——一切恍若時光倒流，剎那間，他不是沒有過那種伸出手去搶握住她的那雙手，然後再次尋求預言的衝動，但畢竟，他克制住了，不論她是誰，反正不可能是他的「美」，為了照料生意與家庭，她，留在了香港。一星期，在人生長河的滔滔歲月中，可能只是躍起浪花四周逸出的某顆水珠，然而在他的記憶裡必將定格成一幅永不回落河牀的永恆。機艙橢圓形的窗外，「上海」兩字的機場標誌，在早晨的逆光中，其邊緣有一種強烈刺眼的反光效果。可能是偶然，也可能是某種象徵，他首次回鄉的來去，選擇的竟都是不常有的晨機。傍晚，在他生命中的沉澱分量雖然夠重，但早晨，也未必說就永遠只會是飄浮的泡沫，況且時代在變，祖國在變，上海在變，故鄉人在變，他，也在變。

……當剪一頭平頂，套一件太空褸，架一副塑鏡框，不繫領帶，更不戴戒指的他再次踏足故土時，他的感覺奇特得近乎於麻木。他記起了自己寫過的一首詩：當心房中充溢了千種感觸時，從眼裡流出來的只有感慨這一種。他不知道此一刻，別人捕捉到他的會是一種什麼樣的眼神？與周圍的西服亮履、珠光寶氣相襯，他成了一種極不協調的對比，海關人員向他投來莫測高深的一瞥，好在行李夠簡單：一隻手提皮箱，兩張信用金卡，一疊現金，若干贈友的煙酒，因此檢查，便也免了。其實對於他，什麼都不再重要，重要的是他已回到了故鄉，回到了劈爆着純粹滬語的人群之中，他只想一步跨出機場，去呼吸——去深呼吸那種刺冷鑽肺的，上海冬晨的空氣！

現在，他正站在上海的街心，任噴黑煙的「的士」，高鳴喇叭的貨車自身旁掠過，他屹立，像一座交通孤島。八年的香江歲月如煙似霧在千里之外，一刻之間，他突然動搖了：究竟，他有無過那截人生經歷？半山的巨宅，父親豐厚的遺產，以及自那筆三十萬上建築起來的，如今是愈千萬的高層——假如沒有了那幾部厚厚的可被觸摸的、千真萬確地印着他名字的著作的話，他真懷疑自己一無所有，也一事無成。他什麼也沒做，在這八年後的上海街心，他這樣向自己說。或者，他只是向拜金國的子民們說：拜藝者、崇詩者也並不蠢，他們不拜金，但在必要時，他們也會創金——除此之外，他什麼也沒有做。

他開始向街的對岸踱過去，在這車梭車往的生存縫隙間，現實的方向感和機智感又在他的心中被驚醒：你付出了多少，你必將會獲得多少，以長遠來平均，這個世界又很公平——成就是那樣：愛，也一樣。當他踏及彼街時，他作出這樣的結論。

在往後的日子裡，他也造訪過那座日式小庭院的洋樓，他不敢貿然拍門自薦，他怕攪亂了他人生活的寧靜。他只聽說，這幢樓目前已分給了幾戶居住，而其中至少有一戶是年輕的新婚夫婦，因為他見到在石榴樹被刨根的位置上，如今迎西北風招展着的是一排新晾出來的尿布，像是生命嶄新的宣示，於是他便感到一種充實，一種滿足，一種收穫，一種終於不虛此行之感。

至於黃魚車，雖然在這輛車比起他們那個時代已高出幾十倍的今時今日，卻仍被頻繁地使用着。他站

Part Two

在四川路橋峰，望着一輛接一輛，那種上海人最熟悉的運輸工具，朝南岸沖滑下去，然後再信步踱下橋來。寒風臨高處，吹得他耳根發痛，而蘇州河水的臭蛋味直鑽他的鼻孔，但他覺得這才像話，因為這才像上海。

在北京路與四川路交接口上的一盞亮起的紅燈前，所有的車輛都銜令止進，包括一輛最貼近人行道的黃魚車。踩車者是一位二十來歲，留着長髮的青年，並正以一手把握龍頭，一手按住剎車柄的姿態等待着燈變，而車後參差不齊地運載着一套新傢具。被一念靈感所激勵的他趨向前去。

「喂，」他向着陌生者招呼，「搬家嗎？」

「嗯？……不，是結婚。」

「那好哇！——能不能載我一程？我給十塊錢。」

「給錢？」青年眼中閃出一瞥驚異，「路遠嗎？」

「很近，就在前段北京路的一條橫街上。」

「但……我車上已裝滿傢具了呀。」

「那沒關係，我可以坐在車舦的鐵架上——我喜歡那樣。」

交通燈轉換了顏色，黃魚車後響起了一串催行的自行車鈴聲。「上吧！上吧！只要你願意，」青年急促地揮揮手，「就上吧！」

當黃魚車尾隨着西行的21路車重新左一蹬、右一蹬地向前踩踏時，車伕忍不住地問乘客：「我說，師傅，你願出十塊錢，為什麼不去坐的士呢？」

「怎麼說呢？對於黃魚車，我有一種偏愛。」

從側面望過去，一縷可有可無的笑意在踩車者的臉部摺痕出來，在這喧囂非常的鬧街上，他只能見到對方的嘴唇分分明明地嘰咕出了一個輕輕的字眼，他想，這是：神經病！

神經病？而他，只能向自己扮出一個笑臉來：它的醫學全名應該稱作：間歇性精神分裂症。

……機座下一個微小的振動令他從沉思中醒來，他意識到飛機終於開始滑行了。他收回目光來，鄰座的那位梳馬尾的姑娘聚精會神在一本航空雜誌的廣告版上，再過去是一位歐籍人士，正挎着耳機，閉目悠然地靠在機座靠墊上。沒人注意他，只有他，在注意別人：萍水之逢，至少也有兩小時的侶伴關係要保持。從這種意義上來說，人永遠不會孤獨在孤獨時。

波音機愈奔愈劇了，一種騰空感於剎那之間產生：上海，與他脫離了。望着窗下那一片躺在晨光下的城市與郊鎮，他想到的是台北、新加坡、洛杉磯、紐約以及這些年中他曾踏足過的許多大城市——當然更有香港。一顆熱淚自他眶中滾出，一句短詩在他心中成孕：怎麼能叫我們不愛她呢？——異鄉有千百處，故鄉只有一個。

1991 年 2 月 6 日

Part Two

母親

當電話鈴驟然響起，已是上海近午晚時分了，我「騰」地從被窩裡翻躍起來，扭亮了枱燈。望着那盒暗紅色的電話座，不知怎地，一種莫名的預感襲上心來。

「喂！喂喂！……」電話的彼端傳來「嗞嗞」的太空音，表示着這是一個長途。

「——阿正嗎？」是妻子的聲音，「媽她……她中風了！」

我耳內一陣嗚響，握聽筒的手也不由自主地顫抖了起來，「那我立即趕回來！」

「不用了，情況不嚴重，且目前已稳定了，你安心處理好上海那頭的事情，如有需要我會通知你的。」

「噢……」我猶猶豫豫地放下話筒，眨一眨眼，兩顆温熱的淚珠便「滴落」在了顫抖不已的手背上。

母親，這個親切得像生命本身一般的字眼，自彩斑在瞳仁中凝聚成一個世界的嬰兒時起，便伴陪着每一個人。而我的童年是五十年代初的上海安靜的街巷，蟬聲熱烈的仲夏，冰柱掛簷的隆冬；或是後巷中一聲晚歸的呼叫，或是小牀前一片金燦燦的晨光；母親，那祥和的臉龐就始終反復而又反復地旋轉在我那夢境一般遙遠的日子中了。它曾是那個年歲上的我的依靠、象徵物以及一切希望與目標的焦聚中心。

很小很小的時候，有一次農曆新年前夕，我的小手牽着母親的手在「永安公司」擁擠不堪的人流中游動。花花綠綠的糖果和高懸着的紙紮玩具強烈地吸引着我，不知何時，我發覺自己的手空了。猛轉頭，周圍都是陌生的面孔，嬉笑着，湧過來，又湧過去。「媽！——」我第一次體會了所謂恐怖是何物，空空地像懸在青光籠罩下的外太空一樣的沒有了生存的希望。一個好心的顧客向我走來，問我這問我那，然後是一個營業員，再一個營業員。一刻間，我應該是成了一團圍觀者的核心了，但我絕不知道自己說了些什麼，別人又講了些什麼，我只記得有人拉着我的手穿過湍急的人流，再通過一條走廊，進入了一扇門內。一房間的人都從椅子上站了起來，但突然，我的視線抓到了一張背都能背誦得滾瓜爛熟的面孔，一張突然使自己從外太空的夢中醒來發現仍躺在溫暖牀上的面孔，我哭喊着蹦過去，她也流着淚蹦過來，一剎那間的擁抱便結束了我這一世人生中最初那次險程的全部記憶。

一九六八年。那個瘋狂的夏季。我才二十歲，便被一隊來自於同級同班的紅衛兵們拉去隔離了，罪名是「反動學生」。筆記、日記、信件全部抄走，我隻身被押在教學樓的頂層，一間當時已無課可上的大教室裡。課桌椅像築碉堡似地堆疊在門口，而另幾張則拼成一長方，給我夜間當牀睡。室內空無一人一物，只有牆中央的一幅毛主席像，目光慈祥地注視着我這個據說是反對他的青年人。

除了那堆日記、筆記簿中已記不清可能寫過了些什麼內容之外，我最擔心的便是母親了。一共三口的家，父親去港謀生多年，她在文革初期備受衝擊，那是意料中事。想不到的是：事到如今，竟還將我，這個與她相依為命的兒子，從她身邊拉走，我真不知道，現在的她該着急成什麼模樣了？

天漸漸暗了下來，我躺在硬邦邦的課桌「牀」上，不知何時已暈暈乎乎地睡去。突然，一陣「嘰咔」

之聲將我從夢中喚醒，借着從窗口反射進來的路燈的微光，我見在門口堆疊的課桌椅在被挪開，一個人影正從縫間擠進來。

「誰？——」我翻身自桌面上跳下來，全身的肌肉都抽緊了。

「正？——是吳正嗎？」怎麼是母親的聲音呢？我使勁地揉了揉眼睛，懷疑自己是否仍在夢中。

但下一個意識便清楚地告訴我：那是事實。因為人影已擠進房來，背着光線，我能明明白白地辨出她短胖的身材。

「媽，您怎麼……？」

「來陪你，」她說得平靜極了，「他們不把你放回家來，我就搬到這裡來過日子——燈呢？」當她走到我面前時，她的手在黑暗中比劃着，「開關在哪兒？開了燈再說。」

「開燈？全校課室的燈泡幾乎全沒了，哪還有什麼燈開……您是怎麼進來的？他們沒人見着您嗎——媽？」

「見着了，但我不管，直沖四樓而來。」

「那怎麼行……？」

正說着，幾道雪亮的電筒光便伴着兩三個人的大聲說話聲在走廊裡回蕩起來了：

「這老太婆也不是好人，也是個老牛鬼！」

「對！對！去拉她出來！……」

「去拉！──」

一道電光從桌椅的縫隙中射入來，繞了個圈，停留在我們的臉上，幾隻手搬動着門口的阻攔物，不一會兒，就將我倆團團圍在了幾尊黑乎乎的人影中央。

「你──進來幹什麼？！」

「幹什麼？你們也都有母親，假如你們被人無故地抓關起來，你們去問問你們的母親，她又會幹些什麼？」

「你的兒子犯了罪，你的兒子是階級敵人──你知道嗎？」

「不知道。我只知道犯罪的應該是那些非法關押人的人！」

雖然，我知道母親是一位無畏的女性，但於那時那地，我仍怕她會吃眼前虧。

然而，小將們卻對對手的反擊火力大感意外，一下子竟全矇了。幾秒鐘的靜默後，突然有誰大喊了一聲：「拉她出去──跟她囉嗦些什麼？」幾條胳膊便伸過來拉住了母親，並將她向門邊扯。

「媽！……」不顧一切了的我正待動手去搶，才發覺：原來自己的手腕也是同時被人按住了的。

「別怕，孩子，別怕！我會去告他們的，去告那些不講理的人！」

「告？告誰呀？毛主席他老人家都支持我們，你告誰？」

叫鬧聲漸漸地遠去了，當它們在扶梯的盡頭消失時，我又一個人留在了那大間課桌椅當攔門壩的，空蕩蕩的教室裡。

幾天後的一個中午，從一位同情我的同學口中我才知道，那晚他們拉扯母親到校門口時，母親跌倒了——跌倒在刷地大字標語未乾的漿糊上。

「現在她怎麼了？」我一下子驚跳了起來。

「你放心好啦——沒什麼！」對方一個平靜的口吻，繼而向門口探了探，放低了聲音道，「你母親真夠厲害，左臂右腿都上了紗布仍不肯回去。她已在工宣隊辦公室睡了兩夜，現在還留那兒，而從你家抄去的日記、筆記偏又啥名堂也查不出來，我看搞你的那批人哪——怎麼下台？」

果然在當天傍晚，我就被釋放了。走起路來還一瘸一拐的母親前來接我，當我提着小包袱同她一起走出校門時，天已開始暗下來。背景着西邊青白色的天際，有好幾縷銀絲已在母親的鬢間出現。

「媽，您的腿要緊麼？」

「腿？——噢！」她突然爽朗地笑了起來，並立即糾正了走路的姿勢，「有時裝裝腔也少不了，否則，他們能就這麼放了你？——你的這批寶貝同學哪，沒書讀，全國都如此，那已經是沒法的事了，但自己還不學習，整天不是搞這就是搞那，落得一個不學無術的坯子，今後還有那大半截人生，該怎麼過喲！」

母親的話真沒說錯，當班機在香港機場降落，而我提着手提行李箱走出機場大廈風閘口的時候，我這樣想。近二十年過去了，歷史已對很多事物下了或正下着結論：從同一扇校門裡走出來，不同的人生軌跡正顯示出迥異巨大的走勢。其實從長遠看，以平均值來計衡，這世間的一切都很公正：播種什麼收獲什麼，播種了多少收獲多少。

但此一刻，佔滿我思想空間的除了對母親的掛念外再沒有別的了，我喚了一輛的士，直奔醫院而去。這是個晴朗的春午，天氣潤暖，陽光充沛，醫院療養區綠油油的草坪上三三兩兩地散佈着一些穿條子病號衣的病者。就當我站定，剛想放下手提袋時，我就遠遠地見到一個人影從一張墨綠色的長凳上顫顫巍巍地站了起來。於是，我便朝她急速地，她便朝我蹣跚地，互相跑起來，就如那年在「永安公司」的母子相會，我們相遇並擁抱在半途中。

「媽，您好嗎？……」

並沒有立即的回答，她的頭伏在我的肩上，哭了。

「我害怕，我只是害怕，孩子，害怕就這麼一下子，再見不到你了……」

「不會的，媽，怎麼會呢？」我用手掌安撫着她抽搐不停的背脊，「這不是我又回來見您了嗎？」半響，她才止住了哭泣，從我肩上抬起頭來，「媽老了，媽非但不能再幫到你什麼，媽最怕的是反而還會為你帶來煩惱，帶來負擔，帶來拖累……」

這才是一句將淚水泵入我眼眶的表達，但我努力使自己保持鎮定，儘量不讓表情外露：「什麼話呢？媽，對於做兒子的來說，母親老了，才更是母親啊！」

她用已經開始反應木然的眼神凝視着我，這是一種追尋加思索式的凝視，足足一句鐘，她才默默地點了點頭，動作之幅度小到似乎這不是向我，而是向她自身的一種確認。然而，她的表情卻開始明顯地緩解：

「你是從機場直接來醫院的嗎？」

「嗯。」

「那就趕快回家去吧，大家都在家裡等你呢。而且公司還有很多事要做，你的時間寶貴，不用天天來醫院看我，記得打多幾個電話就行了——啊？」

我還想多坐一會兒，但她已彎身提起我小小的行李袋來塞到我手裡：「先去忙你的事吧，不像我老了，你這年齡正是趕事業的時候。」說着，便邁開了腳步。

我與她肩並肩慢慢兒地走完草坪，她停下了，「我不送你出去了，」她說。

我無言地側過頭來望了望她，隨即踏上了那條水泥的主徑，向着醫院的大門方向走去。五步，我回過頭來，她站在那兒向我揮手；十步，我又掉過頭來，她還站着，還是那揮手的動作；二十步，我仍忍不住回首，而她仍站在原地揮手。逆光中，她蓬鬆的蒼髮全白了，暮年已徹底地統治了這一截我最親愛的矮矮胖胖的身影，而我強忍了許久的淚水終於「唰」地，全流了下來。

1992年8月
於香港

我的書齋

經常，在讀完一篇美文後，你會留意到在文底處的一行似乎是作者並不經意的帶過：某月某日收筆於靜虛齋；或者，次年清明，再稿於聽雨齋。而至於在文筆間流露出來的所謂「高齋臨海」「詩齋接虹」之類供人非非入想的意境，更是在高手們的篇章間頻頻亮紙，渲染氛圍，可見「書齋」，在文人們心目中的地位之重要，是決不下於一位待你體貼入微之柔妻的。

然而我，卻沒有一間像樣的書齋。

我的「書齋」其實只是在公司的營業大廳裡間隔出來的那麼一小方沒有窗戶的領地，拉上落地簾，配上幾架文件櫃，再擱上一張帶靠椅的大班枱，便是了。讀書時開燈，瞑想時熄燈，寫作時則拉開一角簾布，讓店堂間裡的明亮流幾縷進來，正好投射在稿箋上，然後握筆疾書。有好幾次，就因為了這種怪習，當我自烏洞洞的辦公室中拉門探身出來時，着實將在亮麗店堂裡坐立着的顧客們嚇了一跳。「他一個人躲在黑暗裡幹啥？」這是他們悄悄地發問；「睡覺，然後便——做夢。」而這是我的那些早已十分清楚我創作習慣的同事們，相視一笑後的回答。

其實，依我說，書齋並不在於飄逸的名稱，華麗的景觀還是懾人的陳設，諸如壁爐、雕塑、古董、地毯，或者成排疊行的燙金原著之類，對其有否靈性的判斷僅方位於：究竟它具不具備那種能與使用者心靈共振

的頻率和氣場。不止一次地，我也曾有過被安頓在賓館或者豪華公寓的專僻間裡，以便能「靜心」創作的
經歷，但置身於一片空蕩的陌生環境中，我只覺得思路的閉塞以及情緒運作得極不協調：我知道，我的詩
心遺失了，遺失在了我的那方根本不像書齋的「書齋」中了。

說起我的這種讀寫癖好之緣源，除了香港心臟區域的地積寸金尺土外，還得追溯到十五年之前。當時
的我來港才二年，便能靠自己的判斷與雙手建立起了如此一盤生意，珍惜之情由想可知。每天除了一宿外，
餘下的時間就全留在了店裡——店裡的那麼一方小小的辦公室兼「書齋」中了。雖然，這是一方擠憋非常，
擺設簡樸，書件堆雜的場所，但每日一早，只要當我在其間放下手提箱，除去外套，泡上了一杯熱茶之時，
心中便自然而然地蕩漾起一片抵家面妻的歸屬感，而更當落地玻璃外的營業廳中人聲開始喧嘩、笑語以及
琴聲此起彼伏後，這類僅僅是歸屬感的液體，便自然地沉澱為了一種心情踏實的固體，一種自己告知自己
的寧靜感：一切的一切都很好，很正常。在這據說是商文決不可能共棲的香港，你，終於可以擱下一張平
靜的書桌啦！這是一帖很奇特的精神暗示劑，於是，我便會情不自禁地拉上一半窗簾，播出了蕭邦，找出
了泰戈爾，思潮便也隨之澎湃了起來。這便是我與「書齋」的那段「戀愛史」：當香港，一切人都在無境
止地追求「錢」這位貴夫人時，我卻神差鬼使般地、悄悄兒地戀上了這位「書齋」凡家女子。我愛她的樸
實無華，愛她的任勞任怨，尤其刻骨銘心地不能忘懷她與我一起度過的那段同甘共苦的歲月。時至今日，
雖然，我早已能輕而易舉地在香港的中環或尖沙咀裝修一間寬敞、明亮、現代化的面海書齋，去享受一下

所謂「大商人」或者「名作家」的作業奢侈，但我抗拒如此做，我只想留在自己那位「糠糟之妻」的身旁，親親熱熱，溫溫柔柔，呢呢喃喃，直至永遠……

1994年1月31日
於香港

水仙情結

水仙，最令我心醉的是她那股幽香，不露聲色卻沁入肺腑；而最令我印象深刻的是她對於時機的選擇：當窗外紛紛揚揚着寂靜的白色，突然，在這片銀白的天地間「乒——乓！」地掀起一截大紅的喧鬧，於是「劈劈啪啪」地歡騰了一夜之後，白氈上又覆蓋了另一層爆竹屑的紅氈——就在這靜喧轉換最戲劇性的當口，在這紅白對比最鮮明的時節，水仙，便盛開啦。

用「水」以及「仙」的搭配來組合成對她的稱呼，也實在是再貼切不過的了：嫩嫩白白的幾球根部安放在鋪滿了七彩乳石的清澈的水盤間，葉是闊而挺拔的，而神情憂鬱的小黃花惹得人心也柔軟了。至於香味，則渺渺茫茫地幽遠着一種心事，像在說，在這隆冬的中心，春，不正孕育着？此情此景，不「仙」

才怪呢！

然而，我最初的水仙記憶卻是與父親那張清臞、性格化的臉聯繫在一起的。

絕少顧問家事的他，每近年關，卻總是會第一個提醒說，別忘了啊，該準備水仙啦。於是，當水仙頭從花市場上買回來後，幼小的我的任務便是在其白淨的根部逐捲地圍上紅紙，而母親則忙於備盆、洗石、盛水、栽種；不一會兒，水仙便亭亭玉立擺在了老家那張紫檀木的供品桌上了，那股水靈靈的神氣，就甭提了——再說一旁還陪襯着天竹與臘梅，背景是幾幅山水長軸，長軸之後是窗戶，窗戶之外是飛舞的雪花。此刻的父親便會揀一張太師椅坐下來，在迷漫着清香的室內，手握一冊線裝書的消磨它一個下午直至黃昏——每年，似乎不到如此光景，童年的我是不會感受到新年的氣氛終於給盼到深濃了的。

後來，父親去了香港，無水仙不新年的習慣也就中斷了。待再次想到水仙，那是一九六六年春節的事了，那年我剛滿十八歲。照理，家中屢經抄鬥，住房又遭緊縮，是絕不會有心情去玩味水仙這種雅趣的，但怪，可能愈是在這種景況中的人，便愈會留戀已遠逝了的昔日的溫馨，我與母親便硬是在那無水仙可尋的，滿街紅彤彤的語錄之間，覓到了幾疙瘩水仙塊莖，並將它們在大口的湯碗中栽上了。而為了令養水仙的行為「合法化」，我竟翻遍了四卷「毛選」，就橫豎也找不到一句有關水仙的「最高指示」。最後，還是以在牆上恭恭敬敬地貼上了一首「詠梅」，才算牽強附會地解釋了某種「革命含義」。只是水仙她可不管你年代紅不紅，開的花朵兒依舊黃色，且幽香如杜詩。

又過了十年，唐山地震後，四人幫也垮了台，我們也終能闔家團聚去了香港。那時的父親已垂老，體弱多病的他，有一年的春節是在醫院的病牀上度過的。什麼都不重要，作為兒子的我就不能，事實上也沒有忘記，在大年初一的他的牀頭櫃上擺上一盤鮮嫩誘人的水仙，望着那一星星向他正昭示着些什麼的小黃花，病中的他，寬欣地笑了。

又流去了多少年，屈指算來，今天的我也快趕上五十年代之初，手握一冊線裝書的父親的年紀了，然而他，卻離我們而去已整整九個年頭了，他把年尾必須栽上水仙，新年自能享其清香的習慣遺傳給了我。我不知道我的孩子們將會如何來收集他們的童年記憶，但每逢新年，我都不會忘了給她們憶述一遍自己的那段水仙情結。有時，在水仙那股幽幽然的氣息中，當大女兒正練習着蕭邦，小女兒則在客廳地毯上安靜地擺弄着電子遊戲機時，我會深情地朝着水仙望一眼，再望多一眼，心想：一切都現代化了，一切也都分裂、境遷，再組合過了，唯水仙還是昔日的水仙，單純、清香，且始終堅守着美麗的傳統於不變的水仙……

那關乎童年、父親、水仙的夢啊，正因為有了春節，每年因此總也有了那麼去做它一回的機會！

1994年　春節前夕

Part Two

春冬間的日子

在我生活的那座島域，春不春其實也無所謂——但畢竟，還是有春。

這是因為這裡的冬天很短，短得幾乎沒有。每年十一月底的深秋之後，陽光依然充沛，空氣中遲遲不肯消散的是一陣陣濃鬱的花香。滿街滿坡的洋紫荊怒放，之後便是臘杜鵑，從哪家園第的高高圍牆後探頭出來，迎着濕潤潤的海風擺弄姿色，活像一枝枝出牆的紅杏。十二月了，當「白色的聖誕」在葱綠的背景上洋味兒十足地過去後，大紅大綠的春節又在同樣暖洋洋的氣候中敲打而逝。天文台這才開始報出了降溫的消息：這多半是由於北方強冷空氣的陰魂侵入這低緯度的地域後仍不肯散去的緣故。於是，天開始陰了，細雨霏霏，半山區的盤腸窄道上，片遮斜依，令人聯想起江南深秋的景象來——然而對於香港，這便已是十足的冬天了。

香港的冬天很有趣。跌進十度之內的日子不多，但已足夠給港人帶來一股莫名狀的興奮與喜悅。女士們迫不及待地披上了皮草——這一年也許都盼不到有幾回亮亮相的服飾；男人們則煞有其事地搓着手，湧進餐廳：「這樣的天氣，能來些什麼呢？當然是一席熱騰騰的火鍋啦；外加兩紮生啤，一醉方休！」——這是他們的情趣。有時，這種情趣會更誇張。哪一夜，只要據說是大帽山頂——那尖港九的制高點上——會有冰霜出現的話，整座城池便也隨之沸騰起來，一世沒見過雪花的人們會在深夜的兩、三點便出發，揹着相機或攝像器材，駕車去山腳下，然後登山。更有剪下一枝串滿了冰骨朵兒的椏叉，小心包裹好，待回到家中卻發現已溶為一灘水而懊惱不迭之類的笑話。寒冷，對於這群仍然臍帶相連着生活在北方的龐大的龍族的遊子們來說，非但不可怕，而且還有着一種言語不清的血緣上的親切。

只是這種凌冽的感受不可能讓他們體味很久，一入陽曆三月，酥酥的春雨便一場更溫暖過一場。滋養在潤透了的空氣中的禿枝，當然便忍不住地迸發出了翠嫩的芽苞。而大多數褐綠色的，歷經了一個冬季的植物族，如今也開始簇簇地換起新裝來。花，似乎是開不敗的：梅，櫻，梨，杜鵑乃至木棉都有，我不是植物學家，故而不能盡數花蕊們的名目。反正在這花果繁多的島域，我的感慨只是：雨，是萬萬下不得的，一場雨後便總是散落了一地的花瓣；而枝頭上，葉叢間的另一批豔嫩花朵卻在此當兒又被催得吐蕾了——絢麗多彩的春，有時喚起的並不是一種生命的豪華，而是滿腔類似黛玉葬花式的悲切。

然而春，畢竟還有她新鮮着生機的另一面。

清晨起身，站在位於半山區家居的面海露台上舒展一下筋骨，浮想聯翩：春霧凄濛，縷縷絲絲浮入屋來，飄飄然然地似乎要將那個站在露台上的我都載走成仙去。而眼前一片乳白，唯海對岸的幾座褐峰，水墨畫似地忽隱忽現，提示着空靈與現實間的距離。這幾乎是每一個春晨的特點。陽光約莫都要在八點之後才變得亢奮起來，於是，霧開始退去，瓦藍的天穹，湛藍的海水，地平線是一延綠迷灰稠的連綿青山。至於離露台幾十米以下的郊外公園裡鷓鴣聲啼陣陣；而盤山公路上，巴士、的士、私家車蛇蜿而行；

放眼海港之內，百舸爭流，群山疊嶺的半坡上鱗次櫛比的白色摩天大廈群落閃閃發亮在朝陽中。然而，就當觀摩完畢這春日序幕後的我拉開落地房門，自露台回到客廳中去的時候，遇上的卻是有關春的另一起爭題。

事出於我的那個仍在唸幼稚園高班的小女兒，哭鬧着，說什麼也要除下冬季而換上夏季校服去上學。「來，乖乖，聽婆婆的話，天氣仍凍，穿薄了會着涼……」這是老人家們的觀點。見我回屋來的她立即飛也似地撲進我懷中來：「嗲哋！老師都說春天到了，天氣暖了，如果我再着厚衫，小朋友們要笑話我……」這一次，我是站在小女兒一邊的：「好，換吧。去告訴婆婆說，是嗲哋允許的。」當她破泣為笑時，手中握着冬服的婆婆卻呆住了：「也像個大孩子，又不是不知道，春天原是最易感冒的季節……」

然而，我卻為自己的選擇作着內心最無悔的辯解：哪一個新芽般的生命不嚮往一日更比一日熱烈的明天呢？再說，這種對春回大地的感受也並不會是一種太長的持久，理應好好珍惜。因為一過三月中，當北國還可能在飄雪，江南也最多是柳梢吐青的時節，這裡已開始了驕陽如烤的悠長的夏日了，而春，也就這麼地算是過去啦。

1994年3月7日

於香港

支票

接觸支票那玩意兒，是在十六年前我到香港之後的事了。這之先，支票在我的理解中只是些在小說閱讀間的形象拼湊，諸如一位叱吒風雲的金融界鉅子，在其豪華的大班台前龍飛鳳舞地簽出一串天文數字，以此去完成一筆價值連城的交易之類。然而，在現實香港的商業生活中，支票，卻是一種每日都可能上演幾十遍的接觸，小到十幾元大到幾十、上百，上千萬，也都是那麼一紙薄薄的代用品，而神色中性的銀行職員遵循的都是同一套嚴格的核對程式——一字不合立遭退票，反之，再大的金額也將從你的賬戶中扣除，絕不容事後的商榷與反悔。

在父親的生意早已由我全盤接手後，謹嚴、慎重了一生的他，仍別出心裁地保留了一份支票的簽字及修改權。雖然，這明顯構成了對我自尊心的某種程度的傷害，但他似乎全然覺察不到這一點，沒有解釋，更不用說歉意之類的了。有的倒是背地裡向我母親評論了那麼一句：「這是生意，不是寫詩，形象思維可要不得！」

一九八一年的某日，當在文件堆間眼花繚亂地埋頭了一天的我抵家時，才記起已有三日沒有核對過已開出支票的存根了。但令我全身血液凍結的正是這一次的核對：一張五萬的支票由於會計將數碼填多了一個零，英文大碼便也跟隨寫錯，而最致命的是：我竟在忽忙間簽上了我的那行意味着放行的大名！我奔進客廳，向銀行撥去一個電話，居然忘了當天的辦公時間早已過了。當我輕輕地擱上彼端無人接聽的話筒時，我瞥見父親正在客廳的另一角坐着，喝着茶，看着報，顯然，他對此事還一無所知——他當然不會知道，至少在月底，銀行結單還沒寄達前。

第二天一早，在銀行開門的很久，很久前，我已經在那兒守候了。「經理先生，」當目標在我視野中一出現，我便迎了上去，「我開錯了一張五萬元的支票。」「幾時的事？」「三……三天前。」「哪——」對方的眼中露出一絲驚奇，「您是瞭解的，吳先生，我們可能已經無能為力了。」「是的，」我頹然地低下頭去。「不過，我還是可以給您一份付款的影本，我讓總行這就電傳過來，您先請坐。」但就當他邊讀着電傳，邊重回經理室時，我聽見的是他遲遲疑疑的自語：「好像並沒錯，好像……」我「騰」地跳起身來，一把搶過電傳紙：這是一份與我簽署的那份完全不同的支票影本，金額欄中明明白白地寫着五萬，這個數字。但當我瞥見票底處的那行挺拔、剛毅的簽字時，一切便都水落石出了。

我抓着那份電傳稿，一路帶跑地回家去。然而在逼近家門時，腳步反而放慢了，我裝成若無其事地扭開大門鎖把，父親仍坐在客廳的遠端，讀着他的報，喝着他的茶。「爸爸，」我說，「早上好！……」「早上好。」他連頭也沒抬一抬，但就在這連眼神都不曾交鋒的瞬間，彼此間已互解了。

之後，真也沒人再提起過它。十三年過去了，就連父親永別我們也都快有九個年頭了，但對於我，每次憶及此事，心中便會升起一股帶韌性的感情，它構成了我對父親立體回憶的一斑鮮明奪目的亮點。

1994 年 12 月 1 日
於香港

作家路

艱難走上作家路，這是我回首自己前半段人生而發的一句感慨。

作家，對於我的家世來說，雖無緣，但也不至於相距太遠：生活在清末民初的祖父是當地一位相當著名的書法家，以行醫賣字為生。至今仍珍藏在我書櫃底層的他的練字帖，粗黃的毛邊紙，勁挺圓潤的筆鋒，依稀地傳遞着一種上一個世紀江南水鄉、密竹紅楓間寧靜怡然的田園生活的訊息。這是一種還未被現代文明污染了的中國五千年傳統的尾章，而讀他吟錄的詩詞，常令人聯想到春風得意、秋雨淒苦，或是月滿當空、悠悠揚揚的「春江花月夜」的竹笛，伴隨着粼粼的河水流淌而去的意境。至於形象，除了一幅在除夕之夜總會被擱出來拜祭一下的「吳公增毓太師」的遺像外，祖父幾乎沒有給予童年的我留下任何可供回憶的內容。

然而，這只是一幅墨描在瓷盤上的似是而非的人畫像，瘦削臉龐，八字鬍，結頂瓜皮帽外加臃腫的棉長袍，兩眼直勾勾地逼視着你，令偶爾環顧四下無人，踮腳從供品桌上去拈一顆桂圓棗丸什麼的來塞入口中的我，產生一陣止不住的心跳。

然而，與辛亥革命同齡的父親就完全不同了，這是一尊曾實實在在存在於我生命中，並強大地影響過我生命航向的人物：慈祥、隨和、親情滿溢，是他性格的一面；嚴厲、冷峻，有時甚至拘泥得一絲都不許有苟，則是其另一面。以優異成績畢業於三十年代之初上海復旦大學的他，應該說是他那個時代中國知識份子群的典型了：中西合璧，華洋併重，強大的學術底蘊輕易地托舉着各類人生與職業層面上的負荷。五十年代初，正是我朦朧的童年意識開始沉澱與辨別人生的年歲，當時的父親在滬上一所大學任教。記憶之中的他，每日總是一杯「阿華田」、一片「三明治」、一截粗雪茄地打發完早餐，然後便西服領帶、一塵不沾地登上了一輛人力車上班去，而牛皮銅扣的公文袋裡鼓鼓囊囊着他的講稿。傍晚回家的情形則完全不同了，他近乎於迫不及待地除去所有的束縛，換上寬鬆的唐裝，圓口鞋，然後便手握一卷線裝書，讀讀停停想想，不是在室內的一盞幽暗的枱燈下，便是在戶外一嶼月海之中的露台上。但是，最令我好奇的是他那一壁櫥的藏書與字畫：對於幼年的我，呵，那真可算是壯觀啦，幾千冊中外篇章聚會在老家的那座低着樓板高及樑脊的巨型壁櫃中，蘊含着一種靜悄悄的強大與神秘。而我的最大癖好便是藏身其中，嚴實地拉起櫃門，嗅聞着書冊們散發出來的幽幽的乾霉味，在半明半昧之中編織着自己的童年夢。這，便是書給我的最早的薰陶了，至今，我仍能清晰地憶視出那些書冊的形狀與厚度，甚至勾彎出英文燙金字母的種種形象——雖然，它們的最終命運是被付於一炬，在十多年後的那場史無前例的浩劫中，那時的父親已早去了香港謀生，留下了母親與我，目睹並經歷了這驚魂動魄的一幕，而那，則是後話了。

說到我創作的最初衝動，應該是在與父親長年累月的書信往來間萌芽的。

每星期至少有兩次，我總會在老家院落前的那盒木質信箱間，收獲一封右上角粘貼着一小方金髮英女皇郵票的來信，這是那個時代我生活中的一項慣性了的喜悅。父親的來信通常不太長，但內容卻豐富極啦，從日常瑣事到香港風土人情，幾行速寫式的隨意描繪，便能奇妙地勾畫出一種氣氛來，令人身歷其境，聞香視色。有時，他也會在信中夾議一小段人生哲理，自然得體，娓娓道來卻又恰到好處。他很少使用感慨號或者省略號，然而，一旦使用，那種震顫與聯想的效果便更凸顯。但最令我心醉的還是他那峰谷分明的字跡，秀麗挺拔，那是祖父的遺風；然而其中總是蘊含着另一類剛毅、親切與貼近的韻味，這才是屬於我與他的那種父子間的神通了。我總愛在深夜的枱燈下讀他的信，一遍又一遍，想像着他落筆時的神態與心境；想像着窗外上海的夜霧和香港的璀璨；想像着就在這同一盞枱燈之下，多少年前的他如何夜讀的種種細節；於是一股清泉般的感情便會自然而然地從我心井的深處湧起。這是一種決然區別於流行在那些年頭的、口號式的文風與空洞激昂的感情，這是那個屬於我自己的繆斯的初次露面，我也想寫些什麼，模仿或者創作，想像或者現實，反正落筆才能宣洩，宣洩才能滿足！

於是，在一回回上海梅雨季的近晚時分，從我家的那幢日式小洋樓的落地百葉長窗望出去，早起的暮靄湮沒了一切，故鄉憂鬱在一派詩的灰色中，溫柔而沉靜。而我，就在那圈杏黃色枱燈光暈的呵護下，向着雪白的稿箋傾吐着自己將成熟未成熟的心聲，時而噴火，時而盈淚；時而鏘鏘，時而幽幽。雖然時至今日，我已完全忘了當時的自己曾寫過了些什麼。那些我最初成形為文字的喜怒笑淚，不是在「文革」高峰期被抄走，作為定罪我「反動學生」的證據；就是已被我自己怱怱焚毀，從而令重閱成了一種永不再可能。但我仍記得其中的幾篇，當時是鼓足了勇氣寄給父親看的。只有在這種情形下，他才會回一封多頁碼的長信，細細密密地寫滿了對我習作一絲不苟的修改與評注。他反復強調的是簡練與含蓄。「長篇累牘的外露式抒情，」他說，「無疑是一種失敗的文風。」他的記憶力好極啦，他能在信上準確地定位出他那座書櫃中的哪一排哪一行哪一本書內的哪一篇文章，他要我去把它們找出來細細品讀。然而，那通常都是些《古文觀止》或《史記》或《論語》之中的篇什，對於青少年時代的我，讀來非但艱澀，而且無趣枯燥。但我卻因此發現了他的另一批藏書，那都是些英美俄名著的譯本，一旦上手，竟一發不可收拾，常常通宵達旦地浸淫在十八、十九世紀歐洲文化的氛圍裡，忘卻了時空。待晨曦初露，走上露台去一舒筋骨的我，才猛然驚回到眼下那片紅彤彤的二十世紀六十年代初的中國——說心中不擔憂不害怕，那是假的。擔憂我與我同學們的意識裂痕日深一日；害怕學校每天高音喇叭中狂轟濫炸的不正是我所鍾愛的？但，我制止不住自己，我愛上了一個可怕的「她」，而「她」最可怕之點正是「她」最可愛之處啊。

一九六六年初夏，「文革」終於在一種醞釀已久的氣氛中爆發了，街上亂哄哄的，商店的舊招牌被砸爛，皮鞋褲子當街焚燒，幾位被小將們「觸及了靈魂」的時髦女性赤足散髮地自街上鼠竄而過，背後繼而轟然響起一片笑罵與噓聲；夜幕下，幾條黑影沿着牆角鬼鬼祟祟地遊動，懷中抱着一包沉甸甸的東西，他們的方向是弄堂深處的垃圾箱。而我，竟也加入了他們的行列，將家中的黃金、美鈔、字畫、古董——那些所謂「四舊」的罪證——都一個勁兒地往垃圾箱裡塞。最令我心痛的是那些凝聚了我多少個不眠之夜思緒的文稿，也不得不向它們投上了深情的一眼之後扔入了燃燒的火堆中。然而就在這一刻，我突然覺得正熊熊着的不只是什麼文稿，而是我的思想我的感情我的心魂我生命的本身哪！文稿燒完了，火勢小下去，小下去，終於熄滅了。我望着那堆被一口嘆息都可能揚飛起來的慘白色的餘燼竟木然了。母親火急火燎地走進房來，說：「還不趕快？！抄家的都快來了——」但我呆坐着，我不是想燒想逃想躲避，而是想喊想吼想「忽」地抽身而起，橫眉冷對；然後坐下，繼續寫——沒日沒夜地寫，廢寢忘食地寫，傾吐式地寫，噴瀑式地寫！我只覺得這世間再沒有一件值得你信託的物件了，除了紙和筆——這種強烈的感覺竟然一刻不褪色地陪伴我度過了十年，從一九六六年到一九七六年，三千六百五十天，我的生命也從少年步入了壯年。

我創作另一起高潮的來到是當我於突然的一刻墜入了愛河後。

Part Two

我這一生——至少是直到現今為止的一生——中，就只愛過一個女人，卻愛得專一，愛得癡迷，愛得深切，愛得至死不渝。在這之前，愛情對於我，只是一片淡藍色的虛幻，一彈就破，一吹就散；它來自於我讀過的那些歐俄文學作品中片段的印象瑰集，少年期的那種常見的心理與生理的萌動，以及不可避免地混合着二十世紀六十年代中國學校的那種奇特教育所投下的某種帶壓抑性的陰影。但這些都在其次，都是脆弱得不堪一擊的，當那具形象在我生命中天使般地現身時，我着魔了，我不顧一切，也不會再顧一切地去想像她，去心描她，去魂攝她，企圖將所有美的詞彙美的語法美的修辭美的篇構去與她掛鈎。她，美得像一尊玉雕；甜得如一首旋律，透心沁肺地又好似在夏日裡啜一口冰鎮果汁般地過癮。柔情如水的她，熱情如火的她；有時燦爛如夏花，有時矜持如秋葉。我想，怪不得你的名字叫「美美」呢，因為完美，使用於你的身上，絕對恰如其分！我記得，在我的某一節回憶錄中曾有過這樣的着筆：**在我乾柴般的年歲上偏又遇到了烈火樣的愛**——我覺得這仍然是一句最適當不過的描繪。而當我倆那互表心白的一刻終於來到時，我簡直瘋狂了，我們生活在一個災難連綿的年代，但我卻固執地認定上帝只是對我太偏愛了，讓我如此如願以償，如此肆無忌憚地沉浸在奢愛中。我只覺得世界的色彩一下子全變啦——天明麗，雲明麗，山明麗，水明麗，城市明麗，街道明麗，就連你平素裡最憎厭的標語牌、語錄壁，紅衛兵以及造反隊的嘴臉，都變得柔和可愛起來——創作思路的洪峰便在這一刻湧到。

就這樣，在兩股動力的雙倍推進下，我生活創作、學習生活，是在愛的昏顛中連頭腳都倒着走過來的；

創作，則是湧泉般地奔騰而出，江河般地一瀉千里。在我年輕的心裡，絕無障礙可言，更無清規戒律可循，我只知道一旦寫出來的便是我的，而我的，便是最好的。至於學習，我則是讓自己一日十二小時近乎於虛幻般地浸沒在古典旋律與中英美文的蜜罐裡，「醉生夢死」——不論實效怎樣，反正我自學完成了外語以及提琴專業的全部教程，我求知的欲壑就如一隻永遠也填不飽的黑洞，貪婪地吞吸着一切游離而過的美與藝術的流隕。它們紛紛撞入我敏感着靈性的年青的大氣層，爆炸、燃燒、高速之後復高温，而飽和着旋律與色彩電離子的感情，便一下子漩渦成了一種只具有我個人獨特文格與詩風的語言表達。

然而，這只是我那一截生命的陽面，在其陰面刻下的卻是我們這一代人所可能體會到的全部驚恐與絕望的斧痕。

所以說，這構成了一段奇特無比的生活：我們與社會是互相將黑白顛倒過來理解的——包括是非與光陰。清晨以及深夜，我是她的，她是我的；我是詩的，詩也是我的，我生活在玫瑰一般的夢幻裡。雪花也似飄下的詩稿，從一行到一頁，從一頁到一疊，從一疊到一地，眼淚以及歡笑，愛情以及仇恨，錄影下了那個時代的斑斑彩塊。然而當現實的白天來到時，當大街上又風馳電掣過高呼着口號的造反隊的卡車，而滿城刺目的標語又在烈日下瘋狂吶喊，我又不得不收藏起自我——我偽裝成的是一個間歇性精神分裂症的病人；而她，則是一位先天性的心臟病患者：虛弱蒼白，弱不禁風。我們只希望社會能忘卻我們，忘卻我們就像隨手向牆角撇棄兩件報廢了的產品一樣。因此，我們就必須杜絕任何讓他人瞧見我倆在一起的可能，我們當然更不能讓他人有絲毫察覺我們的那個正隐蔽着的真實的自我，一次疏忽便足以致命：在那個一切門窗櫥櫃廁所被窩都被勒令打開的歲月裡，我們卻保持着走鋼絲一樣最危險的平衡，警戒着隨時都有可能墮入深淵的粉身碎骨！就這樣，我與她你攙我、我扶你地走過了幾千個日日夜夜，甜蜜與恐怖混合，人生與演戲交替。最具情節色彩的是那些詩稿，收壓在一方被掏空了內臟的手提唱機的木箱中，提拎着（提拎着的不僅是詩稿，還有我倆的心）到處躲藏。這是因為經歷了第一次焚稿的我已近乎於頑固地認定：詩，即是詩人一次又一次臨盆誕生下了的，仍與詩人臍帶相連着的生命；焚稿無異於謀殺親子，我寧可與其玉石俱毀，也得冒險將之保全。於是這些日漸厚疊的詩稿便與我倆一起自地下，通過了這長段漆黑陰冷的十年隧道；之後，它們中的一部份被逐字逐句逐段地抄寄來到了香港，並被廣泛地收錄進了我的各種版本的詩集中；而原稿則珍藏在我私人的保險箱裡。至於它們中的大部份，終因郵寄無可能，携帶又不便而再次被狠心地毀於上海——那是又過了多少年後的事了。在我一九七八年初獲準赴港與父母團聚後的又一年，美美來港的申請也批復了下來，在當時，既然回歸是件不可思議的事，於是再一次焚稿便成了我倆唯一的選擇。

但歷史捉弄人的方式，往往是喜歡在繞了一個大圈之後再笑眯眯地回到一個驚呆了的你的跟前，尤其是在我們這代人劇情化了的一生中，這種反差倍覺強烈。回上海，不僅在另一個十年之後變得可能，而且還一發不可收拾成了我生命之中最強烈的週期性的企盼——事實上，上海不但是我作家夢的搖籃，而且更是我實踐作家生涯的舞台。上海，只有上海，才是維繫我一生的兩個最強大的精神端點——儘管在當時，宣佈說已被批準赴港定居對於我，曾是一種類似於聖母顯靈般的興奮以及無與倫比的感恩。這是一顆沉淪在地獄中，已經忘卻了時空的活靈魂，有朝一日能回歸光明人間時的瘋狂，我理所當然地發誓：爬出了黑窖的我，再也不會回來啦！

然而，這種決心的被修正就在它被下定的幾天之後。那是一九七八年五月十九日的傍晚，當我手提一隻小包袱隻身通過羅湖橋時，落日正自我身後的某個方向沉下去，沉向上海所可能位於的那一處：想到美美——我那血肉相聯的另一半——以及苦難未脫的故鄉正從千里之外望着我一步一印記地進入一方新的天地，我的心酸裂了，在它刀絞一般的疼痛中，我體念到的是一種深深的眷戀：我，這麼個揣懷着一顆詩魂的生物，又怎麼可能割捨得了他生命之中最有機的那個部份呢？而這種感情便成了我今後一切創作的重要動源之一。

也是在那同一天，我終於見到了被我的想像力琢磨了近二十年的老父：削瘦，清臞，輪廓分明的臉龐嚴峻、淡漠，喜怒絕不形於色以及帶着——帶着什麼呢？對了，帶着的是一種神聖不可侵犯的排斥感。這與我童年的記憶少年的聯想既貼近又遙遠，既熟悉又陌生。儘管如此，我仍是下了決心，決心要在某一天告訴他我真正的精神追求是什麼？以及為着這種追求我曾付出了些什麼，並準備再付出些什麼？這次談話是在我到港十個月後的一回朗月之夜完成的。那時的我並沒選擇在父親主持的公司工作，而是自願去找了一份在一家圖書發行公司由普通職員做起的工種。至於滿月夜的選定，那純粹是為了讓此次談話更能柔和上一層詩的色彩，為了讓現實之中的父親能與記憶裡的他儘量疊合的緣故。然而，現實畢竟還是現實，在靜靜聽完我江奔河滔一般的自述後，他冷若冰霜的結論是：行不通，尤其在香港。詩，他說，是一種生命的奢侈，自治的價值遠高於他娛。因此，當個詩人充其量也只是一段雅興飄飄的虛幻，而絕不可能成了一項腳踏實地的職業。或許，他是對的，在這錢之地引力太沉重了的香港，一切起步或者騰飛都先得計算出一項與錢相關的寬容系數，之後，再有其他。且把它看作是一種世故的提醒吧，我向自己說，反正在政治鐐銬中能做到的，在經濟的枷鎖間也不見得絕對辦不到，因為我，自始至終還是這麼個我——於是一下子，我的文學創作又再度地轉入了「地下」。

作家，其實，往往不太像是一種既定的人生目標，是在經百折不撓努力後的如願以償，是某類被偶然激發出來的天分，在一步更深一步探索後的一條不得不走完的生命不歸途——這是一種癡戀；一種信仰；一種被蒙上了眼的誘惑；一種完全不清楚目的地究竟在何方的崇拜與追求；一種根本沒將其當作為職業的最長久意義上的職業；一種於是便在不知不覺中，被人冠以了「作家」這麼一聲稱呼的日長與月久。因此，一位真正的作家或詩人的定義，應該是由他之後的一代或幾代，與他素無謀面，而單憑對他留存於世間的那些篇構的讀研後的人們所下，而不應是他的同代吹打手們所抬捧而起的名噪一時，其後則是雁過鈴靜，最終仍逃脫不了被扔進文化廢物箱命運的峰谷效應。作家，應該是一位着眼於能讓那些他永遠也見不着的人們嘗果實的栽樹者，也因此是一項只有最無私無畏者才有魄力來承擔的職業——而我，正是抱着這種最長久的心理準備登上當今文壇的。

從一九七八年到一九八四年，美美早已來港與我團聚，我們的第一個孩子也都出世了，而我也最終自那家圖書公司完成了「學徒生涯」，順利地接手了父親留下的全盤生意。在這涇渭分明、秩序規範、人情霜冷、自我蒸發，連概念都鋼鐵化了的現代資本社會，我竟又偷偷兒地寫了上百萬字數的作品，且都完成在快速節奏的商業活動的高壓之下。奇跡再一次產生，但對我來說，奇跡無所謂奇跡，這只是對我執着之愛的一種回報。直到父親一九八五年一月去世為止，他都不知道這一切，知情且支持我的仍只有美美，她一個人。於是我便再度地套上了面具做人，對於文學以及詩，對於我，這麼一個詩國的「最後牛仔」，上世紀六七十年代的中國大陸與上世紀八九十年代的香港並無兩樣，自由是相對而言的：政治能令你失去的，經濟也一樣能，而政治鎖不住你的，經濟也一樣不能。我記起了佛祖的一句話：佛在你心中。其實，人作為一件個體的存在，就某種意義而言，是與「我」，這個概念所相對的整個世界完全等值的，這是天秤兩端的兩盤砝碼，當你全神貫注於自我境界的開拓時，整個外部世界，也會為你那顆自我砝碼的不斷加重而傾斜。

一九八四年四月，在我完成了第一期作品的彙集後，便啟動了每個作家都必會經歷的最心顫的一刻——首次投稿。這完全是一種盲目的投寄，我選備了三份同樣內容的稿件，再配上一封措辭謙恭的求教函分別寄往了港、台、大陸三地的報刊。雖然，台灣與北京的詩刊最終都以專頁的形式發表了我的詩作，但那都是在半年之後的事了。在稿件投入郵箱後的第三天，其實，我便已得到了某類回音，那是一篇刊登在香港某報專欄上的文章，正巧被我讀到。文章說投稿者是一位由內地來港尋找「發達夢」的紅衛兵（天曉得！）在遍求不遇的境況下，便打算窺探文壇來一試，而文章作者的直截了當的忠告是：此路不通！至於那位目前也在把玩把玩現代詩的投稿者，假如有朝一日真能成功的話，此文作者如此認為，至少也要等到全世界的詩人都死得差不多的時候。看得出，作者寫得很痛快，文筆流暢且老辣，但作者有沒有想到，這篇文章對於一位初涉文壇的年輕人來說是不是太冷酷了些？而幾十年前的作者自己是否也曾有過那麼個文壇初登的某一天？然而在當時，面對這麼一篇「流光溢彩」的文章，我的第一感受並不是被辱，而是猛然的悟覺——我依稀地測定到必有某種目前的我所根本不瞭解不理解，也無法瞭解和理解的暗礁，存在於那處我期望航達的領域，文學殿堂的那種在局外者想像之中雲霧縈繞的神聖場景，驀地在我眼前灰暗了下去，我向自己說：調正視角，擦亮鏡片，這才是你現在必須要做的。

而另一件無足輕重，卻又是使我終身難忘的文壇佚事的發生，是在好多年之後的事了。那時的我已出版了好幾本集子，極少參加香港文人聚會的我，有一次也被拉了去。但就當我手握一杯橙汁在宴廳的一角孤單地徘徊時，我觀摩到了一段絕佳的對白與演出——「我想打聽一位叫吳正的香港詩人」，說話者是一位我並不相識的，內地訪港的某刊物的負責人，而被他以目光來作徵詢的，則是在日前剛與我通過一個長長的談笑風生的電話的香港詩人Ａ君。「本刊打算向他約稿，不知你們哪位知道他的電話或者位址？」「吳正？……吳……？」詩人Ａ煞有其事地搔頭皺眉，苦思良久，並開始用眼光試探着Ｂ、Ｃ、Ｄ、Ｅ，那些幾乎都能列入我熟識者名單中去的周圍人，「名字好像還耳熟，但認識就……」「沒關係——那沒關係！我可以再找他人打聽。」其實何須「他人」，當時的我只需一個箭步就能自暗角跨入明處，而使那些並不知道我就站在他們不遠身後的「文友」們，承受一次不太容易承受的難堪。但我選擇的並不是這樣，而是輕輕地擱下了橙汁杯，悄悄地離場而去。我終於沒相識到這位曾打聽過我的編輯——直到今天。我羞於再見到他，羞，連我自己也鬧不清，究竟是為了什麼？為了誰？

但無論如何，這就是現實，你不想正視也得正視，你企盼美化也無從美化的現實。到底文壇與商界是不是源於同一種概念的兩方表現領域——或者至少在市場意識太強化了？我答不上，但自我記憶底層翻浮而起的，卻是二十年前的那箱被我拎着四處躲藏的詩稿。棍子，這種器具道具兼工具，在一個以政治為支柱的社會中的那一根，當來到以金錢為中心的社會，可能轉化成了另一種以其他命名來稱呼的新模樣，這並不足為奇。而醜惡，也是無職界之分的，存在於奸商暴吏間的種種，也同樣存在於文人學士中，這與從商從文還是從政並無關係，更何況在這職能界限日漸模糊了的當今社會？不變的唯有執着，這一種意志：正直，這一種品格：高尚，這一種情操。

而另一則引發我思辨興趣的主題是錢——那樣我擁有了，卻從未因此而自豪自傲自喜，也從沒覺得可豪可傲可喜的東西——與當個作家之間的關係問題。這是在與一位詩人同行的某次酒後半酣的坦談之中偶然涉及的。有時，他說，一件好事的終極效應未必都是正面的。比如說寫出了一部好的作品，在引起社會反響的同時，招惹來的也包括某些暗角暗處暗槍對你的瞄準，這與政壇上才華早顯的危險相類似——文圈，有時候並不見得不似政壇：骯髒，這起詞彙之所以發明，是因為其發明人的體會比他人更深切的緣故。而吳正兄——恕我直言——你的狀態可能比他人更糟，這是因為你，或者說你的家庭，有錢。它讓你突出在一種極易被人攻擊的位置上，這是因為在傳統的觀念中，溢才的作品往往是與貧困潦倒聯繫在一起的。

不能說一語驚醒夢中人，但我至少為他的坦率而感動，為他一針見血的深刻而顫慄；我的一些朦朧而斷續的至今還未必形成的理論，竟然被他於手起刀落間剖開了。然而這種提醒作用於我身上的效應卻是雙向的：更熱愛文學而更厭惡文圈了。這是一種美與醜的並存，襯與反襯，背景與主題間的辯證關係，它取決我個人意願的背向。挺立還是下跪都是一種生存的姿態，差別只在脊樑骨的承壓度不同；讚美或者責備因而便成了多餘的，多餘是因為下跪者自有下跪者們理直氣壯的理由（你又敢說他不對？）；正是為了有一天能對他人傲立而站，暫且而適度的下跪有時是必須的。

壞就壞在我無法說服我那個冥頑不化的自我，去認同這條極可能是行之有效的人生理論，而且還總依仗着說是連「四人幫」的十八般武藝都見識過的我，難道會驚惶失態於一二尊攔途收買路錢的綠林好漢前？於是，我揚長而去，行吟依舊，且還嘻笑調侃於那些規勸我「怎麼樣也要顧及些影響」的好心人士真誠的眼神前。我瞭解自己的弱點：易於被真摯所感動，但更易因強暴而堅定。我的一首自嘲的短詩是這樣寫的：

我們，不都也是群先天性的／殘廢者，殘廢是因為／我們長少了一根／媚骨，而又長多了一根／傲骨。

說認真的，我也不是沒考慮過讓作品永遠黑暗幽閉在自己抽屜的底層，隨我來到這世上，將來再隨我的離去而永遠消失。但我很快說服了自己：既然是一種誕生，便沒人再可以扼殺它的僅屬於讀者的生存權——包括它的生母。至於其他，均屬支節。更況且很多困題當想深一度層面時也不是不會露出一線理解之曙光的。比方說對錢的心態，擁有的，缺乏的，暗戀着卻始終與之絕緣或半絕緣的——這是一位姿色欲滴的美麗女人，反正追求到手總是無望啦，於是「破鞋」的謠言便不知道從什麼時候什麼地方開始流傳了開來。

只是我，好像並不太在乎這一切，並仍在策劃着這一起比上一起更龐大的賺錢計劃。除了賺錢是我職業的要求外，我並不能建立起有錢為羞、賺錢為恥的觀念，正如我不相信貧窮是高尚與高格的代名詞一樣。至於寫作，我還是在狂熱地繼續，繼續是因為我抵禦不住思索以及表達對我的誘惑，再說這也是我對本身決心和他人封殺的一種最脆亮的回答。說到孤獨，孤獨慣了的我偏又是不太怎麼懼怕，一位蜀中詩人說得妙：只有軟體動物才成群結隊地覓食，獅虎從來都是獨來獨往的——麻煩的是：我竟阿Q式地將此作為了對自己行為與狀態的某種註釋。

就這樣，又過了十年，一九九四年的我已是完成了兩百來萬字數的各種文體，出版了十多本冊集的人稱「香港作家，詩人」的「吳正先生」了，但，我深不以這起稱呼為然，我曾在各種場合一再聲稱：香港只是我的居住地，上海，才是我作家這棵樹的紮根之土。

我說的是實話。回首我四十六年的人生歷程便可以證明這一點：上海的苦難上海的甜蜜，上海的迷失上海的清醒，上海的離開上海的回歸，上海數不盡的橫街窄弄，上海流不斷的黃浦江蘇州河水，上海時刻敞開着胸懷，說：如果你倦了，你就回來；如果你受欺侮，這裡有母親永不失耐性的等待；如果你迷路，指南針指着的永遠是家的那個方向。於是，我寫下了《故鄉》，這首只有兩行的短詩：不知道你好在哪裡／只知道我痛在何處。以及：怎麼能叫我們不愛她呢？／異鄉有千百處，故鄉／只有／一個。再以及：異鄉有繁華／故鄉有清貧／異鄉有驕陽／故鄉有明月——所有這些，都是獻給故鄉上海的。

在我對於上海的帶點兒病態的情結中，埋藏着的是那顆有着最強大創作生命力的種子，因為這是一種深刻的愛，而有愛便有作品。那一年，我第一次攜帶着大疊稿件回去，在整座大陸文壇前，我，再度地還原成了一位怯生生的新來者。而她，打量着我，這是一種好奇、困疑，信中有不信，不信中又有信的目光。而我則胸有成竹地將一位作家的通行證——作品——遞交了上去。她緩緩地翻閱着，漸漸地快了，更快了起來，她的臉上開始泛起興奮的紅暈，她的目光開始放射出驚喜的認同，終於，她張開雙臂說：你不屬於任何地方，你，只屬於我們！而我含淚的理解是：這，才是文學的大海，我終於唱着歌自溪流裡融匯進這一片無垠之中來啦！這是一種偉大的循環：就像水滴的被蒸發，你是我文學的起源地，又是我滔滔奔流的終極歸宿。

自此之後，回上海便演變成了一種一發不可收拾的慣性，而我的作品，便是在這兩座城市的奔波間完成的。這是一種斷幕式的人生背景的疊更，在它帶給我許多創作激情的同時，也為我開拓了更大片的思索空間：反差和對比會令許多先前並不顯眼的隐藏，突出在一個極為醒目的位置上，諸如意識的斷層，價值觀的地震，本能的火山以及欲望的岩漿，在這麼多年的被壓制和積聚之後終於爆發了，這是一場地動山搖式的萬物重新定位的運動，在這個既偉大又可怕的時代，逆濤掌舟還是火中取栗，對於一位真正意義上的作家，如何把握自己，便一舉成了他生命之中最具比重的選擇了。

但就我而言，作為作家的人格也不是不受到愈來愈多文壇現狀之衝擊的。比方說，當你筋疲力盡地自沙灘爬上岸來時，遇到的偏是一大群提着泳具的興致勃勃的下海者，他們向你打招呼說：哈囉老兄，我們都下來了，你還回去？不用說，赤條條地暢遊於水中的感受一定是自由自在的巔峰啦——叫我這個「上岸者」，又怎麼來形容？又比方，當你冥思加苦幹地好不容易完成了一部書稿時，就聽說，有某「才女」（我們似乎生活在一個「才女」輩出的輝煌時代——題外話）居然每隔十天八天就能生產一部長篇小說，或電視螢幕上的泡沫電視劇；而更令人瞠目結舌的是，如今的「作家」一旦沾了點名氣後的下一步，便該考慮如何來組閣一個「寫作班」（是否與文革中的市委寫作班相類似？——再一句題外話）之類來擴大其「作品」的產量，無論這叫「企劃」還是「製作」還是「流水線生產」，反正基於同一種調料配方上的文學速食口味，便如同「康師傅」熟泡面似地流行了起來——這又怎麼不讓我這位雕琢於象牙塔尖中的迂腐者大開了眼界呢？

然而，我始終仍是，而且永遠只是，我：認真於每一舉，執着於每一步。即使真到了所有的人腦都由電腦替代，所有的藝術都可以由機器來製造的那一天，我都會死抱着那個自我十多二十歲就已形成了的觀念，頑固且不化的。因為對於我，這才是美妙的化身，靈魂賴以起飛的翅膀。我深深預感到自己創作的第一個階段已經過去，正如我寫的那樣：是那些從充沛着熱情的歲月裡流來的，奔騰着的詩的熾流啊，流到了我們理性的今天；它們開始凝固，凝固成了沉默，黝黑；強大得不可動搖的山嶽般的信念……思路的凝練，感覺的沉澱，語言的再不輕易落筆，就像一種特定的生理曲線一般地駕馭着我創作的方向，我無能為力，也不想有能為力。我知道，這是中年的我的創作特徵，它還會改變，待到世事之一切，在我好反思的瞳仁間終都分色為清澈通透的什麼也不是時（不知道自己是否最終能抵達此種境界？），我的文風便會又是另一種。作家有時扮演的是一位無盡遠征的跋涉者，半途偶息於一個霏雨灰灰的黃昏，回首來道，放眼前程，心中的苦樂愁歡只有他自己才能品辨。

只有一條信念是恒定的，那便是他最終還得直起腰來繼續趕路。苦行僧還是苦役奴——誰叫我們選擇了作家這個職業？世界是繽紛的，時代是神奇的，它們一片接一片地橫斷，展開在我們的面前，而我們的生命恰似一條堅定的直線，洞穿而過。

我理解：所謂文學就是愛，所謂愛就是執着，所謂執着就是一生三萬多個日日夜夜的絕無三心二意。我也理解：前程仍會坎坷，仍會有大大小小文霸鬼魅的干擾，但這並不可怕，經驗告訴我：驅鬼最有效的方法，無外乎於正氣凜然地面對以及逼視，直到它終於無計可施地隱去；我更理解：無論將來的我會漂泊到地球的哪一方角落，或從事哪一項社會分工意義上的職業，我始終是，永遠是，也只能是一個作家，一個中國籍的華語作家——這是在我還沒降臨到這個世界之前就已被預定好了的人生坐標。

堅定走完作家路，這是我展望未來時的一拳決心的緊緊在握。

1995 年 4 月 30 日

於香港——上海的奔波中

自虹鎮老街出發

重見虹鎮老街那是在三十多年後的事了。小時候，我家也住虹口，雖地處帶鐵門和庭院的小康區，然而因了同學也有不少個住那裡的老街區，虹鎮老街倒也是我常去的地方。

在遙遠的記憶裡，虹鎮老街道窄屋傴，坑窪不平。醜陋的老虎天窗自屋頂上探出頭來，俯瞰着那一片七高八低着灰瓦黑磚的貧窮的海洋。假如放學之後，一個興高彩烈的你，高呼着某位同學的名字，自低矮的門框間魯莽闖入，說不定何時就會在半明半暗之中踢翻了一尊晾擱在門口，已經洗刷乾淨了的馬桶，從而惹來一連串濃濃蘇北口音的斥罵。但你可不管這些，伸一伸舌頭，便從陡陡的窄梯摸了上去。那是若干平方剛能站得直人的閣樓，方桌、板凳、木牀、米缸、水桶，以及同學父母的那幅劣質着色的結婚照，端放在被石灰水刷白了的牆中央。於是，那方缺少了大人坐鎮的閣樓便成了我們這批頑童無法無天的樂土啦！鑽進爬出，攀上跳下，總之一切不需要耗費錢的遊戲，我們都玩到了家，直搞到滿室狼藉。後來，那個在窗前放哨的小子終於報告說：來了！（來者當然是指同學的那位從紗廠放工的胖母親，或是蹬三輪歸來的瘦父親啦）大家這才搶起各自的書包，連滾帶滑地飛下扶梯，一溜煙地消失在了那片迷宮般的橫巷與豎弄之間。至於遭罵還是挨打，那才不管我們事，自有那位事主同學去擔當。

那真是段快樂的時光呢，只是快樂總是要在它逝去之後，才會在對比的背景上凸顯出來。當年，對於我們那群一聚而攏一哄而散的毛孩子，最夢求能得多點的是什麼？當然是錢——那張最萬能的花票票啦！一兩毛的零用錢就足以讓人想像半天了：是買一堆零食在小夥伴間分享呢，還是獨自一人去享受一場《雞毛信》《上甘嶺》之類的早早場？無法作出選擇的原因是，哪一樣不都一樣地誘人？幾十年過去了，我們以歲月換來了事業以及存款，卻再也買不回童趣——這是一條無奈的人生單行道。

這，便是眼下的我，再次躑躅在這片熟悉土地上時的感觸了。虹鎮老街沒變，據說這是滬東區唯一一塊仍未被批租出去的棚戶段。然而，虹鎮老街畢竟還是變了：坑窪的窄街平寬多了，而門口斜晾着馬桶的隻數似乎也大幅度地減低了。不批租就自批吧：一幢二層帶三層閣的新樓，鄉裡鄉氣地已在原地頭上矗立了起來，幾個汗油淋漓的傢伙正揮手划臂地將一扇碩大的鋁合金窗吊上樓去。有時，你會見到一部簇新的三菱空調的尾端自低低的瓦簷頂下伸出來；而ＸＸ餐室，ＸＸ髮廊，ＸＸ洗腳屋的招牌隨處可見。髒兮兮的透明紗簾半隐半遮着烏黑黑的窗框，有一種泥腿子第一次着上了西裝時的不協調。一幅用歪歪扭扭毛筆字描出來的，且還包含着若干可笑錯別字的服裝鋪的廣告更可人：歐美最新時尚薈萃！但着實讓我吃了一大驚的是：昔日的某扇老虎天窗，如今已被改造成了一方盒鋁質玻璃的全透明的豪華浴室，築巢在瓦灰色的房頂上，儼然一座超現代化標誌。再幾步之遙，停着一輛紅色的「夏利」車，莫非都有私家車了？我正摸着車殼納悶呢，一漢子恰好抹着口角的油水從一方黑幽幽的矮門之中跨了出來：「怎麼，想乘車？」「噢——不！不！……」「順道回來吃頓飯」，他自言自語地打開車門，從中摸出了一座燈箱往車頂上那麼一擱。噢，原來是輛的士啊，我這才搞明白。

沿着差不多把里路的曲彎，低矮以及羊腸狹道穿梭，我終於走上了一條寬大了些的馬路。岳州路？不錯，岳州路。回首虹鎮老街已退留在了身後，我逼令着自己以一種夢境之中的堅定腳步向前走去。一輛的士駛過來，在我身邊圓滑地停下，一張留着長髮的菜黃色的臉蛋探出來：「哪能，走伐？——」但我的注意力卻早已被不遠處的一家轟隆着軋鋼機聲的某金屬製品廠吸引住了。這不是那一年我們那班同學來「學工」的地方嗎？是的，應該就是！我駐足向橫着吊車的廠門口張望，兩個着工裝褲的黑臉漢有說有笑地走出來，瞥我一眼，過去了。會不會又在哪裡見過？不，這一次我定神想了想的結論是：不可能。因為他們至多也就是二十多三十歲的年紀。但附近的那座「給水站」就不同了，肯定是幾十年前的遺物。一位掛着一件乏黃了的汗衫的老人半躺半坐在一張舊竹榻中，竹榻置於「給水站」的陰影裡，老人木訥地注視着街心的陽光，一切無言。好一幅黑白片時代的景物素描！

懷着一種稠稠的悵惘，我再從岳州路走上了周家嘴路：模模糊糊的回憶追隨着我，影影綽綽的「過去」放映着，斷斷續續的故事首尾不銜接地倒敘着，熟悉而又陌生的人名以及面孔交錯對號。13、17路無軌電車自我身邊駛過，售票員拍打着車門停下，又啟動。公平路站、高陽路站、新建路、商丘路——到梧州路了。二十，大概要近二十五年之前了吧，這裡是21路電車的終點站，彎形的雙聯車廂，通常都是繞着中心島那麼一個大兜圈，便又將其車頭掉轉過來，朝着另一個方向——中山公園行駛。如今，車站早已搬遷，中心島上擺滿了個體攤檔。但至少，有一件存在物仍是熟悉的，這便是那爿叫作「前衛」的中藥店。無論如何，這還是個堅定不移的名字呢：在那個所有的店名都一窩蜂地改為「紅衛」「興無」「風雷」的時代，它不曾動容；現在，當一切的鋪姓又轉向「金X」「富X」「豪X」的年頭，它也一樣地不動心。當我決定就從這裡轉彎向外灘方向進發時，我站定了，並用眼光向它投去了一瞥注目禮。

外灘，那是在我沿着九龍路河旁，經東大名路，再穿入黃浦路，又一輪三十多分鐘的步行後才到達的。繁華的上海心臟區已在望。我從古樸的鐵橋上渡過河去，不遠處，吳淞路高架卻以一種現代化的姿態與我並駕齊驅，騰空虹跨水面而過，傲視着在這十九世紀鋼鐵橋架下蠕動着的芸芸眾生。

在外白渡橋堍的黃浦公園的邊門處，我再度收住了腳步。我回望，回望整片人口稠密的大虹口已留在了橋的那一邊，在它的最前沿矗立着的是那座東正教風格的建築，此刻正在夕陽的燦爛中反射着金輝。在這座曾是蘇聯領事館的綠色拱頂上，如今飄動着的是俄羅斯共和國的三色旗。又一個少年時代的記憶細節在腦螢幕上清晰起來，這是有關那部曾使我，以及無數個我的同代人，激動得夜不能寐的電影《地下少先隊》之中的某段情節的：在那年代，少先隊員們的入隊儀式都是在一位溫柔美麗的女教師的帶領下，散立在白渡橋的彼端（可能就是我此刻所站立的位置吧？），向着對岸高揚着鐮刀錘把的紅旗，心中默唸着宣誓辭的。

歷史，就是這樣地流了過去，無情而真實，沖刷出了幾重世界，幾度人生，幾許感慨。不變的只有黃浦江、蘇州河水，還是那同一種姿態，同一種顏色。我回轉頭去，再一次地朝前邁開了腳步：就某種意義而言，前進的堅定，應該屬於那個經常不忘回首的人——我如此想着，讓自己淹沒在了外灘的滾滾人潮之中。

1995年11月10日

於香港

Part Two

自編自演人生戲

編、導、演這行當，說難難，說易也易。人的每一天每一刻不都在自編自導自演着一出人生話劇？成敗在其次，好壞在其次，轟轟烈烈還是平凡更在其次。堅持幾十年地拍他一部生命連續劇，總歸是一項壯舉，尤其在這個黑白襯托如此鮮明，善惡對比這般強烈的當今世道。

曾有機會觀摹一部電視劇的拍攝過程，並親眼目睹了一段「人造」生活，如何一個鏡頭銜接另一個地連綿成了一種以假亂真的情節展開，從而使那位旁觀者的我，充滿了各種奇異的感受。通常都是這樣的：導演以及錄音將監視器材移至一處與拍攝現場完全隔離的地域，帶上耳機，凝視螢幕，然後便5——4——3——2——1地「開始！——」。一切屏息，只有打開了的電器用品們發出的極其低微的「滋滋」聲。在這方擺設着道具，搭配好人物，規定了動作以及台詞的舞台上，現實世界暫時與它絕緣。一切都遵循劇本的安排進行着，一分鐘，二分鐘，三分鐘……緊接着導演的一聲「好！」，真實生活的喧鬧聲便又再起，閃進竄出的，滅燈收筒的，移位拖櫃的，而剛進入了角色的演員們，便立即抹去淚水或收斂起笑容，開始了他們緊張工作間隙中的片刻放鬆。反而令我，一位太易被劇情感染的旁觀者，被棄留在一種不知所措的境況中，悲喜亂秩、愛憎無依、思路斷層。

於是，我便想到了人生——這條自我身後延綿而至，又從我眼前展開而去的，無窮盡劇情的，一刻不斷也一刻不允許有斷的連續。

一位如今身居領導職位的作家朋友，一次深有感觸地對我說：說到底，還是家最重要，它是你這條疲憊航船最可靠的泊錨地——講了一天假話扮演了一天角色的你，如果回到家還得繼續演繼續講，人生還有什麼意義？而一位叫向明的台灣詩人表達得更徹底：家，真好！容許我隨時放屁。「放屁」，這種中老年男人所常有的醜陋而又難堪的生理現象，在此被一語雙意地妙用了。

當然，在這裡，家與社會只是一種台上與台下的關係，化妝與卸妝的差別，這只是生命第一層次上的演戲意義。

然而，整部生命終究都是場戲，有真誠也有虛偽，有高尚也有卑污，有醉後狂言一瀉千里，也有正襟危坐面笑心泣的各種時刻，這才是立體的你，血肉的你，連呼吸都帶上了氣息的你——所謂偉大的作家，天才的演員，驚世的作品，寫出演活的也只不過是十分之一甚至百分之一的那個你，那個普通人的你，那個凡夫俗子的你（不信？不信，你可以隨便找一部偉作出來，逐條逐行地與你自個兒或你的周圍人，對照着地慢慢兒琢磨）可見社會無垠，歷史無垠，人生無垠——恰如攝像機，再昂貴、再高科技，哪有能超越肉眼之原始觀察力的？

每天清晨，醒來。在暖烘烘的被窩裡，你開始思索：今天我將幹些什麼以及如何幹？這便是一種劇本的構思。你會排除好些，也會肯定不少；你會讓某種理想化了的情操一閃而過，讓些許少年時代天真的憧憬，在朝陽的燦爛裡情不自禁地怒放一刻，但隨即掐滅。你起身、刷牙、洗梳、早餐完畢後對着鏡子整一整領帶，披一件外套（當然，假如你是個女人，而且還是個講究些外表的女人的話，那段過程必更繁複：粉底、口紅、胭脂、絲襪以及高跟鞋——至少鏡子也要多照它個幾回），然後便出門。（登台？）某某老兄，某某先生，某主、某任，某科、某長，某工、某師，早晨好！早晨好。早晨好。（好個屁，誰還不知道你一肚皮的壞水？）你臉上笑，口中說，心裡罵。進辦公室了，好碰不碰，迎面偏就碰上那尊肥頭胖耳的家伙，滿臉煙容，眼泡虛腫，昨夜不是通宵麻將，就準去了哪個女部下的家中鬼混——某總、某裁；某董、某長，這回先開口問候的成了你，（不是你行麼？難道還得由他來問候你不成？）昨天報紙的整版大特寫再顯老兄的光輝形象囉，（還不是用公款買通了記者什麼的？哼！）——幾時電視出鏡啊？好讓我們當同事的也沾沾光？嘻嘻嘻，哈哈哈，呵呵呵，咯咯咯……（電視出鏡，還不知道出啥鏡咧，見不見那場億萬貪污案審結的實況轉播？槍斃！聽見了嗎？當場拉出去——槍斃！！）你差點兒就如此這般地喊出了聲來，混亂了你擔任的那個生活角色的明暗台詞的分配關係。幸虧那意識的掣動閥及時踩下，才避免了一起嚴重的人際交通事故。

這個世界呀，錢權欲勢名一起吶喊，又哪是我零點零幾分貝的微弱心聲所能鎮壓得住的？——這是夜間平靜下來後的你，頭靠在牀板上，向着已在你身旁躺下的妻子，回憶起上午那驚險一幕時所說的話。你笑了，那是一種無奈的笑，一種歉意的笑，一種幕前幕後台上台下的演出空隙間，向着導演承認說，自己差點兒就背錯了台詞時的，混雜着一種幽默感的笑。

但戲，還是要再演下去，誰叫你活到今天還年處精壯，沒那麼快地死去？今天的這一場熄燈收檔了，明天那一場的帷幕，又將在八個小時的睡眠後重新拉開。我們都處身一方大舞台上，有那麼多的五光十色、昂貴、精緻與顯赫在我們周圍道具一般地矗立起來，而我們又都那麼忘我地全情投入，投入劇情，投入演出，投入角色。且還你比試我的，我比試你的演技，看誰扮演得更精準，更出彩，從而讓生活以及世界，橫豎交叉，動靜互襯，主賓相對的，日復一日的，浩蕩展開……

但就在此時，短暫的休息結束，戲又要開拍啦。導演響亮地拍着手掌，說：「大家安靜，保持原位！」然後便又5——4——3——2——1地「開始！——」。在一種所有在場者都噤若寒蟬的神秘氣氛中，我注視着那條畫像和聲音就靠它輸入監聽室的灰色電纜。你，是否又能觸摸到你自己生命的那一條呢？我想，荒唐透頂地想。

1995年12月

於上海

Part Two

煙雲歲月

——從一九六六到一九九六

假如將三十年從任何一處人生階段抽走的話，一種魔術般的效應將即時產生：突然童稚，突然青年，突然精力蓬勃得不知所為，甚至突然眼前一黑地退回母親的子宮裡去。而假如將三十年從我們這代人的生命歷程中略去的話，我們又會面對一派茫茫的什麼？遙遠如隔世，或者很近，近得仿佛只相間了一個昨夜？

一樣的屠格涅夫一樣的普希金一樣的《約翰·克利斯朵夫》，素有通宵達旦啃完一本好書習慣的我，在第二天的朝陽裡驀然發現世界全變了。街上紅旗紅標語紅袖章，校園裡大字報高音喇叭，以及節日狂歡般的同學們亢奮在漿糊與墨汁濃濃的氣息中。然而那一夜，我卻不曾睡，不曾做夢，甚至連眼皮都不曾瞌過一瞌，我真真實實地清醒着，清醒在歐洲，清醒在十九世紀，清醒在那個高禮帽貴族裙與花邊太陽傘的纏纏綿綿的時代，清醒地旁觀了于連與伯爵夫人之間眉目傳情的每一個細節——這讓我感到：大白天的一切似乎更像是一種夢境。

「文革」開始於我十八歲，準備參加高考的前一年……

躲在教學大樓的陰影裡，我望着激昂的批判大會在火灼灼的烈日之下進行。黃軍服黃軍帽黃軍球鞋的猴瘦精靈的男同學們；短髮散辮，右手握着一冊語錄本，再來一起胸前橫臂動作的女同學們；一切的裝束以及個性都統一在無性別的革命大旗之下，而口號聲此起彼伏，從「打倒」，「橫掃」到「粉碎」——憤怒與仇恨將他們年輕的臉蛋都扭曲了。他們是真憤怒，他們是真仇恨，他們着了魔似地充滿了破壞力，他們渴望去「砸爛一個舊世界」，再建立一個「紅彤彤的新世界」。在他們血氣方剛的年歲上，「砸爛」，還不輕而易舉？只是「建立」（無論是物質還是精神），卻成了他們之後，兒孫數代還未必能收拾乾淨的孽債——這卻是當年的他們決不會思及到的事……

一列隊昨天還被讚歌為「園丁」的教師們，低首彎腰地自批判台上魚貫而下，一頭陰陽髮，一臉臭唾沫，在兩旁森林般舉起的手臂與大海般澎湃的口號的夾道間，他們通過，忍辱吞氣含冤：恐怖的心靈折磨，這是那十年中最家常便飯式的例行公事，就如在二次大戰的戰壕中，坦克過後的插刺衝鋒一樣，不知道自己在哪一次會被哪一顆子彈擊中？

這便是運動發起者——那些人民戰爭專家們——的高明之處了：先用饑餓法將一群獅呀虎呀狼呀狗呀的誘惑折騰上一番，然後再將一隻渾身顫慄着的活物突然投入，如此激發一場竄撲撕搶獵物的遊戲，其結果的殘忍度自然不難想見。只是殘忍與否的定義，也是因人而異的：對有些人卒不忍睹的，在另一批人卻恰好是一種觀賞上的享受。所謂革命不是繡花繪畫不是請客吃飯，革命是暴動，是一個階級推翻另一個階級的暴力行動。在那麼個動輒就要將人「打翻在地」，然後再「踏上一隻腳」，「叫他永世不得翻身」的年代中，凡事不被推上極端又如何敢以「革命左派」自居？瘋狂，瘋狂之後是亢奮，亢奮過後則是更瘋狂。人的理智的失去似乎有傳染性的，而從來就躲藏在人性深處的原始獸性，能在一個晝夜間就被催芽。妒嫉猜疑仇恨殺戮——那幅位於街中心宣傳畫上的「最高統帥」正向前揮出他那面巨大的手掌：向一切牛鬼蛇神發起總攻——有我，支持你們！

批鬥、遊街乃至被全副武裝的公安人員揪髮按首綁赴刑場的「壯觀」場面隨時可見，其頻率高到如同在二十年代的京都古城隨處都能圍觀一場玩猴耍雜的街頭表演一樣。圍觀者們興致勃勃又提心吊膽，同類的痛苦令他們既亢奮莫名又感染了些許兔死狐悲式的哀傷。突然，一個女青年尖叫了起來，說是有人在她的屁股上捏了一把！人群立即沸騰了起來，人們捨棄了那個仍戴着高帽罰跪於台上的批鬥對象，轉而去捉拿至今還「隱藏」在「革命群眾」隊伍中的「階級敵人」——「把壞份子揪出來！」，「把破壞批鬥大會的現行反革命分子揪出來！」，「砸爛他的狗頭！」。所謂「壞分子」，其實是一位文文弱弱的，戴着一框白塑鏡架的書生型的人物。此刻的他，早已嚇到嘴唇煞白，周身糠篩不已。他斷斷續續地辯白是：「我沒……沒……捏她的屁……股……屁股！我只是……只是不小心……小心……」然而，人潮強大的吼聲瞬刻間便將他蒼白的顫音吞沒了，沒人能聽到他在說些啥，也沒人願聽他在說些啥，無數爭着要證明自己就是那隻「無產階級專政的鐵拳」雨點般地打落在獵物的頭上胸上背上，在人之漩渦的深處，他沉溺下去，而我所能瞥見的最後一眼，便是那支絕望了的白皙裸臂還在人海的頂端之上揮動……

這便是文革癲狂期的一段小小的情節插曲：又一頭獵物誤入陷阱，清白或者無辜，有誰還能在那個年頭擁有一份分辨的空閒與雅興？在那個每個人的命運都落在他人掌控的時代，或者明天已經峰迴路轉，或者就註定了這便是通往永久地獄之路的一個轉道口。就如當年熱血滿腔的紅衛兵們，曾經如何以他人的悲劇來結構自己喜劇的那一群，多少年後竟以自己的終生悲劇墊鋪了一個時代的翻過。

一九六六年底。上海北站。刺骨的西北風中，裹着棉軍大衣高豎起毛衣領的「農墾戰士」們，正將頭、手自火車窄小的窗口間拼命地鑽伸出來。這都是些小到只有十二三歲，年長的也不超過十六七歲的大孩子。月台上，紅旗橫幅「啪啪」擊空，三步一崗五步一哨的高音喇叭中，「我們走在大路上」的歌聲激昂嘹亮。要說氣氛，也真給營造到了家，然而，面對生養自己的故鄉和父母的斑斑淚臉，在這心魂即將被撕開的剎那間，一切信仰的海市蜃樓突然沙崩，長長把里地的月台上爆發出了一陣震天的號啕，像一顆原子彈爆炸後的蘑菇雲狀，緩緩地向天空升去。但，一切都已太遲，火車巨力的蒸汽連杆啟動了，且一轉快似一轉地朝前滾去，任何擁抱，任何牽手，任何隨車的狂奔都註定要被粉碎！一朵不知是從哪個佩戴者胸前擠落的紅花，循着路軌，隨着懸掛着一盞板道紅燈的車尾廂的背影，吹騰起又落下，落下後又騰起地飄流到很遠很遠的遠方……

十五年之後，當小皮氈帽一頂，滿臉刻痕，目光滯頓的當年的你，拎着那同一隻灰褐色的旅行袋，牽着一個穿花棉褲的娃娃自上海站月台下車時，你四處張望地想發現些什麼。然而，除了那排矮平房北牆的陰面上還依稀殘留有當年「橫掃」一類標語的筆跡外，你找不到任何痕跡。你隨着人流流出車站，流入了這座本該屬於你的城市，夜，降臨了。霓虹燈高低上下前後左右地閃動，刺激着你早已適應了黃土以及禾苗的視覺；而鄧麗君柔斷寸腸的調調兒纏綿着，污染着你屬於風聲以及牛鳴羊咩的聽覺——十八年前，在那火藥味濃濃的大批判台上，雖然你曾慷慨激昂地對所有這些都下過一連串可怕的定語，但，它們卻是你眼前的現實。你忽然覺得自己的手被牽住不動了，回轉頭來，你見到女兒小小的身影在街邊食品攤檔的明亮的燈光前站定了。她手指吮含在口中，眼光勾勾地發直。你一陣心酸，急忙去掏棉襖內插袋中的那疊以工分和血汗換來的「財富」。兩個時髦性感得幾乎都令你窒息的女郎迎面走來，捲旋起一陣香風：「難民一樣」，一個說。「快！過對馬路去——當心纏牢儂討鈔票。」另一個立即作出一項果斷的應變措施。但奇怪的是，你竟然沒有任何被誤解的憤怒和解釋的衝動，你只想拖着女兒遠遠避開。你第一次強烈地感到，莫非你真該屬於外省，屬於山區，屬於那土屋油燈和火炕？

當然，你早已經知道，四人幫已被打倒，「我黨又取得了另一次路線鬥爭的偉大勝利」。然而，不知道是年齡的添柴呢，還是經歷的不斷煎熬，那些過往性格中的衝動與激昂早已被蒸發，留下的只有麻木與理智這二種沉澱。它頑固地告誡你說：上海必然已變成了這樣那樣，而且也應該變為了那樣這樣，儘管你固執而艱難地扭轉不了自己的想像。「爸爸，上海的棒糖真好吃！——」女兒的滿足就是你的，你自那幅昔日「領袖揮手，革命人民奔向前方」，而如今已換成了「讓上海瞭解世界讓世界瞭解上海」的看板的巨幅白鐵皮支架下通過，嚼着苦澀，回想當初。現在，你已在某個公車站上站定，胡思亂想着究竟這是你生命的起點呢，還是終點？但無論如何，你將從那裡，連同你的娃娃以及旅行袋，擠上一輛語言目光手勢以及體氣都充斥着上海人特色的車輛，再由它一路顛簸着將你送往城市的某個角落，那裡閃亮着一扇黃燈光的窗戶，一扇即使在你山坳最深沉的夢裡，黃燈都未曾滅熄過的窗戶。「老鄉，住旅店嗎？」有人拿着一塊招牌兜售上來，「是個體的，每晚十塊，保吃，保住，還有假發票供報銷……」「滾儂個蛋！」你忍耐了這麼久的委屈，竟然於這麼個意想不到的瞬間，怒不可遏地爆發了，「儂瞎了眼睛啦？！阿拉還是上海人，阿拉回上海自家屋裡去！——」

又一個十五年。屠格涅夫和普希金已在我的書架上站立成了古董，日子卻照舊白天黑夜晴朗雨灰春夏秋冬地流去：不朽的仍是不朽的，而腐敗的卻早已化作肥料，被吸收成為了新一代生命欣欣向榮的某個組成部分。未來向我們奔來，並於瞬間在我們的身後凝固成歷史。歷史是一種內涵上的不可改變也無從否認，儘管仍有人企圖在對它的外形進行着觀察角度的不同詮譯。歷史屬於純理性，以及命運的巧合，以及經驗與經歷的瞬間定格。所謂總結，只是事後的一種玩味式的無奈，對於心靈的安撫遠大於驅動。然而即使是歷史，這塊意味着永恆的花崗岩中，都不可免地隐含着一些帶有可塑性的有機成分，那便是在某個有月之夜的反省、內責、掩面以及後悔莫及。而我，便是在那次老同學的聚會上再遇他時，聽到他如此感慨的。

其實，同學們也都不能算太老，華絲初霜的一群中唯他顯得最突出，一頭灰髮地坐在屋子的一角，孤單而寡言。「你是個作家，你應該明白……」他喃喃地說着，目光又散開了去。明白？明白什麼？那個烈日如火的夏季，那個一身軍服軍帽軍鞋的他的烏托邦式的信仰，還是眼前這麼一位小老頭的遲鈍與木納？但他堅持說，他還是算幸運的，最終還能回到上海，回到自己夢睡過去前曾生活過的那塊地方來，在乍浦路橋堍擺上一付擦車檔攤，風裡雨裡烈暑寒冬地擦亮了一圈又一圈腳踏車的鋼環，然後再望着它們如何滾動着重新上路。算是一種心理補償吧，城市繁華過，死寂過，瘋狂過，如今又無可藥救地再度燈紅酒綠起來，讓他這麼一類沉澱在社會底層的淤泥般的人物也感到了一種錢的翻江倒海的攪動。但他還是要忍不住地常抽空回安徽去，回到山區的那角偏遠的村落之中去，他老幻覺自己有些什麼丟失在了那裡。比方說山溝深處的一座無碑之墓吧，每次回去，他都不忘會去拜祭一下。這是一位與他同來安徽插隊的兵團戰友，在一次抗洪鬥爭中「獻出了自己年輕寶貴的生命」。他會在他墓前久久默立，掩面，暗泣且自言自語着一大堆沒人聽得明白的，喋喋不休的廢話。諸如他已代他向某某致歉，向某某乞求寬恕，等等之類。他向地下的他說，我們這代人算是完了，你完得乾脆，我完得窩囊；你完得疾風驟雨，我完得老牛拖破車而已——其實，我們也沒啥兩樣。

兩樣的只是我有了個女兒，有了個很乖很懂事的女兒（還記不記得當年我們常唱的那段樣板戲中的台詞兒：「……窮人的孩子早當家……」——我們什麼也沒學到，除了那麼幾句不連貫語法的，沒頭沒腦的生活哲理外），她已考取大學，而且學習也很奮發，而你，你卻連一個異性朋友都不曾有過啊。到底，我們算不算是犯了個大錯，在我們的那個最易輕信的年歲上？或者人生錯誤太大時，人反而可能是感覺不到的。就如一個巨大的圓球，當你在其上直線行走時，並不能察覺它正每一刻都在以一個極微小的角度改變着轉向。然而，為什麼教人上當的人如今還能擁有一座紀念堂；而上了當的，卻只能游魂異鄉與荒草野鬼為伍——難道歷史從來便是如此書寫而成的嗎？

老同學們倒是常聚會，我也堅持參加。一個昔日的紅衛兵頭頭今日的擦車夫受不受人歡迎，我倒並不在意；見到談笑風生的同學與銀髮蒼蒼的老師們便是一種心理回歸了——假如能讓我再活多一次的話，我又會如何做？一位女同學的一次發言最令我怦然心跳：我們是歷史的霹靂恰好在我們頭頂上炸開的一代，要營養的年齡沒飯吃（自然災害），長知識的年齡沒書讀（文化革命），闖事業的年齡沒活兒幹（下崗浪潮）——我們，算是全挨着啦。然而，依我說，「這一切似乎倒更像是一場夢，一場睡去醒來，醒來又睡去，現實與夢境犬牙交錯了的夢。有時候，好端端熟睡着的我會突然驚醒過來，就像一個自時光隧道闖入的局外者，望着這眼前的一切呆住了。我會氣急敗壞地推醒那個與我在插隊苦難中挨熬過了這麼多歲月的枕旁人，說：『我們是不是在做夢，我們是否仍年輕？！——』」

結論，當然是否定的，除了一疊串睡朦惺忪中含糊不清的咒怨外，我得不到什麼，也證明不了任何。「你是個作家」，他又回到了原題上，「你應該明白……」

我望着他那對真誠、惶恐而又迷了途的眼睛，竟覺得一切解釋都是虛偽，一切安慰都是殘酷，一切猜斷都是徒勞，一切結論都是荒謬的——在這個主題上，你是個比作家更作家了的作家；而所謂明白其實也是相對的，你真正明白在不再明白時，而又重新陷入困惑於一切似乎都已真相大白後，我說。

1996年6月22日
於香港

在瑞士的天空下

少年時代對瑞士的認識，只局限於父親從香港寄回來的，鐘錶商行年月掛曆的風景照上。太童話意境了的畫面與佈局叫人懷疑：人世間是否真存有那麼一方美土，還是僅為相機鏡頭取景別裁上的一種技巧？

這回身歷其境才明悟到：原來經鏡頭處理之後的，並不是美化，而是遠遠的不足以描繪其地之美。真實的情形裡：整個瑞士就是一幅畫，人在畫中，而畫鋪展開在那四萬平方公里，透瑩如藍寶石一般的天空下。

瑞士天空之所以令人印象深刻，這是因為一個多小時前，我們還在霧色茫茫的倫敦希斯路機場的候機廳裡，陰冷中消化着重重的心事。現在，我們已經在陽光轟然輝煌着的日內瓦上空了。波音機呼嘯着地，自紅瓦綠樹碧池的住宅區之上掠過，遠遠的海岸線彎曲着柔和弧度；而著名的，激射出有十數層樓高的日內瓦湖噴泉，老遠便已能見到它獨特的雄姿，白茫茫的，聳立成了一座水的紀念碑。這是遠眺，近觀卻又是另一番風情：四周都泊滿了白色的遊艇和風帆，日內瓦湖深陷在一片十八、十九世紀建築群的重圍中，樹蔭碼頭草坪落葉雕像，安詳地佇立在歷史與時光的凝固裡。而湖水倒映着天空，天空輝掩着湖水，藍是一種濃濃的醉意，自這城市的中樞，通過街巷的血管和神經，向着日內瓦全身緩緩擴散開去。一列被抹得不沾一塵的，金輝閃閃的，黃銅質的小型路軌車，沿着湖岸若滑若行地慢駛着，為乘客提供一種風景的流動享受。遠遠地傳來一陣喧笑聲，在這幾乎是靜止了的空氣中波振開來。這是一對新人在舉行婚禮，領結與烏絲禮服的賀賓們將花束拋向天空，滿臉雀斑的新娘拖曳着白紗裙奔跑過草坪，驚飛起一片鴿群。

寧靜，這是瑞士風情的一曲基調。於是，與世無爭，便成了瑞士人代復一代的生命宗旨。瑞士人將精力自紛亂的世事之中抽回，再將之傾注於大自然，開墾她，保養她，茂盛她，佔瑞士國民總收入百分之七十的旅遊業，便是大自然給予她的最佳回報。硝煙的大戰中，她保持中立，險惡的冷戰期，她宣佈不結盟。她當然不是不為他國所承認，而是她不願參與任何政治、權力與對抗的世界組織。然而，她卻又被選中為最多全球性團盟設立總部的所在地。她是那個在一次大戰期間，創立世界紅十字會這個著名國際人道組織的國家，並將其會標心思巧妙地設計成了一面恰好與她本身國旗紅白兩色顛倒了的相同圖案。當然，這是某種精神的詮釋。如今那幢飄着白底紅十字旗幟的紅十字會總部，與飄着紅底白十字以及眾多聯合國彩旗的國會大廈，併立成趣在日內瓦同一處綠草如毯的山坡上。秋陽似金，我與妻子流汗加氣喘地攀上坡頂。從那兒，能望見一座十七世紀的天主教堂，爬滿了綠藤的頹壁鏽窗旁，一位銀髮蒼蒼的老婦人逆光坐在一張長椅上，手中握着一冊攤開了的書籍，曬日兼閑讀。而不遠處的尖頂上，受難的基督，正站立在陽光中，表情痛苦而恒一。在這個軍人與警員都很少見到的國度裡，平和，籠罩着一切。不知是起因呢，還是結果，反正數百年來，外憂以及內亂就仿佛沒成為過她的國民的焦點話題。

瑞士的另一特點是她城鄉界定的困難，以及職業划分的不明確。城市中樹蔭遮天，草原坡伏；而鄉鎮，又是一攤接連一攤的散佈在山脈綠毯絨絨的坡背上。紅瓦白牆，原松木的欄柵，低矮韻致，若有若無地間隔出各自的一方領地來。山坡上，綿白色的羊群雲朵似的飄散開來，而吊在它們項脖間的掛鈴此起彼伏，「叮叮呤呤」地交響成另一種有聲風景。這就是瑞士所謂的鄉村了，村鎮與村鎮之間不是靠青翠色的草原，就是憑褐綠色的落葉針松林，或一潭紋絲不動地倒影着雪峰的碧湖分隔開來，每個村莊之所以能獨立成其領地的主要標誌是一座白色尖頂的小教堂（Chapel），簇擁在村屋的中央，每當黃昏來臨，都不忘蕩漾出一段緩緩的和諧的鐘聲。據說，這座全村最高的建築，是在建村之初必須首先矗立起來的象徵物，沒有崇拜，對於瑞士人來說，生命便無法聚焦。他們都是些農民，有放牧的，有擠奶的，有耕種的，也有幹冶鑄活兒的，但他們都會在每個星期日的上午，穿戴整齊潔淨的去小教堂，先向他們心中的神明奉獻上崇拜，然後便各自打開帶來的樂器盒和嗓門，在一支銀光閃閃的指揮棒下，演奏他們的莫扎特、巴赫和亨德爾。其水準，對於一位門外漢的聽眾來說，並也不下維也納國立樂團多少。

那個下午，陽光是金黃色的，白色的雲朵沉澱在天邊，我們的雙層旅遊巴士被前方的揮旗與路障擋住了。這是我第一次在瑞士見到有執行公務的警員與輝閃着紅黃燈光的警車。正當我好奇地伸出頭去，想看個究竟時，導遊宣佈說：旅遊車受阻是因為前方公路將有大隊被趕往剪毛場去的羊群通過。這是一條通往山村的道口，我們下車來，站立在鋪砌着細白均勻鵝卵石的山徑口等待，順便可以貪吸幾口山中那青葱混合着濕潤的氣息。山徑彎曲，潔淨且景深，兩旁是錯落有致的北歐風格的，帶庭園的陡頂洋房。道上沒人，園中沒人，每扇窗前，都靜垂着白色帶折邊的窗簾。很難想像的是：在這比上海徐匯區某高尚住宅段更雅致不知有多少倍的區域，居住着的竟都是些從事耕牧業的農夫！快，抓緊時間照張相吧。我讓妻子微笑地依偎在一根古色古香的路燈柱上，舉起了相機。碧天白雲翠木紅屋以及含笑的美人，我自己的取景技術真也不比掛曆的拍攝大師們相差太遠呢。遠遠地，傳來了「叮呤呤」的聲響，不一會兒，雲海一樣白茫茫的羊群，伴隨着頸鈴以及「咩咩」的叫喚，從道面寬闊的高速公路上鋪捲而至。幾個穿戴着傳統粗麻帽服的牧羊人，手執鞭繩，從容應場。警員則在一旁維持秩序，受阻的人們讓道在公路的兩旁，說着、笑着，大聲地鼓起了掌來。而閃光燈「嚓嚓」地攝下了這幅趣致而壯觀的場面。當旅遊車重新開動時，望着在窗邊流過的景色，我，沉默了。想什麼吶？妻子問。當然，這已是個關於「理想社會」口號很遙遠的記憶啦，但不知何故會

Part Two

在現在又記起，我笑了笑。

那天晚上，我們寄宿在瑞士中部山區的一座湖邊度假酒店中，潔淨的白牀單以及松木原色傢具都賦予房間一種異國的温馨。這是個滿月夜，星光鑽閃，天空深邃幽藍得充滿了神秘。而山中極靜，除了傾聽幽暗中湖水低低的沉吟聲外，一無別他樂趣。我們只能來到樓下的一家咖啡吧中，找了兩個臨窗的座位，來消磨這晚間的時光。一位金髮碧眼的日爾曼裔女郎笑吟吟地走過來招呼我們。「Japanese?（日本人嗎？）」「No,from Hong Kong（不，從香港來）。」「Oh!Hong Kong!That is a part of China,China is a country of mysteries!（哦，香港！香港是中國的一部分，中國可是個充滿了神秘的國度啊）。」「Isnt it?（是麼？）」我反問她，也反問自己。窗外，湖水倒映着滿月，宛若一輪失了血的太陽；室內，紅白細格的枱布上跳動着燭光。異鄉有感官上的新鮮，故鄉卻有記憶裡的沉澱；異鄉有星空，故鄉有大地。其實，故鄉也一樣有星空，異鄉也不會沒有大地，這種先入為主的感觸是：人，總以為故土的大地要更寬厚些，而異邦的星空似乎又更燦爛。而瑞士，便是擁有了這麼一方星空的異邦。

1996年10月31日

於上海

地鐵音樂家

巴黎地下鐵始建於近一個世紀前。其實，所謂「地下」，只是個初期名稱的沿用；今日的巴黎交通，地下地上，市區郊縣，快程慢站，紅黃藍白青綠紫幾十條線路，鐵軌相銜，鑽地越野，縱橫交錯，蛛網遍佈地將巴黎心臟區的文化、商業與時尚，幾乎無一缺漏地向着「大巴黎」概念中的每一寸角落輻射出去。這是一張迷宮圖，一張即使各個網站和轉車處都標明清晰了的「巴黎地鐵路線圖」，都可能會令一個已慣於世界旅行的你，先紙上談兵地消耗它一個下午連晚上的研究功夫來應付的迷宮圖。

然而，這畢竟是一項老化了的市政工程，雖然沒有紐約地鐵那樣的骯髒與塗寫滿了汙穢的字句，但與極富現代感的香港地下鐵相比，簡直就成了一座地下貧民窟。地鐵的骨幹呈拱型狀，水泥的地面烏黑光滑，兩旁鑲着白方的瓷磚。列車轟隆隆地進站時，令人無故地想像起巴黎淪陷期間佩鐵十字勳章的納粹巡邏隊，投射在瓷磚牆的巨大身影和擊地鏗鏘的皮靴聲。

但最令人印象深刻的，還是每個地鐵入口站的那些稍不留神便可能墮入歧路的八爪魚式的支巷旁道。據說，政府的目標是要讓巴黎市區的每幢宅所距離最近地鐵出口的步行時間不能超過七分鐘，於是，那些隧道式的地下交通網絡便成為了巴黎市政的一大景觀。

推開兩扇彈力門鑽入地道口的第一感覺是：涼風颼颼迎面撲來。繼而，便有一縷抑揚頓挫的音樂聲彷佛是一股地下潛溪般地幽幽流動而過，令自幼便習樂的我精神為之一抖擻。通常，這都是些古典弦樂作品，而且總是截取了那麼一小段反復而又反復地演奏。多少年來，流浪音樂家們的這種表演兼謀生手段已演變成了一種別致的巴黎城市野趣，管理，有時可能比不管理更會導致某種社會資源的浪費。一個金秋之午，我們從灑滿陽光的大街進入日光燈與白瓷磚的地下通道。循着熟悉的旋律尋去，我們見到的是一位佩戴領結和金絲夾鼻鏡架的演奏者。他呈花白的頭髮梳得溜光，西服的質料卻並不怎麼樣；略顯灰皺的白襯衣透露出：這是件至少也有個把星期沒經洗燙過的行頭。他眯着眼，將頭依側在烏光光的小提琴腮托上，全情投入在一種音樂的境界中，管他擁擠的上班人群衣冠閃耀地從他身邊經過，偶爾在他攤開的琴盒中「叮咚」下一兩枚鍍銀的硬幣。這是一首巴赫的無伴奏SARABANDE舞曲，他用弓根熟練輕捷而活潑地敲打着琴弦，間或一個果斷的下臂長拉奏動作，將一句在四根琴弦上同時壓奏出來的和聲，突然呈圓柱形地離弦騰空而起，在白瓷磚的天花板上撞得粉碎，再讓餘音隆隆地沿着四壁八方傳播出去。我和妻子都聽呆了；呆，倒不是因為他的琴藝真能與演奏大師相比擬，而是我們居然能在這種環境中發現了這樣一位提琴藝術家。在他演奏稍作停頓的瞬間，我靜靜地擺下了一張二十法郎的紙幣，這種有異於銀毫落地之聲的靜悄，反而令他眯着的眼睛睜了開來：「THANK YOU!」他的英語中明顯夾帶着一種法文發音的彆扭。您今年多大年紀？六十多了呢。從小習琴？應該算是吧。以前在哪兒幹活兒？樂隊以及酒吧——二十法郎算是買回了這麼一個謎底的解開。

另一曲難忘的地鐵旋律也是流自於小提琴弦上的。

那天雨灰且陰冷，我們橫渡過暴露在斜風斜雨中的街道，再在對岸的地道口忽忽收起雨傘，拍打着一肩水珠鑽進了地鐵站。一種安全感自心中升起：在這樣的天氣，人最需要一座温暖的避難所。然而，就在此時，一潺泉旋律流來，繞着我們轉出一個漩渦，再向地道旁支他巷的深處流去。這是一段收放自若舒緩有秩的曲調，連綿不斷的運弓法，將全分到六十四分音符之間每一小格的變幻都連貫成了一曲如吐如訴的故事，虔誠悲愴且情切，在這陰雨的傍晚聽來教人鼻酸。這首著名的G線上的詠嘆調也出自於大師巴赫的手筆，據說是為了能滿足一把只留剩下了一根G線的殘缺的小提琴的全部音域範圍，巴赫才創作了這首不朽的名品，深沉如大地又空靈如天國。記得在自己青年的習琴期，導師對此樂曲的形象解釋是：一截極渺小極渺小的跪禱者身影，被置於一座高聳着七彩窗璃與拱頂的教堂大殿中——主啊，救救您可憐的罪人！當然，這是一種宗教意味上的內涵，與藝術和哲學的互通，在巴赫時代，往往交織在同一層面的境界上。如今，沒有教堂沒有彩窗沒有神殿也沒有沉重的十字架和從天國俯瞰你的目光，但巴赫依然復活了，復活在二十世紀巴黎貧民窟一般的地下隧道中。音樂的永恆，藝術的永恆，詩的永恆，這是因以美為基準的，無論經歷了多少世俗的蒙垢，它們其實始終隐藏在你心靈的深處，並會在一個不期之刻，驟然噴瀑而出，令你驚愕不已。

同樣感覺被我抓到的還有那麼一回。

那天很晚了，我和妻子從購物逛蕩了一整天的巴黎市中心，疲憊不堪地趕回位於近郊的住處去。在火車離開月台的隆隆聲中，我們竟然察覺到還有一曲旋律同時回蕩在這圓拱形的空間：這是由大提琴所奏出來的聖桑的名曲《天鵝》。應該說，這麼一首華美以及具有高濃度抒情的樂曲，與周圍環境怎麼樣協調都會帶有一種彆扭，況且還配上了那麼樣的一位拉奏者（這是我們在出口處的一條邊巷間見到的）：一件舊灰的長呢大衣抵禦着入夜後地道裡的颼颼寒冷，一臉白色的連腮垂鬚加上一副嚴峻投入的神情，猶若某尊中世紀的頭像雕刻。然而，我們硬是被深深地感動了——望着那蒼勁的手指在烏木弦板打出一個又一個的長音，我們感動得幾乎流淚。地鐵中人流稀少，對於怱怱趕回家要去享受一餐羅宋湯和法國麵包的路過者，對於已經是熟視無睹熟聽不聞了的巴黎人，老音樂家及其《天鵝》可能並不意味着太多的什麼，但對於我們這兩位東方的來客，巴黎恰恰最美妙在她不經意的回眸一笑中。

1996 年 11 月 24 日
於香港

故鄉，這個名詞

有一首詩說：歇腳，便是流浪人的終點。

假如人生是一回長長的世間流浪，所謂故鄉，我想，便是它的始點。

我們滿載着新鮮、好奇與嚮往從那裡出發，摩拳擦掌，精力蓬勃。我們尋找財富，尋找成就，尋找明天；我們相信：所有這些似乎都正在遠方的某一處等着我們。

於是，我們便走進了那塊也被他人稱作為「故鄉」的領地，當他人已經離去，離去而走進了我們的。人們就是這麼地互調生存的位置，互將對方的故鄉叫作異鄉，又互相測定出自己人生事業的方位所在。

其實，在異地想要成功，也要、甚至更要付出苦鬥的代價的。一個在故鄉可能懶散的人卻會在異鄉奮發——其中就不無「故鄉」，這個遙遠而強大、愈遙遠於是便愈顯強大的概念所注射給你的無窮動力。絕不能一事無成地去愧對江東父老，這是其一；而一團總會在某一日重歸故里的恒久夢幻遠遠而又高高地懸掛，它使得離鄉背井者對於一切孤獨與苦難的忍受都變為可能——那天，完成了異地耕業的你突然背囊沉沉地出現在家的門檻前。你一言不發，只管靜靜地，胸有成竹地笑，而讓那一家子剛準備握筷進食的親人全部都掉轉臉來驚望着你——這是一幅怎麼樣的畫面啊，你長長的一生也就在盼望着這一刻！

然後，你便坐定下來，喝一口水，歇一歇，摘帽充扇，為自己搧着涼風。你望着孩子們圍着行李堆團團轉，為着每一件你從異鄉帶回的物品而發出驚喜的叫喊。你想，這才叫家呢，這才叫故鄉！而這兩袋鼓鼓的行囊之中裝着的除了銀元與新奇外，更有辛酸與思念。

然而，衣錦歸鄉畢竟還是令人羡慕的。在主角的你之外的人們的目光中，激動的握手，含淚的擁抱，甚至鞭炮劈啪的迎迓無疑是一種帶光環的榮耀；一種接受眾鄉親歡呼的與眾不同；沒有嘗試過別井離鄉滋味的人拒絕想像在這一刻之前的你所曾忍受過的千千萬萬。眼下，你的例子只會是再次循環為新一代故土人的堅定信念：似乎只有離鄉，才能找到成功。

這，也不能完全算是一種誤解，故鄉的一切陋處，只有在經歷了長長異邦旅程的人的眼中才會轉化成一種風味別繞的亮點。能一世不離故土的人，就像一生都在母親呵護之下生活的人，幸福，未必真能誠心領會；埋怨、懊悔、感慨以及詛咒，甚至到死，他都可能懷有一種寶刀未試的心有不甘。

故鄉，美好在遙遙的遠望中。她被放大了某些，又被縮小了某些；像一網濾篩，留住了所有美好的，而又沖刷洗去了一切醜惡的。日勝一日，月熾一月，年更一年，她使一切遊子的歸情都最終發酵為一種幾近於瘋狂與盲目。在上海開放後的今時今日，曾從上海流向了世界各地的，累積了有半世紀數量的遊子群歸來。應該，而且必須理解的是：他們向這塊夢魂縈繞的土地投下了的除了資金（這點很易被計算以及認同），更有濃稠得化不開的愛（這點則不易察覺）。

一個在回鄉人眼中都失去了吸引力的故鄉，才是徹底令人絕望了的故鄉——儘管這類例子絕少存在。

怎麼能叫我們不愛她呢？——／異鄉有千百處，而故鄉／只有一個。故鄉凸顯在眾多異鄉的茫茫背景上，勾廓鮮明，色澤真切，涵意動人。我們終於明白：為什麼我們的祖輩會選擇這裡作為他們流浪後歇腳的終點。我們乘車搭船坐飛機，我們出了遠門又回來；我們走過了現代，走過了喧囂，走過了色彩，我們又走回了昔時，走回了童年，走回了無聲的黑白片時代。

有一首歌詞唱道：別問我從哪裡來，我的故鄉在遠方……可見，連流浪人也都有故鄉啊，只是他走久了走遠了走累了，可能再也回不去了——而人世間的最大悲哀，也就莫過於此了。

1997年8月31日

於香港

流彩百年南京路

毫不誇張，地球的每個角落都會有人知道，東方有個古老而博大的中國，中國有個超級傳奇的大都市上海，上海有一條流光溢彩的南京路，而南京路的繁華史假如朔今往上推算已越百年。然而，在我們這代人的記憶隧道中，她的最遠的延伸端點也只不過在五十年左右。再以前？再以前的她的景象，便只能在脆黃了的相片、圖片和剪報之間去尋覓了。

據說，南京路的前身只是一條爛泥弄，從黃浦江邊的某個部位往內陸延展進去。自從浦江岸畔靠泊上了黑煙囪的外國郵輪之後，戴大禮帽的紳士與挽太陽傘的淑女們，便開始踏足上這塊被西方文明開拓者們稱為「冒險家樂園」的土地。成排成排的花崗岩大廈沿江崛起，南京路也是在那時開始修築的。這條築於公共租界的，當時全長約莫只有五公里的，被稱為「大馬路」的馬路，便是上海所謂「十里洋場」的出典。細看當時留存下來的黑白相片，模糊的感光材料，拙劣的攝影技術，卻仍能向你透露出一種逼真的氛圍，讓你去面對一幅幅被高速閃動的快門於瞬間凝固了的時光斷面。重見以今日之曆法來計算，幾乎已划一作古了的人們古怪、有趣而生動的種種心態、情狀與表情。圓柱露台的洋房和碗瓦青磚的唐樓互鄰，高禮帽文明棍的蓄鬚人與長辮馬褂們混雜，可以看出十九世紀之末的南京路面還是泥質地的。典當鋪的齒邊旗幟撐到街的中心；一旁，某家經營洋酒洋煙洋罐頭和果糖之類的洋行，堂堂皇皇地佔據着相片正央的一大塊畫面。幾個盤辮男人在街邊設攤叫賣，另一個衣衫極之襤褸者正埋頭腿彎於胸前，專注於某件活兒——「捉老白蚤！」，這是一位對上海舊史饒有興趣、又頗有研考的文化界朋友，對這一乞丐式人物眼下正從事的「業務」所作出的判斷。儘管我對此仍有保留，但有一點大家似有共識：相片記錄的應該是今日南京東路紅廟向西那一帶的生活場景。因為，遠遠地，我們已能瞥見一片濃密的樹林的邊緣了。我曾見到過一幅一九零零年前後的靜安寺的照片，哪有什麼商場戲院和「百樂門」舞廳？只有廟黃色的古寺隐隐綽綽在巨大的梧桐樹和榆樹林間，高軸輪的雙套馬車在街上悠閒行走，一派十九世紀的歐郊情調。

這，便是今日吾人眼中的南京東路和南京西路了，假如沒有照片為證，誰能想像？而誰，又能相信？風雲變幻，百年滄桑，南京路見證了中國現代史上最重要的一個章節。

然而，在我記憶最遠端的那個時代應該是在五十年代之初，那時的我還不曾滿五歲。我的小手總是被穿着旗袍的母親的手牢牢地牽着，在人腿的縫隙之間，一雙好奇、渴望的眼睛朝花花綠綠的四下打量個不停。母親說，現在可好了，沒有了那些「小癟三」，剛要解放的時候，他們牆角屋簷的，站得到處都是。你買個肉包，他就閃出來，一把搶了去，任你怎麼罵他揍他，他已當着你的面，三口兩口地將它吃了個精光。還有更絕的是往你的包子上冷不丁地「呸！」上一口臭唾沫，你說，除了連罵帶咒地將肉包扔給他去吃之外，你還能做什麼？——但我，倒是從未見識過如此「小癟三」。我所能記得的是：「邵萬勝」火腿莊裡濃濃的醃臘味，當外面的天空正飛飄着鵝毛大雪（童年時代的上海的隆冬，似乎要比現在冷得多，飛雪和冰凌是常見的事），店堂之內卻正是人頭湧湧，熱氣騰騰的年貨購買季。厚黃粗糙的馬糞紙的棱角包，一串串地從櫃枱面上遞出來，一紙大紅店標覆蓋其上，云：「南北珍品，四季皆宜」之類。去「老介福」布莊的日子好像總是在春秋兩季，寬敞的店堂間裡不冷也不熱，四翼吊扇在頭頂上悠轉悠轉，而寬大的柚木櫃枱光滑得幾乎能照見人影。店員們多禿頂，一把銅角酸枝算盤，一杆細長的尺規，將櫃面敲打出一種迷人的節奏。我尤打心眼裡仰服的是他們動作的絕無疵差和熟練，以及耳皮之間永遠騎跨着一枝鉛筆或者圓珠筆之類的瀟灑；俐落非常地剪完疋頭，唱着數，「嘩！」地將夾着發票的木板夾，沿着縱橫交錯的鋼繩之中的某一根，溜滑去了高高築巢於店中央的賬台。

那時的南京路上還行走着有軌電車。1路、3路，還有以東新橋為終點站的8路車，都經過，或穿越南京路。這種被我們小孩子們稱作為「叮噹」的大眾交通工具，是幼年的我最嚮往能在假日裡搭乘的車輛。座位是兩排開的，悠悠滋滋地揀個面窗位，曲腿跪趴在條形座凳上，我便可以盡情地觀賞自車窗前流動而過的五光十色的街景，且總貪看個不厭。快到先施公司啦，父親說，下車吧。我很不情願地被他從窗前拉開。父親領我去一家專賣古董字畫的商店，或是某爿家具鋪，都是一律的建築格局：環形的騎馬樓能俯瞰在店堂裡進行的一切交易。店堂的樓頂非常高爽，站在堂中央能仰視到天棚之上飄浮而過的白雲。陽光自玻璃棚頂上斜射進來，反射在騎馬樓中式廂房的五彩窗璃上，一片燦爛。父親看來是他們的老主顧了，與四周圍穿長衫的店員們點頭打招呼，然後坐下。一盅檀香橄欖茶的工夫，他才起身說要走。「這就回家去了嗎？」——而我最急於要知道的是：是否還能讓我在外面多玩些時候？帶你搭「叮噹」再到外灘去玩會，好嗎？老記得父親的那副笑眯眯的，理解式的笑容。他說，外灘可是個寸土尺金的地段喔，連外灘近南京路口一帶的街面，都屬於一個名叫「哈同」的外國人，外灘花崗岩大廈的地板是用印度進口的名貴紅木鋪砌而成，四塊街方磚的面積就能拼起我老家的那張紫檀木的巨桌。是這樣嗎？我幼年的想像力無法正確地調節出其中的比例。

這些都是在一九五一、一九五二，最多也是一九五三年間的事了。

而下一幅的南京路場景，已剪輯上了一九六六年八月，那個驕陽似火，溽暑難熬的災難性的夏季了。十七歲，父親早已去了香港謀生，而我也已到了對商店，以及商店裡陳列出來的五光十色的貨品開始產生出某種言語不清的敏感的生理年齡。戀慕，追求，嚮往，以及某些假性清高的抵制和瞧不上眼兼而有之。那年代，南京路便是我騎着自行車最常去溜逛的一條馬路。

一九六六年八月十四日，星期日。我從小就熟識的南京路忽然來了個翻江搗海的顛倒。我是在四川中路南京路口下車開始向西推行的——事實上，在南京路上繼續騎車向前已不再可能。人群聚聚散散，到處起哄。假如有一個人帶頭奔跑的話，他的身後就會莫明其妙地彙集起一批拔腿的追隨者，究竟為了什麼為了誰，誰也搞不清。有人敲鑼打鼓，有人則高高地爬在商店的門口上拆招牌，拆不了，就砸。完了，再居高臨下地向圍觀的人群掃去一道英雄好漢式的目光，等待着人群之中一片鼓掌與喝彩之聲傳來。

南京路怎麼啦？我小心翼翼地推着自行車貓腰沿街邊而行，情況似乎愈來愈糟，愈來愈混亂。從「藍棠」「博步」裡面扔出街來的尖頭的半高跟的皮鞋當眾點火焚燒，燒冒出濃濃的黑煙，一股強烈的皮臭味彌漫在街上。突然，幾個穿着入時的年青女子打對街赤足披髮地奔跑過來，她們神色驚恐，貼腿剪裁的長褲已被撕開了幾條長長的口子，幾瓣飄動的褲片之間，白色的腿肉忽隱忽現，而她們白嫩的腳掌在漆黑滾燙的柏油路面上「啪啪」地踩過，讓我這個十七歲的大男孩看得心動過速——不只是因為感官上的刺激，更由於情緒的極端困惑與惶恐。

這一幕情景之所以會在我記憶的全部儲存之中顯得如此突出如此鮮明的原因是：這非但是南京路，而且也是我家和全國萬萬千千個家庭悲劇故事的開端。以十年一覺醒來的眼光作回顧，剪褲子燒皮鞋的所謂「破四舊」，其實只是荒誕長篇連續劇的楔子。南京路在往後的日子之中所見到的場面更加「壯觀」。諸如在每年五一、七一、十一等國定節日前夕，通常都會有被稱作為「刮颱風」的社會整肅運動。一卡車一卡車的「反動分子」，掛着姓名被打上了X號的吊牌，五花大綁，由全副武裝的軍警開路，就是從上海最熱鬧的那條大街——南京路——上揪髮仰首地示眾而過，押赴刑場去執行處決的（據說這種做法能收到最佳的社會警告效果）。其後，大模大樣緊隨着的，是白衣天使們的十字車，因為儘管是「反動透頂」了的罪犯，但他們身體的某部分器官應該是沒有階級性的，是具備一定的「廢物利用」之價值的。

那是在過了十多年之後我們才被告知的事：原來這都是那伙「禍國殃民」的「四人幫」幹的好事。於是，八十年代初的某一日，他們便被集體推上了國徽高懸的莊嚴的審判台，頂罪了這一切。當然，事件也就作罷，枉死的都以收到一份「平反證」而告慰而告終。再說，中國除了老百姓好應付外，「春風再度玉門關」的事兒也是經常發生，從秦末農民起義到一九七九年的黨的十一屆三中全會，當南京路在暖意的吹拂下再度蘇醒，那已是八十年代中末期的事了。

人像韭菜，割了再長，長了又割。時髦女郎再度招搖過市，她們甚至比她們的那些當年被人剪褲腿的前輩們更放浪形骸。法國香水，美國搖滾，日本手機，港式服裝，台腔國語，她們甚至可以讓我們這群在心理與生理都已開始退化的中年人，也都感到了一種難以壓抑的心理騷動。

至於我本人，於一九七八年離開中國後，在十年之後又回來，並竟然還下了要在南京路上開設一家屬於我自己商店的決定——不為什麼，一切只為了尋夢。一九九三年七月新店開張，但我卻是個兩鬢已顯斑白的「伯伯」級人物了。所謂六十年風水輪流轉，觀察南京路的歷史，大興土木，十九世紀八十年代有過一回，二十世紀三十年代再掀一浪。而在此期間內留下的紅磚與花崗岩建築，便構成了我們這代人童年的主要記憶背景，溫馨、遙遠，且朦朧如一場隔世之夢。

再後一次的上海建設高潮於本世紀末來到，禮帽文明棍與太陽傘們的後代再度君臨上海，君臨南京路。不過不是從黃浦江的黑煙囪郵輪上，而是從停泊在虹橋航空港機坪上的波音747和空中巴士中。他們將西方工商業在此半個世紀中的最新文明產品隨箱帶上。他們帶來了閃閃發亮的玻璃幕不銹鋼牆身和豪華堂皇的酒店大堂的同時，也帶來了尖端的文化思想與民主意識。然而，我們這代人今日所見所造的，在另一個六十年之後，又將輪回為我們孫輩們的記憶陳跡，而我們自己之中的不知是誰，或許會在偶然的一次逛街之中被攝像機留存在了某一張南京路的檔案照片中，成了我們後代以及再後代們研究另一章南京路繁華史時的考證細節。據說，在爛泥弄決定拓展為中華第一街的南京路時，是請了當時最負盛名的風水大師前來校對過羅盤儀的。在經過了精確而耐性的擺弄之後，他預言說，他能保證這條新拓之路至少有三百年的繁華史。以年齡來計算，南京路已逾百歲，就算扣除那段凝固了時光的三十年，和荒廢的十年後，她的旺年應該還有二百二三十年——果真如此麼？讓歷史見證。

1998 年 12 月 24 日平安夜

於 HK

蝶化人生

我們這代人居然也會老去？在幾十年前的某一日想起，簡直就是件不可思議的事。

記得小時候最喜愛讀的一本書就是《科學家談二十一世紀》：一段簡短而幻想的文字，再配上一幅活潑有趣的漫畫，讓我讀得連書頁捲爛了，都捨不得從枕旁移走。在那個物質匱乏的年代，大多數的幻想文字都因「吃好喝足」而引發的。諸如人造餅乾一天只要吃一塊便能擋饑；人造牛奶別說比真牛奶更香更甜更美味，而且還比冷開水都更常見隨便讓你喝個夠。有一幅插畫，畫的是一個像我當時年齡的男孩，在打開一隻二十一世紀冰箱，面對其中紅黃藍白、高低參差的食品儲藏時，做選擇猶豫之情狀，讓人看了，忍不住地也都要吞下幾口口水去。

所有這些在臨近二十一世紀的，物質供應氾濫了的今天倒也都成為了事實。然而有一些內容，比如，我們都將生活在一個恍若大花園的城市之中：空氣清新，鳥語花香，處處綠蔭婆娑的境界則離我們愈來愈遠去了。至於交通方面，二零一零年的城市構想圖，據說是應該都取消了公車的，每個人只需在頭頂上插一片四翼螺旋槳，便能從此屋頂飛往彼屋頂，且隨起隨落，只要能遵守空中交通燈號便行——果真會有如此妙事？記得童年的我，是捧了那本二十一世紀幻想錄去書房向父親求問過的。他摘下老花鏡，從正在備課的講稿之上抬起頭來，笑眯眯地望着我說：「二十一世紀？二十一世紀想必也就該如此了罷？」——但，他說，「爸爸可能是見不到這些好日子嘍」。「哪又為什麼呀？」我着急了。「活到那時，爸爸還不要過百歲？而你，也都快六十啦。」對於當時只有八九歲的我來說，五六十歲無疑是一種遙遠如天際星星一般的日子，所以即使再美好，與自己的關聯似乎也不太大。漸漸地，書便從枕旁移走，而二十一世紀與五十歲，也便淡褪成了時光隧道遠端了再遠端的一塊可有可無的小光斑。

然而今天，當我與兩個亮麗如花的女兒，婷婷娉娉，左邊一個右邊一個地挽着我的手臂，站在香港時代廣場商廈的外廣場上時，我不覺驚心了：儘管夢中仍依稀常有我捧書面對摘鏡帶笑父親的若干鏡頭；儘管父親永久離開我們其實已有整整十五個年頭了；但那塊光斑卻在此時此刻此地此景於我面前驀地矗立，定型為了一座公元二零零零年的倒計時電子螢幕，秒分時日地跳動出一種時光的脈搏——老之在眼前真實得就像二十一世紀就在你眼前一樣啊。

髮白脫牙目力弱，這一天就在眼前；腰瘦骨硬記性差，這一天就在眼前；膽固醇超標，血壓高企，心動過緩，免疫功能低下，易疲勞以及再也不可能熬夜，都在向你從耳語開始到大聲嚷嚷地提醒說：這一天就在你眼前！

遠的總會近來，近的必將離去——我們盼望女兒們能長大成人，長成一株有用之材，竟是用我們的老去，以及讓出我們人生路途上的那截最美好、最精華、最出彩的青春段落，來給予她們作為代價的，正如當年，父親笑眯眯地面對我時的心情一樣。而所有這些，幾十年之後才有了愈深的體念。時近世紀末，歷史學家們回顧二十世紀的各類文篇俯身能撿一大筐，每每讀及，都不由得令我記起自己童年枕邊的那本捲爛不堪的「科學家談二十一世紀」，對於我，其心理效果之奇特，就如一張底片與照片間的反轉關係。

當然，少年盼望長大，青年憧憬未來，他們因此便盼望二十一世紀，嚮往二十一世紀，他們準備好了所有的香檳與瘋狂，來歡慶這個千年一次的晝夜間的過渡。但我們呢？我們之中的絕大多數，將在二十一世紀的前三四十年間，相繼離開這個曾令我們依戀也好痛惡也好，盼望也好失望也好，愛也好恨也罷的世界。面對這樣一個節日，我們該是悲哀？興奮？還是心安理得？曾看過一出「Somewhere In Time」（《時光倒流七十年》）的好萊塢名片，描寫的是一位二十世紀七十年代的英俊小生，自時光隧道中倒流回本世紀初，去幽會他的那位由珍．茜摩爾飾演的飄逸絕美的綿綿情人。幾枚舊錢幣便能讓他擁有了這麼一種超時空的能量。當他踏上另一度時空領地時，那裡正是一八九九年十二月三十一日入夜時分後的維也納。領結香檳，禮帽紗裙，酒店的大樂隊正在協奏一首氣勢恢宏的拉赫馬尼諾夫的鋼琴曲——這正是上一個千禧除夕的場景。現在，在這二十世紀之末二十一世紀之始的接縫口上，不知道又會有哪一個俊男，再從二十一世紀中的某一日，穿越時空來會面某位正生活在我們中間的珍．茜摩爾，續另一段絕世之情呢？從而，也順便為我們帶來那個遙遠未來的種種以及種種的聞所未聞？其實，每隔幾代人的一生之中都會遇上那麼個千禧過渡的機會，而這次，算是讓我們這代人給輪着了。從此意義而言，再現在再將來，都會成為歷史成為過去；再童年再青春，也都將老去，將讓出其位給一批又一批湧到的後來者。歷史的潮水向我們奔流而來，而在我們的身後迅速凝結成固體，走進史冊走進教科書走進博物館走進辭典與年志。

我們的老，其實是整整一代人的無一能倖免的老，是一代人與其上一代和下一代同時舉行的一種莊嚴的歷史交接棒儀式。我們以老換來了經驗，換來了清醒，換來了理解、感悟和智慧。我們在失去青春的同時卻獲得了對於青春的反思——每一代人都會成為過去，唯歷史連綿歷史永恆歷史不朽。然而，任何一代人的標本都不會從歷史斷層岩的橫切面中被抹去，而我們這代人，則更不會。

所謂不覺老之將至，老的最佳境界是晚晴，老的最無奈之敵是悔恨，而老，最可怕在當你對它的到來還未做好充分的心理準備時。

1999年10月
於香港

光明失複記

光明何價？光明無價，解釋有兩種，一是：光明太珍貴了，如何能以這世間任何已存的價值概念來度量？其二是：雙眼帶給我們的光明是每個人與生俱來擁有的，於是，便也就無所謂價不價值可言了。而財富的聚散，股票的漲跌，利益以及地位的得失與計較，那些後天的獲取以及攀比，也只有在光明，這種人的先天賦予於突然一刻失去時，才會變得徹底的無意義。那天，我與妻子在日本的北海道山中度假。十一月底十二月初的北海道已是一片雪原茫茫，我們一隊人，各人駕駛一輛摩托雪撬，在鬆軟的雪原上自由馳騁，弧滑出一道又一道的齒形車轍來。山林中寂無一人，遠處銀峰耀眼，黑松林連綿，很有些「林海雪原」當代版的味道。

突然，我覺得遠遠山峰上的積雪好像在溶化，並開始在我的右眼前垂掛成了一幅潺潺流動的水簾。我不知何故，想，這不會是太美妙境界裡的一種幻覺吧？

當然，之後的事實證明了不是那麼回事。午餐時，「水簾牆」的顏色開始加深；掌燈時分，我的右眼已經將札幌市內鬧街上紅紅綠綠的霓虹燈光都攪和成了一片混濁的醬色。我知道情況不妙，便當即決定中斷度假，與妻子一同搭乘第二天一早的班機回港治病。

我還想要說一說的是那種令人毛骨悚然的感覺：在北海道酒店裡度過的那最後一個失眠之夜，以及第二天整整六個小時的飛機航程中，這種感覺始終緊追我不捨。我的右眼已不再能看見任何東西了——這個光明世界上的一切存在。當你睜着它時，就有一團深濃深濃的黑影在它面前晃動，黑影的邊緣則反射着一圈刺眼的光亮。然後，當你閉上眼，立即，這種反差恰好顛倒了過來：黑影驀地變成了一團白色的幻影，飄浮在一片無邊無際的黑暗的大海上，猶若我們的那顆光明地球正飄浮在無邊無際的太空裡一樣。而更神奇的是：在那一片深邃無比的黑暗的背景上竟閃爍有千萬顆星鑽，此起彼伏，大小各異，明暗不一。到了後來，我才明白，這是一種記憶作祟出來的幻覺。記憶，人的任何一處感光器官對光明曾經擁有過的記憶。一旦光明消失，記憶卻仍然在延續。然而在當時，我只是不明白其中玄意何在？我更猜不透，造物主究竟要讓它的一個突然盲了視力的病人，去面對一個什麼樣的帶永恆意義的生命命題？我覺得，有一股隱隱的寒意從我的脊樑骨的底部向上冒升起來。

我住進了香港跑馬地的一家著名的私家醫院。L醫生為我主診。L醫生是香港屈指可數的眼科名醫，自幼在美國受教育，之後，又以優異成績在哈佛大學修完了他眼科專科博士的學業。他告訴我說，這種視網膜剝離症（即我患的那種眼疾）的致病原因，是由於眼球晶體的不斷液化和收縮，扯破了視網膜所致。患者多為中老年人群，概率也不算高，僅千分之一而已。但他說，這不能不算是一種嚴重的眼病，必須通過及時的眼底手術來進行修補。而假如一切無意外，視力的恢復將在四至六星期內產生。

他說這些話的時候，我正穿好了全身藍色的手術衫帽平躺在無影燈下的手術台上。我的一隻手臂從蓋被下伸出來，有一條麻醉輸液管注入我的靜脈血管裡。他習慣在這樣的環境下向他的病人解釋他的病案，面容帶笑，語態輕鬆。他講的話多以英語夾雜着廣東話進行，前者似乎比後者更流利。我說，千份之一的機遇，怎麼偏偏輪上我——又不見我中彩票？他笑而不語，只將頭俯低下來，在我耳畔上輕聲說：「HAVE A NICE DREAM，OK？」（做個好夢吧。）便示意他的麻醉師緩緩打開了輸液閥。我感到了一陣昏昏然飄飄然的烘熱，便隨即失去了一切知覺，自然也談不上什麼夢不夢的了。

一星期後，我已準備出院了。兩個前來接我回家去的女兒陪我坐在病牀的邊上，隨身物件已經收拾停當。其實，最令人激動的一刻是在三天前的上午度過的。那是當紗布從我眼前揭去，雖然眼角的部位仍感疼痛異常，但我還是努力地嘗試着朝着敞開的窗戶睜開右眼來。似乎有些眩暈，但黑影消失了，朦朦朧朧的亮光裡，我能分辨出遠山的輪廓。這意味着：我又從黑茫茫的宇宙間回到這顆光明的星球上來啦。

妻子結完了賬，從醫院的會計部門回房來。雖然事先也應該是有點兒思想準備的，但當我接過賬單一看時，仍不免心中有些吃驚。但妻說，物有所值，物有所值啊。你看，手術還不及一星期已經讓你出院，而且每一步的康復細節都在他的預料之中。名醫畢竟是名醫。我想，這倒也是。

冬日下午二時許，地處亞熱帶域的香港，陽光溫煦而燦爛。我們一家四口從離開醫院的山道上走下來，再沿着跑馬場的大草坪一路出銅鑼灣去。是我堅持不肯搭車要步行的。雖然右眼的視覺仍還十分模糊，但心情卻像是重新拾回了一次生命一般，興奮得竟一時難以平復下來。一路上，我都滔滔不絕，說，怎麼反而覺得陽光更明媚，草更嫩，樹更綠，天更藍，城市和人都更美了？說着，便見午餐後外出散步的L醫生正好打對面走過來回醫院去。我們站定談話時，我問了他同樣的問題，我笑道，不會是閣下的高明醫術反而令我的視覺比以前更佳了吧？他也笑了，道，這應該是光明在失而復得後的一種正常的心理反應。

他還是那說話的習慣，英語中夾雜着廣東白話。這次，我也用英語回答了他，不過很短一句，是聖經中的原文：上帝說，要有光，於是這世界便有了光。

他聞言興奮地笑得臉都漲紅了。他是個基督教徒，而這是一句他在牧師佈道時聽了不知有多少遍的話。他說，所以，他才選擇了當眼科醫生這個職業啊。他說此話時神態之虔誠，似乎已與那張昂貴的醫療賬單完全脫離了干係一般。

2001年12月16日（右眼複明後的第一篇小文）

於香港

Part Two

香港女兒

在港人抗擊「非典」的戰役中，又有一個人倒下了，她的名字叫謝婉雯，是一位香港屯門醫院的醫生。我沒稱她為「英雄」，因為她從不願被人稱作為「英雄」。她願做個平常人，她可能覺得做個凡人比當「英雄」更幸福更快活更自在。當然，此一刻的她，已被香港傳媒爭相地作為「英雄」來報道了，但在我筆下，我仍用人，這個最普通的名詞來稱呼她，因為，所謂「英雄」，首先也是人，而且應該是比常人更人化了的人。

我是在香港晚間新聞的報道中才認識這位不平凡的凡人的。那天，是她的去世之日。屯門醫院的同仁為她在醫院的進口大堂設置了一個簡樸的靈位。她的同事們排着長隊，上前來向她致以最後的敬意。他們一個個神情戚然，眼閃淚光。他們表示說，她就是那麼樣的一個人，助人是她的本性，付出，是她最大的人生快樂。在用黃白菊花邊飾起來的黑白放大相片上，我見到了她：表情坦然，眼神善良，之中，又略帶一絲淡淡的憂鬱。一個柔弱的女子，她沒有精緻的五官及修飾，更沒有那種先聲奪人的銀幕形象。在這個崇拜和仰慕「女強人」或者「名女人」的時代，她卻與這類名稱之中包含的張牙舞爪毫無緣分。

但剛毅，並不一定是一位真正勇士的面部表情；人們分明都能在她靈魂的周圍見到一圈美麗的五色光環。

今年三十五歲的謝婉雯醫生出生在一個傳統的基督教家庭裡，而她自己，也是一位虔誠的基督教徒。她從小聰明、善良，好學又樂於助人。少女時代的她，就曾以8A的優異成績通過了香港的中學會考，並因此大名見諸於報端。之後，她又以同樣優異的成績考入並畢業於香港中文大學醫學院。當年的很多教過她書的導師如今都成了經常在電視上露面的城中名人，而她卻被分配去了屯門醫院，當了一名普通醫生。

她有一位相愛了多年的男友，男友是她的同學，也是一位醫生。那一年，男友突然病倒，診斷為白血病。作為一個醫生，她不會不知道這種病的嚴重後果，但她作出的決定是提出立即成婚。婚後，他們沒有孩子，卻有過一段恩愛非常甜蜜溫馨的小家庭生活。在她的新聞圖片檔案中，人們還能見到她一幅略施脂粉披着婚紗的彩照。她依着她的夫君，笑得十分燦爛，那時，她是一位幸福無比的新娘。

但幾年之後，丈夫再次病發，而她，勇敢而鎮定地承擔起了安慰、照料病中丈夫的全部職責，直到他去世。這樣又過了兩年，SARS疫症在香港爆發，她又成了全港首幾位主動請纓上疫情戰場的醫務人員之一，因為她認定：她毫無疑問地應該站到這場與魔鬼撒旦白刃戰的第一線去。

但她終於也倒下了，住進了重症治療室。在他人眼中的一段如此前程錦繡的事業生涯，就讓她自己自覺自願地給「葬送」了——所有這些情況，都是她的教區牧師在一次記者招待會上介紹的。他還說，那天，她已極度虛弱，牧師透過視像電話與隔離病房中的她通話。她說，她知道她就快離世而去了，但她的心中覺得很平靜，也很快活；因為她即將可以與她的愛夫相會了；因為，就像當年在學校，她已出色地完成了她要交出的全部人生功課。她還說到，她記得西文裡有一句諺語：Who God Loves Best Dies Earliest。（神愛者早逝）——當然，這是她信仰的一部分。

消息傳開去，整個香港社會都震動了——為這麼一顆純潔得幾乎透明的靈魂！此間的傳媒將她稱作為這個追名逐利時代裡的一股人性的甘泉；機構以及個人也都相競捐款，以表達一種心意和紀念的情懷；市民們都不約而同地冠名她以「香港女兒」；而我的想像可能更是帶上了一些詩幻的色彩：我感覺她似一枝潔荷，從沉積着汙穢和醜惡的人間底層撥清波而出，並以她獨特的姿態悄然綻放，笑傲江湖。她的一位好友兼同事為她寫了一首《天使之歌》。大意這樣：在這片見不着硝煙的戰場上／你是一位天使／白衣天使／翩然降落下來／在完成了你應該完成的使命後，又／翩然飛離而去／如此美妙，如此像／一則神話。／讓我們久久仰望／可望，但不可及……作詩者不是位專業作家，可能並不太擅長於所謂詩歌的現代表現手法。但詩句樸素、動人、也動情，其本身就是謝婉雯精神意像的一種真實寫照。

一星期後，謝婉雯的公祭會安排在港島的香港殯儀館的主禮堂裡進行。而那裡，也是兩年之前，她為她去世的丈夫設置靈堂的地點。錄音設備中反復不斷播放的是同一首安魂曲。上一回，是她為她的亡夫選定了這首歌：而這一回，是她的教友們為她預備了這首歌。歌詞說：你在這塵世間跋涉、跋涉、再跋涉／你疲憊的腳步終於停下了／因為這裡已是你的國度／永久的國度……

從一大早開始，前來憑弔的人群已經絡繹不絕。香港特首和特區高官們的黑色座駕一輛接一輛地在門口停下，官員們躬腰而出，與徒步來到的市民們一同步入靈堂，併肩而立，朝着遺像，畢恭畢敬地一鞠躬，二鞠躬，三鞠躬……戴着大口罩的教統局局長李國璋接受採訪，他是卸任了的前中大醫學院院長。他曾當過她的學科教授。只見李局長的鏡片玻璃一閃一閃的，白茫茫地霧蒙上了一大片熱淚蒸騰出來的水汽，他已哽咽得語不成聲了。半晌，他才能勉強地說出一句完整的話來：「謝婉雯她……她是我們中大醫學院的永久的驕傲！」

在一張粘貼在牆上的心形紀念卡上，一個九歲的女孩用她稚嫩的字跡寫下了一段話：謝姐姐，因為您是醫生，所以我長大了，我也要去當個醫生救人。但這一次，我一定會忍住，不哭；我要學你一樣勇敢。謝姐姐，我已把我今年的零用錢全數捐進了您的紀念箱裡。

一位八十歲的老翁從老遠的新界區趕來，車舟勞頓，腿腳又不便。他一來到她的靈位前，便五體投地趴倒在堂前，哭得呼天搶地。原來，他是她曾經護理過的一個糖尿病人。老人說，他是個什麼也不是什麼也沒有的苦命老人哪，沒有財產，沒有地位，甚至沒有子女。但謝醫生悉心地照料了他，醫治了他；她救活了他，自己卻走了。老人不是基督教徒，他當然無法理解謝婉雯臨終時的心情。他號啕，他老淚縱橫。他說，蒼天怎麼也不長長眼啊？這世界留着這麼多的壞人歹徒貪商污吏不去收拾，卻讓她，這麼一位大好人先走了呀！悼念儀式，自始至終，場面悲慟，哀潮迭起，就是再硬心腸的鐵漢也不免為之鼻酸。

悼念會結束，香港特區政府當即決定自庫房撥款七千萬成立「謝婉雯醫生培訓基金」，並根據謝婉雯生前的公務級別，即時發放撫恤金五百萬港幣。這筆錢，再加上社會各界的捐贈，應該會是一筆相當可觀的數目。但我想，謝婉雯的在天之靈是不會在乎這些，也不會稀罕這些的。因為在她的信仰裡，天國的糧倉已為她預備了一筆太豐富的精神儲存了。然而，既然這筆金錢仍留人間，它的意義的最高發揮值，應該是再去延續一種治病救人的功能，而不是拿去炒股炒樓炒外匯以錢賺錢；我覺得，這應該是最能體現謝婉雯的遺願精神的。但轉眼一想，又覺得自己是否太多事了一點呢？代她的財產承繼人作了不該做的決定。

還有一件事。現在有不少市民提議為她塑一座銅像，永置於香港維多利亞公園草坪上的英女皇銅像之側，以志恒念。至此，我又忍不住想多嘴一句了。依我說，是不是索性屈請維多利亞女皇給她讓一讓位呢？因為就心靈的偉大與美麗而言，任何帝王，任何君主，其實也沒有什麼可供炫耀的，除了多了一頂人工製造的冠冕之外。

2003 年 5 月 25 日

於香港

當年離我們有多遠？

虹口中學是我的母校。說來，我與虹中從來就有着某種命緣上的聯繫。六十年前，我就出生在她河對岸溧陽路上的一幢日式小洋樓裡；上世紀五十年代中期，我就讀虹二中心小學，與虹口中學也就一籬之隔。課間小息時，我們那班小學生老喜歡趴在籬笆的頂端，向着虹中的那一頭張望，望着中學生們繞着跑道長跑時的姿態，心中充滿了羨慕和嚮往。我們「嘔！嘔！」地叫喚着，企圖引起他們的注意。但那些中學生對我們卻不屑一顧，連鼻孔也不朝我們掀一掀。想不到幾年後，我自己也考進了虹中，也開始了沿着環形跑道長跑的日子。同時，也擁有了那份可以向着籬笆的那一頭探頭探腦的小把戲們，扮出個不屑一顧的神情來的資格了。

虹口中學是一所重點中學，有着一貫鼎盛師資的傳統陣容，尤其在語文科目上。第一位教我語文的老師姓沈，人很瘦削，皮膚黝黑，雙頰深陷進顴骨之下；但他穿扮十分整齊，三清四落，從不起一絲皺痕。講課時也中氣十足，聲調帶點女尖音，用粉筆在黑板上寫字時更是翹着小指，像是在幹一件繡花活兒。我的作文成績好，他便十分喜歡我，常常當着全班同學的面，將我的作文抑揚頓挫地唸出來。他說，這種抒情性很強的記敘文叫散文詩；而我則寫了，竟還不知道這種文體叫什麼名稱。初三畢業那年，沈教師其實已經調離去了外校，不再擔任我們的語文老師了，但他還是專程到虹中來了一趟。他在走廊裡遇見我，劈面就問我的那篇命題為《初中生活二三事》的高中入學試的作文是如何構思的？我想了想，說，我採用的是「倒敘法」。我寫了那排栽種在我們教室窗外的白楊樹；剛進中學時，它們還是樹苗，三年過後已長成了一棵棵茁壯的小樹了。那天派發準考證，我從講台上領了回到自己的座位上去，就見到有幾片白楊樹的樹葉已晃晃悠悠地長到窗戶跟前來了，仿佛是誰正踮起腳尖來朝着屋裡張望。於是，一下子，我的思路便又回到了考入虹中的第一天。我見到沈教師的眼中閃動着興奮的光芒。他說，好！尤其是那一句：仿佛是誰正踮起了腳尖朝着屋裡張望。這是個很不錯的意像……四十年多後，真的，當我今天用已完成了三百多萬字數的文學創作後的目光再回首，所得出的結論與當年沈老師的也相差不遠。但後來，我便聽說沈老師自殺了。那是在「文革」期間的事，告訴我這一消息的同學神秘兮兮，一說是他失戀，二說是因同性戀遭審查。反正，從此之後，我就再也沒有見到過那張熟悉的黑瘦的面孔了。

接替沈老師擔任我們語文老師的是一位志願軍的退伍教員，名叫賈赤。風格就與沈老師完全不同了。他不修邊幅，醬紅色的臉膛上永遠鬍子拉碴。一件軍黃的緊身襖，一年少說有三季都是披在身上的。而油膩膩的內襯領子，也從不拆出來去洗一洗。他的中食指被煙熏得焦黃，牙齒也一樣；但他卻很親切，任何時候見到他，臉上總是掛着和藹幽默的笑容。他頗有詩人的直率，老愛說笑；又仗着他參加過朝戰的資格，平時說起話來口無遮攔。他說，你們別去相信書本上和電影裡描寫的那一套，把美國鬼子一個個都說成賊頭賊腦，給咱們機槍一掃就倒下一大片；其實啊，在朝鮮戰場上，朝軍和志願軍與美軍的傷亡比例可高了，差不多要接近三：一；有時興致來了，還會當堂吟打油詩一首：零下二十五／脫成光屁股／負重渡過河／吃塊乾豆腐。他說，這正是他們志願軍在天寒地凍的朝鮮戰地上的生活寫照，逗得同學們好一陣捧腹。這麼個「異類」，到了文革爆發，革命師生當然不會放過。管他娘的「老革命」「老資格」，也被揪出來，打倒。賈赤的名字被寫成了「假赤」，倒貼在牆上，還打上了粗紅的杠杠。有一回，我在男廁恰好遇到正在打掃廁所的他。周圍沒人，突然見到他昔日的得意門生，他那幽默親切的笑容便不由自主地又在臉上再現了；但他立即意識到了什麼，隨之將其掐滅，並迅速轉過了臉去，眼中掠過一絲悲哀。而我，也不禁在心裡起了一陣牽痛。

還有兩位教師也常令我想起他們。

教我們高中物理的教師也姓沈。他不苟言笑，又長有一副令人印象深刻的面相。大鼻泡厚唇瓣，顴骨高聳得來有點誇張，偏又配一副小圓框的花點鏡架，綳在闊臉上，兩條鏡腿岔開去，掛在他的耳廓上。差就差在人中上留一撮直鬍鬚了，否則，不用上妝，也能扮演提着一把軍刀，驅趕着「鬼子進村」了的龜田小隊長。但我們的「龜田」卻很善良，更是盡職。高中物理對學生來說是最難的學科之一，就見每天放學後，沈老師都在他的辦公桌前為同學們補課，而且經常是挑燈夜戰，有時連晚飯都忘了去打來吃。他有個脾氣，不讓他的學生徹底搞清弄明白，他是不肯甘休的。如此工作熱情，放在今日裡，三十幾年下來，不在某住宅社區裡賺回它個一套半套二房一廳的住房才怪。但在當年，這些都是義務性質的，教會教懂他的學生是每個教師毫無疑問的職責所在，根本不會有誰在替學生補課時還會去想到有收補習費那回事。

另一位是教外語的胡老師。矮矮個子，人很洋派。在那個提倡艱苦樸素，人人都以「新三年舊三年縫縫補補又三年」為榮的年代裡，唯他還保持那副西服革履的派頭，就差繫一條飄飄蕩蕩的領帶了。胡的業務好，人也好；講課時更是生動無比。記得有一次，他講解一個俄文生字 БОТИНКИ（皮鞋），就見他彎下腰去，在講台底下磨蹭了好一會兒，將他的一隻皮鞋從腳上除了下來，放上了講台。這是隻深棕色帶拷花款式的紳士鞋，皮鞋尖尖的小圓頭對着全班同學。而他則金雞獨立，晃了兩晃之後才算立稳（好在他人矮）。他說，БОТИНКИ 這個單字一般只用複數，不用單數；因為皮鞋只有一雙，哪來單隻？你們看，我這穿了單隻鞋的，能站稳嘛？時隔數十年，在這英語學習環境已全線氾濫了的今天，我還能清晰地記得那麼個遙遠年代裡的俄文單字及其語法特點，所拜全是胡老師當年的教學法之賜。

而最令我感動的是一位叫尹慧珠的女教師。我再次赫然見到她的名字是在虹中五十周年校慶的特刊上。那回，我們幾個旅港的校友在一位黃姓牧師的家中聚會。黃牧師是虹口中學五四屆的畢業生，畢業後便考入南京金陵神學院攻讀神學。之後，又以所謂「披着宗教外衣的特務」的罪名遭逮捕，在獄中一蹲就是二十年。一九七九年中美復交，他才獲釋，隨即全家移民去了美國定居，而他的博士學位也是在那裡完成的。之後他又被派回了東方來。現在，他在香港特區某教區擔任主持牧師。我們在他荃灣半山區的一所住宅裡，圍着一隻熱騰騰的火鍋吃打邊爐。那年連香港的冬天也很陰冷，而由此，便更顯出屋裡的融融暖情了。我翻看着那份上海校友帶回的母校五十周年慶典的特刊，發現了「尹慧珠」這個熟悉的名字。我說，不就是那位尹老師嗎？但同桌之人都不認識她。其實我也說不清感受。尹老師沒教過我們，她是我們鄰班的班主任。因為她平時管教學生嚴厲，於是，她便成了運動一開始就被紅衛兵小將們揪出來的「牛鬼蛇神」之一。一個三十來歲的女性，被剃成「梅花樁」頭，整天在胸前掛一塊「牛鬼蛇神伊為豬（她名字的諧音）」的橫牌，從學校回家又從家來學校，還被勒令一刻都不準除下。在相當長的時期內，她受盡凌辱：跪沙礫地，坐噴汽機，揪髮示眾，皮帶抽打，再被「踩上一隻腳，叫她永世不得翻身」等等，不一而足，讓人慘不忍睹。她就這樣地存在在我的記憶裡，以後便逐漸淡忘，消失。直到四十多年後的今天，我才突然在特刊的捐款名單中發現了她：老教師尹慧珠捐贈母校二萬元。僅此一條已足夠了，難道今天還有誰會不明白二萬元對於一位退休教師意味着什麼嗎？母校曾給她帶來過這麼多這麼大的災難，但她卻依然如此深愛着她的學校！

我說完了她的經歷，大夥都沉默了。窗外的夜色已很深濃了，夜的濕霧開始在山崗上飄散開來。黃牧師說，「文革」歲月他正身陷囹圄，外面世界發生了些什麼，他一無所知。他只記得他們那屆學生畢業的一年，正是私營企業改造前夕。當時每位同學雄心萬丈的表態都是：決不當資本家，不做老闆不做寄生蟲，要做一名光榮的新社會新生活的建設者。但曾幾何時，當老闆不又成了一件最吃香的事了？別說真老闆了，如今連上級領導也都興以「老闆」相稱，他說，這倒是他最近回國內講學時發現的一個怪現象。時代的變化真是大得誰都預料不到哇！於是，大家復又沉默。半晌，他再說道，當年，離開我們已經很遙遠很遙遠了啊。

而就在這一刻，我感到自己又回到了那個年紀，那個趴在籬笆頂上「嘔嘔！」叫喚的年紀了。

2004年4月
於香港

親近上海的方式

每個人都有他獨特的親近故鄉的方式。有的人願意三五成堆地一塊兒談論她，有的人則願意獨個兒地、默默地想像她；有人飽蘸情感，嘗試着用文字、色彩、旋律來描繪她；而有些人，則什麼也不做，他們生活在異鄉，卻常會在夢中與故鄉相見。他們在夢中哭泣，就像是童年時代依偎在母親的懷中哭泣一樣，醒來，感到的是一種突如其來的輕鬆和宣洩，一種滋味別繞的親切感安全感和幸福感。目前，在香港電視上正播放的《唐人街》的專題片之所以收視率會如此高，究其因，就是因為了那些遠離故土的遊子們的思鄉情懷特別感人的緣故。我曾在紐約和歐洲的一些城市中遇見過不少老上海，他們年少離鄉，幾十年了，已是鄉音未改鬢毛衰了，但他們至今還沒能找到足夠的回上海去的勇氣。然而，一遇從上海來的故鄉人，他們便顯得特別熱情。他們情願掏錢請你吃飯，目的除了聽你描述今日上海的巨變外，他們更希望能讓他們來說給你聽半個多世紀之前上海生活的種種情趣細節。他們說得如此投入如此眉飛色舞如此絲絲入扣，就像在回想一位他們年少時的夢中情人一般。但如真有這麼個夢中情人，你倒想一想，你怎麼會忍心在自己的耄耋之年再去見回她一面呢？你怕突然就打亂了你一直珍藏在心底的那一片美好的記憶。這又是另一種古怪的戀鄉情結，而且決不是片言隻語就能說清楚的，內裡的思念與心酸或者可以裝滿一部長篇。但，這也不失為是另一種親近上海的方式。

而我也有我自己親近上海的方式。我親近上海的方式是渴望能在她迷宮般的街道版圖上遊蕩不息，穿街鑽弄，漫無目的，如夢似幻。而且，還特別喜愛揀一個細雨霏霏的灰色早晨，有點寒意，但又不太冷，支傘獨行，一路感受。或是個金秋的傍晚，夕輝如灑；又或是盛夏時節的某個晌午，蟬歌燦爛，驕陽如火。街上沒有行人，只有在弄堂的簷影下趴躺着半醒半睡的肥花貓，偶爾還有個上半身打赤膊的骨瘦伶仃的老人躺在竹榻上，懶懶地打着蒲扇。一切是那麼地安謐和安詳，但就在這安謐和安詳中流動着我熟悉的生活。我喜愛這種親近上海的方式是因為上海的一切都在變，唯那些季節的場景不變。從這點而言，我與那些怪癖的唐人街老僑也不無相似之處。

這些年來，在上海，我老喜歡定期去的「觀光點」有兩處：一是虹口區的虹鎮老街，二是南市區的方浜中路一帶。有時好好的在街上溜蕩，忽然就信步走去。我喜愛去那裡的原因也有二：一是相對而言，四五十年前的上海的容貌特色在那裡保存得最多最好最全也最原汁原味；二是那裡也是上海市民生活氣息最濃鬱的地方之一。記得小時候，出生於小資小康家庭的我常被大人們訓導說，那都是「烏七八糟」的下隻角地區，囑咐說千萬少去那兒，以免「軋了壞道」。如此教育，讓我從小便將那些地方以及在那些地方生活的人們視為另類，其中不免帶上了幾份鄙蔑之意。誰知人過了五十，尤其是在外邊生活了這麼些年之後，又在上海高速現代化了的今天，反倒覺得這都是些洋溢着無窮生活情趣的地方，讓人無限地留戀和嚮往了起來。箇中原委，真是誰——包括我自己——也都說不出個理由來。

後來有一次，我又發現了一塊「新大陸」。「新大陸」是我的一位文友帶領着我去的，在楊樹浦底定海路那一帶，棚戶房區的版圖迷宮一般，曲折彎繞，四通八達。當地的居民抱怨說，怎麼這塊鬼地方至今還沒人來將它批租出去呢？但這，倒正合了我的胃口。我的這位文友四五十年前的童年和少年時代就是在那裡度過的，當年，他是那裡出了名的「皮大王」，一班野蠻小鬼的頭兒。他說，他幹的好事可多啦：聚眾打架，整蠱搗蛋，胡天胡帝，堪稱一方小霸王。其中最「驚天動地」的一樁「絕活」，他至今記憶清晰。他小學時代的班主任是位優秀教師，對他的管教特別嚴厲，這常令他恨得牙根癢癢。班主任就住在他們那一帶的一條橫巷裡。一天深夜，他指揮他手下的嘍嘍們將一巷子的馬桶都集中了過來，挨個挨地疊靠壘堆在老師家的大門上。第二天清早時分，推糞車的清潔工人一聲晨喚，班主任老師便將大門拉開了，疊桶轟然倒下，其後果之狼狽由想可見。

然而，我們的「皮大王」也有他溫柔多情的一面。他說起他班上的一位女同學，說她家裡是開店的。其實所謂「開店」，只是開一爿做大餅油條的小鋪子。女孩的父親做白案，母親煎油條兼收錢。我們走過一條橫街，他指着一幢將塌未塌的板屋，說，吶，那房子倒還在。那時，板屋的樓下是店堂，晚上，他們一家三口就睡在它的閣樓上。文友說，那女同學是他班上所有女同學之中最漂亮的一個，學習成績好人斯文不說，平日裡的穿戴也最整齊。那年代，上海的街弄常會浸大水，尤其在根本沒排水系統可言的棚戶區。他說，他見到過她捲起褲腿淌水來上學的模樣，那小腿肚子之白嫩喲，就像一段剛洗淨的新藕——看得出，當年的她是他心中的「皇后」。

但後來，那女同學死了，是跳井自殺的。文友說此話時，我們正繞蕩在那一大片棚戶屋的一截銜接一截的彎腸小道上，並正好經過一口水井的邊上。時值十一月末的初冬季，傍晚時分，家家戶戶的燈都點亮了。低矮的灶間裡正煮晚飯，飯香四飄；而起油鍋的煙霧彌漫在屋與屋的狹窄的甬道間，遲遲散不去。突聞此說，我兀地掉轉頭去：自殺？為什麼？文友望着我，說，其實他也不很清楚，因為當時的他早已考到外區的一間寄宿學校住讀去了。他後來聽說到的情況大致是這樣的：一片紅的年代，女孩也去了農村插隊。後來她被當地的一個鄉幹部睡大了肚子，一時間想不通，又覺得沒臉見人，便幹下了此等傻事。他說着，不禁臉上起了一片悵哀的陰雲：命哪，命！——每個人都有他自己的命啊，文友不無感慨地說。

就這麼一塊「新大陸」，還夾雜了一些情趣哀怨的故事。它的發現能不叫我興奮莫名麼？那天，我們離開時，天色已經很晚了，文友趕在頭裡，去軍工路截的士去了，我則九步一回首，依依不捨，直到那片棚戶區全部隐沒在了暮靄中為止。

這就是我的上海，教我如何能不親近她的上海。每次，當我從上海一回到了香港的家中後不出十天半月，那種病癖式的鄉愁便又襲來開始折磨我了。那些街巷與人群又栩栩如生在我眼前，他們對我的吸引力實在太大了，就像一隻熟透了的蘋果注定要掉到地上一樣，我知道，我又會在近期的某一天忍不住地回去，回去融入到他們的中間。而他們，卻誰也不認識我。

我童年時代的上海喲，你能放慢點腳步離去嗎？你能不能讓我再看多你幾眼呢？……

2004年12月3日
於香港

母親的目光

小時候的記憶裡，母親的目光是慈慈稠稠的，帶點笑意，帶點嗔責，也帶點佯怒。尤其是當我淘氣，幹了什麼不該幹的事之後，她總會這樣看着我。有時還捉住了我的小手，說，弟弟（從小，她就不叫我的名字，而是叫我「弟弟」——我也不知道這個稱呼從何而來），你看你！你看你！可千萬別讓你爸知道了啊……到了自己都近花甲之年了，回想起這一幕時的感覺是遙遠朦朧得近乎於包含此童話意味了。

我是我父母的獨生子。我母親是在連續五次習慣性流產後才保住了我這一胎，並用剖腹產的方式把我生了下來。那是在抗戰勝利後不久，父親接受了新任命，携同家眷從重慶飛來上海履新。後來每每談及此事，母親總要重複她的那個觀點：你能順利來到這人世間，還不是因為打敗了日本鬼的緣故——那時代的重慶哪來上海這等醫療條件和設備？

十二歲那年，我大病一場。適逢三年困難期，父親又剛從安徽大學退職回家。雖有點家底，也都給貼補花得差不多了，家中的日常開支都要靠母親的數十塊工資來支撐。她忙裡忙外，還要將一大部分時間與精力撲在她的孩子身上。她在忙完了家務後來到我的病牀邊，望着我，神情與目光都顯得堅定與堅毅。她說，媽就是累死了，也要把這個家撐住，把你的病治好。她說她要把我養大成材，成好材，成大材。

幾十年後的今天，她還常會回想起當時的情景。她不無驕傲地說，她不已經盼到這一天了嗎？她又說，別人家生了十個八個兒女，而她，只要有我一個就足夠了。

我十七歲，文革爆發了。父親早已去了香港謀生，家中屢遭抄鬥，母親也被限制了活動的範圍與自由。還沒完全成年的我承擔起了家裡的一切最具冒險性的生存活動。諸如，轉移、銷毀「罪證」；與有關人士搞「黑串聯」「共守同盟」等等。每次，當我辦完事回家，母親總想用眼光來向我說明點什麼。這是一種既憐恤又擔心，既緊張又帶點兒內疚的目光。我說，姆媽，您放心，我應付得來。她說，姆媽知道。

暮年了的母親離開香港又回到上海來定居了。她獨個兒住在西康路上的一層公寓裡，由一位女傭負責照看。我雖然希望天天都能留在她身邊陪伴她，但無奈，因為種種緣故，我還得經常回香港去。每次我離家前，她都要把我摟上一摟。但我說，小時侯是您抱我，現在讓我來抱抱您吧。於是，她便很順從地將頭靠在我的胸前，我傾聽着她粗重的帶哮喘音的呼吸聲，感到了一種生命的循環。有時，她會哭，老淚縱橫。說，你這回一走，姆媽會不會從此就……就……我說，您說什麼呀，媽，過了個把月，我不又回來看望您了？

八十八歲那一年，母親摔斷了腿，是股骨脛粉碎性骨折。我帶着她走遍了全上海的大醫院，但都被婉言拒收了。說，還是讓她自個兒躺在家中靜養吧。骨頭能接上當然最好；但假如期間有什麼意外（據說老人骨折最危險的併發症是褥瘡和肺炎）的話，也是沒法的事兒。讓我一定要有思想準備，云云。我的心情沉重極了，我將她推回家，抱上牀去。我臉色凝重，眼含淚花。但她卻一直訥訥地看着我，她知道我在想什麼。扶她小解的時候，我見到了她小腹上的那條長長的肉疤。五十多年前，我就是從那裡取出來的，我突然就抱住了她：「姆媽！——」我失聲地哭了出來，「我，我捨不得您啊……」但母親卻很鎮定地望着我——

異常的鎮定。我又見到了我小時候她撫慰我的那副神情了。「弟弟，」她說，「儂放心，姆媽死不了，姆媽還沒有陪夠你呢！」一句話，我心頭的一塊大石頭倏然落地了，毫無緣故，也毫無理由。所有醫生的話我都不信了，我就信她，信我的母親。

果然，不出二個月，她便能坐起身來了，三個月下地，半年之後又能拄着拐杖在屋裡蹣跚行路了。大家都說這是個奇跡，只有我知道，其中神秘的精神力量。

暮年的母親還會有許多說不清道不明的心理習慣。比方說，她老喜歡把自己的年齡說大一歲。說，我今年不九十五歲了嗎？我說還沒呢，要過了年才是。她又說，不很快就要過年了嗎——你別忘了，媽可是大月生的。我說，別人都喜歡把自己的年齡往小裡說，您怎麼反其道行之呢？她說不出什麼來，微笑。但我是明白的，她感覺自己經歷了一個世紀的坎坷和劫難還能好端端地活到今天，已經是一項奇跡和榮耀了，她老喜歡在心中炫耀這一點。

又有一次，王元化先生來我家晚餐。聽說我母親是一九三九屆的上海大夏大學的畢業生時，就顯得很高興。他說，他的那個華師大校友會會長的頭銜理應讓給我母親才對，或至少，也應該讓她當個「名譽會長」之類。因為該校的，還能健在的三九屆的畢業生畢竟已經是十分稀少的了。聽說此話時的母親的目光又變成了另一種。這是一種曖昧的目光。她當然不會想去當「名譽會長」，但她還是挺高興的。她又有了些許年輕時代的回憶。那片湖面寬闊，微波蕩漾的「碧綠湖」，熱戀中的男女同學都愛去那兒划船，互訴衷腸。除了湖水和雙槳，沒人能聽到他們的喁喁私語。還有那個叫作「里華里丹村」的地方，據說很有白俄風情，這也是他們那批大學生常去之處。而她，就是在那兒邂逅了我父親的——當然，這些都是七十多年之前的情景了。

初秋。金色的晨光從公寓的落地窗裡灑進室內來。我一早起身就坐到了客廳裡的那張書桌前，準備寫點東西。而母親拄着杖，在女傭的攙扶下也到客廳中來了。她就在我書桌對面的那張長沙發上顫顫巍巍地坐了下來（這又是她的另一個古怪的老年習慣）。她用她那渾濁的，略顯遲鈍的目光看着伏案工作的我。良久，不作一聲也不動一動，仿佛是座雕像。我擱下筆，抬起頭來，笑問道：「媽，您老這麼一動不動地瞧着我幹嗎呢？」她的回答簡單而直接：「媽老了，媽還可以做點什麼呢？能儘量地看多你幾眼就是媽這一生之中還能賺多的一份財富了。」

我不禁潸然淚下。

與我相依為命了六十年的老母親哪，您知道嗎？這些日子來我老會從夢中驚醒過來：我但願您長壽無疆，但願您能永遠永遠地與我生活在一起；但時間是無情的，也是拖不住的。那一天會在我生命的哪一個岔道口上等着我呢？我又將如何來面對那一天呢？而那一天之後的我還會是現在的我嗎？我不知道，也不想知道。

2005年6月12日

於香港

父親眼中的父親

二十五年前的一個傍晚，在我香港半山的寓所。已是晚秋季了，但位於亞熱帶的香港的氣候依舊十分温潤、潮濕。從我家寬闊的落地大玻璃窗望出去，能望見滿目葱翠起伏的山巒以及逆光中的維多利亞港灣，湛藍的海水反射着夕陽的餘輝，交響出一片神奇的璀璨。

一天緊張工作後的我回到家中，感覺疲乏不堪，但心緒仍處在一種忐忑不安的情狀之中。我更衣換鞋，正準備去淋一個熱水浴，先振奮一下情緒再說，就見母親從裡屋走了出來。他說：「你爸讓你到他房中去一下。」我的心跳一下就頓住了，我說：「爸爸他，好嗎？」

這兩年，父親的健康每況愈下。他年輕時候就患上的哮喘病，逐漸演變成了年老了的他致命的頑疾：肺氣腫、肺心病。近月以來更是急性肺炎發作而不得不作了氣管的切口手術。我走進父親的房裡，見他正安靜地躺在病牀上，雙目微合。醫生剛離開不久，被換下來的帶膿血的紗布，還在父親牀頭櫃上的腰圓形的外科瓷盤中堆放着，等待清理。在他的牀邊，纖細的吊滴架，高聳的氧氣罐，以及精密的心跳測量儀預示着一個垂危病者的最後時日。我坐到了我父親牀沿邊上去，靜靜地望着他那蒼白的面容。想到在不久將來的某一日的某一刻將會發生的那一件無可避免的事，我心痛如刀剮。

父親慢慢地睜開眼睛，他虛弱地望定了我一會，便將一隻手從被窩中伸了出來。他打算說話，但他做不成。他剛一動聲，「嘫嘫」的血痰馬上就從他那喉頭的創口中湧了出來，從而讓他的話音化成了一縷氣若游絲的噓聲，消失在了他那蒼白的嘴唇上。我急忙握住了他的手，我說：「別說話了，爸，別說了！」我將耳朵湊到了他的唇邊，「您可以輕輕對我說，我能聽清楚。」但他並不說什麼。他復將手伸進了枕頭底下，只見他那顫顫巍巍的手掏呀掏地掏出了一冊發黃的字帖來。於是，「嘫嘫」聲再度出現，但這一次，在「嘫嘫」的間歇聲中，我聽明白父親在說些什麼了。他說：「你一定要將它保……保存好。它是我們的傳……傳家寶，是我們祖上的光……光榮哪！……」

我認得這本字帖。這是一種書寫在粗黃毛邊紙上的練字帖，它是我祖父的遺墨。說是練字帖，其實它也是另一類書法作品。這與作曲家老喜歡將自己的某一篇正規的音樂作品，冠名以「練習曲」的道理是一致的。

祖父吳增毓（字頌義）出生於蘇南的一個官宦世家，而他自己也是生活在清末民初時代的一位書法大家。祖父的族譜上（當然也是我與我父親的族譜啦）出現過為數不少的進士與舉人。其兄吳增甲即為晚清進士，兼以書畫大家名垂青史。其父，即我的高祖吳穆清亦為舉人，官至江蘇省教諭（即江蘇省教育廳廳長）等等。而其長兄吳汀鷺亦於早年中舉，其後更成了蘇南地區的一位建樹頗巨的實業家。他非但學識淵博，且極具開拓之視野。他開風氣之先，帶領整個蘇南地區率先進入了近代中國的工業化運動。如今，在江陰鬧市區保存完好的吳汀鷺故居，便生動地見證了這一歷史事實。

唯我祖父是個甘居平淡享受自我的隐士。他很可能在其父兄輩的眼中是一個不思上進安於現狀，又缺乏與時俱進精神的庸碌之人。沒考功名這是因為到了祖父可以攻考的年紀，科舉制度已經廢除。然而，也就是在那同時，所謂的新生活新文化新思維的潮流也開啟了它們在中國的進程，但祖父卻將之拒於千里之外。他靠了祖上的庇蔭，依仗了幾十畝的江南良田和一幢三進深的粉牆黛瓦的住宅，一生都沒幹過什麼「正經事」。然而，他卻與筆墨硯紙打了一世的交道。在江陰城東門外的一個叫七房莊的地方，他堂前一汪荷塘，房後一片竹林，朔冬生一缸炭火，酷暑打一把蒲扇的生活在了五千年中國禮教時代的尾章尾段的尾句中，我行我素，怡然自得。

殊不知，正因了如此緣故，祖父為世人留下了一批精美絕倫的章草書法；褪火功利，拒與世俗。這與曹雪芹舉家喝粥，伏案苦耕幾十年而為世人留下一部《紅樓夢》雖有程度上的差別，卻有着異曲同工之妙。可見，最瑰麗的藝術珍品，往往都不是在藝術家於世之時被認識和認同的；它們恒久而彌新的光彩是需要一個相對漫長的時間的冲刷過程的。

說起祖父的書法，又會叫人聯想到他的醫術。因為除了書法家外，他還是個遠近幾十里地都聞名的中醫名家。不過，根據我現在的猜想，他應該是個無師自通的中醫師才對。理據是：中國文化的脈絡原都是互通互連，相生相剋的。單憑他一生對禮樂道儒的苦讀與鑽研，中華醫術上的那點氣脈貫通陰陽調和的理論，就是靠悟，也都能悟出個名堂來了。唯祖父有一怪癖：他替人行醫看病是從不收錢的；遇上窮困之家，他甚至還甘願自掏腰包為人抓藥治病；且愈是疑難雜症，他愈願前往。深更半夜的，他讓家用的那位幫工行在前邊，挑一盞「吳府」的大紅燈籠，橋埂田窪地一路趕去，絕無怨言。然而，假如遇上誰家有喜慶壽宴什麼，希望能向他索取幾行墨寶的話，他則十分計較，且開價甚高。一個大字不出足若干銀元，他是絕不肯落筆的。可能，這也就是為什麼他留在了這世上的正規的「為某某仁兄補壁」一類的堂幅與橫軸十分稀少的最直接的原因了。

當然，這些都是後來父親告訴我的關於他眼中的他父親的種種為人處世的個性細節。我從未見過祖父，我對他之存在的認知只能依托想像。至於形象嘛，正如我在好多年前寫的一篇散文中描述的那樣：這是一幅每逢除夕之夜都要擺出來拜祭一下的，描繪在了白瓷盤上的似是而非的人像。削臉龐，高顴骨，八字鬍，結頂瓜皮帽外加臃腫的棉長袍。他絕無笑容的，兩眼直勾勾地逼視着你，令偶爾環顧四下裡無人，踮腳從供品桌上去拈一顆桂圓棗丸什麼的來塞入口中的童年時代的我，產生一陣止不住的心跳。

我對祖父的蓬勃想像力再次發揮功效。我試着將香港的那個夕輝閃閃的黃昏再朝前推移五十年。一九三七年的初冬，中國正處在全面抗戰爆發的前夜。那一年的夏季，二十五歲的父親以全系前三名的優異成績走出了上海復旦大學的校門，走進了社會，走進了人潮滾滾的就業大軍。但父親是幸運的，他的稟賦與出眾的學業成績讓他的畢業並不意味着失業，而是就業。非但就業，而且還是一種頗有前程的就業：國民政府的資源委員會吸納了他。他被告知說，戰事吃緊，你必須隨政府機構一同撤離上海，先去贛州，聽候調遣。但就在這時，父親接到了一份來自於家鄉的電報，上曰：父病危速歸。下面的落款人是我的祖母。

也是一個黃昏天，不過這是個陰霾的冬日的黃昏。二十世紀三十年代的江南水鄉，鉛重的雲層穹罩着大地，一片悲涼。這情景很會教人想起魯迅在烏篷船逐漸駛近故鄉魯鎮時的一段描寫：灰黃的天邊橫着幾條蕭瑟的荒村——也許，故鄉也就是如此罷了。

穿着一襲呢長衫，手提一隻方包角皮箱的父親就這樣回到了他闊別了十多年的故鄉。他撩起長衫的下擺，提腳跨進了童年少年時代的他曾無數次跨出跨入的高高的門檻。屋裡生着一盆旺旺的炭火，冰涼的青石地磚在這橙紅色爐火的映照下，也顯得柔和與溫暖了。父親向祖父的牀邊走過去——恰似五十年後的那個金輝傍晚的我向父親的牀邊走去那般——那時的父親是個朝氣勃勃的青年男子，面對國將不國民將非民家將無家的殘酷現實，心中充滿了青春的激情和國家興衰匹夫有責的剛烈與血性。

他坐在了父親的牀沿邊上，連母親替他搬來的那張紅木太師椅，他也不願坐。他只希望能坐得離父親更近一些。從按裝有木欞的窗框望出去，荷花池中一片殘枝敗葉；幾棵彎腰的垂柳生長在池塘的邊上，綠葉凋盡，像幾個忠貞的衛士，守衛着它們的荷塘。

祖父也一樣是微微地合着眼睛，臉色看上去非常蒼白。他罹患的是晚期癆病——在那個年代的那個地區，這種病是一種絕症。祖父虛弱萬分地伸出手來指了指牀底下，父親彎下腰去，將一箱字帖拖了出來。

是的，就是那同一箱字帖，唯一有別的是父親交給我的只是一冊，而祖父託付於他的卻有一箱。父親打開木箱，馬上就明白了祖父的用意。他不語，但他望着他父親蒼白的面孔，堅定地點了點頭。而一切，也盡在了不言中。父親的目光向牀的一邊移了過去，他見到一張酸枝木的案枱上還攤着一幅宣紙，枱上端硯，筆架，水缸，色色具備。而宣紙上只寫了一行字：春眠不覺曉……就沒有了下文。想來，祖父是因了體力不支而永遠地躺倒了。

自此之後，父親再也沒有回到過故居。而祖父就在父親離家後的不幾日便辭世了。那年他五十四歲。而父親則是在五十年後，也就是我在文章開頭描述的那個金秋之暮後不久去世的。那年他七十五歲。

父親帶着這箱字帖，顛沛流離。他去了贛州後又隨國民政府遷移去了貴陽，爾後再昆明，再重慶。每一次搬家，他可以丟棄很多東西，唯這箱字帖始終跟隨着他。那一年，重慶遭受大轟炸，父親的住所不幸被炸中。待警報解除，父親從防空洞裡走出來，他見狀轉身就飛跑進了火海中去。他沒有去取他的西裝和母親的皮草，而是抱着一捆粗黃毛邊紙字帖奔跑了出來。可惜的是：一百部完整的字帖，火口餘生後只剩下十七冊了，而父親在他臨終前交到我手中的就是它們其中的一冊。

其實，最令父親扼腕痛惜的還有祖父在那十多年中寫給他兒子的書信函劄，也都在這次大火中付之一炬了。父親老喜歡說：家書抵萬金。你想，如此一場大火讓父親損失多少萬兩黃金了呢？

正如父親常說的那樣，兒子是父親生命的延續。他延續了他父親的，而我，正在延續他的。唯藝術品的價值是永恆的，它們代傳一代，保存、流失；流失、保存。偶露真容，讓人一瞥驚鴻，讚嘆不已。一九五七年，反右運動爆發前的父親早已脫離了有關的政府機構，到大學裡當教師去了。他是位民主人士，上海市的民盟委員。當年的民盟是反右運動的重災區，而父親又曾在舊政府的機構裡任過高職，理應是個內定的右派。大鳴大放期間，很多知識份子都按耐不住，主動「跳」了出來，誤入陷阱而成了槍瞄的「出頭鳥」。唯父親他老僧入定。雖幾經民盟組織上（此組織主要是指民盟中央）的反復動員，他仍按兵不動。有一次，他笑着告訴我說，為了交差，他平生只寫過一張大字報。他是用小提京的大楷筆書寫的。大字報的內容僅四行唐詩：春眠不覺曉，處處聞啼鳥。夜來風雨聲，花落知多少。下面落款：吳聖清敬錄。其實，父親也沒做什麼，他只是將祖父沒曾錄完的詩句給續完了。至於是表達了某種什麼情緒，這四句唐詩也說明不了什麼。他因而最終也沒被戴上右派的帽子，只是忽忽內定了個「右派邊緣份子」的名堂，將他調出上海，調往安徽大學繼續執教。

然而，就此四行詩句，在當年的那所上海的名牌大學裡，在那種高級知識份子成堆的地方，也都引起了不少同行學者們的暗中讚嘆，說，吳某人是真人不露相哪，居然還能有如此一手高妙的章草書法？但父親聞言卻笑了，心道，這還不是傳承了我父親的一息遺風罷了？

再後來，父親便去了香港。離開時，在極有限的行李空間中，他還是將那字帖收藏了進去，隨身帶離了祖國。就這樣，這些還殘留着世紀初江南水鄉的荷香與柳枝清新味的字帖便遠離了它的故土，在一塊日夜顛倒、喧騰煩囂到了讓人都快要精神錯亂了的島域上，一擱又是五十年。再後來，我也去香港定居了。平時，在我們父子倆的閒聊中，父親還常會談及他父親的種種。他說，你那祖父的一生其實也沒有什麼陋習和不良嗜好，就是愛喝酒。而且，十回倒是有八九回之多是非喝得酩酊大醉絕不肯罷杯的。他老愛揀一個滿月朗空夜，在荷塘跟前擺出一張酒案來；然後，把盞臨風；然後，吟詩唱文；然後——然後便借着高漲的酒興，揮毫疾書，一氣呵成。那麼個風雅的時代，你的風雅的祖父，五千年中國士大夫傳統的最後一位堅守者。父親說，但日本的飛機炸毀了這一切：荷塘，竹林，三進深的村舍，以及那種被你祖父形容為「半牀落葉半牀月」的古典意境。當然，那時的祖父已經去世，家道中落。由我堅強的祖母帶着我的那兩個仍在唸小學和初中的叔叔繼續生活在鄉下。直到一九四五年，抗戰勝利，父親由重慶負笈榮歸，才將他們母子三人都接去了上海，與他同住。這已屬後話了。

二零零七年的初春時節，我應邀專程回了江陰一次。這是我這個作為孫輩的人，第一次踏足這塊我祖父和父親曾經生活過的土地。如今的江陰市（父親老喜歡把這喚作為「城裡」）哪還有半點我父親形容出來的青石板和「寬湯麵」的影子？四周都是高樓林立，霓燈閃爍，海鮮店西餐館咖啡吧開得到處可見。市內有一片寬闊的中心綠地，唯綠地中央保存着的那座古塔（古塔僅留下半截，在上世紀初爆發的直奉系的戰事中，古塔被白俄的洋炮削去了半個腦袋），以及「嘎嘎」夜歸的雀鴉還殘留了些許父親口中故鄉的味兒。

還有就是江陰鬧市區保存完好的吳汀鷺故居。江陰博物館館長兼吳氏故居管委會主任陪同我們繞着大宅參觀了一通。他告訴我們，這座佔地二十餘畝，建築精美，中西合璧，又氣派軒昂的庭院之所以還能歷經戰火和坎坷留存至今，說來也算是它的造化。此宅興建歷時五年，完工於上世紀二十年代末三十年代初。

然而，吳氏全家在此豪宅中還沒享夠三五年的福呢，就因戰亂，棄屋而去，舉家搬到上海的租界裡住去了。但豪宅畢竟是豪宅，就像是個貌美如仙的女子，今朝可以是當今皇上的妃子，他日改朝換代了，她也可以被另一個強權霸佔為他的小妾。日寇佔領江陰後，吳氏故居成了日本蘇南駐軍的司令部；抗戰勝利後，它又變成了江陰要塞司令部，負責長江天塹的防務。一九四九年春季，渡江戰役打響的前夕，國軍的兩名將領就是在此屋的會議廳中被共產黨策反成功。當渡江木船萬箭齊發時，國軍的炮火其實是朝天空放的。從而免去了許多可能塗炭的生靈。就此意義而言，吳氏大宅又變成了一位抱琵出塞的美人王昭君了：犧牲一人，挽救全局。渡江戰役後的吳宅大院成了解放軍的司令部，隸屬於張愛萍將軍的野戰部隊在此駐紮。而一九四九年八月，中國人民海軍正式成立的宣佈令，也是在此大屋的議事廳中由張愛萍將軍本人親自宣讀的。自此，該屋便一直屬於軍產。進入改革開放時代了，它十餘畝後花園中的樹木都被砍伐一空，繼爾又在空地上築起了兩幢十多層高的商品樓，出售牟利。至於老宅本身，既做過駐軍家屬的院舍，也被當作加工廠來使用。直到二零零四年年中，才由當地政府以高昂的代價將之從駐澄（「澄」為江陰的簡稱）部隊的手中置換了下來，並斥钜資將她繕修一新，復舊了原觀。於是，王昭君又變回了一個世紀前的美貌如仙的王昭君了。

自那次從江陰回來之後，我的心情就始終無法平靜下來。因為當我在吳氏故居的庭院裡漫步而過時，我想像着八十年前在這同一方土地上我的祖輩和父輩們留下的腳印復疊腳印，就感覺有一股緩緩的地氣由我的腳心沁入，然後直升腦門。而我要將我祖父的遺墨發表、出版、公佈於眾的決心，也從來沒有像現在那樣強烈和堅定過。我走訪了一些我熟識的出版機構，幾經商討和斟酌，終於決定先由新疆人民出版社出版一冊他的章草書法字帖。作出如此決定後的第一個晚上，我便作夢了。我夢見父親和祖父併肩站在了那兒（祖父還是瓷像上的那副模樣：棉袍，結頂瓜皮帽，削瘦的臉龐和高凸的顴骨），他倆一同望着我，寬慰地笑了。

2007 年 7 月 31 日

於 HK

悼母篇

僅在十天前，我還在打算着在母親出院之際寫一篇「救母記」，記錄下高齡的母親如何又在鬼門關前徘徊了一圈後，再度回到我身邊來的種種驚險。但這一次沒成，母親她走了，真正的永遠地，走了！母親停息的那一刻，我舉目望去，因為據說，此一刻的亡靈是漂浮於其軀體之上的。然而，除了木訥的天花板外，我什麼也見不着。但我知道，您一定是在那裡望着我，媽媽，只是那個有血有肉有呼吸有靈魂的，與我共同生活了六十個年頭的慈愛的您卻永久在我的眼前消失了！我感到自己的心臟有一種被尖刀刺入般的劇痛……

十歲那年，我大病一場。四十剛出頭的您，當時還很年輕。父親因故失業在家。家庭單位，兒子丈夫，屋裡屋外，都是您一個人在操辦，在忙乎，在承受着沉重的生活的擔子，無怨無悔。您扮出一臉笑容，向着扁擔兩頭的兩個男人說道，沒關係的，我能扛得住；也別擔心，我們家一定會有光明的未來……二十歲那年，是文革最瘋狂的年代。父親已去了香港謀生。我被打成「反動學生」，遭審查。您從家中扛來了鋪蓋，住到了隔離室外邊的走廊裡。您告訴造反派們說，你們不放了我的兒子，我就一輩子睡在這裡！後來，他們不得不把我釋放了。三十歲那年，中國社會全面改革開放。我也結了婚，繼而更去了香港定居。您對我說，還是你先走吧，先去到那片自由的土地上與你爸團聚，讓我來殿後……四十歲那年，我已是兩個孩子的父親了。在我們香港半山的住宅裡，您坐在大客廳的一隅，傾聽您的孫女練習鋼琴。窗外，山巒滴翠海景壯麗，您的臉上流溢着寬慰的笑。而笑容之中又包含了一絲遺憾。您說，可惜你爸走早了，他見不到這一切……我五十歲的那年，您跌斷了腿，而醫院又拒收。我抱着八十八歲高齡的您，哭了。我說，媽，我怕，怕失去您呀！但您要我堅強，要我鎮定。您說，別怕，孩子，媽至少還能多陪你十年。果然，不出兩個月，您又能拄着拐杖下地了。但六十歲那年，也就是這一回，您真的撇下我，獨自去了，讓我的淚瞳在這片灰白的天花板上久久地尋找您靈魂的蹤跡，卻一無所獲。

於我，這似乎不是一場永遠也不肯醒來的夢。這些日子以來，每當我在夜間驚悸而醒，出現在腦海中的第一個問號便是：這是真的嗎？於是，我便將那些已經歷了的細節再細細地回想一遍。我痛苦地告訴自己說：是的，是真的。你，你從此就沒媽了哇！以前，每一回，當我在香港處理完事情搭晚班機回滬時，都歸心如箭。我一路上都在想像着您躺在牀上或坐在藤圈椅中，盼待我回到您身邊來時的神情與心情。但如今，我再到哪裡去找您呢，媽媽？都六十歲了，想不到自己竟變成了一個無家可歸的孤兒了！人，是不能沒有母親的，童年、少年時代如此；長大成人了，即使自己都老了，也一樣。母親永遠是一幅遮擋在你頭頂上的瓦簷。哪一天突然倒塌，你才發現：自己已真正暴露在了人世間無情的風雨之中了。

我因而又記起了英國女詩人 Eliot 的那首只有三行的短詩：你死了／把孤獨留給了我／直到我也死去。媽，您能理解您兒子我此一刻的心情嗎？我的心掏空了，我生命的一半似乎已隨您而去。那次，我噙着淚叫喚您，當您的呼吸與脈搏都已停頓，只留下心區間還有那麼丁點兒微弱的跳動；當醫生說，您的瞳孔已經放大，死亡其實已經降臨到您的身上時，我呼喚您，在您的耳旁輕輕地呼喚您。我說，媽，兒子在您的身邊呢。您突然就微微地睜開眼來了。我再說，神與天使都在我們的周圍，假如您一定得走，您就安心的走吧。而您，您竟然點了點頭！——這是您留在人世間最後的動作與表情。您說不出話來，但我知道，您掛心的是我啊！您捨得這塵世間的一切，就捨不得我。而我呢？我也可以放棄這塵世間的一切，就無法放棄您！但天命難違，再深，再刻骨銘心的血脈相連也都有被撕裂的一刻！人人都說，您活了九十七歲，也活夠本了。但，但這怎麼可以成為對我的告慰語呢？在我心中，您永遠停留在了童年時代的晨光中，替站立在小牀上的我穿衣的年紀上。您沒有老去；而我，我也不曾長大過啊！

現在，我正從喪母的巨大悲痛和恍惚中慢慢的蘇醒過來。因為我知道您希望我堅強——堅強地做人，堅強地面對生活。我只是想說，假如真有來世的話，讓我們再做一回母子，或者父女。別了，親愛的媽媽，直到我們在天國再聚時，別了。送了一程又一程哪，但在這扇門口前，您的兒子必須止步了。他望着您漸漸遠去的背影，失聲地喊道：「媽，您這一路上可要走好啊！……」

2008 年 1 月 14 日

母親過世第八天

童年的魚缸

最令童年時代的我有深刻記憶的是我家小庭院裡那兩口寬邊水缸；一缸栽荷花，一缸養金魚，兩缸併列而站。半個多世紀前的上海，生活遠不像今日這般喧騰，周圍彌漫着的是一種安逸怡靜的氣氛。小院裡還種有一棵石榴和一株夾竹桃，初夏時期，正是兩樹的開花季。火紅的石榴，雪白的夾竹桃花，相映成趣。五月的薰風吹來，樹枝搖曳，葉影婆娑，遮蔭在水缸之上，一派盎然的生機。

這兩缸水物都是我父親的最愛。每日工作之餘，他都會走出書房，來到庭院裡，他餵餵魚蟲，或對着含苞待放的睡荷凝視久久，臉上浮動着一種不可捉摸的尋思的神情。而我最喜歡的則是那條紅鯉，很有靈性。不等你人影向魚缸靠近，它便會浮上水面來，對着你吹泡泡，魚嘴巴一攏一合的。我扔下一塊麵包屑去，它迅速地叼了，一擺尾就潛入到水草濃密的深綠水底去了。

後來，那口魚缸逐漸變成了我的轄管領地。原因是：當時的我，雖遠未到達能對荷花這種水生植物的姿態與靈性產生出某種悟覺來的年紀，卻對水中的游物興趣頗大。每朝，母親從菜場回家，我都要檢查她的菜籃子，看看有沒有生魚活蝦之類的能讓我「放生」到我的魚缸裡去？年紀小小的我，竟捨不得讓一條還可能獲救的生命遭遺棄。日復一日，魚缸裡便變得越來越熱鬧起來：除了紅鯉還有褐鰭，除了褐鰭還有大大小小沿缸壁爬行的田螺。除了紅鯉褐鰭田螺，還有通體透明的河蝦。河蝦通常都很靈敏，一有動靜，就拱起個蝦尾，「騰」地彈游出老遠。但最逗人喜愛的還是那隻六角背盤的綠毛小龜，老喜歡趴在缸中的假山石上曬太陽。有時也潛入水中，四肢悠悠地划着水，憨態可掬。

曾經有一個時期，那隻魚缸是我所有童趣的寄託處。每日上課前和放學後，我都要在魚缸邊上擺弄許久。我欣賞着那些被我救回了的小小生命們如何和諧地生活在這方水的天地裡，心中蕩漾着一股說不出來的快活和舒坦。

但後來，災禍便來了。說起來，還是我惹的禍。

初夏的一天，我從母親的菜籃子裡發現了一隻小龍蝦。它長有一副赤紅的鎧甲外殼，軟體的腹腔下方蠕動着一排白嫩的鬚足。雖被擱在了竹籃的最底層，但當我將它從玉米棒子的重壓下解放出來時，它便立即高舉着兩支鉗夾，鬥志昂揚地在地板上拱爬了起來。如此一隻生龍活虎的水族動物，我見了自然心生喜歡，並立馬將其「收編」，進而更放養進了我的那口魚缸中去。

之後的一個星期，因為期末考試的緣故，我沒去魚缸看過。待我再度站立在那兒時，我發現形勢全變了：張嘴吹泡的紅鯉不再浮上水面來迎接我了，缸壁上也不見有一隻田螺，還有拱尾彈水的河蝦以及那隻六角背的小烏龜，一律不見了影蹤。孤零零的假山石上只剩下那隻紅鎧龍蝦，高高地昂着頭，雙鉗伸向天空，似乎還在索求些什麼。

我急了，一把將水草撈了起來，就發現草葉上還沾着些許金魚鱗片。我趕忙取來了一隻小水泵，將水都泵乾了。但我發現，青苔滑膩的缸底只剩下了一堆田螺的螺殼。我突然便明白是怎麼回事了，我哭着跑去了父親的書房，向他訴說了事件的原委。

父親聽罷也很難過，他長嘆了一口氣，道：所以說，惡人是萬萬憐憫不得的！不要多，有時，一個惡霸便足以殺戮一缸生命，毀滅一個和諧世界啊！他的話對於那個年紀的我來說似乎深奧了些，但這，正是成年後的我所體念到的某條很重要的生活真理。

我憤怒極了，轉身跑出書房，跑回了院子裡去。我將那隻肇事的惡龍蝦捉了上來，將它丟在了花園的泥地上。我怒火中燒，找了一塊磚頭，一揮臂，就將它的頭顱砸了一個稀巴爛。這是我第一次，也是唯一一次親手殺死一條水中生命。我要「替天行道」，為我的那些無辜的朋友們：紅鯉、褐鰭、田螺、河蝦們報仇雪恨！

自此之後，那隻魚缸便告空置，父親和我都不再有那份養魚的閑興了。但有一天，我突然又見回那隻已失散多時的綠毛小龜了。原來它已逃逸到了另一個世界——荷花缸裡生活去了。當我見到它時，它仍像以往一樣，趴在荷缸的假山石上曬太陽。而我，在一個意想不到的場合見回一位劫後餘生的老朋友，竟然高興的眼眶都有點濕潤了。後來，待我再仔細觀察時，更驚奇的發現：不知從何時起，已有不少針尖般大小的魚苗在荷枝荷根叢中竄動了起來。或許對於那隻小烏龜來說，這裡便是它的「桃花源」，它將與小魚苗們和諧共處，重新開始它新的生活。我祝福它！

2008年3月

重返香江

離港已有三年零六個月的我重新踏上香江的土地，一切顯得陌生又親切；似曾相識，但彷彿只是相識在夢中。叫我怎麼來形容呢？如果說，人真有來世的話，你能想像一個在此生突然回到了前生中曾生活過多年的某處時的人的精神觸擊嗎？踏上赤鱲角機場通道時的我的第一感覺只能以如此狀態來形容。

自一九七八年赴港定居到二零零八年倏然離港，期間整整三十年，英治時代十九年，十一年港人治港，香港像一個脫胎換骨了的嬰兒，「哇哇」地啼哭着，重出胎門，開始了她的新的人生循環。所有這一切，我都是個親歷和親證者；而我自己，也於期間完成了一個壯年男子應該完成的他的那番人生事業。唯在此一刻，香江突然成了一位冷眼的旁觀者，見證着我如何出走，三年後又如何夢遊者似的回歸。赤鱲角機場外驕陽如火，人流如梭，而我竟站在這火辣辣的陽光下，傻了。我眶含熱淚，不辨東西南北。我在一棵洋紫荊的樹壇旁跪了下來，吻着那片帶泥腥味的土地，舒心暢懷地讓淚水決了一回堤。

「您沒事吧？老伯——」，一位年約十四五歲中學生模樣的大男孩站在我身旁問道，他正準備伸出手來將我扶起。「沒事！沒事！『幾回夢裡回香江，雙手摟定太平山』……」我竟脫口而出了紅色詩人賀敬之「回延安」裡的那行名句。這詩是我在五十年前必背的課文之一，那時，我在上海唸初中。稚氣未脫的大男孩冲着我的臉，笑了，說：「您在說什麼呢？老伯——」

Part Two

回去我曾工作生活了近三十年的太古城區，那是在兩天後的事了。這是個金碧輝煌的黃昏。我沿着鰂魚涌公園的傍海長堤向西緩行。周圍很靜，行人稀少，只有海浪撞擊在花崗岩石上的「啪啪」的節奏聲。夕陽漸漸地沉落下去了，刺眼的光線變得柔和，而中西環傍海的巨廈剪影般地浮動在金波粼粼的海面上，壯觀而神奇。其實，這幅場景，我只是太熟悉了：三十年中，我總是在這裡散步，同一個朝向，同一種步姿，同一副若有所思，若有所失，而又恍有所悟的神情。而我的兩部長篇，十部中篇，三千首詩歌以及近百萬字數的散文、隨筆也都是在這般情景的踱步、孕育和構思中完成的。我多麼盼望自己能回到二十五年，不，哪怕是十五年，甚至只是五年前的那些燦爛黃昏的時光中去啊！儘管會有各種生存的、家庭的、健康的理由來煩惱、困惑和折磨你，但只要每天都能有新的靈感，新的思路，新的到達，新的誕生，便是對我生命的最大的補償了。其他的一切，我都可以不在乎，可以忍受。從這層意義上來說，那時的自己才是這個世間最幸運最滿足最快活的自己呢！

一個中年模樣的男人正朝我迎面走來，夕暉的逆照中，他的臉藏匿在一團曖昧的眩暈裡。當他與我擦肩而過時，我驀地回過了頭去：那人的背影，那人的衣着，那人的步姿……那人不就是二十年前的我自己嗎？我被我自己的發現嚇壞了。但我記起了影片 Conversations with God（《與神的對話》）中的那位牧師。在一切災難都過去後的某個冷雨夜，他突然遇見了做流浪漢時的自己，那時的他折斷了頸椎，喪失了工作能力，而且被房東趕出了屋門，正蕭瑟蜷縮在一盞悽惶的街燈下。過去的他與現在的他互相凝視着對方，無言。而他，便立即理解了上帝——實際上，也是生命的——全部暗示意義了。

另一個叫我懷念無限的人是我那年邁的母親。從前的她老喜歡一個人拄着拐杖，蹣跚着溜達出來，坐到公園的長椅上，凝視着前方的海面，出神。故，每回離港出差時，我總會去濱海堤廊去找她。摟一摟她，親一親她，同時說一聲「再見」。而神情木訥、呆滯的她重複的總是那同一句話：「一個人在外要小心啊——早點回家！」此刻，一排排空椅如常，但母親呢？叮嚀呢？木訥和呆滯的表情呢？

其實，這次我忽忽回港來走一遭，是因為我的回鄉證和特區護照都同時到期了的緣故。但想不到的是：科技的高速發展已將我們這一代人（尤其是我）遠遠拋棄在了時代的軌跡之外。如今，香港移民局外擺放的是一台台電腦自助機：換證繁複的驗核、照相、確認和付款手續，必須由換證人自行操作來完成。每座機器前都排着長長的隊列，衣着趨時青年人群嘻嘻哈哈地談笑着，等待着隊列的緩緩縮短。我注意到：像我這樣年歲的人換證無非兩種選擇：一是由子女陪同一起站在機前輪候；二是第二天一早七點前，來到移民局門口前排隊取籌，然後再依指定的時間與地點付托於人工作業。唯此兩點於我都不能為，因為我在港逗留的時間極有限。我急了，蹦跑出大門外。正是下班時分，兩岸棕櫚聳拔的軒尼詩道上，人頭攢動，車流湍急，我一下子茫然無措了。

我見到身邊走來一對青年情侶，約莫二十上下。我一個箭步走上前去，生平第一次，我向一對陌生路人開口求教了。我介紹過自己的困境後，說：「你倆能幫幫我嗎？」那女孩望望男孩，男孩望望女孩，罷了，兩人都樂意地點了頭！接下來的過程是：他們陪同我輪候了半小時，又替我在機屏前操作了半小時，一個小時後，大功告成。面對兩位朝氣勃勃的青年人，我的心中盛滿了感激和感動。我說，我無以相報，就給你倆各五百元，作為你們一小時的勞務報酬吧！誰知他倆一聽，臉便漲紅了，齊齊朝我擺手，說，這怎麼行吶？幫助您是我們自願的啊。再說了，也當作是我倆今晚上「啪拖」時做的一樁好事吧。邊說，兩張臉便一起天真無邪地笑了。我理解他們此刻的心情，太理解了。因為，假如換成了青年時代的我，我也會這麼做，這麼想的。我伸出手來，撫摸着那位女孩絲帛般的長髮，我說：「Tina，你的英文名叫 Tina 吧？……」女孩愕然，問道：「您為什麼認定我會叫 Tina 的呢？」「因為」我說，「我的小女兒叫 Tina，她與你的年齡相仿。」原來如此！兩張臉豁然開朗了。女孩說：「昨天是父親節，您一定收到女兒送您的禮物了吧？因為，因為我也剛送禮給我的老爸……」我的熱淚奪眶而出，我說：「是的，應該是的。但，不是……」

我們在灣仔軒尼詩道地鐵口的自動扶梯前揮手作別，而我記住了那兩張萍水相逢的年輕的臉龐，深刻地，永久地記住了。兩天後，當我深陷在回滬的機座裡打盹時，它們又依稀迴旋在了我短暫的夢境裡了，我發現自己正朝着站立在自動扶梯梯階上的他倆漸行漸下的背影，高聲地呼喊了起來：「Tina，回來吧，Daddy 真的好想好想你喔！……」

2011 年 6 月 26 日

由港返滬後次日

居高聲自遠

——建業其人其字其畫

與建業兄相識於三年前，在一個普通到不能再普通的街邊場合——北京東三環的某個車水馬龍、小販嘈雜的住宅社區的進口處（這叫我記起了他「無為」與「布衣」的字號），通過了一些品行並也不太高潔的友人圈的介紹和引見（而這又令我領悟到為什麼他老偏愛讓蓮，這麼一種出污泥而不染的植物形象，顯示在他畫境中的原因）。起初，我並沒把與建業結識太當回事。緣故有二：一是我天生弱勢的社交能力；二是面對字畫作品，我是個技巧與鑒賞上的徹底外行，我只能憑着一個作家與詩者的直覺來感受一下它們所謂的「衝擊力」。而這，畢竟是件玄事兒，不能作數，更妄論下什麼評語了。

那些年，由於健康上的原因，我常去北京易地療養兼散心。而每次見到建業，都令他的形象在我記憶的畫布上添多了一層色彩：點綴在一桌高談闊論，舉杯喧嘩的賓客間，他坐姿端正，既少動口也少動筷，卻老讓一種憨厚的微笑保持在臉上。然而，他的睿智卻是在他偶閃一過的眼神之中透露出來的。這是當他聽到了某句妙語或某段奧論時，他才會用他那濃重的魯中口音開腔插話，語不多，但言簡意賅。藉着一個作家對人事的敏感，我知道，坐在我對面的那位寡言而又憨厚的中年藝術家決非一等閒之輩。後來，我倆的往來漸告頻密。當然，一個留京城一個住滬地，再頻密也頻密不到哪裡去，只是通通電話，發發短訊，或互贈幾冊出版物而已。但，這已足夠，所謂「君子之交淡如水」，這既默契他的畫意，也合拍我的詩境，倆人遂成了一對神交甚密的好友。

建業的作品，最令我印象深刻處，是那寓於其中的若隐若現的禪意。他運筆淡泊，線條簡練，畫如其人。寡言，於是便成了他體悟人生的最佳表達方式了。日前，收到他一冊字畫近作的印集，喜品之餘，忍不住就產生了要對其中的某些內容一抒淺識的衝動。一幅工筆一幅寫意，而工筆之中含蓄了寫意，寫意之中又包容了工筆。故，所謂工筆寫意之分只能是指作品總體風格而言。而我之藝觀的認定從來便是：對於什麼究竟是什麼，什麼一定是什麼，什麼原來是什麼，什麼應該是什麼的追問沒有意義；這只能是一種小家子的排異之見，凡大氣的藝術必然是有容乃大的藝術。而這種藝術的擴容，必定又是在自然而然互滲互補之中完成的，沒有，也不可能有，人為的痕跡。那幅工筆畫的題名是：參禪（如此直白點題，我似乎有些保留：既然是「參」了，那又何必點破？）。一片荷塘朦朧的背景之下，浮游着一隻工筆寫生十分精緻的禽鴨。全篇佈局渾然天成，經淺入深，由遠而近，自高及低，最後讓人定睛在了那隻游動的亮點上。教人恍然有了某種「春江水暖鴨先知」的領悟。另一幅叫做「居高聲自遠」的潑墨芭蕉大寫意則顯示出了另番情趣。我激賞他的那幾揮墨色濃重、層次豐沛的瀟灑手筆，讓人依稀感受到了某位國畫大師雛形期的風采。一頁重彩濃墨芭蕉葉的頂端，躲藏着一隻纖毫畢露的小蟬兒，而蟬聲高亢，幻聽之聲奪紙而出。其實，該畫的畫名正是拙文所借用的題名。我第一次的用題為「居高聲遠」，因為對於一篇文本來說，題名愈簡愈佳。

但當我二次復閱時，我還是將「自」——道法自然的「自」——字補了回去。何故？因為追（名）逐（利）無益亦無用，「自」中「自」有其至高境界。再說了，「蟬」字音「禪」，一音兩讀，一語雙關，在省卻了「禪」字的表白中，禪意反倒被凸顯了出來。而這，不正好說明禪境為何物了嗎？不着一字抵萬卷，無言深處奧義明。這，正是我喜愛此畫的最大原因所在。我以為，此畫或可被視為該畫家於此一探藝階段中的代表作之一。

建業的書法亦頗具特色和風格，古雅醇厚，墨香撲鼻。面之，叫人有一種淺嘗一口成年香雪後，齒頰留香之感。在他一幅「春藤」的插頁畫上，他用四行行草題道：天龍跋地起／清香伴紫雲／自知乾坤大／堅勁不戀春。這不正是藝術家本人人格與性情的最好寫照嗎？

其實，至今為止的建業的作品中或多或少已蘊含了某些可以傳世的元素。若干年後，我們因而有理由期盼一位嶄新的藝苑大師橫空出世，預祝你成功，建業兄！

2011 年 12 月 31 日

於滬上

Part Two

文學，家庭與我

六十五年前的我出生在上海虹口區的一幢三層的日式小洋樓裡。門前一條河，臨河一條街。河是蘇州河的一條支流，溯源而上，你能抵達這個城市遙遠的另一端。街與河在不遠處即告分叉，而這條樹蔭滿地、行人稀少的街道的終點，是東上海的一片著名的公園。那是半個多世紀前，一幅上海風情畫的速寫版。

虹口，這個舊時的日租界，雖不及蘇州河對岸英法租界的奢華與色彩，卻是滬上一大批文人學者們的集居地，其緣故除了環境幽靜外，這裡還座落了好幾所著名的高等學府。而出身於蘇南書香門第，上世紀三十年代中葉畢業於復旦的父親便在其中的一所大學執教經濟學。在我童年的記憶裡，正如我在某文篇中描寫過的那樣，「每天早晨，他（父親）總是一支粗雪茄，一杯『阿華田』，一片三文治地打發完了早餐，然後坐着人力車上班去。晚上回家，牛皮的公事包裡塞滿了鼓鼓囊囊的講稿。」父親清臞，冷峻，嚴厲。但有時也親切，慈祥，耐心得讓童年時代的我對他產生出十二分的敬意和安全感來。母親也是一位受過高等教育的女性（她是大夏大學——今「華東師大」——教育行政系一九三九屆的畢業生），卻遵循了那個時代的傳統價值觀，留在了家中相夫教子。我是父母的獨生子，她對我呵護備至，又誨導不倦，令我感到缺少了母親的生活似乎不再叫生活。即使到了五六十年後，她已是個九十多歲的老人了，我的這種童年記憶仍不肯褪色，我知道，這裡隱藏有一種輕度的「戀母情結」。

父親的書房設在日式住宅的第三層：一盞湖綠罩的枱燈；一潭書寫毛筆文書與信函時使用的筆墨缸硯；一支帶帽的蘸水粗鋒鋼筆，斜插在「英雄」牌墨水立瓶的頂端。轉轉悠悠——父親寫英文從不用打字機，而是一手漂亮的花式手寫體。所有這些，連同宅門前的那條河流與街道，都是我日後創作、記憶回眸時，一幅幅場景的再現。但無論如何，父親比他的同事和學人們都要幸運，他在上世紀六十年代初去了香港。當他的同事們都在那場「史無前例」的整肅運動中幾遭滅頂之災時，他已在另一個自由的天地裡從事另類謀生行業了。而當母親和我與他在香港團聚時，那已是十六年後的一九七八年春，文革已告結束。

我的第一次創作洪峰於上世紀八十年代初湧到。當時的我已年屆壯年，娶妻生女，完全生活在了另一類異質文化的土壤中。童年的歲月，在回憶的甜蜜中遂發酵成了一種不可自制的創作衝動。七八年流逝過去了，在照顧家族生意的同時，我寫下了近二百萬字的各類文體：小說，詩歌，散文，隨筆和譯著。我將這個階段的創作稱作為「上海人」時期，不僅因為長篇小說《上海人》是我那個時期的代表作品，它還包含了自異地反觀故鄉，從中年回首少年時的那種無從言達的情緒與感慨。

我的第二次創作高潮於一九九六年前後來到。一基於香港回歸而激發的種種感觸之漩渦效應；二因了中國內地的生存觀和價值觀遭徹底顛覆後的衝擊強度；三是家庭裂變，迫使我要在物質與精神、妥協與理想、親情與孤獨間作出抉擇。我都選擇了後者。我失去很多，但我獲得的或者更多：《長夜半生》以及一百五十萬字的另一批文學品種，即是對我之堅守的最佳回報了。

我還能否有第三輪的創作峰潮？何時來到？如何來到？這是上帝的機密，他是不會讓人預知時至的。虔誠了四十年的基督教徒，前幾年的一次偶然機緣，讓我接觸到了佛學的博大精深，而我竟一迷而無法自拔了。所謂「一歷耳根，永為道種」，是宿世的佛緣呢，還是今世的啟悟？反正，如有晚作的話，滲融進各種宗教的元素看來必不可免——讓時間來見證。

2012年11月9日
上海寓所

亦師亦友金海兄

與唐金海、張曉雲教授夫婦相識、相交、相知、相惜三十餘載。其間之記憶源遠流長，延綿不絕；卻又環環相扣，息息攸關，遂構成了我這一趟人生旅程中的一塊塊閃亮而又動人的友誼切面，情操片羽：清澈、淡泊，復現真誠、豐富。年近古稀的我，每每於夜深人靜，獨處一隅重閱時，都會情不能禁地撫案垂眸，兀自感慨和激動一番，繼而拜託漠然的晚風悄然帶去我的遙祝：遙祝遠在大洋彼岸生活的唐氏夫婦體健神奕，學術與藝術的成就碩果纍纍，精品疊現！

我有幸結識唐教授夫婦是在一九八八年前後。彼時，唐先生已儼然是一位中國頂尖學術府第—復旦大學中文系教授現當代中國文學的副教授了。在當時那個「教授」和「博導」之頭銜，還未來得及在神州大地氾濫成災的年代裡，如此學術地位已足以讓凡輩俗子如我者高山仰止，不勝敬慕的了。當時，我的長篇小說《上海人》和上千首詩歌的創作已經完成，並也已陸續出版了幾本冊集。承蒙唐教授的錯愛與謬抬，遂與我結為知己，開始了長長的友情歷程。而與唐兄之相交往，也正是我常願撇下港地的生意活計，時時回來滬居小住數日乃至數星期的重要動力之一。

唐教授夫婦搬過幾回家，一回更比一回寬敞、堂皇。然而，最令我無法摒出記憶之外去的，還是他們的那套凉城社區的復旦教師樓。三室一廳的住所位於房屋的底層，光線雖晦暗了些，但其家中暖意融融，充盈着親情的溫馨和書卷氣的清雅。唐教授常約我去他家小酌，略顯窄仄的小客廳裡懸掛着唐兄的恩師、朱東潤前輩的書法捲軸：咬定青山不放鬆／管爾東西南北風。女主人張曉雲教授（她在「上大」教書）則忙碌於廚房和客飯廳之間，煮出了一道道拿手的上海小菜來，讓我這個常年浸泡於粵式文化中的申城遊子感到了一種歸鄉的温暖。夜深了，我要告辭回去我的那個位於靜安市區的家中了。唐教授送我到社區的大鐵門前，餘興未盡。兩人還會站在那裡，聊多會兒。有時是深秋的落葉季，有時則北風凜冽，刺骨沁肌，而前方兩座煤氣塔罐的巨大身影，襯托在黝黯的天穹的背景之上，顯得有些森森然。但我倆心心相印，胸中暖呼呼的，友情的爐火燒得正旺。

常聽說唐氏夫婦有兩位千金，都很優秀，其後又都赴美深造，事業有成。但我見到她倆，在我驀然回首的記憶裡，也僅得一回，似乎也是在他家涼城社區的住所裡。那時節，她倆正埋頭於出國前各項準備事宜的忙碌中，一見之下的印象果不其然：大女兒端莊含婀娜，像母；小女兒活潑兼靈動，似父。夫婦兩人各擇其一精華而得之，我笑與唐教授曰：如此「作品」，乃不失造物主的公平、公正和公允耳！

涼城社區唐氏家中的記憶片段還有兩樁，歷久彌新，至今深刻難忘。一是著名作家戴厚英離世訊息之得聞，二是金海兄的書法作品第一次全面展現於我眼前的那個秋日的午後。

戴厚英的住所也在涼城社區，與唐家僅是兩條花草小徑之隔。戴與張老師是好友，又與唐教授是同事。故有事沒事都會上他們家去坐坐，敘個閑。我雖也常去唐家，但卻從未在那裡見過她，我見到戴作家僅得一回，那是在香港作家聯誼會的聚餐會上。戴厚英給我的印象是：短小精幹，思路敏捷。戴寫過多部作品，唯我以為，以她那部一氣呵成於上世紀八十年代中期的《人啊，人》最是其創作生涯的巔峰之作，也兼為同一時期「傷痕文學」中的佼佼者。因它真正觸及到了人性深處某些蠢蠢欲動的隱秘情結故。與其他僅是「洩憤」或「講故事」的，顯然不能同日而語。故此，戴厚英，暫毋論其「文革」中表現之褒貶，總還是我心目中的巾幗楷模。那一次，我去到唐家。一進門，張老師就告知了我那樁令我，不僅令我，而且也是舉世震驚的血腥慘案。如此一位才女就這樣殞沒了，不能不叫人扼腕唏噓！張老師說，她在遇害前不久，其實還來過唐家，說她剛完成了一部名曰「腦裂」的長篇。張老師聽了，當場就有點兒發怵，說書名好起不起，為啥弄這麼個血腥味很重的呢？要知道，作家們寫長篇，往往都會與其命運軌跡有着某種詭異之暗聯的，諸如《歐根奧涅金》之於普希金，《馬丁伊登》之於傑克倫敦，乃至於《安娜》之於托爾斯泰，等等。然而，此乃冥冥中事，故也超出了人類的感知、認知以及預知的範圍，可見人生無常啊！張老師感慨無限地說完此事後，眾人寂然，而後，善良的張老師不禁為其好友的悲劇離世而潸然淚下了……

第二件事則是我認識了唐教授作為書法家的人生另一面。

那是上世紀九十年代之初的事了。我的小說《上海人》和詩集《吳正詩選》各一部，將同時在人民文學出版社出版，而策劃人正是唐金海教授。不僅策劃，他還為我之出版冊集各題了書名。詩集者更甚，三四百頁厚的集子之所以增光添彩，皆因其中插頁了唐兄的書法作品故。有隸體，有行草，有楷書。而最令我記憶深刻的是那一幅用一絲不苟的隸書小楷抄錄的：吳正小詩集萃。其隸體豐潤華滋，厚重而又古樸。一眼望去，字行排距，分佈井然，錯落有致；卻又自在灑脫，春華秋實。遂教我驚嘆稱絕，「謝謝」聲聲，呼之不迭也！

也是在那一回，我更有幸見識了唐兄更多的書法作品。就在他的那張臨小院而放的，墨硯筆耕的書桌枱上，宣紙鋪疊宣紙，長軸並列長軸，陳列滿了一桌。初秋金色的陽光自窗框間射入室內來，灑落在了他的那些時而猶勁虬騰，時而高厚古樸；時而奇峰深壑，時而莊重沉穩的字體之上，頓覺墨香陣陣，撲鼻而來；滌蕩心靈，滿屋生輝！

金海兄是一位四體皆能的大書家。篆、隸、楷、草，鐘鼎石鼓，魏碑晉刻，無不涉獵，且都還分別下過一番臨習之苦功夫的。日而久之，各類字格藝風，融會於胸中，遂自成為一體——姑且用「唐體」而稱之——說是「唐體」，可能會引來異議。唯我是個不理這也不理那之人。所謂「此體」「那體」，只是吾心目中的定位，表示出了一位藝術家有別於他者的風範與品味罷了，並無他意或另圖。再說了，「唐」字雙意，金海兄姓唐不說，唐亦復為我華夏文化文脈的統名和簡稱。故，思此及彼，均不無道理。

新世紀伊始，金海夫婦退休。之後赴美與愛女同住，與我之往來遂告減少。唯其出版之書法帖集，每每都有饋贈。欣賞之餘，我復驚喜地發現，唐兄的藝術功力更臻完善。這一時期內的最大變異乃作為一位優秀的學人，以其深厚的學術底蘊對其書法作品作出的一種「潤土細無聲」的滲透與浸淫。正如他自書道：我手寫我心，那般。橫豎撇捺間，透露出的是一種只可意會不可言傳的儒風，士骨，禪意和道心。如此渾圓殊境，實乃當今書界之罕況也。

金海兄又是一位低調而又謙遜的學者。本人的書法成就展以及研討會直到年近傘壽才得以舉行。之前，他則將他的全部時間與精力都傾注在了他的工作上——中國現當代文學與作家的研究。這是一項為他人作嫁衣裳的事業，但他努力而勤懇，認真更敬業，且一樣的成就卓著。其藝格、文格及人格的高度統一，與當今文壇藝圈學界的爭名逐利、排異抬己的浮誇之風相映襯，更顯示了一種荷尖出水面之時的高潔與挺拔。及此，我再次記起了朱老贈與唐兄的那兩行詩句來：咬定青山不放鬆，管爾東西南北風。

難道這不是他人生與事業的最佳寫照嗎？

2017年12月12日

於上海寓所

鈺泉與我這些年

當我提起這支沉重的筆來書寫你的名字時，你從天堂俯瞰而下的目光能見到這一切嗎？突聞此噩耗的痛苦真是太大太長久了。但最終，我還是釋懷了，你臨終時的瑞相告訴我，此刻，你已去了哪兒？

第44期《悅讀》雜誌剛剛送達我的手中，之上，仍印有主編褚鈺泉的字樣。我拿着它，感覺溫暖。溫暖就如這些年來我曾無數次的握着你的那雙柔軟而寬厚的手掌一般。

所謂人生祈求的五福：長壽、富貴、康寧、好德以及善終，佛學告訴我們，唯末後那項最為難得，亦最可貴。這是一扇透光的窗口，洩露出了亡者命終後的去蹤。有人臥牀十數年，煎熬折騰；有人貪贓枉法，鋃鐺入獄，死於驚恐中。但也有人瀟脫而去，就像卸下一件外套般地自在輕鬆——褚兄，你便屬於後者。不錯，此舉會令未亡人悲痛欲絕，彼等只是不太明瞭佛法所宣說的宇宙真相故，明者，皆悉知箇中之奧妙也！

我相識褚兄於三十多年前，其剛任職《文匯讀書週報》後不久。第一次閱及此報，我隨即便喜愛上了它。版幅上的那篇「阿昌逛書市」的滑體字小文，另配有一幅架鏡騎車者的漫畫像，據說，就是該報的主編褚鈺泉先生。日後晤面，瞧瞧倒真有幾分神似。自此，便起端了我與褚兄間的那段作者與編者、兄長兼摯友的長長的情誼歲月。

那時的我，很熱衷於在國內的報刊發些小文，其中就有相當一部分發表在了「週報」，以及日後褚兄主編的那本《悅讀》上。八十年代中後期，《文匯報》還在它圓明園路上的老大樓裡辦公。這是棟結構上佳的「租界」時代建築，九樓的那層闢為「小餐廳」，專供領導及諸版面的主編們「揹着手，踱進裡屋，要酒要菜，坐下來慢慢喝（借仿魯迅「孔乙已」之語義）」之處。而我每回自港返滬，那層樓倒也是我常去處。承蒙領導瞧得起，酒水菜餚招待，高談闊論之餘，常常喝得耳熱暢酣，不無樂趣。

褚兄是「週報」的主編，自然有去那裡用餐的「特權」。但你卻很少有在那兒見到他身影的機會。他的午餐習慣是去八樓的大食堂，與編輯們一起，端一盤飯菜，打一碗湯，忽忽吃完了，回辦公室看稿去。但有時，他也會到這裡來，兜個圈，問問何事找找誰。見我在，準會站下來，甚至拖把椅子過來坐下，與我聊上幾句。問曰：最近有寫東西嗎？答：有。又說，別老給「筆會」了，也分兩份給我們的那張小報嚒。我聞言，慌忙掩面擺手，做羞愧狀：「貴報能讓拙作面世，是作者我的莫大榮幸，褚兄千萬別這麼說，我擔當不起……」而假如你邀他索性坐定下來，喝杯啤酒什麼，再聊多會兒的話，他則會拒絕。他說，他沒時間，還得趕回去看大樣，諸如此類。背地裡，他則會向我暗示（他從不明示任何事），有稿子合用就用，大家聚在一塊兒，吃吃喝喝，聊長聊短的，沒益處，那種風氣也不好（八十年代末已說風氣不好，哪到了後來呢？到了現在呢？）——再說了，知人知面不知心哪！可見，褚兄的這種出污泥而不染的清高個性是與生俱來的，再五濁的世境也難以將其改造。而我，只是到了後來，才感受到了褚兄當年所說極是，惜為時已晚矣！

「週報」後來越辦越精彩，聲名鵲起，好評如潮。全國乃至全球，凡有華文讀者處，多有此報的流通。

再後來，一晃二十年，褚兄到點退崗，續而轉戰去了江西，重起爐灶，辦了那刊《悅讀》，再度將其修理得有聲有色，風生水起，內外聞名。期間，褚兄倒也常有來向我約稿，唯我已開始專注，繼而更迷戀上了小說創作，隨筆已很少涉獵，故未能遂其願。然而我卻向他推介了京城社科院的兆忠、建軍等若干優秀的思想型學者，並依其連帶，遂令《悅讀》的版面上出現了一批新面孔，呈示出一番新氣象。如此一支中生代精英旅的組建，我私下裡自詡也有點兒功不可沒的意思，我以此為欣，以此為慰，以此為悅，以此為榮——唯此等均屬後話了，打住，再往前說去。

時間流啊流的，就流到了世紀末。那場「亞金風暴」，來勢洶洶，席捲覆蓋處，整片東南亞東北亞，各國諸地，斷垣殘壁，哀鴻遍野。香港自然也不能倖免於外，而我家也沒能。期間，家庭關係巨變，昔日之温馨與恩愛，蕩然無存。我則罹患了嚴重的焦慮型抑鬱症，拖着條病身，每日還不得不去公司處理日常事務，且還找不到一個能與你分擔交流的對話者。世界於突然的一刻向我關上了所有的門窗——總算還留有一道縫隙。

我往上海打電話，以求緩解。其中，褚兄便是我乞援的對象之一。其實，我翻來覆去說的話也就是那一兩句，有時，一日竟要打五六次之多，短則十分八分鐘，長的要一兩個小時——我已全然無法顧及對方的感受了。然而褚兄卻永遠耐心地聽我訴說、勸我。他之勸語其實也同樣是那麼幾句，但，它們卻將我從死亡的邊緣線上給拖了回來。他說，在當時，其實，他自己也都給搞懵了，不知何故？何為？他將此事告知於妻子琳琳。琳琳說，她知道這種病，她的一個澳洲同學就曾得過，每天來的長途，幾乎要將手機都給打爆……她要褚兄一天二十四小時都將機子開着。「這是性命攸關的大事哪！」她說。此話，後來褚兄從替我瞧病的那位精神科周醫生處也同樣聽說。原來，善良的褚兄總盼望我能重圓破鏡，再續前緣，背地裡就去詢問了那醫生。

「使不得」，醫生直言告白其曰，「唯在老吳這樁病案上，萬萬使不得！……現在最大的期盼反而是，老吳能挺住，活下去。若然，將來總會有真相大白於天下的一日。但，這不容易……」褚兄明白了事態的嚴重，遂作罷。至於再具體說了點什麼，褚兄當然一直是守口如瓶。只是到了後來，有一回，也不知在什麼樣的上下文中，他突然笑道：「周醫生那時說了，褚先生，您能這樣做，真是功德無量哪！……」當然，那已在十多年之後了，屆時，我已回上海定居，病情也都基本稳定。

唯我之厄運並未因「亞金風暴」的過去而過去：二零零七年，與我相依為命了六十載寒暑的老母親摔了一跤，生命垂危。我日夜守候其左右，心焦如焚。稍見消停的焦慮症，遂又死灰復燃。見者無不搓手頓足，然又相助無門——用詞有了點兒小小的偏差：所謂「見者」，無他，其實也就是包括褚兄在內的一兩人而已。

年近歲末，在問明醫生說老母之病情暫稱稳定之際，利用空隙，我買了張十二月十八日離滬二十四日返回的雙程機票，打算先行處理些公司年終的事宜，而後再說。十二月二十二日，冬至晚。我正與一美國訪客行於街上談事，他的手機響了。他按下鍵來聽了聽，隨即遞給我，說是找我的電話。這如何可能？因為這不符合邏輯。我心頭一沉：壞了，出事了！出大事了！我接過電話，對方是大女兒的聲音，但我什麼也聽不清楚，耳中一片「嗡嗡」聲，只撿拾到了「……上海來電話……」這五個字。在旺角的西洋菜街上，我整個人幾乎癱軟倒地。我揮停了一輛的士，爬進車廂。

「許邊（去哪裡）？」

「許邊？——隨便許邊。」

「什麼？」司機掉過頭來，他以為我喝醉了，「先生，請你下車。」

我這才稍微清醒，道：「回家。」

「家係邊（家在哪兒）？」

「太古城。」

那人嘀咕着地掉轉頭去，車便開動了。

這是當年，發生在台前的我身上的那幕人生戲，幕後之事，我是在數年後的上海才知曉的。那個丁亥年的冬至日，時近傍晚。母親開始氣喘。初不以為事，但愈發嚴重。七點開始搶救，九點病危。家裡的那位專事照料母親的保姆急慌急懵了，她醫院家裡家裡醫院，奔上奔下奔下奔上（好在住院部就在我家對街，兩分鐘內即能步達），一小時內竟有好多回。她是去家中等電話，打電話。打去家中與公司的電話均無人接聽：公司已經下班，沒輒。唯她不曉，在香港，冬至是節假日，她們母女仨都出街外餐去了。而我又沒手機，手機留在了上海。她於是便想到了褚兄與老張，我那兩位碩果僅剩的好友。聞訊，他們都趕了來。但，但怎麼呢？他倆大眼瞪小眼，也都無計可施。就在此時，靈異之事發生了。九時半許，保姆再次跑回家時，一進屋，就發現有一張她從未見到過的小白紙片，擱在了餐桌的當中央，之上，用圓珠筆忽忽寫有一行很長的電話號碼。她也不假思索，隨即先撥了個香港區號（她與我在香港通電話時，常用此號），而後再將那個號碼撥了出去。而對方接聽電話之人竟然是我的大女兒！大女兒用結結巴巴的上海話對應着保姆口音濃重的浙東方言，但事情總能說明白的。接下來的問題是女兒如何才能找到我，她的那個沒有手機的父親呢？多少年後，當我與女兒們再度恢復往來時，她告訴我說，她突然就在她手機的儲存庫中發現了我的那個還帶點兒親沾點兒故的美國客人的家中電話，也不知是何時存進去的。她打去了那兒，手機便漫遊來了香港。於是，於是便出現了開頭的那一幕。

再說回上海，說回當時去。

載我的的士把我送回香港的家中。我用我六十歲的當父親的蒼老之聲，哽咽着，央求女兒們能陪陪我。我說我已經崩潰。但，沒成。而這，也是我最後一次回去香港的家中。我狂奔出大廈，奔進了香港漆黑的夜空裡，分不清東西南北。地處亞熱帶的香港，在那個寒冬的深夜，一樣是陰風沁骨，叫我渾身上下，哆嗦個不停。我回到了自己的那間小小的辦公室裡，我搬出了一大堆的聖器——耶蘇像、十字架、聖經、讚美詩集。那時的我，是個虔誠的基督徒，篤信了 Christianity 近四十餘年——攤滿一桌，而自己則跪在了地上，嘔心瀝血地祈禱了起來，腦海中則一片虛無與空白。突然，漆黑一片的虛空裡，出現了一道白光，光亮裡是那行數字：13162515006。這是個我銘刻於昔，銘記至今，並將永久銘記下去的電話號碼！時間是在二零零七年十二月二十二日深夜十一點四十五分左右。話綫的彼端傳來了褚兄的那把平穩、但略帶沉重與疲憊的聲音：

「喂——」

我說：「我……我……我我我」，但我「我」不出任何名堂來。

褚兄聽出是誰了，埋怨道：「怎麼到現在才……」但隨即掐滅了話頭，轉而言，「你先別急，千萬別急！……我就在你母親的牀邊，現在正搶救，我不斷在她的耳邊說着：你的兒子吳正正在趕回來的路上，伯母你要堅持住，吳正他正在趕回來……我一直在說，我想她能聽到……這樣吧，我把手機開着，移它到伯母的牀前，讓你可以聽清楚一切搶救的過程……」於是，電話筒裡便傳來了雜亂的吩咐聲、命令言、催促語：「心臟起博器」，「呼吸增壓機」「加大腎上腺素輸入量……加大……再加大！……」等等。但我不知道什麼是什麼？就聽得褚兄說，還有一件事，他不得不在現在就告訴我：「因你不在場故，我已代你在有關文件上簽了字……」我說：「哦。」當時我的聽覺、視覺已經是一片模糊，我不知自己身處何種時空：香港上海，陽間冥界，天堂地獄？

「喂，喂，你聽到我說話了嗎？喂喂……喂喂喂——！」這是褚兄的聲音，但這已似乎是到了下一個世紀的另一個時刻了。我說：

「……我，聽到了……」

「現在情況開始好轉……好轉了！心電圖有了曲線的波動！……」一下子，我清醒了過來，看了看錶，午夜十二時另八分，冬至夜剛過。

就這麼驚險與神奇！我是在凌晨二時，褚兄離院回家前與他通那最後一隻電話的。他說，伯母今晚已平穩入睡，你得趕緊回來！……明早趕第一班機……

我說：「是。」

我隨即掛斷電話，抓起了一件外套，奔出店門，喚了輛的士，直奔七十公里外的赤鱲角機場而去。我在機場的皮革座位裡蜷縮了數個小時，終於搭上了第一班飛往上海的「港龍」航機。七點十五分離港，十點半，我已站在了仍處於半昏迷半睡眠狀態中的母親的牀前了。

後來，褚兄才告訴我說：其實你在打電話時，伯母她已經走了。我只是不敢說，而醫生所做的，僅限於盡人事，好讓你在話筒中聽到他們是如何竭力搶救的全過程。或者說，他們想，這也不失為是另一種送終的方式？但你那執着、堅強的母親卻不肯，她硬是向閻羅王乞求多了兩週的壽數——而這兩週正是她此趟生命旅程中，肉體與精神遭受最痛苦折磨的兩週，但她心甘情願，一是為了能與你在這塵世間再相處多幾日，二是也可以讓你能盡多半個月的孝道。她以她痛苦的代價減緩了你可能會承受的永久的心理煎熬與悔疚。

「你母親愛你哪！」這是褚兄的結論。而我覺得褚兄所言恰如今日裡，最尖端的鐳射定向導彈，精確地命中了那個埋藏於我內心深處最隐秘的心理目標和感情痛點。

二零零八年一月六號清晨，九十六歲高齡的母親離世，大殮從簡。十一日入葬位於無錫近郊的公墓，我父親墳位的鄰穴。那日大雨滂沱，與公墓管理處聯繫停當後，我包了一輛計程車，往來於滬錫間。我手捧骨灰盒，一個人站在了醫院骨灰寄存處的大門口。九點正，在迷茫的雨絲中，我見到褚兄遠遠地向我走來，手捧一束馬蹄花。那束潔白的馬蹄花啊，別說當時我的淚水混合了雨水流淌了滿面滿頰，就於此刻，運筆頓處，我之淚滴也一樣撲簌簌地掉在了稿箋上。他用白馬蹄送走了我的母親，但我的那一束呢？我心痛如扎！我決定要在琳琳稍拾心情的第一時間，就去向她問清褚兄的安息處，我要將那同一片潔白獻於他的碑前。並告訴他，在他走後我的心情……

再將事情的經過說下去。

從來就是個無神論者的褚兄，此回竟然替我查了老皇曆，說是那一天正午十二點適值入葬的最佳時刻，這與我從香港公司打探來的情況完全一致。我說這一路下雨的，如何能有保障？褚說，如能最好，如不能，寧早勿遲。而這，亦與我之所知相吻。車在雨中急馳，臨近無錫時，雨勢更大更猛更密，都快接近「紅暴」級別了。看看手錶，時近十一點四十分，我心焦慮。但褚兄安慰我說：故妄聽之，毋妄信之……到「梅園」了，十一點四十五，離公墓咫尺之遙。偏於此時，的士司機還認錯路牌，繞了兩大圈，又回到了原來的公路上。

褚兄瞭解我的心情，將一隻手按在了我的肩膀上，道：稍安毋躁，一直一拐，莫非前定。遲了些就遲了些，心到便是了……十一點五十二分，車至山腳下，我跨出車廂前，雨勢驟然減弱。我捧着骨灰盒，沒了命似的直奔山顛而去。五六十級台階，竟在我的腳下二分鐘就跑完了。就見兩位着雨披的杵作工正收了鏟子，準備下山。見我跑上來，便說，剛才雨勢如此之大，想必入葬也無可能，再說冥錢也燒不成……正說時，雨停了。說時遲那時快，我飛快地除去外套，脫下了那件貼身的棉毛衫，趴在地上，將空穴一抹乾浄，順便將內衣墊在了穴底——這叫暖穴——然後再將石盒恭敬安放於其上。我邊穿衣，工人們邊往裡填土，而此時，身材略顯肥胖的褚兄正由我的好友老張相扶，一路爬上山來了。泥土填平了，當那最後一鏟土蓋上時，我才想起了看錶。就當我之目光接觸到腕錶表面的那瞬間，時分兩針早已合並在了十二字上，而秒針也恰好於那一刻「嗒」地鑲入其位，遂定格成了三針合一之勢。我驚訝無比的轉過臉去，肩頭上，見到的恰好是褚兄的那張汗水加雨水的面孔。他滿臉盛開了一朵燦爛的笑容花：「是啊，我都說了，是怎麼的總是怎麼的，伯母她，有靈性……」

伯母倒真是有靈性，起步下山時，雨勢又開始大了，須臾，即作傾盆狀。而且比前更甚，大有要將剛才給擋住了的雨量全都給補上的意思。進入車廂了，人人都澇成了個「落湯雞」。褚兄與我坐後排，抹着一臉一身的雨水，他與我說：「好有佳遇，惡有歹報。蒼天在上，一切看得清楚而明白。」

我說，是啊，感激上蒼，也感激你，褚兄……

褚兄就是這麼一位長兄、良師、真朋、益友。君子禮謙，温潤坦蕩，誠信而守篤善，無私更添務實。活着時，他不願與人，也不願被他相助之人，說事太多。我尊重其願，多作沉默。現在，他走了，我和盤托出，也能讓人們知曉他為人處世之月亮背面的故事：而所說之事，自始至末，件件如珠，處處見璣，毫無虛飾、浮誇、之憾、之缺、之理也。褚兄在上，明我所言。且時至此刻，還有誰斗膽打妄語，寫虛構小說之類來褻瀆褚兄在天之靈耶？儘管說得都是美事、好事，然而一生誠實、嫉惡如仇的褚兄，是不會喜歡謊言的編造者的，這既是他做人的原則，也是他當編輯的原則。

綜上所述，均為鈺泉兄如何理事處世、待人接物的一面。而他，當更有他治學盡職的另一面。只是礙於篇幅過長故，再說，彼之辦報編刊的宗旨與盡責諸事跡，早已為人熟知樂道，評介稱許，故無需贅言。我只從我的角度，說點與我有關之事，以資佐證、再證以及深證。

那是在二零零三年的十一月份，我的第二部長篇《長夜半生》（繁體版名：《立交人生》），在我重度抑鬱症陰霾的籠罩下，以半當創作半為宣釋的景況之中完成了。那時的我，正處在一個天地混沌、穹壤不分的精神狀態裡。我寫了，但並不太清楚自己寫了些什麼和怎麼寫的。我活在了過往歲月夢影般的碎片裡。我將一厚疊稿件都寄去給了褚兄看，三天後，我接到了他的來電。他說他已閱完，感覺捧極了！「好書，好書——吳正，恭喜你！你突破了，也把路給走通了。你突破了傳統，也突破了你自己！」其言語之興奮，就像他無意中撿拾到了一件寶貝；或者說，這書不是我寫的，而是他自己寫出來的那般。又問，你還將稿件寄給誰看了？我說，上海文藝的先法兄——我想在他們那兒出書。他吟哦了一會，續而道：別再給多他人了。境外之事我不理，也理不着，我指的是國內，尤其在上海……我茫茫然地漫應着。那時節，我病得很重，所有的印象都不着邊際，猶若星球們漂浮在漆黑的太空裡。

三個月後，果不其然，因為種種緣故，我不得不從文藝社撤稿。事至此，該書的出版事宜，我都委託給了鈺泉兄接手操辦。他盡力而為之，詢問了若干處後，最終決定放在了雲南人民出版社出。該社的項萬和、李錦雯以及《大家》雜誌的諸編輯，都是從前褚兄在辦「週報」時的老朋友老關係。去昆明簽約的那一天，褚兄鄭重其事（他平時說話都笑眯眯的，很少見到他有如此神情凝重的時刻）地告誡於我：對誰都不要說起此事——我是說，具體別說出是哪家出版社。我雖有些困惑，但仍點頭示知。而之後的事情便發展成了真有不少幾個「好心人」問及此事。關心關懷關切之情溢於言表，我雖有所感，但不為所動。我含糊地說了個北京的方位，便隨即有人追問：哪家社？答：人民文學。事隔半年又問，出了沒？說，換社了。換哪家了？作家社。又是半年，再度探詢：還沒出？難道又換社了不成？答曰：正是。此回乃何處耶？十月文藝。諸如此類，不一而足。再往後，便沒人來續問了，認定此書的出版定告流產無疑。

而此回之出版確也有點兒好事多磨。簽約近兩年了，還不見老嚮的扶梯板上有人下來。何故？說是送京城出版總署審批去啦——凡港台作家的作品均須如此辦理。但我說，褚兄也說，上海北京那邊出書從沒人送啊——而我這個「港台作家」又不是第一次出書。但對方不敢，說，我們這個小地方還是照足程式來做好些，穩妥些，云云。沒法，人家沒膽，你不能代人家去有膽。只是此函進衙門，一漫遊就漫遊了一年半有餘。復函寄達的那天，褚兄一知，隨即電告我，說，成了。一個月內見書。

收到樣書的當晚，正巧我與幾位文界和報社的友人在長樂路上的一家個體飯店裡進餐。席間，就有人又提起了這麼個久沒人再談及的話題，說是你老兄說這說那的，書出不了麼，就直說也無妨，何必……？言語者的神情不無挖苦之意。但我說：「出啦——剛出。」隨即從挎包裡抽出樣書一冊，遞上。於是，一圍桌驚訝而又錯愕的表情。其中一位將書接了過去，他一定是見到封皮上的那個「雲南」的地名了，神情古怪。他「嘩嘩」的大而化之了幾頁後，說道，不錯，不錯，印刷也很精美……還改了書名呢，《長夜半生》，這個名字讀起來上口些，上口些……話是這麼講，但言者作微笑狀時，臉部肌肉卻僵硬成了一坨坨錯了位的版塊結構，見了教人生畏。當即憶及褚兄所言，其洞察力、預見力，判斷以及告誡之言一一浮上心來，不能不叫你口服心亦服矣！

書既出，諸事告一段落，平靜直至二零零八年。那年雲南社滿懷信心與期望，將此書送報第七屆茅獎審評，遂又陳渣泛起，風波再掀。但那已屬後話——儘管此事褚兄也多有關注乃至涉及，且還對評獎過程中的重重黑幕多有感慨兼憤慨，但畢竟此事與本文所敘關聯相對不大，故從略。

最後想一說的是褚兄作為編才的成就及其生命價值。

一報一刊，為此，鈺泉兄貢獻出了他畢生的精力與時間，他是一位智慧與務實，人生與事業圓頓結合的典例。他心無旁騖，在這麼個功利的時代，這麼個pm2.5(濃度為十微米/立方米，是世界衛生組織認為空氣中的安全值)彌漫的中國，這麼個人性毒素甚濃的生存環境中，人事心機糾纏交織，政經社會風向莫測，能以如此對歷史負責任的態度與心思去從容面對者，中國還能有幾人？細心閱讀他曾主編的幾百期的「週報」，四十四期厚如史冊般的《悅讀》，你是否能隱約感受到，觸及到那條始終貫穿如一的脈絡呢？這便是他的編輯宗旨，他利用了體制內的一切便利，體制外的一切可能，繞過暗礁，一直航行朝前。他所做的想的，是一切只是將編輯工作當成職業，謀份差使，混碗飯吃，擠個官位之人的境界所根本無法企及的事。這，便是鈺泉兄作為一名編輯工作者的精魂所在。他一直在吶喊，並不嘶聲力竭，永不登台閃亮，但他在吶喊，吶喊真理，吶喊真相，像梅花浮動之暗香，如深山禪鐘之隐隐，恍兮惚兮其中有物，惚兮恍兮其中有神，讓你揮之而又不去。思路才打算走神，它便又冒出來了，若現若隐在你的眼前，耳旁：提醒你些什麼，告知你些什麼，從而讓你悟覺到些什麼。它和光同塵，無所不在。

褚鈺泉的另一個性格特質是：但事耕耘，不問收獲。他，不慍不火，不冷不熱，不急不緩，不卑不亢，不強不弱，不欺不恃。他以退為進，以進為更進。他慎密、細緻、耐性、周詳、策略而又有學術。他幾十年如一日，將我們所生活的那個時代的二萬多個日日夜夜之所見所聞所感，受到的種種發生、種種冷酷、種種謊言、種種暴虐、種種荒謬、種種混亂、種種啼笑皆非，以及種種不可思議亦無從思議，當然，其中也不乏人性原始光輝的不斷閃爍而過，他以他辦報編刊的文字與手法，錄相下了一個大時代的誕生、變遷、衰敗，以及預言了它的終極毀滅……嗚呼！如此豐富的生活原料，如此多彩的時代餚材，如此本色的人性裸露，他以他出眾的廚藝，獨特的調味，烹飪出了一桌色香味俱全的「滿漢大集」！

他不是一個作家，是的，他不是（誰知道呢？如果他想，他或許也能成就為一位十分優秀的作家的），他不善於以虛構、記實、隐喻、反諷之種種，來講一隻又一隻的時代故事，歷史將他的生命按置在了編輯這個工作崗位上，他既來之則安之，投入且盡職。一位優秀傑出的編才，也許也只有這樣來定位他了。但褚兄又豈至一個編才那麼簡單？一部時代史書的寫成是要靠來自於「五湖四海」的各式代表人物之所說，所寫，所作出的努力而共同成就的。作家，藝術家，學者，編才，還有人民——正如毛主席他老人家諄諄教導我們的那般：「人民，只有人民，才是創造歷史的動力」。是的，人民，只有人民。但何為人民？就是那些無量無數無有窮盡的，自黃土地、黑土地、灰土地、紅土地裡生長出來的，有思想有情感有血有肉有痛有恨有愛有憎的生命啊。

而褚兄便是他們其中的一位，優秀的一位。他將時光與事件的織網編得如此巧妙，精心精緻，且還聲色不露；今天一點明天一滴，聚沙成塔，積腋成囊。而歷史的那卷巨幅長軸便如此這般地緩緩展開在了我們，以及我們後代人的眼前。他使用的恰似那些「雷人」抗日劇中，游擊隊員們挖地道的功夫、方法與耐心，慢慢地，悄悄地，便一寸更一寸地深入到了日冦入侵者們的碉堡底下去了。因為褚兄深諳此理：歷史是永遠不可能被顛覆和篡改的。他以他的機智、善巧與方便，競業和敬畏，學術的底蘊以及為之而獻身的崇高精神，無愧載入這幾十年當代中國的出版史，而成就為其第一人。其實，何止中國，乃至世界出版史——北朝鮮除外——也將記上他這一筆。他一世為人作嫁衣裳，但這又何妨？在今日這雜草叢生、萬里荒蕪的中國出版界，蓋棺定論，他的成就無可厚非，舉足輕重，且不可被替代——當然，這只是我的一家之言，我並無意去影響他人的看法以及觀點。

「修身為本，教學為先」的古德教誨，褚兄真是做到了。辦報辦刊又何嘗不是一種教學，教化？這種在佛學中被讚嘆為「無上法佈施」的，幾十年如一日，利其器，善於工，改造人心，功德無量。考終之一刻，他不顯瑞相，誰現？所謂「生命不息，奮鬥不止」者，你便是，褚兄。但這不是去與天地鬥，與爭名逐利的各式人等去鬥，而是憑一己之力，與古往今來中國社會最黑暗時期的萬惡之因，萬惡之源去鬥。你已盡力，你已疲憊不堪。時至今日，你可以安息了，也應該安息了，群星拱照，神必祐你，鈺泉兄！

2016年2月29日

激成於上海寓所

Part Three

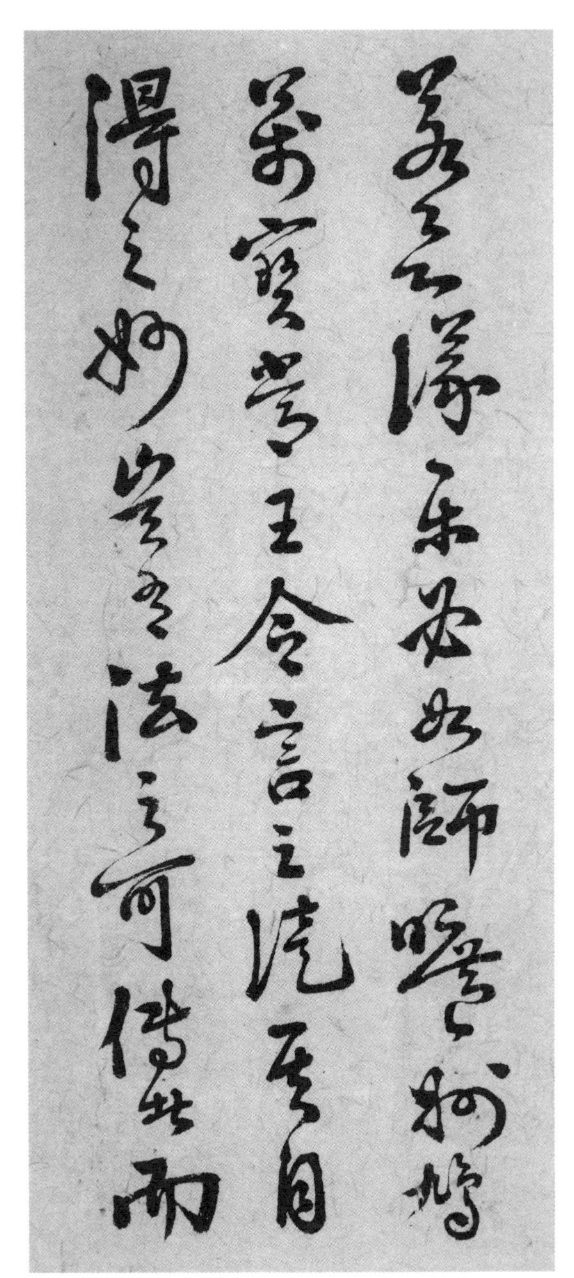

吳頌義章草書文獻通考自序選

作者祖父章草墨跡

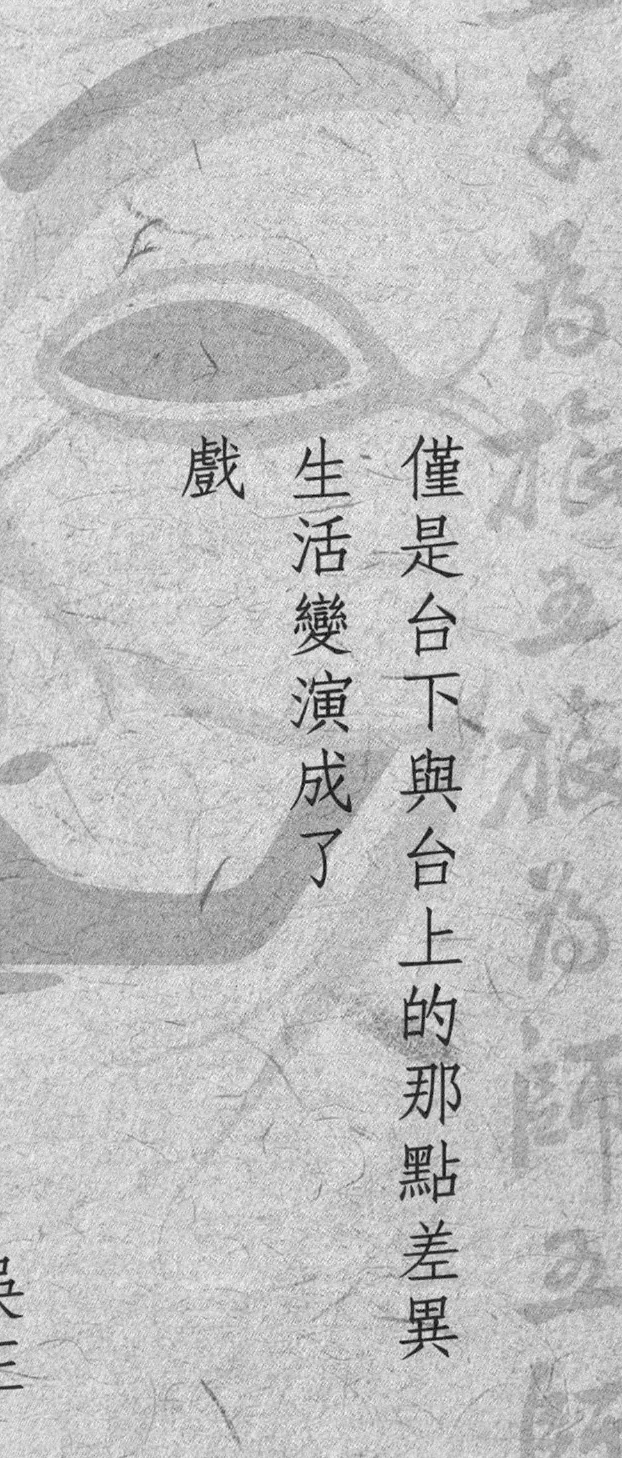

僅是台下與台上的那點差異
生活變演成了
戲

吳正

在時光的橫斷面上

——也算是一篇科學論文

可能，我是位科學知識相當貧乏之者，然而，我卻是個想像力極其豐富者，這種天性驅使我去從事了一種孤獨而又繽紛的職業——文學創作。就如醫生的醫德、商人的商規、律師的法觀一樣，作家的使命是必須將他一切想到、理解到，並認為有記錄價值的內容都化為文字，即使這可能構成一篇漏洞百出的奇談怪論，他都應揹負上被指責、被嘲笑、被攻擊的十字架而行的。

並不是打算去庇袒某些人，或支持某種理論，我只是我的那種一瀉便如注的觀點，我的想寫便去寫的衝動；我的一種假如不寫便會後悔莫及的顧慮，一種希望力攀至某個相對的高度去俯瞰去遠眺，去讓那一片日常的零零與瑣瑣，於突然之一刻內、井井有條地排列在你腳下而編織出一幅全新圖案來的癖好——這些純屬文藝領域內的固執與不羈——才迫使我在一疊方格稿紙旁再度坐下，開始執筆凝思……當黃河自天的源頭直奔東海之壯觀縮影成一疋錦帶時，我目光的滿足感才可能被達到。我不願也不可能去辨別它的九十道險口和一百八十個轉彎的細節，這是科學的千千萬萬種分門與別類去填補去探索的空白，它一氣呵成的流跡才是我最感興趣的：這便是想像力的好處，人類社會是因為有了想像力才有了向前奮進的欲望。相對人類創建與科研的機械速度而言，想像本身就是一種光速。

於是，這便開始觸及到了本文漫議的主題之一，也是跨入我這一連串想像與假設的門檻：速度。

速度的原始定義是：在一定時限內通過的距離。然而，速度作為一種純粹的度量單位的存在是奇異非常的，從某種意義上來說，人類對於速度極限的認識，標誌着人類對於科技目標追求的極限。近世紀前，偉大的愛因斯坦在其「相對論」中震驚全球地宣佈了速度的兩個基素，距離與時間的絕不足夠：當物體的速度達至光速時，其質量與能量均無限。原來所謂「速度」之中還包含着「質量」與「能量」，這個與它表面上看來完全無關的概念！於是，人類便在這嶄新的理論基礎上發展出了一個原子時代。近百年過去了，「速度」概念的另一次革命又再度地迫在眼睫。

天才往往有其雙面性：同是一個愛因斯坦，他突破了一道框框為的是去製造另一道，他將光速限定為一切速度的極限；而荒唐，也可能正是在這一點上種下：宇宙無限，人的認識無限，速度因此也就無限——這一點是絕對的；這是因為人類世界不可能在認識了光速，這條「極限」後而從此裹足不前了。已被我們認識的極限，往往會在我們不斷的科研成果無限止地趨近它時被超前突破；很難想像在十條街之前出發時的我們，便能預視到十個轉彎後的天地將是一片什麼模樣，這片新天地的展現只有在我們完成了最後一道轉彎之後才會豁然開闊。

其實，作為現象，一切的一切不是不一直就存在於我們的四周了，就如漢朝就有燭光與閃電一樣。凡此種種，不明顯的通常會被忽略——當時的誰又會去聯想到蠟燭在被點燃之一瞬，與它被視者的目光所確認之間竟還存在着時間上的差距呢？而不可能被忽略又不可能得到解釋的，往往又導致了盲目的信仰與崇拜——閃電便是一例。今天，當我們已對這一切找到了心安理得的科學解答之後，並不是說奇異的現象便從此溶化貽盡了，諸如人體特異功能，預言的驚人，易經八卜的神秘等等。視而不見不能否決它們的存在，盲目迷信更是一種出賣自我的癡蠢，它們的言之鑿鑿的存在並不是壞事，更不是邪教，而是一種積極的啟示，一種鞭策，一扇會在某一天再度引來新一個好奇的阿基米德和愛因斯坦窺探的露光窗口。

假如，能更荒唐一些地倒錯時空位置來作某種舞台效應的撮合的話，問題的提出可能會更明顯，更富於啟發性和挑戰意味：有家旅行社說能將漢高祖及其成班大臣們組團，再搭乘電子火箭趕來現代，並又假如能安排他們去參觀一下當今世界最普通的科技伎倆：電燈如何發光，電話如何通往大洋彼岸的話，你能想像出他們臉部的表情是什麼嗎？你可以剖開電線（同時亦剖開自己的胸膛）口焦舌爛地解釋說，電，就是那麼樣地自這條導體中通過，這是天經地義的事！這是無可懷疑的事！這是因為一切的物質都有肉眼所見不到分子與原子所組成，而原子又分原子核以及電子。而金屬導體的電子恰又具備了如何如何的特點等等之類，之類等等，但沒有用，他們就是不相信，也聽不懂，這些原始的唯物主義者們，會很自然地要求見到某種有形的內容在其中流動，你，因此又能如何動作？二千年前的神話在今日實現，二千年後的現實，一樣，也將是今日的神話。

就是基於這麼一種信仰，我的想像力的攀高才夠膽自此山腳下起步。一旦這現代速度的極限——光速——被突破的話，一旦這每秒鐘十八萬六千公里的對於太陽系的認識引力被超脫的話，在我們的視野之外將存在有一種什麼樣的銀河系，什麼樣的宇宙，什麼樣的豁然開朗的不可思議呢？我的坦言的結論是：時光倒流，或者飛躍——這要視乎於你將從哪個角度去突破這個速極而定。而這一點，又滑入了那所謂「黃河的九十道險口與一百八十個轉彎」的細節課題，廿一世紀實驗室中的電子加速器及其複雜的引流裝置將去填補那塊空白，本文——這麼一篇不精密於科學、只服從想像力的文藝漫論不能也不敢涉足此潭。可能，我的這種假設會令一些人彈跳起來，彪眼張口；而另一些則會胸有成竹，頻頻點頭：因為現代的科研的成果或者正也朝着這個方向趨近。誰，又能說得定？就如百年前往速度這個概念中注入「質量」這一元素一樣，這一次我注入的成份是「空間」。

光速，或者不能說不是一種極限，它是我們所認識的這個時光平面之中的極限。假使說，百年前我們認識的坐標只有Ｘ軸的話，愛因斯坦為我們添置了一條Ｙ軸，兩支坐標構成了我們這個生之平面。這個特定的時光平面，這個平面以一去不復返的光陰的速度向前發展，於是光速，便成了我們認識的極限。我們感覺不到這種速度的存在，這是因為我們本身就生活在這個平面上，我們保持着一種與光速的同步，我們因此便相對靜止了。然而，與地球自轉的原理類同，日出日落標誌着這種不感覺的現象其實絕對存在；時光平面也有其參照物，那便是每秒鐘都在我們身邊溜過的光陰。光陰自我們耳畔「呼呼」地朝後退去，我們便以光的速度前進着。我們生活在這個時光平面上，笑笑泣泣，吵吵鬧鬧，相親相愛之後又相仇相鬥直到那一刻，那一刻死亡的停頓突然卡下，使光陰於一刻之間對生命失去意義。然而，那強大的意識慣性卻依舊，它迫使精神以光速或類光速，與已失去生命以及光陰價值的肉體脫離，而飄入另一度完全未知的時光層面中去。

這並不是說死亡，才是唯一能與時光效應相匹敵的衝激力量，對於某些有着真正特異意識的功能者，這種類光速能量不是不可能通過意識的高度的、有系統的集中而獲得。而且，即使在完全常情的條件之下，某些由於光線、溫度、濕度以及其他諸多未知的能量因素的極其偶然的撮合點上，一種不可思議的現象火花也可能突然爆發。一千年後的科學成就，我堅信，便能輕易而舉地為所有這些提供一套確定且確信的理論基礎，並可由此而實踐出某種超光速能量的發生儀器來，而使被施效者們在為了彌補其被失去或超前了時光的真空裡，任意地飛越或倒流了時光。

這僅是我這樣空想理論的第一個層面，但它已提供了在X——Y軸的平面上，於一個適當的零度基位矗立起另一株新坐標的可能性，於是，瞬刻間，我們便具備了可供想像翱翔的太豐富了的立體空間了。

在此空間中，我們可以驚異地假設我們各都有着無數層面個「將來」及「過去」——將來，將來到我們將在這生命的期間內消失了之後的無限將來；過去，又過去到我們還遠未在這段生命的季節裡出現的無限的過去。它們與我們都佔有着同一個空間，卻各異於時光豎軸上不同的頻道，雖彼此間只相差零點零零一秒，卻永不能相交，也永不會完全重疊，就如無線電台的發射，只有調波、調幅的接受器永遠收不到須要調頻的電波。就這樣，每一層時光平面都以其光的速率，完全平行地伸展開去，它們之間，假如沒有立體方向上的能量的推動的話，絕不會互滲；而假如，這類能量在一瞬間爆發於意外的話，偶然的滲透也可能不單是數個層面的事，而可能是幾十年乃至幾個朝代間上落的問題了——所可惜的是至今為止的科技還根本沒有能力，來提供這種縱貫時光隧道的能量的產生、引導、計算等等可依可信的理論與實踐的稳定的基礎罷了。

再在此基礎上推進一步想像的話，將來，因此不是不能被預見的，因為它是一種客觀存在；同樣道理，過去，也不是不能回去的，因為它並沒有消失。而我們的生命，只是在重複着無數無數個自己的點的軌跡，從幼年到老年，圓滑成一種命運，一種必然。至於光族，除了包括現代已知的電能、電波之外，還應該歸納進意念、精神、感覺、思路、記憶、靈魂以及生死之間的種種轉換因數，這類介與物質與非物質間的無從定義都是光的近親，它們以類光的速度與方式傳遞並效應在被觸及物上。我耳聞目睹的所謂「意念搬物」「破壁而入」乃至在睽睽眾目之下將一張當堂燒毀了的、印着號碼的紙幣頓復原狀，以及將一密封容器內的顆粒透瓶底而噴出的絕技於是也都有了一定的解釋依規：顆粒在裝入容器之前必有過在容器以外的狀態；紙幣在被燒毀前當然有過完整無損的存在；而「破壁而入」者的意念集中層面應該是：在此牆未造築之前，我豈不可自由跨度？——於是，他便成功了。所無可否認的一點是：表演者們確須各擁有某類天賦的潛能，又經後天的反翻磨煉、痛苦的探索而得出的一種純粹是被感覺所驅使，由經驗所盲領的下意識的作為，這與作家們的創作，詩人們的行吟，藝術家們的即興有着非本質而僅是程度上，管道上，表達方式上的異曲同工之妙；這類人不僅是人類汪洋之中的極少數，且就是已成功了的他們，也會在環境、心情、季節、噪音以及表演動機等等，外界與內在的極其微妙因素的相迴異或相吻切的條件之下而得到淋漓盡致，或者是完全失敗的表演結局。

因為這個理論，對於死亡的解釋輪廓也會變得清晰起來。當光陰突然中止對於某起生命再作用時，生命之組成軟體——精神，這個與光陰有着類同概念的內容的慣性，將使之以一種類光速按一特定的切角騰飛軀殼而去，就如飛船脫離地引力的第一宇宙速度一樣（七點八公里／秒），這是一種按自然能力所賦於每個死亡者，去脫離他（她）所生存了一生的那個時光截面的均等權利，我們暫稱其為第一時光速度。只有具備了這一速度的靈體，才兼備了能在時光隧道間旅行的基礎條件。而死，卻又在此同時將這類旅行的感受永久地失去了被表達的可能。然而，並不是一切死者的精神都能獲得這種第一時光速度，而進入一條既定的道規內開始運行的，它們之中的極小部份會有例外：生前崇拜某類宗教而深刻地養德、修心、煉神者，屆時的自然賦於力會與他們本身的精神潛能疊合，而產生第二乃至第三時光速度，而令其精神被彈入更高層次的規道，這便可能是多類宗教教義所稱的「天堂」；生前太深地傾附塵俗，或由於某類焦慮、不安、內疚以及死不瞑目等等強烈的精神因素所導致的反動力，亦可能抵銷那一特定的速率而使其魂魄蕩存在了兩層時光面之間，不得留去，這又可能是所謂的「冤魂不散」者。總之，唯有死，也只有死，才是一種與時光效應有着千絲萬縷暗聯的自然現象；死，畢竟不同於睡，死也決不是一閉雙眼，於是一切便都消失了那麼簡單，死亡深深的奧秘之所以不能真相大白於天下，這是因為人類發展至今的科學認識還未能找那把關鍵的啟門金匙之故。

既已將死的概念都已剝層到了如此哲學的深度，我們便更不怕說是想像在某一日能依據上述理論利用某種尖端科技，將目前的「你」自現刻的時光層面上連肉體帶精神地徹底消失，而在另一度時光截面上突然降臨了一個青年或者年老了幾十歲的閣下，而令「你」的妻子或戀人無所適從！當然，這在今日聽來是一隻荒誕的科幻故事，於明日之世界中很可能成了現實。至於道德倫理以及法律的適應那又是另一碼事，恰如利用染色體、生化工程造人一樣，人類道德與法律的標準，從來便是根據他們對於大自然以及本身的認識程度而不斷修改、反覆完善的。

正如漢高祖見不着導線中有電能有形地流過一樣，這種時空倒置的現象與成果並也不是什麼現代的產物，而是歷史上所慣有的記載，所不同的是：人類解決難題必須一道道地端正到枱面上來。因為，現象的產生與反覆是盲目的，團狀的雜亂無章的；而理論的淺深進展是第次的，已被現代科技武裝到了牙齒的我們，面臨的正是這麼一個突破性的前夜——而想像，又是該次總攻發動前的升空的信號彈。總之，有一點是我深信不疑的：那便是新理論的芽苗必會從反覆豐厚的實踐、經驗與探索的大地之中破土而出。而此次飛躍一旦產生，就如在馬車時代從物質最細小的微粒中找到核能量一樣，一種更龐大更驚人更宇宙化了的能量，將會從人之本身的精神、魂魄、意念、思想之中提煉，且調動、組織、系統起來，而讓生死間那條千古的界定於一刻之間變為可逾與可摸。反過來，這項人類微觀科研成果也將協助其宏觀的，因為很難想像，真正對於宇宙彼岸之開發，就單憑我們目前手中擁有的幾枚三級火箭便能辦到，這必定是在一種更居高的理論，一種更宏富的能源被發掘到之後的事。人類社會便是在這種肯定之後復被否定，推翻之後再度重建的不斷交錯、矛盾、協調之中求進的。

「我們生活在宏觀與微觀世界的中央，我們詩作的意境則應儘量向兩極伸展」這是我詩論著作中的某一節，援用權作本文的結尾。

1991年4月
於香港

綿情昏睡在思辨驚醒時

對於一位悟感型的詩人，年齡就是他創作軌跡的最好依據了。從多情善感的童年到激蕩狂熱的青年，到冷眼旁觀的中年到梅妻鶴子的老年，詩還是詩，他還是他，人生舞台的背景在一幅幅地更換，社會道德的準線在前後左右地移位，唯他孤立在那座自我的島上，以日月為定位的道具，以潮汐為參照的坐標。他的理想是恒定的，他的追求是不屈的，而他的努力，不論是成功還是徒勞，都點勾出了一條曲線，一條真正詩藝家們必經的曲線——一條從熾熱到冷卻，從熔化到凝固，從流動到沉澱，從綿情到思辨，從昏睡到驚醒的曲線。

推動該項進程的全部策動力便是思考：不停的思考，反復的思考，由習慣成了自然的思考，靠思考建立了些什麼再被思考推翻了些什麼的思考。滿足由思考獲得，空虛也因思考而產生；我們思考了一生，然而將來在咽氣前，仍急待我們去思考的課題不是比我們來時少了，而是更多了！

因此，創作，尤其是優秀作品的創造，就絕不可能是一件瀟灑輕鬆的活兒了。不輕鬆是因為其中充滿了思考，這種令幹活者時而手腳冰冷，時而面色蒼白，時而心率不齊的思想在重負之下跋涉。然而，奇怪的是一位思索型的詩人的源頭往往只是一名多感的少年，他會本能地在流水行雲、風花雪月的挑逗下投入詩的迷宮，他會為自己最初的、情意纏綿的篇章而沾沾自喜，幻覺另一位普希金的再世。但這種孤芳自賞的日子不會，也不應該持繼太久，這是因為不停震顫着他，吵鬧着他，令他在綿綿春夢中不可能昏睡永久的，是鏡內所反射出來的那個世界之外的另一個世界：這是個美麗至極的世界，也是個醜惡透頂的世界；善良與陰險並存，真誠與虛偽交織；而最重要的卻是她的不公平——也確實不可能有的公平性，尤其是當她以一個特定時代的橫斷面，截去了上下文、呈放大型地展現在你面前時。這，便已足夠令一名年處血氣方剛歲齡上的詩人憤憤而不能自制了。終於，那種埋藏在一個真正詩人心底的核能量——為正義以及真理而振臂的吶喊感——被激發了出來。他，從夢中徹底地清醒過來，起牀，上路，一腳踏上了那條意味着無窮盡思索苦役的不歸之途。他痛苦、他掙扎，他似乎對一切都看通透了之後復又對一切感迷茫；而立、不惑、天命——他卻不知道自己的天命究竟存放在上帝哪一櫃、哪一層的哪一格中？如此一位自我折磨型的詩人，假如又生活在一個連思想都被編穿上號衣的時代，他的痛苦之大更由想可知。然而，恰如偷情、驚險的反彈力是快感，思索對於他巨大的魅力就在於它是被禁的，它是他的那些絕大多數的同代人所不敢夢求的一種精神奢侈。於是，他便在這座思索的迷宮中前一隻腳印就被後一隻蓋去地尋找——尋找一條永不可能導向出路的通道。對於他，這可能是一生無結果的追求，而對於人類以及文學史留下的卻是一篇又一篇、一部再一部的精彩，因為這是一位稟賦力極高的詩人在無數次陣痛後的臨盆，無數縷吐絲後的結繭。

然後詩人他老了，正如當年不肯捨棄綿情時思辨已被無奈地震醒一樣，如今的面臨是：寬恕仍不肯讓步時，練達的人生觀經已貫通——而這，又何嘗不是他幾十年如一日思索的又一種必然呢？於是乎，在他的筆觸間，梭梭角角的苛求、辛辛辣辣的責難開始淡褪，代之而起的是一種遠則香近則無「不見樓閣聞鐘聲」的禪味。這種風格會在其暮色漸深的歲月中愈發鮮明起來，且會陪伴他到停息罷筆的終點，而令其晚作在無限的遠方隐隐約約與某種宗教上的意境相切。

至於在文體上，雖必會有大量無規可循的互滲，但我曾屢次提及的青年詩歌、中年小說、老年散文的總體傾斜，也正基於對這種創作者心理兼生理特定曲線的信賴。只是不管如何，其作品內容的核心質地都應該是詩，而作家本人，怎麼樣，也擺脫不了一圈純粹詩人光環的圍繞。

1994年6月25日
於香港

從缺席了上帝的今天扯起

且不談人之初性本善或者惡，遭現實社會污染了幾十年的我們，整條思維系統上的斑漬、污垢以及菌毒斷然不會少，之所以能相安無事，只是因為我們的那一份正直人格的免疫力，已不得不適應了與那些不共戴天的存在物，針鋒卻不相對在某一條平衡水準線上的緣故。

比方說，有人假公濟私，甚至都快沾上些貪汙受賄的邊了，我們也能自解地說：這年頭，誰還能不貪點兒錢？又譬如，某公一闊臉就變，理解的邏輯就更易通達：所謂人往高處走的原理還不是目光應先腳步而朝上？再比如在這棄糟糠納新歡的實例多不勝數的今日，社會普遍的認同標準已退化成了：只要能盡責的已算是「楷模」；而令人大開了眼界的更有某半老徐娘，五十開外一截竟能決然了斷舊緣，遠嫁海外，換來的不是什麼，卻是盼望也能在某一日成全其出國之夢的子女們的一片喝采聲：「阿拉老娘就是有噱頭！」至於那位老實巴交的前夫，咽淚吞氣之後也因而換到了十來萬的「安撫金」而綻開了一朵燦爛的笑容——十萬塊，十萬塊哪，這還不夠讓我再娶多個年青兼美貌的？原來笑容的展開也不是沒有原因的。某小報因此而展開過一場討論，言者踴躍，意見尖銳對立，掌聲與咒罵聲交響成一片。你說，這世界，這人生，夠也不夠奇妙？

社會在急劇地發展，克己復禮的峽谷之後，便聽說人類的思想先驅們已突然進入了一片人性徹底解放的大好天地，好到甚至就有人將它提升到醜惡已無所謂醜惡，美好也無所謂美好，我的物質存在才是一切的「高度」。接着，整隊人類也被帶領了進來，人們在這鬆軟的草地上歡蹦亂跳，為所欲為；除衫脫褲之後更是拉撒隨地兼隨時——一切都成了虛偽的：禮儀、理想、宗教以及信仰，人的過去是動物，人的將來還能是什麼？人自以為已看破一切，如今，連一個十多二十歲的少年都可能向你滔滔上一段哲學「高論」：及時行樂，這無疑是不枉此生的唯一意義所在。於是，「自私」便成了最基礎的生命形態，這個單詞的貶義時代已經過去，它成了自由、自在、自我理所當然的代名詞。而「人」字之筆畫再簡單，那兩枝支撐起人格架構的一撇與一捺，都因而開始了其可怕的解體過程。

這是個極端危險的信號，它動搖了人之所以是人的基本概念。在羅馬鬥獸場，在納粹集中營，在「文革」

批鬥會——我們不是沒有過這樣的經歷與經驗，人用了多少萬年才消滅了的獸性可以在一夜間復活，高尚與下流錯位，醜惡與美好對流，精華與糟粕互滲，這是因為有一種哲學（或者說僅是一種流行了的民眾間的認同），它的全部努力就在於模糊那條本早已清晰了的界線，打開那隻囚禁着人類精神困獸的鐵籠。手段與過程都在其次，目的之達到與否才是定性與定論的唯一依據——作為某類哲學派別上的理論，或者，這自有其學說上的價值，然而對於整體人類的思路導向而言，它卻是一帖精神錯亂劑。

當然，事態還遠沒發展到如此糟糕的地步，這是因為了人類的良知，人類經過千百年才確立起來的文明觀，是非觀正頑強地抵抗着一切思想病毒的入侵；它們捍衛着，捍衛着一種在寬廣意義上的道德標準；它們鑒別着，鑒別着醜美細胞的形態，以便決定消滅還是繁殖；它們告誡着，告誡着你，告誡着我，告誡着一切人，包括那些模糊哲學的製造及其傳播者。即使醜惡的生理與心理需要與生俱來，即使社會生存中的精神病菌無孔不入，你都沒有理由去與之同流合污。你要去常看常想常記常思那些美好的，那些崇高的，那些神聖的，那些你的思路一觸及便能使你熱淚盈眶或羞容滿臉的（儘管沒人能看見），不因為什麼，只因為你是個——人！

人，還是應提倡些高尚，提倡些精神領域內的追求的，富足絕不在於物質上的充裕——就如一隻老鼠掉進米缸或是一隻松鼠被拋到一片野果遍地的林間那般地欣喜若狂。享受只是一種生命的揮霍與燃耗，而修煉，才是它價值的累積與體現。因此，品味人生是要靠修煉來獲得的。而所謂修煉，那又何妨不先從克制與隐藏起步？——克制，對自私的克制；隐藏，則是對於醜惡心態的隐藏。聽來似乎彆扭，然而卻是合理的，因為隐藏首先已經是一種認識，一種分界醜美能力的體現。這不是虛偽，更談不上陰險——只要不會在某一天伺機而動，或者索性連本帶息地加倍發洩，暫且的隐藏，又有什麼不好？克己的終極社會效果與消滅醜惡沒有什麼兩樣。然後，漸漸地，當隐藏的習慣已日長月久為一種自然時，成熟也就來到了。當然，這是一種從自我入手的改造，但這卻不是一項以自損而告終的愚蠢。修煉成功的最大得益者仍是你自己，其次才是社會：你從其中悟出人生，悟出快樂，悟出通達逸遠的種種境界，並不需要一定去遁入空門，紅塵的人世間也一樣能盛開淨白的雪蓮。

或者，我真也扯得太遠了——上帝曾生活在昨天，也將生活在明天，偏偏就缺席於今天。不管他去午睡還是度假了，反正讓我們一起跪下祈禱，祈禱他能早點歸來。人，真也少不了一具能讓他們敬畏、膜拜的偶像啊——儘管這具偶像的創作者原是他們自己。

1995 年 6 月 20 日

於香港

Part Three

究竟缺乏了什麼？

幾乎，每個作家都會有那種經歷，那種似乎進入了一個「江郎才盡」期的經歷。對比起那些日夜，那些情如泉湧，落筆千言，那些之所以讓你一舉成名為一位作家的蓬蓬勃勃的日夜，一股焦慮困惑之情不禁會自心底升起：

究竟，我缺乏了些什麼？

缺乏生活？缺乏感覺？缺乏語言？或者都是，或者又都不是。你思路翅膀的最終收落點應該是：你缺乏了自我——那件你最易擁有也最可能失去的財富。擁有，擁有得像影子，千方百計都甩不掉的影子；而失去，又失去得像風，百呼千喚都叫不回的風。似乎很玄，但自我就是這麼的一種存在，它是你精神本身的投影，不管如何形變，它都專利般地屬於你。形變，只是徹底精神化了的你，與你創作素材光源間的一種影隨式的認同，自然而且必然，它是此時此刻你眼中的世界，獨特且無可替代。

誠然，生活之於作家就如空氣之於生命一樣地根本。它是我們更新每一刻的依歸，舒吐每一息的需要。然而，它卻不能被作者喜厭選篩為非某某或者需某某。生活，絕無可能為總是那種高潮迭起、大喜大悲之例，這是謊編，不是生活。生活是尋找不來的，所謂生活，就是你身邊的那些最日常的展開，樸素、親切而自然。常有那些袋着一方小本去「深入」生活的勤奮型作家，可惜的是，震魂之品或傳世之作往往與他們無緣。這是因為作家創作的成功，取決於他與生活的融合度而非生活本身的情節濃度。即使是最平淡的生活，日出而作日落而息、粗茶淡飯簡陳陋室之中，也都隐含着你所生活的那段時期、那方天地、那層人生斷面上的特定風情，這是你的作品之所以，也只能是你的作品的精魂所在。一位優秀的作家，無論生活將他拋擲到哪一塊荒原（精神的或者是物質的），他非但不會不斷中止作品的問世，而且恰好都是那種荒蕪氛圍的最精確的藝術傳神：沉悶、壓抑、絕望，再活潑的心情，再強大的讀者個人意志，都會在其中消融而隨着作品的精神節拍起舞。生活，並不需要年年更換佈景，月月氣象萬千，天天轟轟烈烈，甚至分分秒秒地牽魂動魄。平淡是生活的本色，是生命泱泱的背景之色；偶然的盛開之所以矚目以及可信，正因為了它恢宏的襯托。所謂缺乏生活，因此，那要視你自哪一個觀察角度切入而定，只有蹩腳的作家才會將沒有胃口歸罪於菜不可口飯不香。

至於缺乏語言或者感覺，那更是在理解推理上的另一種誤導——生活的光源，往往會將一件物品側影或逆襯成了完全酷似的另一件，理解的原理也一樣。對於一位作家，語言當然重要，它是構成你一切美妙表達術的元素，就如戰爭中的武器，然而它的終極依托仍是它的使用者。語言妙，就妙在某一恰當詞彙在某個恰當時口上的閃過，這是一種萬千選擇以及搭配中定位的果斷，這不是巧合或者幸運，而是一顆深深感悟了的心的閃光式的傑作。因此心，才是語言真正的探索者，在開墾了沃地的一片又一片後，仍有無際的荒原有待你去拓展，語言永不會缺乏，缺乏的只是你那顆詩心的蘇醒度。

創作，因而成了某種美好狀態的力圖保持，一種新鮮感的持續，一種感受觸覺上的極度敏銳，一種起飛慾，一種凌空感，一種攀完一峰再一峰的衝動的始終不肯退潮。處在這種創作巔峰上的作家，任何字句都令他敏感，任何語彙都對他可親；語言，這一種他於平時閱讀間的並不太經意的累積，說不準什麼在何時就會從他那黑洞洞的記憶庫的深處彈跳出來，鑲嵌到他的文篇之中去，令他既欣喜又吃驚。再說，創作根本就是一種掏空思想囊具的勞作，艱巨且還沒有絕對能成功的把握，作家全部心智的聚焦點，因此，不應是在語言，而應是在語言企圖表達的那層意境上。語言缺乏在只有當意境輪廓的本身都模糊時。

當然，再強烈的興奮也都有消退的一刻，再難抵禦的誘惑也會有慣舊、麻木的時候，再詩人化的詩人也都將經歷不再敏感的日子，這是你創作的冰川期，是下一個百花吐豔之春前的嚴冬式的等待。沉澱、累積、內燃，讓生活之海照舊在你四周洶湧翻騰，而將你自己偽裝成一艘礁岩般泊停着的軍艦，灰色着堅定與沉默，卻又時刻準備升火起航和點炮轟擊。

或者你需要吸取？或者你需要體念？或者噴瀑般傾吐後了的你需要美與真的補給？還是你那方歷經太多年種植的心田需要一段「休耕」期？反正，這是一窄瓶頸口，突破是一番天地，回流又是另一番。在心理與藝術均缺乏承受力的前提下，作家對自己寫、寫、寫的鞭打，只會使你心靈那一處最敏銳的部分日趨麻木，而這，才是你作家生命的可怕老化。就自這點意義而言，培養感覺，有時或許比將它記錄下來的更可貴。讓一些舊物舊歌舊作，讓一些遠年記載、佚名篇章、失傳小記，讓一些最普通的細節、最感人的樸實，最易被忽略的日常來肥沃你的思想、養分你的感覺。雨中的散步，月下的沉思，臨風的把盞，凡能使你那繆斯動容到動心的，你都有理由去貼近去投入去誇大化了地沉迷。記住，你在找回昨天，找回影子，找回一個既虛無又實在的自我。作為一個作家，世界如此看待你，你也如此判斷自己，你之所以是你，這是要在那個心你與物你完全疊合的時候。

1995 年 8 月 17 日
於香港

物質與精神

這是個可大可小的題目。大到能涵蓋世界、人類以及整部地球文明史；小到又能統一平衡在一個人的一拳小小的腦殼中，相安無事，運作自若。

然而，這又是個經常有人將它們並相提出，繼而再大談些哲學奧論的年頭——包括那些剛自高小升入初中的準中學生們。至於原因，再簡單不過的解釋是，社會似乎正痙攣在一場物質空前氾濫，而精神又絕後虛無了的文明病的發作中。

可以說物質的極度豐富是一種災難，一種與黃河決堤的可怕不相上下的災難。決堤了的河水吞沒的是人的肉體生命，而氾濫了的物質窒息了的是人的精神呼救。前者當然痛苦，這是對於一切物化了的生命而言；後者更加痛苦，但，這卻是極小一部分心靈的感受專利。更痛苦是因為這是一種孤獨者的痛苦，一種眾人皆醉我獨醒式的痛苦，一種行屍走肉般的痛苦，一種靈肉撕離時、剜心割目樣的痛苦，一種欲死不能、非還得讓你眼睜睜地看着自己那顆敏感的靈魂，被一寸寸地腐蝕與麻醉時的痛苦！

文人——尤其是現代的中國文人——便是這種痛苦的最大承受者。

這當然與文人從事的職業有關，他們是一方精神田園的耕夫，物慾之洪水猛獸的首當其衝的受害者。他們不能理解，甚至都帶點兒憤慨地不能理解，為什麼那些凡夫俗子們會如此渾噩，如此心甘情願地浸泡在物慾的污水中等待，等待一種幸福的溺斃？而對於他們混含了血絲的嘶聲疾呼，只報以莫明其妙的嘲笑和張望？

在中國，這個從來就是文人以一種特殊的社會功能與地位（幾段極短暫的非常時期除外）自居的國度中，物慾排山倒海地席捲而至，更會令他們不自覺地將自己置於了一個與之完全對立的地位上去。這是因為物質代表的那種具體、漠視一切又自以為了不起的抽象，它向你伸出手來的第一句話就是：你，有錢嗎？它令你憤怒、屈辱，而又秀才遇到了兵似的一下子給怔住了，但就在你那個瞠目的瞬間，它已轉身離去：沒錢？——沒錢還有什麼可談的？！

其實，文人憤慨之中的至少百分之若干，是根植對於這種被辱感的本能的報復心理，雖然他們將此都一塌括之（滬語，意為：總之、一概而論）的包涵在了「為了人類精神之明日」的，堂皇口號之中。我們都不是沒有經歷過那段物質匱乏的時代，文人們曾滔滔雄辯過繁榮物質的種種必要性、重要性以及可能性，他們曾被人們喝采，被人們抬捧着地拋上天去！他們興奮，他們自豪，他們自覺自己是社會浩蕩隊列最前沿的引導者，以及齊聲口號的呼領人。終於，這個時代被呼喚來到了。那天，當好奇的真龍也探頭來看個究竟時，素以好龍自稱的「葉公」卻大驚失色了——他從未想到龍，竟是如此怖面獠牙的，至少相對於他的審美標準而言。社會是健忘的，是的，而人的潛意識中，從來就存在着那種對於新鮮感的不倦的追求欲。雖然，你仍沒忘記自己是誰，但社會似已徹底忘了，那個曾為他們吶喊、承擔以及衝鋒陷陣過的恩人。他們被花花綠綠的今日世界迷住，他們神情恍然，他們目光沉湎，他們早就不再記得那麼個被冷落在了一邊的寒酸的恩人——因為昔日，昔日對他們已不再重要。

人，就是這麼頭麻煩的動物，沒有的時候希望得到，得到之後也未必快樂，不快樂就因為是讓你得到了的緣故。從這種意義上來說，精神是一洞永不能填滿的深淵，除了「滿足」這一種填料外。而物慾，又是破壞「滿足」這種均衡心態的最銳利的武器。於是，精神與物質的對抗，就在這最原始的一點上種下了。

自以為代表了人類精神貴族階層的文人、作家們，當然是最無法忍受這個物慾橫流、人慾豎淌的畸型時代的，這是情態的一個方面；但在另一個方面，如何正確定位他們的社會坐標也不見得不重要；至少，這是解開文人們那個心理癥結的關鍵鎖匙。

首先，作家是不宜將自己想像成一位人類精神食糧的當然供應者的——事實上，也只有置身於該角色之外的作家，才是此項任務最有效承擔者。再說了，社會的組成有很多層面以及分工，作家是一項受人尊敬，但決不是因此便有權目空一切的行業。精神強大在物質的具象中，而再偉岸的靈魂也必須找一具軀殼來寄居。就比方有一隻鳥，歡叫着地從提着鳥槍的你頭頂上飛過，它的物質轉化為雞湯，它的精神空靈為自由。文人天性的渴望與崇尚自然是後者，但也不能說他就可以一生忍着不喝一口雞湯——事實是：當代的中國文人是雞湯喝得最多（且都還是免費的）的社會族群之一種。而在喝完了雞湯後的奢談自由與飛翔，又是一種什麼樣的自由以及飛翔？

不管怎麼說，物質世界的高速發展總歸是一項人類進步的標誌。它與精神生活的矛盾，應是一條腿與另一條腿間的牽動關係：扯前還是拖後，取決於你身體重心的位置。有時心腿跨前，有時物腿超先，重要的是，我們始終要保持那起前進中的姿勢，只有這樣，人類社會才能在兩腿一前一後的擺動之中，獲取一種向前的動力。

1995 年 9 月

於香港

作品與時代

再讀《九三年》是在一個温煦的冬日。陽光自窗玻璃間射進來，鋪滿了全屋。屋內開着暖氣，我斜靠在一張舒適的沙發上，一杯龍井茶就在我面前的茶几上冒着熱氣。窗外是林立的高樓：波特曼、錦昌文華、九安廣場以及更多的不知名的褐體一族，在腳手架的遮蔽間、塔式起重機的陪伴下矗立着。時近聖誕，從我那低低的窗台望出去，能望見自西康路北京路口流過的歡樂與色彩的人潮。一家食肆的門前裝飾着一棵巨大的聖誕松，金與銀的掛吊在陽光下閃閃發亮，一條橫幅赫然展開：狂歡聖誕大餐：每位￥888（發、發、發）。

在一個不協調的時空，我讀一本不協調的書。

初讀《九三年》是在上世紀五十年代末六十年代初的某一天，當時我僅是個十來歲的少年。那個時代讀這類書，其實，也是另一種不協調。不是因為繁華以及聖誕，而正是由於它們的相反。封閉以及開放，革命化以及現代化，清教徒以及功利主義，這是我們這代人所經歷的那段中國社會發展史的南北兩極，一樣地深凍、一樣地生存維艱。在這個一切動不動就會朝其極端滾去的國度中，唉，為什麼我老充當一名可悲的落伍者呢？

好在書還是那同一種：乾燥、脆黃、沉甸，這是人民文學出版社五十年代初的版本，繁體，横排，而書的背頁上竟還清晰地列印着上海舊書店（虹）的售價￥1.30的定價方章（是否還能傳遞某種當時的物價資訊？——題外話）。它是我在一位前輩作家的書架上發現進而借回家來閱讀兼回味的。

此刻，我正打開在它的那幅版畫風格的插頁上：一洞烏黑的槍口對準了朗德納克侯爵，周圍是顛簸起伏的茫茫大海，一葉小舟驚險在它的浪尖上。舉槍者是一位驃勇的水手，他的兄弟剛在一次沉船的危機中被侯爵處以死刑。現在，面對着這隻復仇的槍口，手無寸鐵的侯爵依靠的只有鎮定與口才。他滔滔不絕講宗教、道德、倫理以及人生的奧義，終於使那隻堅定地握着槍柄的手軟化，鬆弛，垂下以至終於扔掉了武器，撲倒在了侯爵的腳跟前，呼叫着：「您饒恕了我吧，大人，請您饒恕我！——」

這是一項奇跡，至少在我們這個時代，這是一項非普通的推理邏輯所能達到的奇跡。

然而，我們的時代也有我們時代所奉獻給世界、人類以及歷史的「土特產」，它們是假酒假藥以及一群站立在岸上觀看一個十六歲的溺水少女如何在水中掙扎的人們，說什麼也要到手了五百塊錢才肯跳下救人的極端生活實例。那一回新疆克拉瑪依市政禮堂內燈火通明，市府領導與小學生代表們正一起共看着一場精彩的文藝表演。突然，失火了，且來勢兇猛。在一片「讓首長先走！」的呼喚聲中，禮堂內便留下了上百具燒焦了的兒童屍體。而我親眼所見的一樁慘劇是：一個在交通事故中被撞爆了頭顱的受害者，鮮血淋漓的、不省人事的躺在醫院急症室的走廊間，他被拒絕入手術室搶救，至少也要在他的家人籌措到兩萬元入院押金之前。院方的理由太簡單了：如今，誰還能不講究個效益什麼的？

世紀末挾帶着經濟浪潮登陸這片古老的國土，為我們帶來了概念嶄新的美麗以及醜惡——摧毀的同時又矗建，否定的反面便成了肯定。北京一位著名的劇作家才華橫溢地宣稱：我是流氓，我怕誰？而好幽默感的北京人則將此更發揮成了：（當今世道）誰信誰？誰愛誰？誰管誰？誰怕誰？誰服誰？信愛管怕服——五六十年代的我們也不是沒有過類似的社會討論，諸如：哪有人民怕美帝，只有美帝怕人民。四十年後的今天，非但「怕」字的內涵在發生着急劇的異變，就連「美」的片語搭配也都產生了「美帝」與「美鈔」的雙重疊影。

我將遐思收回來，又收回到了那個溫煦的冬日，《九三年》就攤開在我的膝蓋上。朗德納克侯爵在向着那個眼神之中已出現了慌恐的握槍者說：「……是的，我把你的哥哥處死了，可你要知道，我只是上帝的工具。你要審判上帝的工具嗎？你要審判上帝嗎？你要審判天上的雷電嗎？可憐的人，你反而要受雷電所審判的……」《九三年》是一部偉大的作品，而我們所生活的時代更是一個缺乏了某類描繪的偉大時代。

1995 年 12 月 24
於上海

Part Three

剽竊這門學問

做每椿事都有學問，剽竊也一樣。

所謂剽竊，那是指他人的作品在經過剽竊者的精神消化與手法的加工後再貼上自我標籤的演變過程。其實，剽竊也是一種創造。不是嗎？拼拼湊湊剪剪裁裁挖挖填填遮遮蓋蓋躲躲藏藏地做起來又會比創作輕鬆多少？再說，剽竊者還要有一種恒久而堅定的自信：什麼張三李四王五的，您瞧，那細鼻子對粗眼的，還不是我趙六麻子的親骨肉？

這便是剽竊人士必須具備的心理素質了。環顧當今文壇，真能有此天分的人其實並也不多，卻偏要擠到這剽竊者的行列裡來瞎折騰一番，弄不好，毀了自己事小，影響了該行的整體信譽危害就大啦。因為說是說剽竊（都說了，這兩個字從一開始就用得不怎麼地道——「竊竊」聲地，有多刺耳！你難道就沒見過那些以變戲法為職業的魔術家嗎？每天，他們往台上那麼一站，一束束鮮花一隻隻兔子一疊疊花鈔乃至一桌桌酒席都會從他們的寬袖管中甩變出來，有誰還會不知道這些都是假的？但他們能成其行業，我們為什麼就不能？），其實，功夫要做到縫道服貼，彎位圓滑，也不是那麼信手便可拈來的。於是，剽竊人士便有了新芽與老薑之分。再說，被剽被竊的物件也是有着相當之局限性的。比如說，長篇小說就既惡剽又難竊，最多也是一種開了竅之後的模仿。假如能因《紅樓夢》而來一本《白亭醉》，因《白鹿原》而寫出一部《黑虎地》的，說什麼也不能不算是另一類成功。只是已門歸於剽竊這行當的我們之中的絕大多數，都缺乏這種才能與功力，再說了，也不合乎我們的那種事半功倍的效益政策。精彩的隨筆以及散文，雖然篇短句簡，形式素白，卻往往又因帶有強烈的個性色彩，獨特的語路韻律和巧妙的思辨軌跡，而不易上手。說是詩歌較易整容改觀的，也只是對詩魂的驚醒度太缺乏認識的緣故。長詩一旦被抄襲，就得通篇，才能免斷中氣。反倒是短詩，一個閃光意像的捕捉與呈現，往往只是詩人靈感一湧而起時的刹那之作，只要截取有方，再經某種稀釋、充料、包裝之類的退火處理後，倒也能似模似形地站出個人樣來。難怪一位以寫短詩著稱的詩人的困惑是：怎麼總會閃閃爍爍地在他人的作品間發現那些熟口熟面的意像來？聽聞了這種事的我們，除了暗暗地偷笑外，還能做些什麼？

話說剽竊的專業分類也有好多種，茲摘錄若干要項，謹供行內人士參考。

一、整篇整部型的。（眉批：依我說，這種作業者非癡則蠢，即使受害者只是一名文壇砝碼盤上的「忽略不計」，也至少會遭人暗地裡跳起腳來罵爹罵娘罵你祖宗十八代什麼的——這又何苦來哉？）

二、中湯藥合成法。取甲兩句乙三句丙四句而整體裝配圖紙又採用丁的，如此完成流水線的批量生產，然後再申請專利權的（眉批：這不能不說是一種比較安妥的方法——當甲乙丙丁都談不上擁有時，你便成了當然的擁有人）。

三、即釣即殺即炒即食法。此法的長處在於題材的絕對時鮮，領導口味的必定迎合；難處則是釣食者最好為某方文化園地的把持人。一段徵文告示，說是為了配合大好形勢某某，本刊（報）決定如此這般，而本園地一向公開，現更不用說。來稿一經刊用，即奉薄酬若干，老幼無欺之類地群眾一旦被發動起來，還怕稿件不會雪片也似地飛來？到時，一杯濃茶，一支香煙，然後便是一次燈下的垂釣。（眉批：……）

四、聊齋勾魂法：竊取靈感像竊取了一個活物的魂魄，然後再驅使其追隨你特定之節拍而起舞的（眉批：這無疑是高手之舉）等等，等等。

當然，在我們長長的剽竊生涯中，難免會有不便於直截了當抄襲，卻又不得不引用一段他人的佳作，以佐閣下聲威文名之種種局面出現的一刻。於此當口上的你，除了千年之前的古人，或是當代已公認了的文豪及其名篇，才能公佈其姓名及出典外，一般都宜用「佚名」，「作者不詳」，「出處朦朧」，支吾以對。此舉的妙處又在於：確保能向他人借到反光的永遠是閣下本人而非相反。還有，對於被剽對象的壓制打擊，均為不智之舉，而當街謾罵更屬不可饒恕之失策：冷藏，最好還是深凍式的冷藏（即裝作對此式人等的絕對一無所知），才是專業化了的操作程式。要知道，任何可能引起第三者注意力關注的聲張——無論褒貶——都有風險。所謂「小不忍則亂大謀」，因為剽竊，畢竟是剽竊（自己人不說外話），這與超級市場內的高買會留案底的原理是相仿的：一次失手便足以致殘。於是，最安全的方法便成了：先讓它不惹人注目地風乾若干歲月（比方說幾年），待到時過境遷水到渠成後的某個意想不到的早晨，突然一拍大腿，說是「啊喲——糟糕！」地來個反咬一口，且嗚呼哀哉痛心疾首地慷慨激昂地一篇滔滔加不絕，然後——然後水便攪混了，是魚的是蝦的，只覺得眼前一片濁水昏天，哪還會有心思來分辨水草究竟是屬於一種什麼拉丁品名的悠悠蕩漾？這，便是剽竊人士的最高境界了：你的我的他的，僅憑一道合成與分解的化學反應方程式，便偷樑換柱為了單一之我的。

至於說笨手拙腳的斧修，往往會使原先精巧的成了粗劣的；原先流暢的，成了僵硬的原先新鮮可口的；怎麼說都會染上那種取自於隔夜冰箱內食物的敗味感。這些都是剽竊業與生俱來的不足，若要再打聽說如何妙方才能善其後者，除了徹底轉行之外，連只會說英語的上帝，也只有兩肩一聳，兩手一攤，道：「This is at my wits'end（這叫我都黔驢技窮啦）！」

1996年4月20日

於香港

理解上海男人

通常，我的創作習慣是只執着於自我感受而很少遭到外界什麼因素干擾或者引誘的。然而，這次的例外是在我讀了龍應台女士的那篇《啊，上海男人！》之後，我不知道自己是否成了她描聲繪色之中的某一個，但有一點應無異疑，那便是：我就是個地道的上海人——上海男人。我笑眯眯地對自己說，也來一篇吧，作為對龍女士嬌聲一呼的某種回應，充當回音壁，有時也有充當回音壁的樂趣。

雖然，拎帶魚騎單車回家的形象並不適合於我，但畢竟，我們都是流動着相同性格血型的一群。近百年的傳統加上三十來年的革命化，男女平等的教育會造成一種怎麼樣的上海男人的心理順從，我答不上；上海男人在世紀初率先接受文明，世紀中適應社會轉型，世紀末重新投身開放熱潮的種種不尋常經歷，終將把它鑄造成了一個特殊的性別種族——在中國乃至世間——這點卻是毫無疑問的。經濟地位江南性格以及文明薰陶，這是構成上海男人的三道鮮明的性格光譜。所謂小男人只是一種膚淺不過的理解，上海男人的生命哲學，是盡可能地禮讓出生活細節上的種種來滿足他們的所愛者，從而為自己換取更廣闊的事業思考空間——而這，不就正是上海男人的高明之處？我們很可能缺乏偉岸的體魄、壘壘的肌塊以及「黑猩猩捶打自己露出毛髮的胸脯來證明其存在價值」時的那種聲嘶力竭，但我們卻有強大而安靜的內心境界和無所不能無堅不摧的雄心與耐力。上海從前是，今天又再次成為全國乃至世界的文、經重鎮，與上海男人的這種性格內質不無關係。只有傻瓜才會將性別視作為什麼可供自豪和自居不凡的東西——世界上不就是除了男便是女的兩種性別？這便是我們所理解的大小男人主義之間的辨證關係，幾十年，哪怕大半生離開故土，都消滅不了上海男人內在個性中的這類染色體。候任香港特首董建華先生或者可以臨時充當一例，在他勃勃着抱負與能力的事業外衣之下，隱藏着的便是一種上海男人所特有的儒雅、含蓄和濃厚的家庭情結；當短髮斑白了的他對着「嚓嚓」的閃光燈，將與他同甘共苦了多少個年頭的太太謙遜地推介給記者時，人們不能不聯想到，對女性的恭讓並不是懦弱，更不會丟臉，這是一種文明的象徵，一種價值的體現，一種男子漢虛懷若谷時的胸有成竹。

然而，我相信龍女士也是理解這一切的。她是個幹練和充滿了男性化果斷和機敏作風的女人。我與她有過若干次興致高漲的交往，在文化界人士聚會的飯局上，她談興熱烈真摯而開放，與她筆下的那位有着光滑美麗臉龐的，芳齡二十五的，說是希望將來能嫁個北方大男子漢的水汪汪女子大相徑庭。當然，嚮往外形上的陽剛與偉岸，這是每一個女性的心理秘藏，只是如龍女士所言，為着這種單一的追求，日後的你會不會因而付出昂貴的人生代價？外國究竟如何咱不敢說，單在中國，男人盤居炕頭飲酒喝茶鬥雞玩蟋蟀閒扯瞎聊打老K，而讓老婆下田餵豬抬水揹石，完了要以最快的速率換好小孩的尿布再炒幾碟小菜端上桌來侍候他們；一旦幹不好，還可以揪着女人的頭髮來個興師問罪的北荒南蠻之地至今還有不少。這種令上海男人們瞠目之後外加搖頭的原始以及不開化，絕不是單以「民俗」兩字的解釋便可以一筆加以抹殺的，這正是該類區域在能見的將來還不能那麼快地摘去貧困之帽的理據之一。然而，上海當然不是這樣，在這座現代文明與繁華的國際大都市中，男女性別都等值在同一水準線上，各盡其職。龍女士已細緻觀察到了的所謂文化精英仍以男性居多的事實。其實，「武化」還是「商化」的精英又都以哪一種性別為主？這並不說明什麼，男人以及女人，只是在兩性單獨相處相悅相濡以沫之時，所應發揮出來的各自的性別特長。

在一個文明合理先進的社會中，凡強者，不論男女，都有競爭至社會最前列的權利，紐約如此，香港如此，上海，也如此。上海，於是，便在龍女士的筆下被喚作為一個「迷人」的城市，難道在這「迷人」之中就不包括上海男人，這一項精美而別致的人性軟件？——我想，這是龍女士的一句並沒有說出了口的肯定。

其實，最深刻瞭解上海男人的還是上海的女人。她們是她們男人們的一種背景，一擎支柱以及一彎避風港。她們在生活細碎上所表現出的「昂首闊步」只是她們間接順從的一種變奏，她們才是上海男人最佳的精神與事業拍檔。在上海，懼內不會被人真正地笑話（上海人的一句口頭禪是：「怕老婆發財格呀！」），而相反，欺妻與虐妻倒被公憤為是一種恥辱，一種外燙內寒的懦夫行為。上海夫妻的恩愛秘訣是心照不宣的感情互動以及精神體貼——諸如那段替老婆洗內褲的細節，不論龍女士添此一筆色香味的內定搭配究竟意欲何在，倒恰好凸現了上海男人對於愛情以及兩性相處藝術上的某個特殊視角。因為愛，有時是需要帶點兒肉麻的。

當然，我們是不能對龍女士提出如此高的理解要求的，因為正如她自己所說，她是個台島女人，且還在外生活了多年。待到她發現了這個形如「彎豆芽」的「可愛」的上海男人一族時，她已是兩個孩子的母親啦。於是，對於那個「彎」字之中所可能蘊藏着一股怎麼樣的韌性與張力，她便也永久失去了可以在共同生活之中加以全面觀察和深刻體會的機緣。那天，已經很晚了，我太太突然接到了一隻她的一位旅港的福建女友打來的電話：「告訴你一個好消息，我妹妹她出嫁了！」「恭喜！恭喜！」「……

她嫁的也是你們那同一種人……」「什麼？——同什麼一種人？」「我說的是，她也嫁了個『阿拉上海男人』！」其口吻之興奮猶若撿到了一件意外的寶藏一般。電話掛斷之後，妻子如實地告訴了我她們通話的內容，她的神情平靜且充滿了理解。「我們送她一份厚禮吧。」我點點頭，並不太有要將話頭說出口的意圖，因為此刻我正在心中嘀咕着的是：所以，不是我說，能嫁個如意的上海郎君，也是當今女人的一種福份呢，真的。

1997 年元月 15 日
於香港

作家在人間
——滬港文經思考之二

國門打開後，作家們活動的天地變得更廣闊了。比如說，上海的作家流動去了香港，而在香港的滬籍作家詩人們也會流動回來，住住看看走走訪訪聊聊寫寫，讓自己沉醉在夢境與現實間那片灰色地帶的美不可言的溫柔裡。本來，作家就是一種最具流動感的人性物質，而人間皆戲劇，作家對於生活的接觸面愈大，其作品的深廣度必然愈強；況且，滬港畢竟還分屬於兩種完全不同的社會制度與意識形態的地區。

還有一點也應該是無疑的：一個作家的生活挫折感情懊喪，都可能儲藏成為他日後創作的重要能源；但這也要看你如何來正視、把握自己的那段生命的低潮期。高峰不飄低谷不餒；要感謝，而不是埋怨生活；因為只有生活才是絕對的，是永恆的真理，創作只是對生活景觀的一種藝術化了的拷貝。

然而，這條共識卻未必都能在滬港間流動的作家群中心悅口服地獲得。

坐在香港的地鐵車廂裡，冰冷、整潔、鋼鐵化，人們互不溝通，各異表情，各懷鬼胎。而高效率的空調系統，令每一絲剛開始發熱的人情味都保證能被及時抽走。我們的作家坐在這一溜光潔的不銹鋼橫排椅上，左右滑動。有誰還會認出那個禿頂糟鼻的半老頭或肥胖寒酸的半老徐娘的你來？你，那曾出入顯赫社交場合，面對記者讀者崇拜者，相機話筒閃光燈也就是那麼一含笑一揮手便打發了的你啊；如今，一切竟然全變了——自尊與自卑在你心中糾纏，莫名的憤慨與藐視即是這種糾纏後的產物。其實，港人並不是針對你，就是對港督與特首，他們也未必會去付出太多的注意力。除了明星以及歌星之外，港人關心的只是自己。或者這，正是你所不可忍受的現實之一：如此淺薄如此媚俗如此不可救藥，怎能容得我這尊文化的大菩薩？然而，這是人的群體效應，一個人轉過臉去之後，一萬個人也跟着轉過了臉去，無所謂原則，無所謂對錯。香港不同於上海，社會文化的這種強大反差，如今僅投射在你一個人的心理螢幕上，叫你無所適從也無法忍受。

說來，作家應該是最豐富着性靈世界的一群，他們有異於常人的敏感稟賦力，往往會使他們承受比他人高出許多倍的心理壓強。他們害怕被人關注——他們曾故作姿態地表示：過多的關注會令他們不自在。但他們終於還是發現：原來自己更害怕沒人關注——這會令他們落寞，尤其是那種在讚美與盛宴之後的落寞，就像叫一位已有過陽光與媚春經歷的人去忍受一夜寒月與鴉叫的失眠一般悲慘。

其實，畫有畫生活的熱鬧，夜有夜反省的深刻。那些常教誨他人不能精神貧乏的人到頭來發覺，原來自己也不見得能忍受物質的貧乏。所謂人生無求品自高，從上海到香港，作家地位自寵兒到棄孩的曲線滑落，讓他們刻骨銘心地明白了那種「求」與「高」之間的函數關係究竟意味着什麼？在香港，窮寫作是一種難堪——連好飯都吃不成一頓，還寫什麼書不書的？富寫作又是一種「罪過」——寫書寫書——怎麼又不見你將錢掏出來讓咱窮哥兒們大家分享分享？總之，香港不是個寫作的地方。而香港人因「作家」「詩人」這起稱呼所引發的慣性的肅然起敬，只是源自於古典時代那些印象強大的遺傳功能，並用不了幾個時辰便會徹底讓位於「錢」，這個字眼所可能代表的一切生活現實。初次面對一班臍帶仍連着上海、北京，那片皇天后土上龐大深厚中華文化之鄉的作家訪問團的成員時，香港笑眉逐顏歡迎的態度，仍着眼於那具臍帶背後的母體，這是香港社會好客個性與回歸潛意識的一種短期衝動，自謙感混合了優越感的一種情不自禁。一旦臍帶被剪斷，管你什麼春霞秋雨冬蟲夏草的，一概被打回原形。宴會消失，採訪不再，笑容淡出，連措辭也都含糊了起來。令本以為總算找到了香港這麼一塊人雅景美前途似錦之地來定居的你，像被當頭澆了一瓢冷水似地驚愕不已。其實，這本就是香港的社會現狀、文化性格，當你成為了她長久一員之後，她還有什麼理由再來向你天天扮笑？再說了，在這個文化人地位低微的生存環境中，你將以失去國內一切創作條件的代價來換取一副生活的重軛，壓上肩來，逃避不行，動彈又不得。哪天，你再回去，面對上海的那批仍吃皇糧拿稿酬而吃住玩樂基本上都不用掏錢的昔日同行，你又將如何啟口？說差沒臉面，說好又不甘願；上海不足的在這裡獲得彌補，上海的優越點卻正是此地的不足處。人生像限顛倒，你得到的同時又失去，而所得與所失又幾乎絕對值相等。對此，你又能說些什麼？你又該說些什麼？

當然，寫一篇有關兩種社會制度對比的文章還是可以的，並在其中暗藏進你的忿恨，順便也能炫耀炫耀你的那段以艱辛的生活經歷，換來的廣聞博識與思辨上的長進。擺擺富架子（儘管很脆弱），說是今日的你的身價雖在香港雞水鴨水地幾餐豪宴都可能給花得精光，但假如以人民幣計算，再橫向移植來了上海的文化同人間的話，哼，也該是頂兒尖兒的啦，讓別人無故地滋長出一股羨慕之情來，且以此來抵消這些年來自己在文學上的失落與歉收，為失衡的心理提供一種自慰療法。

或者也只有這樣了，作家生活在人間的本身即是一種花骨朵兒包藏了種籽的含蓄。作家將花葉枝根芽的種種形態，轉化為文學染色體的形式延續給下一代，並以花之凋謝的代價換來對種籽的凝結。但我們作為作家之外的另一度身份也就是個普通的生活者，我們也有我們世俗的追求與紅塵人間的被引誘、喜怒哀樂、羨慕，以及由此發酵而成的一股不太光彩的醋酸心態。我們觀察花研究花體會花，同時也逃避不了會貪她戀她愛她和迷上她；但，我們終究還是屬於種籽的，我們聚能我們的精神與思維輸入其中，而種籽則以她緩慢而圓美的頓結來答謝我們；我們力爭將這大時代所蘊含的每一絲微弱的氣息，都毫不遺漏地藏進這種籽的成熟裡。為了能生產一顆飽滿而完美的種籽，因此，一切能傳授花粉的蜜蜂與蝴蝶我們都歡迎——不論她是滬派還是港式的。

1997年2月23日
於香港

融入主流
——滬港文經思考之三

有一日，我們出門辦事，途中突遇暴雨，沒帶雨具偏天又近黑。急忙中，我們只能隨便借靠在誰家的屋簷下躲一躲，盼望天將放晴。然而，我們等過了一個夜晚之後又等過了一個白天，暴雨依然。我們饑餓過，我們寒冷過，待到雨勢收斂，我們竟然發覺：自己不知在何時已完全適應了那種斜橫在窄長安全區域帶的生存姿態——這，便是家父在二十年前，對於被排斥在主流社會之外的人們的形容。他於中年離開故土上海後便在香港定居了下來。近三十年來，他創建了一盤規模相當的生意事業，但他卻從沒真正融入過那裡的主流社會。除了與洋人打交道外，平時，他都圈留在他的那批江浙幫的友人間，嘻嘻哈哈在他們的那類三四十年代的上海方言裡，其樂無窮。直到他拄杖垂老的暮年，其實，他的粵語也只不過是滬語的某幾個關鍵音節的變異，這是一種只有上海人才聽得出他在說廣東話，而廣東人只以為他仍在說上海話的語言中間體。他的公司僱員之所以能清晰準確理解他的原因是：他們必須做到這一點。他沒能讓自己融入香港大社會的主流裡，他的廣東手下們卻都做到了融入他那小環境的支流中——一切為了生存：他可以不向大社會伸手去討取他的那份生存，而別人卻要伸手來向他討取他們的生存。可見，就某種意義而言，融不融入純粹是一種被迫。

但，有關主流社會的融入，有時也有自願與主動的因素。

父親於二十世紀八十年代中期過世後，便將他的那攤子都交托給了我，他的那個比他遲了近二十年才來港定居的獨生子的手中。而他的那套借簷躲雨的理論，如今已演化成了究竟我們這代人是否具備敲門入屋做主人的勇氣和膽量？——倒不是為生意，為賺錢，而是為做人；不論窮富，我們都應該像個表裡一致的香港人。

所謂融入就是一種紮根感，你會感到那種已被你抓牢了社會泥土的踏實與安定。儘管你是一棵小草，你都會隨時擁有不論怎麼猛烈的風暴都無法將你拔根而起的強大預感。相反瓶中的插花，不管今天開得多麼燦爛，也都明白自己明天的結局將會是什麼。除了土生土長的當地人之外，今日的「港人」，其實都是在不同時期的內地移民群落，他們對家鄉的永不肯磨滅的眷戀，令香港的整體社會只有賺錢的衝動而缺乏文化的沉澱。因為文化，這是一種深層次歸屬感的表徵，文化屬於長期，是你子孫之後再子孫們的財富。再說回融入感，融入感混合着的是你在你生活之地的人際關係、社會網、財富累積、文化投入，甚至氣氛感染等諸多精細而複雜的軟硬件因素的綜合感受。單一的優勢並不可靠，並不能保障你最終會有一個健全融入感的建立。且不說跨出國門之後會相遇的碧瞳金髮們，或者仍以華裔為社會主體的港台澳以及新加坡，就是在本國的異地而居，都存在一個融不融入主流的問題。於是，便有了京海粵派在生存習慣與思維方式上的巨大差異。八十年代初，國門打開後，美國綠卡獲取一族的隊伍不斷壯大，然而，他們之中的絕大多數，最終仍逃避不了選擇他們的出生地北京或上海作為人生事業的依托基地，而僅將美國的身份虛擬成了一種背景的朦朧豎起與襯托。如此殊途同歸的生存現象說明了什麼？炎黃子孫的母體回歸意識深厚，這是其一；融入異族主流的能力薄弱，這也是無可否認的其二。而上海人，又是他們之中最難被同化，又偏最喜歡流動去他國他鄉的一門族類。今天，在香港中環尖沙咀金鐘太古城，你不難聽到親切而耳熟的動人滬語，嘰哩呱啦地配合着上海人慣常的手勢——上海人在何地都忘不了他是個上海人，包括在香港。

應該說，這種心態是美麗的——我即是他們中的一個。但這種美麗只是相對於人性這個抽象的大概念而言，在日常生活的細節以及瑣碎上，這是一味舌尖舐觸到了苦澀的孤獨。它帶給你的每一絲不方便都可以直截了當地向你點明那個主題：你不屬於這兒。偶爾出門一次，連代取一份報紙代領一瓶牛奶這樣的小事都乏人拜託。病了，在醫院裡躺着，探病的除了老婆就是女兒，這兩張連背都能背得滾瓜爛熟的臉。搬動一件傢具，幫忙托一把，竟都找不到一隻有空閒的手。掛八號風球了，當電視台的播報員還在神色凝重地風眼風速風位風向地講個沒完時，馬路上就已塞滿了提早收工趕回家去的興沖沖的臉龐。對於分佈着三姑六婆九姨網絡關係的當地人來說，這是一回額外的「天定」假期，叉雞燒鵝，徹夜麻將，笑罵打鬧，世上還能有比這等更快樂自在的事兒？但我呢？我只能手握一冊讀物，獨坐在半山豪宅的某個屋角與蕭邦或者拉赫馬尼洛夫為伴，盼望着風歇雨停日出後的新一個早晨，好讓自己重新投入到工作的日常中去——而那時那刻也正是鄉愁最切時。

就是這種嚴酷的生活現實澆鑄了一代新移民謹慎有餘、步步為營的性格模胚，憑空將日子活成了一種自我束縛與封閉。他們告訴自己說，這並不是杞人憂天呢，在這舉目無親的異鄉，每踏空一步都可能會招致全線崩潰。這種時刻保持警戒的心態副產品，是永遠有一股箭在弦上的回歸向心力和現實離心力。並不是說笑話，我在港與紐約都分別遇到過在當地居住已超過五十年的上海老人，他們告訴我說，其實他們也都從沒融入過那裡的人群以及生活，他們在作客，他們總有一天要回家去的，他們的家在上海。融入，因而是需要勇氣與主動的。融入並不意味着要你忘記過去，卻要你面對今天與明天。雖然融入概念是一種雙向間的互動，但融入主流卻是單向的，這是支流的靠近與合併，逆流的轉彎與調頭。記住：你看不慣他人在別人也瞧不慣你時。

當然，總會有那些出國才一年半載，回到自己髒貧落後的故土就掩鼻皺眉撇嘴地說是什麼都令他「看不慣」的人。這並不是他（或她）真已融入了對方主流社會的一種標誌，這種「兒不嫌母醜」的反義表現，除了可笑就是教人作嘔。真正兩種文化融入者的姿態應該是謙遜的，表情是理解的，性格是包容的，他是個既沒有遺失昨天又擁有了今天的強者。

1997年3月1日

於HK

見證歷史一刻

——滬港文經思考之十一

一九九七年六月三十日的香港將有一個不眠的徹夜，這是十三年之前的一九八四年九月二十六日，在北京的中英談判桌上已經確定了的事。七月一日的黎明將在沒有經過睡眠的港人的眼中再度升起，但歷史卻已進入了一個全新的紀元。

陪伴港島經歷不眠夜的除了整個中華大地之外還有大半個世界，不眠是一種象徵：這是兩個劃時代白日之間的從未喪失過清醒意識的過渡，為了迎送，為了慶祝，為了見證。

一百五十六年了，如今生活在島上的沒有一個人會是那段真實歷史的目證者。那只能靠史料加以想像來獲取：在漫天的硝煙中，高揚着米字旗的雙桅戰艦正向岸邊駛近。拖着長辮的清兵開始潰退，火光熊熊處閃動着他們「勇」字型大小的月白布衫的背影。赤目金鬚人跳出舢舨登岸了，他們有的跪射，有的作衝鋒狀，一個金流蘇垂肩的軍官舉着單筒望遠鏡狂妄地笑了。想像力的鏡頭於是向上方搖去，再搖去；還是那同一面，昔日插上灘頭陣地的在海風之中嘩啦啦傲飄的米字旗，一個疊化技巧之後，今日在會展中心黯然降下。一個半世紀前的那場恥辱在今天得以雪洗，其代價竟是一個東方之珠的神奇風光燦爛地回歸她的母親懷抱——歷史有時就是那麼地不可思議。

這是發生在一九九七年六月三十日下午零時零刻的事。當時，我與全家正坐在客廳的電視螢幕幕前無言地觀看。

代替米旗而升起的是一面鮮豔的紅底之上繡着一大四小五顆黃星的旗幟。一百五十年來，米旗絲毫沒變，深藍的底色上條紋交叉着紅白兩色，中國的國旗卻有過三番五輪的轉換。今天能代表祖國的就是這一面五星紅旗。

五星紅旗對於全體港民來說早已不再是什麼陌生的標誌了，而對於我，則更不。中國是個體育大國，今日的五星紅旗在各種國際體育賽場上常有伴隨國歌而升起的機會。而假如我是一位運動員，在歷經非人的苦練後終於為國爭光地獲得一面金牌，面對冉冉升起的五星紅旗我一定也會熱淚滿腮。但在這一刻，我發覺：流淚的衝動一下子竟無法屬於我！所謂生在紅旗下長在紅旗下，甚至連文革那些恐怖的日夜也都是在她的招展之下度過的，而紅旗，正是眼前這一面。來港後，我進入壯年。二十年了，在現實生活中，除新華社的屋頂上，紅旗已很少再見到。今夜，在這麼個偉大的時刻，當紅旗再次標誌性地升起時，當一種屬於豪邁的民族感情正不由分說地開始澎湃時，我突然感到其背後的少許記憶的蛆蟲正蠢蠢欲動，它們癢癢的蠕動分散了我的注意力，竟將已泵上眶來的淚水又抑制了回去。

然而，紅旗還是無比莊嚴地升了起來。升起來，就像午夜時分當空升起一顆方中的紅日，在會展中心幾十米高的交接大廳中迎着人造風嘩啦啦地飄揚——回歸了，香港從渾渾噩噩的夢中醒來，而這一刻就在眼前！

說是說香港回歸，撥動的卻是世界的心弦。從奧爾·布賴特到辜振甫，今夜東方之珠的耀眼也可以理解成刺目。幾千名觀禮者，幾百名各地政要，能進入那會場已是一種顯赫身份的象徵。現在，他們都將目光投向了主賓台的左排（靠左是對的），那裡坐着中國代表團。這是榮耀的一刻，這是雪恥的一刻，雖然一國兩制的偉大始倡者已經仙逝，但來自祖國的一二把手們仍然紅光滿面地端坐在那裡，他們有一篇聲明要唸，要抑揚頓挫地唸——從此，中國人民，不，應該是中國香港人民，就站起來啦！

其實，說來也有趣，對於香港的回歸，世人心態各異：以英美為代表的西方人、以日本為代表的東方異族、本港新貴、大陸人民、海外留學生和華人，以及流亡的民運人士，雖都在一句「心情無比興奮」的統一表達的外衣下扮一回民族主義的正人君子，但中國人是一個很難會流露感情真相的民族。一位來自北京的留學生在遠隔萬里的紐約街頭對着香港電視台的採訪鏡頭，連笑肌幾乎都帶點了僵硬地說：「香港，你也有今天哪！」但在一旁的另一位滬籍學生則立即加以糾正，道：「香港，你終於盼來了這一天！」而當晚，在三藩市唐人街慶回歸的遊行中打出的大字標語是：回家囉，香港！香港太美了，美得讓人羨慕那是當然的，即使遭人妒嫉也不是什麼不可理解的事。香港的今天是各種天時地利人和因素的高度巧合，這不是香港的選擇，而是上帝的安排。或者明天的香港會更富裕更自由更美麗，就像一個剛出嫁了的水汪汪的新婦，並不見得不比她含羞滴滴的少女期更具有另一類成熟的魅力。假如香港的背後真站着上帝，詛咒以及祝願，還都有什麼用？

「我不是一個匆匆的過客，我和大家一樣，是個香港人，一個永久意義上的香港人。」這是董特首在其施政報告中的一句感人的表達。這是在七月一日凌晨一時許，交接儀式完成後的一小時，在同一地點的中方執政群體的宣誓大會。特區的政要與新貴們濟濟一堂，意氣風發，鬥志昂揚，而董特首的講話也經常被「經久不息」的掌聲所打斷。我將電視頻道轉去了他台，想看看還有沒有其他有關慶回歸的新聞可供選擇。沒有，再轉回來，董首的報告還在繼續：「……在歷史上，我們是第一次有機會來管治香港，這又是誰給的？

再過兩年，全世界將迎接一個千歲的新年；而中國，也將慶祝共和國成立的五十周年……」再一次的熱烈鼓掌。不曉得是哪一種記憶成分的延續，對鼓掌，我經常持有一種抵觸與自衛的慣性。應該說報告做得精彩且具文采，讓我靜靜地聽一回不行麼？非鼓掌？我又將台轉走，再轉了回來：「……香港繁華之下的隐憂仍然是非常強大的，然而特區政府仍會奉行自由經濟與市場的不干預政策——這是香港成功的要訣……回歸是一種契機，熱愛中國，瞭解中國；政治上互解，經濟上互利，資訊上互通，文化上互補，生活方式意識形態上則互相尊重……」我從座位上站起身來，面對螢幕上的這位寸髮花白了的特首，一股親切感自心中湧起，這是一種搭客將安全與生命都交付一位偉大船長時的懇切與崇仰感。「信心才是最重要的，」窄框的眼鏡架從他的鼻樑上垂脫下來，他專注的目光越過金屬框架的上沿望着台下的聽眾們，「社會也必須稳定——因為我們都希望安居樂業。肅貪倡廉，我們決不會丟失香港社會這一優良的風尚；而民主，將是香港新時代的一個重要標誌——」我伸出手臂，我張開了手掌，卻遲疑了一刻，因為此刻的台下並無掌聲傳來。但我仍然一反自己的習慣而用力鼓起掌來，掌聲雖然單薄，但它卻代表了我自己。

夜已很深的時候，兩個女兒都在沙發上東一倒西一歪地睡着了。妻子調低了冷氣，去房間取來了毛毯分蓋在她們的身上。我則仍手持電視遙控器，奔波於台與台的選擇中。有一台報道的是全國各大城市的回歸慶祝活動，北京之後輪到上海。這是回歸倒計時的大限剛過之後的幾組採訪鏡頭，背景則是迷彩光撩眼的外灘群廈和人山人海的南京路中山東一路出口處。一個猴瘦的男人舉起雙拳在攝影機前歡呼道：「香港回歸，這是我們中國強大國力的勝利！」另一位午夜時分仍不忘戴一副時髦寬邊墨鏡的胖女人說：「香港真漂亮，真繁華——我們的上海以前也是這樣的，今後也會是那樣。」而一位老老實實中規中矩地穿着一件略見褪色中山裝的，說是今兒專出夜門來看回歸看焰火看表演的皺面灰髮的老先生，則用純滬語發表着他這樣的觀點：「董建華是上海人，吔格是阿拉上海人格驕傲，阿拉上海對香港新時代格貢獻……今後有了董先生搭橋，上海香港還有啥事體勿好商量格？」——這倒也是！

而另一個電視頻道正轉播着的卻是秋風掃落葉的一幕：參加完畢交接儀式的英廷王子查里斯和末代港督彭定康及其家人，正告別了雨夜趕來送行的英國僑民們準備登船離去。他們紳士風度翩翩地踱着方步，揮着手，向舷梯走去。一步二步三步，他們登梯了，彭定康突然調轉臉來，向着那個燈光燦爛的城市回眸以深深地一望，眼中佈滿了迷惘；而他的那位金髮飄逸的纖纖女兒則站在舷梯的頂端，忍不住地掩面而泣了。載着最後一批殖民主義者的不列顛尼亞號皇家郵船緩緩駛離中環碼頭：他們交出了權力也交出了包袱，交出了繁華也交出了困擾。一圓句號在夜色濃厚的維多利亞港的深處漸漸圈攏。

歷史在這裡又重起了一章。

1997年7月8日

於香港

語言的比重

比重的物理定義是：每單位立方物質所擁有的重量。這一定義同樣適用於文學語言。所以，不是說文章大部就重，小塊便輕；一塊再小的文篇，放在思維的掌心中，它的那種沉甸甸的重垂感，讓你感受到生活，這個大主題的某一局部的分量，所謂大手筆小文章意即在此。

同樣，在語言的比重上，也是鐵大於木的，而金更重於鐵的。棉絮般地一大坨，龐大得連手掌都托不住，但吹口氣又都能飛揚了起來，這樣的文字組合在當今的文化市場中，俯身竟然能拾一大筐。

語言比重的微觀結構解析是：詞彙與詞彙間最精巧最縝密的鑲嵌，帶動着思路最精彩最潤滑的轉換。每一個字眼，甚至標點的選用，都對應着創作者思想的一次輝閃。滿天星斗，以及由此而激發了的，對於整座銀河系的遼闊聯想，便是在這些讀似平常、思時卻神奇的字型間產生的。這是因為，文字獨立的本身並不存在能量，聯想的能量只產生於字與字的搭配中，這與重水引爆核彈的原理相仿：假如要讓文章具備承托起一座星空的氣魄與力量，語言的比重是個先決條件。

常聽人說有百萬字的創作計劃，我說，得一百字篇而能流傳千載者，已算是一項偉大的文學貢獻了。「萬」的數量單位的引入，膨脹了體積，卻縮小了比重。當然，在一個急功近利的時代，在一個連稿酬都以百字若干元計算的年頭，堅持砥礪筆鋒的作家已逐漸絕跡為了文壇珍稀動物。如今的文藝「繁榮」在滿街滿巷花花綠綠的雜誌堆裡，腿之林，乳之溝，有一種論調認定：與一段本身就能叫人血脈賁奮的情節相比，再美的語言不都一樣顯得蒼白無力？

事實恰恰相反：用臃腫而貧瘠的語言來敘述一大截跌宕起伏的離奇情節的效應，恰似讓你面對一位蹩腳的吹牛者，聽眾失去耐性，這是件遲早的事。而以最傳神的語言來點觸某個你最熟悉的生活細節，反倒會在你心底猛然驚醒一連串的生活記憶。圖像、聲音、色彩，其實，你也並不缺乏所有這一切，一旦聯想成一幅有聲有色的心理畫面，感動，便會自你的內心升起。

當然，語言比重度的增加，並不能單靠精簡句式間的字眼來獲得。這是一種誤解：古代經典與現代文學，長篇巨構與短思簡辨，各有精彩，各具功能。將一段千字文精裁成百字的，這不是個斬文砍句的「物理」手術過程，而是個徹改思軌，重斟詞彙，再組句式的「化學」反應結果。對於同一主題的描繪，語言的切入角度構成了作家優劣標準的最佳區分指數。一個劣質寫作者期望仿冒文學大家的寫作風格之所以沒可能成功，首先就是在他們天淵之別的語言比重之中透露出來的——就像潑墨宣紙成不了張大千一樣。

傳神，其實也就是那麼一兩個字眼，能從辭海的浩滔之中垂釣上來，精確對應你思考版圖中的某個亮點，已經很不容易，還必須將它們不留痕跡，不動聲色地融合到一片語言鋪墊的背景與氛圍之中，便更是難上加難了。這不是件偶得靈感，便能一蹴而就的事兒，而是個堅韌不拔的作家，在歷經了多少年跋山涉水的語言長征後，必將，必會，也必能抵達的境界。對於每一句寫下的語言的把握度，他都要建立起一個穩定的自信，他的思維剔除着一切不合他比重標準的語言雜質——儘管它們其實可能已經很優秀——進而再夜以繼日地苦思冥想，努力尋找到一句更精妙，更準確，但又不致於重複了過往自己已使用過了的，表達替代。這是個揪心揪魂的思路探索過程，卻更磨亮磨銳了他語言的斧鋒。在完成也完美了一篇文章的同時，他日後創作的大廈上也因而墊多了一塊永不會再被移去的功底的基磚——作家語言的精彩度，便是靠這麼一步一腳印的，走完其萬里長征的。而構成一個成功作家要素之一的獨特的語言風格，也便在其中漸漸成型了。

1997年12月26日

於上海

學會寬容

一提起寬容，就會讓人聯想到一位鬚髮蒼蒼的哲者，正胸有成竹地吸着他的那把油黑烏亮的煙斗，透過朦朦朧朧的噴霧，能見到他的一種笑，一種大徹大悟者的笑；他睿智的眼睛似乎能洞察一切：你的愛你的恨你的心你的魂，你深藏而又不齒於口的種種，種種。他沒說，但他在說：一切，真有必要那麼認真嗎？

這便是寬容的境界了，寬容者的那顆、始終充滿了幽默感的心。人能對兩隻好鬥的公雞，兩隻因爭食而打翻瓦罐的小花狗，顯示理所當然的寬容，人卻寬容不了人。這是因為我們都不是上帝，不是那位在聖保羅大教堂的十字架上，背景是七彩拱窗的聖人。兩千年來，始終堅持同一種痛苦的神情，滴血，只是為了洗刷他人的罪故。人，往往對剛夠被他智商目光透視的伎倆反應最強烈，就像幼稚園仰望小學，小學仰望中學，中學仰望大學，大學仰望教授。天狼星太遠，懸掛天際，青光幽幽；一輪明月才是你境界中的現實——有時，滿腹經綸對於只好奇於一隻電子玩具的孩子，反而顯得束手無策。所謂哲人的導師是兒童，有趣的是，愈大智大慧者反而愈能發現隱藏於童稚之中哲理的原汁原味：這是生命的循環，智慧的循環，也是寬容的循環。

能寬容，一半是先天的本性，另一半是後天的修煉。所謂「學」，其實只是一種詞彙採用上的故意存誤。一如「躲避高尚」與「告別革命」之中的「躲避」以及「告別」，每當大勢所趨，現實無奈到了除了搖頭與冷笑外，你再也做不了什麼時，適應便成了唯一的選擇。因為就某種意義而言，真理是一種安命、理解，有時也帶點兒被迫的意思。而長期的被迫，反倒最終成為了一種自然，且「自然」到來了那一天，當真實以及真理又重新降臨時，反倒令你彆扭了起來。比如說那些人，想想也着實不易：攢得一把鬍子，才換來一本薄薄的銀行存摺；熬得一頭灰髮，才混了個帶「局」字型大小的官位，能不珍惜？能不暗自欣喜？但如何錢權交換，如何策劃老年，如何安排子女，如何能在年齡越境後，繼續保證有車用，這雖都是些微不足掛齒的人生話題，卻都成了一件、兩件、三件，吊在了你腿膀之上的大小重量不等的生存砝碼，成了讓你再無法脫離世俗地心力，而瀟灑起來的種種負荷。

理解，有時就得自這種角度。

退一步已經海闊天空了，假如退兩步呢——不因為什麼，只因為我們生活在二十世紀末的中國，生活在一個凡事都至少要退兩步來想一想的時代。走在街上，剛準備踱過馬路，就被一輛偷步交通燈轉換的單車撞個正着：「哎喲！你……？」正打算責罵對方，誰知道他的怒氣比你更盛：「揀死也不揀個地方——你瞎了眼不是？！」

「喂，兄弟！是你撞上我了，怎麼反倒——？」

「撞？撞你又怎麼啦？放着這麼多豪華房車都不撞，偏揀我這破車？告訴你，老子如今下了崗，下崗工人踏腳踏車：橫豎橫——聽見過沒有？」

你漲紅了的臉一下子褪色了，你緊綳的肌肉也為了一句自嘲的笑放鬆。升官沒門，貪汙沒路，腐化沒膽，難道還不允許人家心理平衡的天秤偶爾有一次劇烈的晃蕩？這年頭，喬扮高尚，伸張正義，是人人於隨時都有資格擁有的一份慷慨激昂的演出權。

寬容，就這麼地不期而至了，可見學不學其實也都無所謂：能寬容的不學也會；不能的，怎麼學也學不會。寬容原是一種感覺感情與感受的昇華，互解頻率上恰到好處的共振；寬容的獲得，最怕理解角度的扭曲，這有點兒像歪了脖子使力氣、傷筋扭腱於頃刻間，療傷倒往往需時綿長。

能讓這麼一種心態來包容的世界，必定是美好的幽默的有趣的，充滿了互解的陽光，以及處處都能讓你找到理由忍不住笑出聲來的世界。又比如，你在一位心胸狹隘的為官的手下打雜已多年，卻總也得不到應有的報酬與升職。其實，對方也有對方說不出口的潛台詞：壓住他！壓住那個不知天高地厚的毛頭小子！知不知道老子爬上這張座位所耗去的精神、笑臉、手段究竟有幾籮筐？以及失神的晝失眠的夜，以及不知寒的冬不知熱的暑——壓住他！壓住那個不知天高地厚的毛頭小子！除非……（當然，接着的那「嘿嘿」兩聲冷笑，就只能留在了說話者心的最深處）。面臨這種形勢時的你，就千萬不宜去與他斤斤計較，甚至針鋒相對，理解後的心態應該變奏成：媳婦熬成婆時比婆更婆。當年的右派很多都長成為了今日堅定的左派；而今日最激昂的右派，卻又是當年最虔誠的左派們轉化而來。如此現實，還不能對當下的很多人事物作出深刻的詮釋？

世事難料，騙人是因為自己曾痛苦且深刻地上當受騙過的緣故。而人，有時是不得不為自己的將來留點兒相反的理據餘地的。於是，寬容便顯得更重要了起來。這是一種一了百了的境界的不斷攀升，欺騙與被騙，感激與憤怒，順從與反抗，總有一日，都會成了在它瞭望制高點上的一覽眾山小。

這年頭，因此，提倡寬容，有時反而比提倡一些不着邊際的「主義」或「旋律」什麼的，或者更具有實用意義。

1998年4月
於上海

另一場戰爭

——政經大隨筆之一

一

世紀末。二十世紀末。一切聖經、預言、先知都說難免一場大戰的二十世紀末。正當小心翼翼、一步一驚心的政治家們，將目光聚焦在中東、巴格達和克羅地亞之時，正當誠惶誠恐的世人抬頭仰望飛碟，低頭微觀愛滋病毒的時候，大戰突然爆發，爆發在一個出人意料的時刻和地區：一九九七年七月的東南亞。然而，這並不是一場炸彈、硝煙以及蘑菇雲的戰爭，而是一場資訊、電腦與金融的包抄、對壘和廝殺的攻堅戰，輕輕鬆鬆，舒舒服服，斯斯文文。戰爭發動者們在電腦螢幕前觀察，分析和追蹤了多年，終於定下了攢緊五指重拳出擊的那一刻。他們的短期戰術是：泰山壓頂，速戰速決。他們的中期目標是：掠取钜資，合理合法；他們的長期戰略則着眼於天邊的那條再清晰不過的地平線：摧毀——至少也要拖緩亞洲以及中國在二十一世紀首十年間的崛起速度。

沒有人會、沒有人敢、也沒有人肯、承認這一點——至少在今天。在這個文明已高度進化而德操與公理已深入人心的時代，一旦公開，這將成為一樁遭全球傳媒炮火合力平毀的陰謀，任何權勢者也逃脫不了火葬其中、灰飛煙滅的命運。但戰爭還是爆發了，且速來速去，驟聚驟散。被打擊者們儘管滿腹狐疑，但還不得不在措手不及與暈頭轉向之中跪地乞饒，打擊者們自然必須扮出一副同情、公正與慈者的面容。一切就像是做了場夢，雷霆不及掩耳的假戲真做或真戲假演：亞洲諸國累積了幾乎二十年的財富於瞬刻間化作為了瓶底的一層薄液（據說這是泡沫消失後的正常狀態），而且也未必再能在將來十年之內得以元氣恢復。萬事不一定能夠也不一定需要揭穿謎底，結局便是最好的註解。歷史的一次潮汐往往需時百年，水落石出或者總有一日，但那要等到五十年後的某一天，當一切已事過境遷星移斗轉物改人換之後。就如今日的我們在教科書上讀到第一次世界大戰的背景以及成因，陰謀到了那時也就無所謂再是陰謀了。

沒有條文規定說所謂「戰爭」就必定要具備某某形態。斬首砍頭、刀光劍影在中世紀，炮艦政策時興於十九世紀，囚禁、流放以及文字獄是二十世紀的特色。為什麼二十一世紀的戰爭就一定不可以舒舒服服在空調間裡，彼此看着灰色跳躍的電腦螢幕像對弈棋盤般地進行？

而索羅斯就是他們之中肩垂金邊紅流蘇的傳奇式的將領，當他在螢幕前調動、集結、指揮着資金的千軍萬馬時，他有哪一點會輸於巴頓、麥卡索和隆美爾？

之所以說他僅是位將軍，因為全盤的戰爭自始於那些面目模糊的決策者，他們躲在雲裡霧裡，躲在另一個星球上操作這一切。一場金融風暴，是的，除了以「金融」以及「風暴」來命名外，還能稱作什麼？沒消滅任何社會硬體（包括人命與財物），偌大的一家銀行，一家跨國公司，一家外匯交易市場，塊磚不少，根樑不缺，改換的只是它們的屬姓。這，才是一場真正的戰爭呢，一場非常高明的戰爭。為了佔領一座城池就得先炸毀它——就如當年的柏林與東京？不，這決不是索羅斯們奉行的戰事宗旨，硬體已不再重要，如今誰還會掠地蓄奴？改變財富的姓氏與擁屬地位才是最根本的——而這，難道不可能會是下世紀戰爭的某類特定形態？

新一個世紀的某種存在的曙光，往往會通過上個世紀末的一扇沒掩蓋好的窗洞之中預先透露出來。很難想像的是：在這政治世紀與經濟世紀的交接口上，絕對沒有任何政治能量與背景支持的索羅斯，能單憑手中掌握的千億美金的基金以及一顆所謂「唯利是圖」的勃勃野心，便能將擁有一整套健全國家機器的亞洲政府挨個擊倒。或者授意或者暗示或者默契——反正在今天，我們見到的只可能是在台前的聚光燈下表演的索羅斯。

二

繼日本二十世紀六十年代末經濟崛起後，七十年代有四小龍，八十年代有新四小龍，而更令人震驚的是：從八十年代末期起，中國，這條擁有了九百六十萬平方公里領土和十三億全球最大人口市場，沉睡千年的巨龍也被吵醒了，它開始遊移，攪動起來。這是一條自龍首至龍尾的一周曲動都可能需時十數年的龐然大物。然而，愈緩慢的必然是愈堅固的愈可怕的，愈難撼動的因而也是愈不易被戰勝的——到有一日，待它睜開如炬般的雙目，五爪起舞，凌空騰躍時，一切，又會是何種局面？

不是沒有人想不到這一點。

然而，亞洲仍是極具吸引力的，她生機處處，她剛被啟蒙了的商業覺悟一年一截刻度地往上竄長，她成了全球最富於機遇的區域。一時間，「亞洲世紀」的呼聲甚囂塵上，二十一世紀鹿死誰手，成了西方政治家們最難言的隐痛和心病。

但商人們還是十分現實的，坐擁鉅資的他們，在寬敞、明亮、現代化的辦公室中每時每刻想到的主題便是利潤！利潤！利潤！他們之中的不少人毅然拋棄已老化了市場的歐美而去，向着正環流着新鮮商血的亞洲移動。他們帶去了資金和技術的同時，也帶去了西方的價值觀、民主思潮以及管理理念，而問題恰恰就在這裡產生。

亞洲經濟急劇市場化，西方的繁華與物質文明令人嚮往無限。這是一個落後的地區以及民族在一旦認識有自來水可以代替井水，電燈可以代替油燈時的一哄而上；但他們勤奮，他們刻苦，他們節儉，他們肯幹一切西方紳士淑女們不肯幹的活兒。財富迅速在他們手中累積，於是，便成了一種無法逆轉的趨勢。

財富是一回事，社會結構是一回事，根深蒂固的亞洲價值觀與民主認同又是另一回事。資本社會的繁華套餐組合，為其自由經濟自由政治自由資訊自由思維以及自由表達，只取其一而捨其他的結果是經濟基礎與上層構築的嚴重錯落，資本運作與思想體系的深刻矛盾，以及由此而衍生出來的各種社會腐敗症。違反此套餐組合定律的國家、地區與民族必遭懲罰；至少在完全從師於西方的金融行業中，最能發現徒弟在連串形似成熟的動作之中，露出致命破綻的恰是師傅他自己。金融，這是最宏觀的市場經濟，或者說，是市場經濟的最宏觀，是與政治結合最緊密的那扣經濟環節，以此入手，撲殺力必能達到極大值。大到如何？大到能涵蓋全部的社會生產成果，在它面前，一鏍絲一鉚釘的硬體累積已顯得無所謂其存在。

於是，在這次戰爭決策者們的電腦監視屏上，亞洲金融曲線的波動與流向，早已被長期地追蹤、觀察和提煉成了具有科學說服力的連串資料。就如當年軍用地圖上的諾曼第與仁川，重重而又粗粗的紅筆其實早已把它們圈定為了二處將會永載史冊之地。登陸包抄戰的將領們的最高享受是靜靜地抽着煙斗，透過噴霧凝視着，想像着。地圖上的幾個黑點代表着若干頭已十拿九穩將成為他們囊中的獵物；黑點呈放大形地奔流進他們的瞳仁中，他們能見到敵人的龐大軍團在潰敗時的自相踐踏，震天的慘叫令他們興奮，令他們血脈澎湃，他們知道一切都會在他們的預期之中！他們會不由自主地攢緊拳頭向着壁掛在牆上的軍用地圖捶去：「——這是給他們以一頓好教訓的時候啦！」

教訓？是的，除了教訓還能稱作是什麼？梯級是被害人自己為入侵者們墊鋪好了的，事到如今，即使是最不懷好意的「教訓」也不能不稱為是教訓。

三

此種快感就如一位西方金融炒家在完成了對於泰銖狙擊戰和撲殺役的事後回味的那般：「我們就像蹲伏在山嶺上俯瞰鹿群的豺狼，泰國簡直讓我們難以自制……」這種衝動卑鄙嗎？他接着說：「不，我們獵殺的是鹿群中的病弱分子，我們維持了鹿群的健康存在。」

這沒什麼特別，因為每一個戰爭發動者都可以為自己找到一個冠冕堂皇的出征藉口——真正的動機只能藏在背後。或者可以說，藉口與動機互為表裡，動機的存在以及合理就是因為藉口的合理以及存在。

這次大戰的啟動藉口是：為了撇除亞洲的經濟泡沫。

所謂泡沫經濟，這是指繁榮的一個虛假面，是繁榮在成長時從社會鏡面中照到的一個虛幻的自己，並誤以為自己真正擴張為了兩倍的一種危險的沾沾自喜。這是近幾十年來的工業革命所帶來的經濟高速增長後的世紀病，反映在高通脹高收入高消費等各種名不符實的經濟表症上。類似現象歐美社會也一樣經歷過。當索羅斯們還是個金融營帳中的行伍或低級軍官時，美國就正在經受此種痛苦折磨，且不惜以高息高失業牽巨額財政赤字，以及經濟負增長的電療與化療法來對付這種金融血癌病。一時間，西方社會元氣傷極，股樓市值嚴重失血；在此重手術的打擊下，倒閉破產者無數，風聲鶴唳，哀鴻遍野。今天，當這同樣的厄運降臨到什麼發展都要比西方慢半至一拍的亞洲時，曾是病人的他們竟有資格充當起醫生來，掂着掌中的手術刀，殘忍而奸猾地笑道：「嘿嘿，怎麼樣？要不要讓我來替你……嗯？」

其實，一切都不是什麼不正常的可怕的，就如霍金關於宇宙膨脹之後必然會收縮的理論一樣，只有經歷換季不斷的社會和人類才能永存不息。前蘇聯政府以一盧布比兌二美元的日子「稳定」了近八十年，而中國也不是沒有過「形勢一片大好，而且愈來愈好」的人氣高漲的記憶。但結果呢？真相面紗一旦揭開，所有的被壓制因素都會彈跳出來，待釋放盡它們累積的能量後才肯甘休。眼下亞洲的情勢就有一種MINI（袖珍）型的類似，沒有質別只有量差。

然而，有一些因素的進展、演變與突破卻是悄悄的，潛移默化的，不在反觀反思和反省時不可能真相大白的。這便是金融格局的全球化；電腦科技從量變到質變的過程化；情報、資訊與資料的資產化；資金的流向，集中與潭積的深不可測以及純政治向純經濟格局的轉化，及其邊緣模糊之灰色地帶的概念化和定位化。專職從事金融投機的大鱷們完全可以利用其手中的軟（資訊）硬（資金）兩件的配合，在股匯市場攫取天文數字的暴利。這種不受，也無法接受政府監管的政經邊緣行為，不但使基金對抗政府，經濟狙擊政治在這世紀臨末的日子裡變為可能，而且也將對二十一世紀人類以及社會的演變方向，產生巨大的不可預知的正、背、側面的推動或者衝擊。（其實，衝擊不也是另一類推動？）

於是，大手術便開始了。被股、匯、政、經、金幾條粗繩紮紮實實捆綁在手術台上的亞洲各國政府，只能在沒有任何痲醉劑實施的前提之下，眼睜睜地看着明晃晃的手術刀向他們恐怖逼來，任人宰割？——當然，正因為有了向泡沫經濟宣戰，這種所謂「替天行道」的嚴正藉口後，才有了這場順理推章的風暴。但手術一旦開始，血肉模糊之間，有誰還能分清割去的是好肉還是毒瘤？事實是：在撇除泡沫的同時，抽吸而去的更有泡沫底下的豐富液體。在泰、馬、新、菲、印尼貨幣的高速貶值潮中，金融投機家們賺取的是東南亞各國在此一二十年間巨大的財富積累；當泡沫漸漸消退而化為烏有時，人們才發覺，原來液體的很大一部分，也通過幾種既定管道流向了美歐股匯市場，美股狂漲，美元暴升（相對於東亞貨幣）便可見一斑。而這種裡面兼顧、利名雙全、模棱兩可了職責與權益的操作法，正是大戰發動者們在事先反復斟酌與權衡過的事。如今，一切已經打開，當升空的火箭正按照預定的軌道運行正常時，唯一剩下要做的作業，便是將分明是非這種判斷上的無謂，推向一個極為朦朧的界定領域。

四

這一切的發生之所以在臨近二十世紀末的日子中，變為可能的一個重大原因是國際政治生態的破壞。假如我們消滅痲雀，害蟲便會氾濫；假如我們滅絕害蟲，痲雀這種地球生物也會因之而自動絕種。而假如，麻雀和害蟲統統被消滅，一種更大的、未可預知的生態失衡現象，會帶來比害蟲吃穀麻雀吃蟲更可怕的生存負效應。麻雀與蟲類的害益與否，只是根據人類的喜惡與利益而制定出來的狹隘定義，在上帝的眼中，在地球生態平衡的大格局之中，它們都並無褒貶之分。

上述原理，也同樣適用於蘇聯帝國及其東歐附屬體系在突然的歷史一刻解析之後。

對於一種物質在突然消失之後的巨大真空的填充，往往會促發強大的對流衝擊，這是一種尚未定性定型定態定量定位和定秩的排列組合的由頭來過。共產與資本在意識形態上的兩大主流之對立，在冷戰時代結束後的世界格局中，將會被種族、宗教、文化、傳統以及地域性經濟利益等，多種板塊的互相衝擊而釋放出的能量所分散所替代。而此回的亞洲金融戰，正是那末項因素脫穎不同的意識形態層面而出，捆綁同區域內的不同國家以及民族為同一命運而戰的最現實最鮮明最典型的例子。

凡事都應該、其實也都必須有個監管。追溯每一段獨裁歷史的成因都能把你引向同一源頭，那便是民眾對其社會前任的深刻怨恨。同是一片濺血殘壁，將布爾什維克在地下室秘密射殺沙皇尼古拉二世全家的血腥一幕，剪輯疊化為羅馬尼亞反抗力量以同樣理由以及仇恨處決齊奧塞斯庫夫婦的另一幕，這整整八十年的周期說明了什麼？

一個民族利用國會、議會、上下參眾議院來制衡其現政府，這是西方發達工業國們的成功經驗，也是他們引以為驕傲的民主商標；但在國際生態一旦失衡了的那個哪怕是再短暫的真空期，連聯合國這樣的世界各民族嘰嘰喳喳論是論非的講壇，也都被統一成為同一個聲音時，一切會不會又向着另一個極端滾去？

再美好的事物，再善良的人們，再優秀的制度，也都少不了一對不屬於他（或他們）自己的、永遠在挑剔其不足與短處的眼睛。

美國總統克林頓成功訪華，第一站西安。日前在電視光屏上見到香港電視台的實地採訪，一位穿T恤衫的汗流滿臉的漢子在街頭被攔住：「可以談談克林頓總統訪問你們西安的感想嗎？」他迫不及待站在鏡頭前舞動手臂，汗流得更歡了，且伴有口吃：「以……以前我們說，毛……毛主席是咱們中國人民的大救星；現在我們說，克……克林頓，他才……才是我們中……中國人民的大……大救星！」即使能被稱為救星（暫不說「大」與「不大」），克林頓也只能是美國人的。一旦當他成為了我們中國人民「大救星」時，他就得立即下台，且會被起訴。因為根據美國法律，他犯的是Treason（叛國罪）。三十年之前，當美國作為自由世界的領袖且中流砥柱一般，抗禦着每一天都會有來自共產陣營最險惡的世紀污蔑的浪潮時，她卻是個十惡不赦的「美帝國主義者」；今天，當她的總統被當年詛咒者們及其後代當作再世基督一般膜拜時，她會否倒反而真「帝國主義」起來？——希望這不是亮起了的另一盞紅燈。

再說回亞洲，說回金融風暴，說回這另一場戰爭。

從軍事佔領（炮艦——殖民政策）到政治割立（冷戰對峙）到宏觀經濟攫取（金融風暴），這是自十九到二十一世紀文明社會演變的階段性特徵。就像是穿了遠落後於時尚的衣着招搖過市，中東、車臣、克羅地亞、科索沃、伊拉克入侵科威特以及台海飛彈演習，仍停留在軍事恫嚇武力打壓思維層次上的政治團體以及政府，必會引來一片國際輿論嗡嗡嘲諷和圍攻的原因就在於此。其實，所謂豪取巧奪，一樣笑眯眯地從你手中接盤過去、還可以聆聽你一聲道謝的，豈不比脹粗脖子憋紅了臉、雙目瞪圓握拳侍側的風度要雅觀多了？暫且假設人的貪婪本性在可以預見的幾個世紀內，還不至於會被改造好的話，這只能算是一種搶掠手段上的進化。有一天，待到西資再次東渡，注資、收購或貸款給你正頻臨倒閉的企業，而你又感激涕零地向來者拱揖謝恩時，他可能會面帶笑意地告訴你說：「其實，這錢還不是你自己的？」

在這從二十世紀到二十一世紀的節骨眼上，在這政治世紀向經濟世紀科技世紀轉化的微妙當口，有時，經濟難題的解答還得，或者說，非得依靠政治公式。亞金風暴的最後一役，對於日元幣值狂瀉的止制，便是中美日政府在會診之後開出的一帖泛政治化了的醫療處方。經濟巨人政治矮子的日本與將此比例恰好顛倒了的中國，在某些方面的難言之隐是有着質異而值等之特點的。面對西方政經巨人美國，共同的地域利益已將她們捆綁為同一命運。當好飯都吃不上一碗時，中國政府一貫強調的所謂吃飽飯，便是我國人權的基準於一刻之間突然變得可圈可點起來。

五

有一個日期的巧合，也曾引發過人們的聯想與推測：一九九七年七月二日，香港回歸大典結束後的不足二十四小時，亞洲金融登陸戰便在曼谷拉開了序幕——索羅斯領導的量子基金會成功攻佔灘頭陣地。

很多人說其中必有暗聯，但也有不少人說：未必。我想，問題的提出與理解或者可以自一個反證的角度。既然是為着爭奪二十一世紀的世界掌舵權，這樣宏大的戰略目標，小小的彈丸之地恩仇應該不會成為形勢的左右力量。然而，即使再沒有耐性，曼谷登陸役的打響，都一定要等到英國完全自小島的政治舞台上撤退下來之後——倒不是說，英國就必定是此場戰事的實質合夥人；反正，此戰決策者與英國政府的關係斷然不是不密切，因此他們便不會也不可能讓他們的同盟者被動與難堪，以及像濕手抓了乾麵粉一般地想甩都甩不掉的某隻政治包袱。他們互通資訊互換情報互切互磋互商互量，就如當年盟軍聯合指揮部中運作的有機以及有效，他們的合作不是剛從今日開始，他們的合作是有傳統的，而在這點上的明白度就像燈泡必定是配在燈座上一樣的顯然。

時機的選擇，怎麼樣，都留下了作案者逃遁後的蛛絲馬跡。而英國在此問題上的戰術則是後發制人。

當他還在台上，他全身通亮地暴露在射燈下。隐沒於黑暗觀眾席中射向他的每一支暗箭，發出的每一尖噓聲，他都一一記錄在案。他在忍受，他知道，他的報復時間表應該定在他從舞台上撤退下來之後。政治家們的胸襟是最狹窄也是最寬容的。意氣用事這句成語在他們的辭典中找不到。為了利益，他們能與其最切齒者很紳士地握手言歡，談友誼談合作談下一個世紀的戰略夥伴關係，但他們卻可以同時牢記你的哪怕曾經只是一個輕蔑的眼神——這是英國的政治傳統，外交風格，也是這位老牌殖民者通過時間告訴你我的一個又一個的他們的心態故事。

一百五十四年了，在這受殖民統治早已過了時的二十世紀末，英政府的唯一希望就是能光榮光彩光輝地自他最後的，也是他管治最出色的地方完成撤退行動。他希望歷史能這樣地記下一筆，世界能這樣地見證一次，香港民眾能永遠地緬懷這段在他統治之下的輝煌歲月。

為了這項最高目標，末代港督彭定康上任了。他不是來挪款，不是來安插，更不是來運走繁華的。他竊笑在某些中共官員指責他企圖搞亂香港，要將香港豐厚的外匯儲備偷偷運回英國祖家去時。在他的主持之下，一連串與中國當局的談判展開了：新機場，外匯留存，社會福利資源，直選和全面政改方案。雖說跌宕起伏，但最終都能歸於個圓滿的結局。圓滿，並不表示什麼，因為在當時，只有「圓滿」才是合符雙方最大利益的。而彭定康、衛奕信，柯利達和何維等英政客之間有關談判策略的矛盾，並不存在有根本的目標衝突，他們只是些手法採用上的分歧而已。他們總會站回到同一條陣線上去的，就像在今時今日，當撤退任務完成，當已有人替身於他們站立到射燈下去之後，恰如當年的敦克爾克大撤退，三十多萬英軍從法國安然回到本土。撤退為了擺脫被動，撤退為了爭取主動；邱吉爾將之稱作為了「世紀偉事」和「拯救奇跡」。

現在，他們再一次地自在了，當一位他國將領索羅斯在亞洲打響了「金融諾曼第」之役的第一槍後，他們便可以悄悄兒地出手。

他們借憑的優勢是對於香港社會全盤運作的瞭若指掌——就算香港全身披盔，但總會有那一二處被刺中後可能致命的部位，對此要害的精確把握，除了他們還有誰？他們當然更明白，一個由獻媚者、投機家、騎牆派、見風使舵份子、傳統左仔、舊官僚以及新貴族組成的特區政府的混合艦隊，一個全然不靠直選，單憑印象而欽點出來的領導班子在應付突發事件，尤其是衝擊與爆發力都是空前的突發事件時的決斷與能耐。他們曾把一疏傍海的漁村發展成為一個經濟奇跡，一個令全世界都為之驚訝得而作掩口狀的繁華的國際大都會——他們怎可能不理解不清楚不明白？而他們又怎麼可能會完全心甘情願將這麼一顆光彩奪目的東方明珠，毫無代價地奉還給她的那位幾乎從未負擔過她任何成長成本的親生父母？他知道，小島的成功就在於他全部窗戶門扇都被打開了的自由經濟的運作，其不易操縱以及難於管理也正在於此。沒槍沒炮沒原子彈，這麼個彈丸之地之所以能安全能繁榮能世界矚目，靠的就是那麼一套她的前任統治者為她度身定制的，只適合小島特殊地理位置、歷史背景與傳統的社會制度。其每次掙脫捆綁的技巧，不在於她聲嘶力竭砍鏈斷繩的硬功，而是全身關節都能鬆動、全體骨骼都可以變形的柔術，捆綁之鏈仍舊形不改分毫地卸落在原地，卻已再度獲得了自由！如此技巧，一個單靠湊合而成的政府與立法機構能否在短期內掌握？她再也不需要花費更多的口舌，來與你爭辯所謂民主、自由資訊以及直選對香港將來的重要性了。她絕對清楚，一場十二級颶風的亞金風暴能代替她說明些什麼？

所有這一切，都預料在已順利完成了撤退大行動的英殖民者的視野中；他們已作了最好與最壞的佈局，最高與最低的評估，最近與最遠的打算。從這點着眼，老實說，特區政府能將危機化解到如此水準其實已屬高分。

六

但無論如何，他們期望的底線已經達到：香港經濟負增長，失業率驟升，樓股市崩潰，銀根緊絀，信貸空前收縮，社會負資產階級層面迅速擴大，金融社會動盪不安。幾十年來，真還沒有過如此「可觀」的規模。在「一國兩制」承諾保障之下的香港地區，資訊與言論繼續保持高度自由，他們對此表示「滿意」，全世界也因而對此表示「滿意」。然而，就是為了這兩個悅耳的字眼，特區政府付出的代價沉重，一次又一次的民意調查顯示了：董特首的威信跌入谷底，而對殖民時代的懷念卻攀上峰頂——人民很現實，誰能為他們帶來繁榮、財富與安定的，他們便擁戴誰。「長江黃河」之類的愛國情懷，那是要在他們的物質利益全然不曾受損的前提之下才能被喚起的一種歌詠衝動；而他們更拒絕反思說，高地價高工資高消費高經濟增長率，原是港英當局在十多年前就開始埋下此次禍根的雷管。

難道你不認為，已撤退了的英殖民者也懂得這所有一切？

彭定康目前在他潛心撰寫《香江歲月回憶錄》的法國農莊中，透過其發言人表示他打算秋臨香江後再度訪港。他念念不忘中環嘈雜有趣的街市和鱗次櫛比的古董鋪，肥到流油的北京填鴨和饞到叫人淌口水的蒸籠蝦餃；他說，他只能為自己的幸運而暗按胸口暗叫好彩——風暴至少沒在他的任期內發生，但他理解特區政府面對的壓力，這確實不是一件易為的事兒。

除了說這些，他還能說什麼，假如他對一切都瞭解，或者也並不瞭解？

而陳方安生女士在美國對着傳媒鏡頭的表態則是：要讓我（以及我的不少同僚）完全放棄英式生活和管理理念，就如當年要我們徹底放棄做一個中國人的信念一樣地不可能——這是她合情合理合時合品的表態。

風暴的另一項副產品是：素來政治敏感經濟低能的港產左派們，開始失寵失勢失利和失望。本來，邀寵手法與愛國情操的表達，仍停留在五十年代初四十年代末的，以唱着「解放區的天是明朗的天」和扭秧歌來迎接大軍入城的他們，只會令本身已具備了強大開放和現代政治意識的中共高層，感到一種不說不行、說又說不清的難堪與苦惱。他們期盼你們「爭氣」的標準在於管好管出色管精彩香港，而不是鞍前馬後迎來送往之類的表面文章——這類人和事他們在內地的中下層官僚系統中所見還少？他們知道，這是一種庸官性格的變奏。而與此同時，舊公務員高層中的鐵杆親英分子又開始了他們滿面春風的日子——這是某種季節重臨之時的症候。至少來說，擔心這些人遲早要被清除出伍的時間表已不得不無限期地向後推延，或者甚至永遠也無法再能執行，至少在五十年不變的期限內。這令英國政壇鬆下一口氣來：英資企業在整體香港經濟中仍有極大的佔有率，他們是萬萬少不了幾位在政府中的代言人的。

經濟轉型，這是以前多少年的港府已體認到的現實；然而，有些嚴峻的事實，卻是透過此次危機才真正被端放到枱面上來的。作為一個金融外匯市場徹底開放，資金出入絕對自由的彈丸之地香港，她得於此失於此；成於此，敗，當然也於此。這套英國人在幾十年之前設立的框架，與現代國際金融格局正發生着極大的對位上的矛盾，但前港英政府卻懶得去採取一些及時措施去將其齒位校正。事實上，這恰好是神不知鬼不覺埋下的一條絕妙伏筆。在這單以一個美國的機構投資基金已擁有近十三億美金，而可隨時動用的對沖基金已高達三千億美金的時代，各國政府的幾百、即使是上了千億的外匯儲備還能對整體國民經濟起到多少保護罩作用？更不用說是一個完全剔除了政治因素和行政杠杆作用的地區，如香港。所謂外匯儲備，在現代世界，其實已淪為一帖國民的心理安慰劑，沒有一個國家可能在沒有任何政治能量炮火的支援下，而單以其純儲備於一個非常時期來抵消一切內外債務，從而取得一個連誰都不需睬不需理不需求的超然地位的——閉關自守，那已是前個世紀的事了。

因此，假如港幣現一刻就與美金脫鈎，對於經濟造成的打擊之所以會是滅頂性的原因是：以往的種種金融張力都匿藏在7.8:1的表層之下，這與一貫奉行自動浮匯的國家不同——政治曾令你得益的，總有一天，政治仍要伸出手來連本帶息向你索回去。

早有人想到和料到所有這些，只是當香港吃了大虧從噩夢中驚醒時，一切都已成了明日黃花。

但不管怎麼說，搞垮香港仍然，也絕對不會，是某些別有用心者們的最終目的。他們說他們仍愛護着香港，關心着香港，注視着香港，祝福着香港。他們採取的方式，很紳士很含蓄很理性很「費厄潑賴」（Fair play）很旁觀型也很第三者化，他們絕對避免當年某些中央官僚堅持階級立場、民族立場，在與港英當局「針鋒相對」時的那種氣急敗壞的腔勢。他們只想透過危機，透過傳媒，透過輿論，透過某種政治之外的軟性手段，來規逼香港走上一條他們心目中的民主之途。比方說此次香港立法局直選——此次有人只強調它高投票率，有人則強調它民主派勝利的立局大選——就是一次在經濟暴風雨中的政治擺渡，爭舵與合作兼而有之。

一九九八年七月二日（巧合：恰恰與量子基金會登陸曼谷狙擊泰銖相差了一年的同一個日子），跨時代跨紀元跨政權的香港赤鱲角新機場剪綵啟動。這項被譽為打破了若干香港市政建設以及世界航空站史記錄的宏偉工程，在它還未正式受理啟航客運之前，便率先送去和迎來了當今世間兩個政治超級大國的元首座駕的起飛以及着陸。香港問題的較量實際是兩大利益集團之間政治與外交角力的重要一環，一升一降一前一後抵步的兩位大人物，已將此啞謎作了一回生動的點題。

七

一切都很像是冲着因改革開放的實施而迅速崛起的中國而來的。

因為，隨綜合國力指標同時上升的，更有她愈來愈暴露出來的足以讓人們攻擊的弊端指標。

因為，這場經濟大戰的最終受力支點是中國——這個亞洲經濟勢力最大、最強、也是最終極的堡壘。而最可能間接導致後果是：其政權可能因經濟失控而垮台，經濟則因金融的崩潰而率先潰散。

當然，最終證明了結果是：一切並不是如想像之中那麼地不堪一擊。

首先，前蘇聯是前蘇聯，現中國是現中國。不能等同的原因是：歷史背景、文化傳統、民族個性、宗教、哲學體系，與社會開放的時間表均存有很大的差異。人民幣能堅挺住，這是十分出人意料的；這說明：中國政府對於廣泛分佈在中國國土上的權力與民心的控制仍牢牢在握。理財的精明更遠不如預料之中那般差勁，在全面打開大門的同時，她始終沒忘了留一手。而老一代江山締造者們的所謂「亡我之心不死」的遺訓更一直懸疑，為了一種新一代領導人在改革、摸索與推進之中的步步為營的謹慎——這一切的一切，千鈞一髮之際倒真還產生了想不到的、神奇的急救功用。

就像手推石球，眼觀之時是一回事，掌及之刻才能感覺到靜止着的石球的重量與內質。其實，這已是一場十足的戰場上的短兵相接了。事先的情報掌握不是說沒有點偏差；而流亡去了海外的民運以及異見份子的分析與推測，很多時也只是一種一廂情願了的祈盼。於是，掌及石球的推球者們便當機立斷地改變了姿態——這種政治家的機智與無恥，古今中外並不罕見——他們微笑着改而撫摸着石球說，他們並不是想推滾它，而是覺得它可愛新奇得令人不能不產生出一種撫摸它的衝動。他們開始稱讚起人民幣和港幣的幣值堅守政策的英明，了不起，卓有遠見以及對整體亞洲金融免受進一步衝擊的防波堤作用。（除了稱讚，他們還能找到什麼更好的掩飾藉口？）與此同時，美國以及西方諸政府也都紛紛伸出援手。在這全球金融趨於一體化的今天，一則，可以及時阻止這場他們挑起的大火不要最終也燒及了自己的鬚眉；再說，萬事都有個適可而止，戲演過了火也就不成為戲啦。

當然就將計就計地欣然接受了他們所拋擲過來的微笑與褒辭的彩球。因為人民幣的不可能貶值（至少在一段可視見的將來），更多是出於政治與政權的考量而非經濟原因。而能在此金融風暴襲來時堅守陣地，為國際社會勇承擔責恰好又為中國第三代領導人提供了一個絕佳的契機：一九四九到一九七六年間的種種，一九八九年六月的那場惡夢的遺痕，都將因新記憶的建立而有效淡出。

經濟的寒暑表量度出的是政治的氣溫。

其實，通過一場「實戰」演習而暴露出來的隐患和龐大的匿藏資料群，已足夠令各個參戰的方面軍細細判研上它個好多年。總之，在這些二十一世紀就迫近於眼前的日子中，經濟將逐步替代一切而成為這個世界主宰的最重要的實力指標——這已不可動搖為了一種確定確立以及確信。於是，打開貿易壁壘、金融壁壘、市場壁壘，便成了所有具有超前目光與意識的西方政治人物，向着世界他國天天月月年年的廣播喊話；再不需將一個個國民的個體，遠涉重洋地自祖土「殖」往某一處不屬其國土的地域，如今的殖民只是「殖資」的一種形式變奏。試想在「大戰」中幾乎成為經濟廢墟的亞洲各國，除了全盤接受西方列強的各種帶強制性的「殖資」計劃外，還能有什麼別他選擇？通過文明瀟灑的現代金融手段掠奪他國他族的財富，將愈來愈成為一條公認的國際法則，一種二十一世紀的時髦思維。

或者是趨勢，是一種新科技新觀念新體系新制度新理論，互相促發、協進、調節和整合後的世界格局的必然模式成型，但至少於今時今日今一刻，一個龐大（包括人口與國疆），有着根深蒂固傳統勢力如中國的大國，在一夜或幾夜之間就將國門國窗都敞開於毫無政治大氣層保護之下的做法，絕不會是明智的——不僅對中國和中國人，而且對於世界各國以及全人類。因為漸進，雖需付出時間與耐性的代價，但可換來穩健與相對安定的結果。中國人必須時刻謹記在心的、一條用粗黑字體書寫而成的二十世紀的大事錄是：曾以韌力與柔術、不動一槍一彈，於數週之內就崩潰了整座蘇聯共產體系的西方政治家們的智慧核潛能，究竟有多強大？

民眾效應，往往帶有極大的盲目與盲動性。希特勒以及毛澤東時代的瘋狂，當歷史反觀時的清醒，足以令後人覺悟到當時荒唐的極端以及不可理喻，但我們之中的很多人就是那個時代的過來人，除了極少數清醒者外，你不妨問一問你自己，當時的你投入的真誠度又有多少？今天，當一切都成為過眼雲煙，卡拉OK、夜總會，衣着稀薄、隨時準備為你提供某種服務的款款女郎，給你帶來的是另一種繁華，另一種嚮往，另一種價值觀。民眾效應再一次被煽起，在這政治號召力一面倒的時刻，有識之士的思索主題恰恰應該是它們的反面，因為，鑄成大錯和巨悔，往往又在此時。

八

世紀末。二十世紀末，我們之中的絕大多數都能活着見證到這麼一次千年過渡的世紀末。一切都在劇烈的變異之中，是非黑白在陰陽八卦圖點的孕育之中相互膨脹以及收縮，為了一種對立標準的恰好顛倒。大戰爆發、拉鋸、平息、談判、分贓——一場多數世人都不清楚也不認為是什麼戰爭的戰爭，眨下眼已只留剩下了個尾聲。悲慘者輸了財產、輸了企業、輸了城池，也輸了國家。贏家是誰？不像凡爾賽宮和密蘇里軍艦受降桌的兩邊，理利界河，陣壁分明；因為誰，也不願出面來承擔這個以目前的通用道德標準，來衡量還不太光彩的角色。還是讓它存在於朦朧之中吧，讓歷史的心中有數。

只是經此一役的亞洲諸國已元氣大傷，她們呻吟着、掙扎着，互相包紮着地從廢墟裡站立起身，塵面垢體，行為飄忽。她們打起精神，清點着大劫後的家園，幹幹停停，坐坐歇歇，而嘆息，始終伴隨着她們整個的勞作過程——為什麼？為什麼我們竟然連想都沒想到？！

當然，康復總會有一天，只是除了經濟體質外，更應該包括一顆對於蒙面大盜在某個風高月黑之夜，隨時又可能降臨的永遠清醒着的戒心。

1998 年 7 月

於上海西康公寓

別裁人生的嘗試

一

在動手《立交人生》（又名《人生別裁》）這部長篇之前，我一口氣就寫了四部中篇。應該說，無論從題材上還是寫法上，它們都與這部長篇有着一脈相承的關聯。或者可以這樣說，它們是這部長篇啟動前的暖身運動，是一種台階的鋪砌。在這之前的再之前，大約已經有十五六年之久了吧？當我完成了我的長篇處女作《上海人》（三十三萬字）之後，就一直沒再涉及過小說的創作。《上海人》是一部靠着回憶的激情噴瀑而成的小說。那時候，那個噩夢般的時代還剛過去不久，一切仍很鮮活，記憶猶新。

但有一日，我突然又想寫小說了。而且，這種欲望，竟然還強烈得就像要將生命活下去一樣的毫無疑問和無從回避。儘管我有點懷疑自己再度寫小說的能力和決心，但我拗不過我自己，終於還是老老實實地走到寫字枱的跟前，坐下。那是在二零零零年仲春裡的一個温暖潮濕的夜間，此起彼伏的欲念在幽暗的房角裡蠢蠢欲動。事情出乎意料地順利，僅一個月的工夫，我便完成了我的第一篇中篇《後窗》（四萬字）。

以後，我便陸續再寫。台階一級級地鋪砌上去，終於鋪到了非要動手寫一部長篇不可的地步了。我擴大了的視野開始回眸，它們越過了我的青少年期、我的初戀期、改革開放期、十年文革期，直達我那安謐而温馨的童年時代。我仿佛正躺在哪裡，又像是母懷，又像是某種舒逸而遙遠的社會和人群的氛圍裡。但定神一想：現在的我不已是個兩鬢完全斑白了的準老人了嗎？而且，這種錯位了的感覺往往飄逸而來又飄逸而去，帶點兒神經質的衝動，像是一縷稍現即逝的氣息，又像是天空中不斷飄過的朵朵浮雲，沒有來由也不續去蹤。

想一想這是一種什麼樣的感覺吧！但這種感覺卻是異常地真實而且準確。尤其對我們這代人而言，半輩子做人所穿越的時光斷面，幾乎相當於我們祖輩好幾代人才可能經歷的。有時感覺，這是一條悠長而又深邃的時光隧道，自己正漫步其中。兩邊的展櫥五光十色，目不暇接；而展品雜亂無章、高低錯落，既熟悉又陌生。就是這種感覺，我很珍重它，不願讓它受到絲毫破壞或者改觀。它不是情節——人物傳統的小說敘述功能，它只是一種氛圍，強烈而迷人的氛圍。

我把它忠實地、盡可能原汁原味地記錄了下來，再對它進行了某種創作層面上的技術剪裁。於是，一部新的長篇便誕生了。出人，也出我自己的意料之外：這回分娩出來的，竟然是與《上海人》徹底面目全非了的另一胎！

二

要聲明的一點是：從沒刻意要去提倡某某主義或追隨某某派別——事實上，我對學院派的類似課題從沒感過興趣，更妄談去鑽研了。我想，「自我」，便是那盞我提着它，走過創作漆黑而幽深長廊的唯一的提燈。

但無論如何，我明白，眼下這部長篇很可能是部帶點兒這樣那樣「異類」色彩的作品。不少人說看不明白；不少人說，小說的情節人物場景描寫的技法都與基本的創作原理有悖；甚至還會有人說，顛三倒四，故作玄虛，一派胡扯！還有一些熟悉我一貫創作風格的作家和學者朋友則可能會嘆息，說，怎麼他突然就不像從前的那個他了呢？

但，在創作的過程中，一個作家無法自控；事實上，也沒有必要刻意去自控。既然，創作是一種無中生有，思維如何合成，感覺如何合成，這是件天才曉得的事。

你要做的只是靜靜地坐下來，等待——等待某種啟示的到來。但有一點，你必須做到，那就是保持心境的絕對（或者說盡可能的）純淨與透明，儘量化解一切功利念頭的污染。這與進入氣功狀態時的意守丹田有點相似：每一小格純淨度的提升，今後都能在你作品的品質之中反映出來。於是，一切便有點兒水到渠成的味道了：想到什麼寫什麼，想怎麼寫就怎麼寫；厭惡什麼拋棄什麼，喜歡什麼揀起什麼。而有些，曾經是自己喜歡的，讚賞的，追求的，但寫着寫着突然就發現不認同了，不喜歡了，甚至生出厭煩來了，那就將它毫不猶豫地拋棄掉。老實說，我對自己都有點弄不清、摸不透，別說他人會怎麼想，讀者會怎麼想了。

三

於是乎，「立交人生」便建造出來了。一個或半個世紀之前，當城市遠不是那麼擁擠，交通遠不是那麼繁忙，生活的節奏遠不是那麼緊張的時代，「立交橋」這種建築概念怎麼會兀自冒生出來呢？

道理是一樣的：需要以及需求才是產生的直接原因和動力。

當然，在我的小說中，這種所謂「立交」是抽象的；但又並不抽象到哪裡去：時空交錯，意識交錯，角色交錯，現實以及夢境的感覺交錯。我突然就發覺：畢卡索和達利筆下的一個個變了形的人物，和一幅幅變了形的景象是如此真實！

還有一點，就是對於人物（潛）意識礦藏的發掘。我始終認定：這些沉睡中的記憶是一批珍貴無比的創作素材。看要看作家有沒有這份決心、能力和勇氣去將它打開了。我是個電腦盲，至今都無法摔掉紙與筆的拐杖來進行寫作。但這一次，我想借用的比喻恰恰是有關電腦網絡的：這就像你一扇 Window 一扇 Window 地進入，你愈走愈遠，你愈探愈深。那一刻，當五角大樓最機密的全球作戰計劃圖表都突然呈現在你眼前的時候，你想，你面對着電腦螢幕的將會是一副什麼樣的狂喜然而又是驚呆了的神情呢？

佛洛伊德，這位偉大的天才的二十世紀初的心理學的奠基者告訴你說，這一切都不是沒有可能的。

怎麼可以說這一切都是不真實的呢？我要說：真實，異常真實！無比真實！而且真實得都有點近乎於透明了。這是我們這代人回首生活來路時的最確切的感受。尤其對於我，二十六年前，「文革」剛落幕，我通過羅湖橋，從當時的一個全球最封閉最黑暗的地域，頃刻之間進入到一個最光鮮最色彩最自由的世界中去。又過了十年，我又從同一座橋上走了回來，回到了那個曾是自己熟悉不過了的，如今卻已變得面目全非了的故鄉和故鄉人中間。一切就如活在一幕幕的電影場景裡，蒙太奇，便不再是什麼文學和影劇作品的創作手法了，它成了你真實生活結構體系裡的一個組成部分了。於是，人物便在小說所鋪墊出來的那派時代與社會氛圍的水土中，一個個自然而然地成長起來，事先並不預設任何假定。於是，「我」便分解了，分解成了作者以及小說人物的雙重存在。這有點像自己飄浮在半空中，俯瞰着自己在幹些什麼時的感覺；並以此來增強小說表述上的中性度、透明度、清醒度以及視野度；同時，又不失投入度。這是一種神奇又有點毛骨悚然的感覺；而這種寫法，可以說是我的，一種突發奇想的「發明」。我涉讀的中外文學著作甚有限，或者，此法的使用者一早就大有人在。但既然我一無所知，我就有權認定這是我的「發明」，我擁其「專利」權。當然，這是在說笑，其實，這種形式最適用我當時的感覺罷了，如此而已，沒什麼特別。

四

還有，便是對於這部小說整體結構定型上的考慮。說到這一點，就不得不涉及現代人的孤獨感，強烈得無法排遣的孤獨感。而這，又正是現代人對生活感受的核心。現代社會，就心理而言，人心不是愈來愈打開，而是愈來愈傾向龜縮，龜縮進心的內核中去，內核深處的某一隻心理暗匣中去（這也就是為什麼在當今世界，心理醫生和心理治療能大行其道的緣故）。當然，這些都是以美式生命哲學為代表的全套西方價值觀，向着全球每一個角落輸出的結果。話說到此，就已經開始涉及某個其他領域內的課題了，就此打住。

但，你又不得不承認，這是現代人類所面對的某種可怕的精神虛無症。人人行走在一條互相不能真正溝通的人生單行道上，偏偏天又暗下來了，更暗下來了。心慌心亂心驚心忧，但還不得不強裝鎮定，提着那盞正變得愈來愈黯淡下去的信仰提燈，吹口哨前行。路的盡頭在哪裡？盡頭又各有什麼樣的結局在等待着你我？沒人可以回答。

這便是我為什麼要讓小說的主人公，在黃昏時分選擇一種離家外出、漫無目標一路向前走去的原因。一條是具形的柏油大馬路；另一條是抽象的人生來路以及去路；並行立交，時合時分，亦幻亦真；更以此來展示每個小說人物，半世人生間的記憶細節，交織關聯以及心理互滲。當時代的大背景豎起如同巨型的舞台佈景，一拉一扯之間便改變了季節，改變了色彩，改變了晴雨明灰的調子。如此這般，藏進了一份相對強烈的時代反差感。而有些看似是十分細微的人生道具，在小說中重疊出現，反復被點睛，其實，其中是充滿了各種暗示和隐喻的。

五

同是個作家，每人對文學創作的終極目標和標準的理解差距會很大。有點兒生命追求的作家是無法控制自己的創作路線圖的——我指的還不僅是某一部作品，而更是他一生的創作軌跡。我欣賞一位作家的如下一段表述語言：「假如我永遠十八歲，那我三十八歲的作品誰來替我寫呢？……謝天謝地，我已經三十八歲了，我很滿意我可以寫出三十八歲的東西來。將來我六十八歲了，我還渴望我能夠寫出六十八歲的東西。一個藝術家的藝術創作能夠完整無缺地展示他的一生，我認為，這是一個藝術家最大的幸運。」（畢飛宇：《玉米》後記）。

三十八歲和十八歲對人生的理解完全不同；同理，六十八歲的也不同於三十八歲的。

十六年前，我完成了第一部長篇《上海人》，那時我剛踏入壯年，回首青年時代，澎湃的激情，繽紛的色彩，自以為洞察世事的目光已臻於爐火純青。這回，我的這部《立交人生》（又名：《長夜半生》）是完成在我快要踏出中年這個人生階段的一刻。回首大半世人生，滄桑歷數眼前；一切激情都沉澱了下去，剩下一些感慨一些冷笑一些自嘲，也都一一吞入肚中。人像一葉孤舟，在芸芸的人海之上飄浮着。就是這種可怕的，來自於內心深處的孤獨感讓我完成了我的第二部長篇。再以後，我便老了。但我相信，我至少再會寫多一部長篇的。這部仍未出世的作品的形式、內容、語言、情節、人物各會呈現啥模樣？那要看世界在我年老了的眼中會是啥模樣而定。站在今天的立點上，這是個謎：對於所有關心我的人，讀我書的人，以及我自己。

六

其實，就某種意義而言，小說創作是件非常樂事，儘管在創作的過程中總難免會有舉步維艱的時刻。

這是一片你為你自己創造的虛擬世界，供你逃逸——從那個你無法忍受、卻又對它無可奈何的現實之中，逃逸而出。於是，你的心魂便自由了，你生活在夢中，但你又不妨將錯就錯地就把它當作是你的真實世界。你投入了，深深地，不可救藥地投入了，甚至當你完成了一部小說作品後的很長一段日子裡，你都無法回過神來，無法從那片虛擬的世界中自拔出來。我相信，不少古今中外的小說家的佳作都是在這種心態中完成的。

再說回我自己，說回我的小說。講起來也有點稀奇：這部長篇的起點本來也只是另一部中篇，叫「遊男」，是寫一個沒有人名只有人稱的「他」，一路夜行時的不斷的心理回歸。但寫寫，就覺得有點不過癮了。我又寫多了一個第一人稱的「我」，來作為「他」的一種分身和投影。當然，其中也就難免要出現「她」了。但「她」是合一的，當「她」分身時，「她」會分屬於「我」以及「他」。

到了這一步，中篇也就擴容成了一部長中篇或短長篇了。就這麼一部基本結構的小說，在不知不覺的演變中，就出現了目前這部《立交人生》的雛型。沒人刻意要追求點什麼，真的，沒有。

當然，眼下的這部二十四萬字的長篇已經是第三稿了，是在對那些片斷式的情節、人物以及背景作出的統籌與改構中，完成了它的最後一道工序，從而讓它成為了一部長篇小說結構意義上的「正式產品」。

如此一部結構可塑性極高的小說是有一個很明顯的特點的。那便是：它幾乎可以無止境（或者說：相對無止境地）將飛入它引力圈內的一切感覺與細節的流隕都一一吞噬進去，從而令它本身不斷壯大了再壯大，卻還顯示不出什麼太大的結構與內容上的不協調痕跡。為此，我的一些作家和編輯朋友，都向我提了不少合理化建議，旨在增強小說的可讀性和人物的可看性。但不知怎麼的，我有點不想再幹下去了，我固執地認定：這已經到火候了，我不想把話都說盡。我在此打住，為小說圈上了最後一個堅定的句號。同時，也為自己迢迢的創作征途立起一塊界石碑來。或許，我需要的是另一次的等待，耐性的等待。等待哪一天我又感到我非要再寫點什麼了的時候——就像三年前的我那般。

2004年3月31日

於HK

立體創作與當代

一　關於藝格

性格、人格、藝格，三位一體。它們共同組成了一個藝術家的本位與本體。讀過《聖經》的人都知道聖父聖子聖靈三位一體的道理。後來，為把人類從罪孽中拯救出來，仁慈的天父遂決定將他其中的一種格位：聖子，切割了下來，降臨人間，成了耶穌基督。他既通人性又通神性，因此，他同時能感受人間的痛苦以及天堂的快樂。他一直滯留於人間，直到他那被釘於十字架上的頭顱猛然垂落下來的一刻。他回到他的天父那裡去了，回歸了他的原位，並與另外二種格位重新結合，成為了一種完整意義上的上帝。

如此描述傳達的是一種什麼訊息？而「他」又是誰？

當作家投入地創作時，他就將他的藝格切割了下來，降生到他作品的虛擬世界中去了。正因為這種藝格的存在，作品才有了靈性。我們老喜歡打的一個比喻是：揹負十字架而行，卻渾然不知其中的涵意。處於創作酣態中的作家既痛苦又快樂，他同時在體會跋涉的艱辛和表達的舒暢。作為人類之中一分子的作家，他的另外兩種格性：性格和人格仍留待在他那裡，而他的藝格卻神遊在他的作品裡，體受着他創作出來的人物的痛苦與絕望，興奮和歡樂。直到那一刻，那一刻他為他的小說圈上了最後一個句號。他突然便感覺失落了，無緣無故。因為，他的藝格也與此同時回歸了，藝術家又變回了一個在精神存在意義上的完整體。你說，作家、藝術家的創作過程奇不奇妙？是不是也帶點兒宗教意味上的玄奧呢？不管別人是怎麼說怎麼想的，反正，這是我的感受。

因此，對一位藝術家作品的形態與風格的理解，是建立在對其藝格的形成以及組合的瞭解基礎上的。

十五六歲的我，曾是一個脆弱而又敏感的少年：對梅雨的季節，對黃昏的氛圍，對晚春的氣息，對小巷對弄堂對那些低矮烏黑的民居，對臨街誰家的那扇永遠緊閉着的百頁長窗，對晚飯時分從廚房裡飄逸而出的家常菜餚的香味；總之，對這都市中感知性較強的任何生活細節，我都敏感，都懷着一種莫名的憂傷。偏偏又在那時，我迷上了普希金，迷上了巴赫和蕭邦，迷上了《約翰·克和斯朵夫》，再加上那種朦朦朧朧的性覺醒。我感覺自己生活在夢與現實的邊緣地帶，既充實又虛無，而充實正是那種虛無感所帶給我的。學校一放學，我就一頭栽進了父親的書房裡（那時的父親已離滬赴港謀生去了），我獨自待在那兒，享受着孤獨的幸福。我在那兒聽音樂、練琴。然後，我便打開了那盞垂目的湖綠色的枱燈。案頭堆放着一厚本一厚本父親留下來的英文原著，讀懂讀不懂，或讀懂有多少，我覺得自己漂浮了起來，我脫離了上世紀六十年代初、中國社會的那一片紅彤彤的生活形態，我遨遊在自己的時空裡。

暮色漸變深濃的時候，我上街去。我穿巷鑽弄，專喜愛去接近那些最民俗的，最有生活動態的，因此也是最能令我動容動心的城市生活的場景。我見到一輛輛晚歸的自行車從狹窄的弄堂裡推了進來，那些飄逸的少女們，那些動人的少婦們，在家門口支起了撐腳，停好車，然後便消失在了低矮黝黑的門廊裡，宛若一個個不真實的幻影。沒人留意到我，只有我自己才知道自己的存在。但我享受這一切，這一切所帶給我的感受以及想像的美妙是無與倫比的，我陶醉於其中。

幾十年後，讓我罹患抑鬱症和寫就那些帶所謂「異化」味覺小說的情緒種子，都在那會兒同時播下的。精神類疾病與藝術家的靈性互為皮毛互為表裡，孰對孰錯，孰美孰醜，孰取孰捨，根本就沒法分割清楚。

這是病態呢，還是藝術？即使是佛洛德，也未必能說清道明。但佛洛德卻告訴了我們有關人格、性格、藝格之間的那種隐秘的聯繫。當然所謂三位一體說只是一種宗教化了的隐喻，性格是面向世俗社會時的人格的外化與面具化，藝格則是在面對精神宇宙時的人格的聚焦與爆發。幾十倍，幾百倍，乃至上千倍的對於光能的聚焦力度，終於點燃了一部藝術作品的靈感火種。

二 文學的伊甸園

我出生一個江南的書香世家。祖父是一位清末民初的醫家兼書法名家。父親是經濟學家，上世紀三十年代中期畢業於上海復旦大學，後又一直留在大學裡執教。直至六十年代初離滬赴港。赴港後的父親因應時勢，改換了職業的性質，他擔任了某大企業的高層主管及董事，主謀商務。我是在一九七八年初赴港與父母團聚的。之後，結婚、生女；將父業接手，並以一種純自我的思路與方式將其發展了開來。其間，時晴時雨，風生浪起。有沾沾自喜的日子，也有顧此失彼的時候。但無論如何，我還是一關又一關地闖了過來，非但沒有破產，應該說，還算經營得法，將原有事業基礎的年輪擴大了一圈。但不覺老之將至，殘忍的霜白已不知在何時爬上了我的烏鬢。我在對某些東西漸漸失去興趣的同時，對另一些東西卻興致勃勃了起來。我毅然決定將我從前所從事的人生事業畫上一個永久的句號。地殼的變遷開始進入稳定期，火山不再頻密爆發，一切冷卻了下來。

你看，這大半個人生歲月，三語兩句便能將它說完，但假如要寫它部多卷體長篇巨著的話，也不會說就缺乏素材，可見思緒表達功能的伸縮性之大。寫作者的思點從何處切入，決定了寫出來的會是一隻什麼樣的故事版本。這叫什麼？這就叫文學。

其實，陪伴我這人生之道一路走過來的還有我的文學創作，先是詩歌，後是小說。少年時代，我就迷上了詩歌：讀詩、思詩、寫詩。有時候，一行詩句就可以把我弄得熱血澎湃，通宵失眠。為了能讀到、讀懂更多的詩，我還死啃英語（我在中學堂裡學俄語——這是那個時代的教學大綱所規定的）。除了英語之外，我還學音樂、拉提琴。因為我覺得：詩與音樂也是某類譜系上的同宗弟兄。有位英國女詩人寫過一首短詩，僅三行。我讀到的是原文，但因語言淺白，涵意清澈見底，讀後竟然至今不忘：你死了／把孤獨留給了我／直到我也死去。文學的元素是文字，文字表達的深淺繁簡，與讀者記憶功能間的那種對應關係由此可見一斑。

說到失眠，我想多發揮兩句。不要一說到文人、作家，一談起書香門第，就以為整天都在幹些操琴吟詩、捋鬚壁題之類的清雅活兒。藝術家與生俱來的還有他們強烈的焦慮個性。我不知道我的祖父與父親是怎麼樣的，但我知道我自己的情形。而我相信，我人格之中的某部分基因正是他們遺傳給我的。作家的焦慮症源自何處？我想有兩點：一是對客觀世界中一切存在的現象與物件都過分敏感；二是又要設法將他所敏感到的一切，都能在文學表達的像限內找到恰如其分的對應點。這自然是件很有難度的事，然而，作家懷着的卻是一種不達目的誓不甘休的決意。而假如，你還有志於在「立體創作」這一思維領域裡有所作為的話，這種焦慮症狀更會加重。你老兄是在燃燒自己照亮文學，照亮作品，照亮作品中的人物——雖然我必須承認，我自己並不具備那種要去照亮這照亮那的偉大胸懷與才華；但至少，我也希望能擦亮一根火柴，在這茫茫的夜色裡點着一朵小小的溫暖燭光。

正是這種個性與努力，讓我在進入中年之後的長長八年中飽受了抑鬱症非人的折磨與痛苦；並在近乎於沒頂的打擊之下，奇跡般地存活了下來。我必須說，抑鬱症的本質是一種精神腫瘤，吸盡你精神的能量後，讓你乾枯而亡。抑鬱症也是一座人生的孤島，隨着病情的加劇，你感覺海面愈拉愈闊，而你能力的小舟再也無法抵達人群熱鬧的彼岸了。在這座無人的孤島上，只有寫作陪伴我，只有作品理解我，只有文字同情我，只有作品中的人物願意傾聽我無窮無盡的絮叨。創作成了我裸露着的靈魂能得以藏身的最後的一枚硬殼。

說來也夠慘的：一九七六年以前是政治，去港後，轉變成了社會與生存環境對我的擠迫。到如今，如今一切枷鎖都已打開，卻沒有想到中年人生後的心理與情感因素又攪起了波瀾，遂使生命再度失衡。創作生涯這一路走來，始終泥濘，始終崎嶇，始終得不到應有的認同、支持與理解：從前是那批人，後來換成了這批人；而從前的那批人恰好就是今天的這批人——時代的變遷讓一切秩序都顛倒了過來。社會不能容忍你這麼個立志要成功為作家的人，從前有從前的原因，現在有現在的理由。藝術家永遠孤獨。人們覺得你可厭可煩、失態自閉、擾人清夢。而我呢？我卻在精神極端困苦的同時意外地收獲到了一份充實，這便是我的小說。

這樣的生活、創作與健康境況，注定了我的創作會從詩歌轉向小說，並最後停留在了小說上，不想動了。生活在我的眼中顯得如此奇詭博大，如此立體交錯，而要表現這麼一種生活，真還非用小說這種文學載體不行。再說了，我也必須在我小說的虛擬世界中，尋找能繼續生存下去的勇氣和慰藉——這是俗世之外的另一片精神的伊甸園。其實，在這之前的一九八六年，我曾用一種嚴謹的寫實風格寫過一部三十三萬字數的長篇小說《上海人》。當時，社會和讀書界的反響都頗強烈，作品被改編成影視和廣播劇目，流傳甚廣。然而在今天的回首裡，覺得這部小說裡描述的一切，頂多也是山脈、河川和森林。雖有些氣勢，也有些所謂「畫卷」的意味，但都是地表式的、地貌式的。總之，是在地殼的表面上做文章。在今日的我的潛意識深處，流動着的是一條潺潺的人性小溪，細小但極具靈性。每時每刻，她都處在一種幻變之中，她唱着歌，穿谷入林，時而隐沒於地下，時而又淙淙地露其真容了。這當然是年齡的增長帶給我的一種人生悟覺，但更是上蒼對我忍受抑鬱症痛苦的一種慷慨補償。所謂意識流，原來「意識」就是如此這般地「流」了出來！我讓自己的思緒隨着這股清泉一路奔流而去，沒有目標，也不預先設定流程。我只知道：這叫快樂，叫有趣。偶然興來，我會讓自己在這塊或那塊岩石上站立一會兒。岩石佈滿了青苔，散發着一股青葱的幽香。這讓我童年和少年時代的記憶復活。我站在那兒，東看看西瞧瞧，歇歇腳緩口氣兒。我讓自己的思路集中、聚焦，盡可能地作些寫實主義的敘述與描繪，了了我在創作習慣上某種隐匿了的宿願。完了，我又逐波而去了。我連自己也弄不清，怎麼走着走着，就「創造」出了這麼一個十分個性化的敘事文本來了呢？這究竟是一種病態的宣洩呢，還是文學創作？——或者，這本來就是一回事。

三 印象稿

思緒的河牀有時候就是記憶的流程，但有時候，它只是一種藝格的獨白。

我的創作習慣是記「印象稿」，然而連我自己都弄不清楚「印象稿」究竟是樣什麼東西？因為印象稿並不能算是「稿」。我的那種奇特的創作習慣應該追溯到我早年的詩歌創作期。那時的我沒有任何發表慾，再說了，也沒有任何地方可供我發表作品。故，那時代的那種記錄完全是為了精神宣洩的需要，是純粹的，是遠沒烙上任何功利主義印記的。漸漸的，它形成為了我的一種複雜的少年情結：似乎每天不記點什麼就算是虛度了一天；這是自己都無法向自己交代的一天，因而也是無法上牀去安眠的一天。後來，我成了作家，這種寫作心態仍舊保存，就像已爬上岸來生活的蜥蜴還保留着某種水族生活的習性一樣。

迄今為止，我記錄的「印象稿」已有數萬張之多，這都是些碎紙片，包括各類發票、車票、戲票和鈔票、他人來函的信紙信封的背面，形形色色的商業票據，當然偶爾也夾雜着幾張正規的白紙，但數量很少。紙上記錄的內容全是不連貫的，東拉西扯的，攀峰入谷的。有完整和不完整的句子，有詞彙、有單字、有符號、有中文、有英文，甚至還會有一段用五線譜記錄下來的「主旋律」，紅黃藍白黑，色色俱全。它們帶着我的汗味和體溫塞在了我的褲袋裡，或藏身在衣兜的隨便哪一隻口袋中——於是，我便感到踏實了。時隔十多二十年，當我將其重閱時，那種戲劇性的效果頓現：我無法清晰地判斷出當時的我（只知道那時候我是多麼年青，多麼精力蓬勃！）究竟在想些什麼或打算說點什麼，但我能見到一團團依稀的幻影在我的眼前晃動，既陌生又熟悉。我能傾聽到當年自己的「怦怦」的心跳，感受到它「突突」的脈搏。

我記「印象稿」的另一特點，是喜歡將字跡寫得很小很小又很亂很亂。東連西接，讓它們之間儘量形成一種印象意義上的互聯網關係。我酷愛那種「印象」和「情緒」們的熱鬧聚會，你一言我一句，永不冷場。或索性在那一方小小的領地上跳一回瘋狂的DISCO。在感覺上，愈是擠迫的「印象稿」愈有味，愈能在我重閱它們時，為我注入那種感覺和記憶重建的欲望與可能性。我不喜歡那種正規的方格稿箋，冷冰冰的，一本正經的攤在那兒，似乎時刻在伸手向你索取點什麼。我一看見它們的那付「勢利」腔就反胃。我偏愛那些形狀不規則的廢紙片兒，它們隨意隨便，既不功利也不勢利，我感覺我必定能與它們之間產生出某種感應來。我想：這與少年時代的我老喜歡穿街入巷，將自己融入到最市井化生活中去的癖好是有着一脈相承關聯的。

記是記下了，我卻完全不能確定這些我視若「命根子」的寶貝疙瘩究竟可以派上什麼用場？但我明白，這是一種自然景致，環保優等，生態極佳；這也是一口口資源十分豐富的魚塘。它們可以在某一天蝶化為一首詩，一篇飄逸的散文，也可能成為我的一部長篇江河的潺潺的源頭。然而，多數的它們仍是完全派不上用場的，它們只是我一時情緒的宣洩，或只是一幅精神建築物的腹稿和草圖。但我不打緊也不着急，我會在某個情緒合適、氣氛也合拍的黃昏或清晨，扛着一支魚杆來到塘邊垂釣，就算無功而返也無所謂。我告訴自己說，反正魚兒都在塘裡養着呢，而讓魚兒養久養大養肥點又有什麼不好？

當成疊成疊的「印象稿」擱在那裡時，我要做的事是築起一條河牀來，水是現成的，一旦將它們倒入河牀中去，它們便會按照某種既定的軌道，唱着歌兒，歡快地流動起來了。

四 立體創作與當代

如今的創作不再，也不可能再，平面。因為，如今的時代已不再平面。由於時代裂變系數的高速疊增，「當代」這一概念所能涵蓋的時期變得愈來愈短促，它變得不再縱向，而是橫向了。

當代是相對於古代而言的。那古代又是什麼呢？古代是平面的。這是時光玩弄的一種把戲。當某一時代離我們愈行愈遠時，它便愈趨平面化了。因為生活在當代的我們，對已逝日子（時代）的理解只可能是平面的。這與正在我們身邊展開的那種有視覺有嗅覺有觸感的日日夜夜形成了一種鮮明而又強烈的反差。沒有什麼特別的原因，因為只有讓你經歷過和經歷着的生活才是最可靠的生活，才是能讓你真正用心靈去感受的生活，除此之外，沒有第二種可能。當我們企圖從一大堆史料中去鈎沉出素材來結構我們的小說時，我們往往會感覺失望，感覺不踏實，發現：無論如何努力，我們都沒法子讓作品真正立體起來（於作者的感受，也於讀者的感受），道理就在於此。

還有另一層意思：我們正經歷着的「當代」，其獨特的立體感也是空前的，是以往任何時代所無法想像和比擬的。我們正生活在一個形態多元，意識「克隆」，信仰解體，人格與物格均高速裂變的時代。它們分裂後又重新組合，互滲互透，互置互換，互相衝突之後又互相勾結，它們織出了一張奇特的巨網來了。你生活在網中，於是，你的感覺即使不想立體也不得不立體起來了。打些比方：二十一世紀的各類學科都呈現出了互相滲透的態勢：數理中有文學、哲學；文學中有數理、天文、政治、金融、企管；醫學中有人文、心理、老莊道儒。而我們更是難以將金融市場學歸屬到哪一類性質的學科中去。再說人吧。如今的文人，文不文、武不武、商不商、官不官，像什麼？如今的忠臣，忠不忠、奸不奸；如今的奸臣，奸不奸、忠不忠；他們又各像什麼？如今不少的官僚也都可以出版他一兩部著作（叫不叫人代筆，不得而知），或參股開他家廠礦企業去過把老闆癮的；甚至還可以走上大學講堂去講一課「企管學」什麼的。還有，如今的妓女也都不太像傳統意義上的妓女了，她們倒更像淫婦，更像蕩婦，還有點兒像淑女了。像我們的女企業家了，像我們的女作家、女詩人了，也像我們的女官僚了。像做了婊子也不必勞其大駕去立什麼牌坊了，或者說，立了牌坊也不妨再做多幾回婊子的了。你說，如今的什麼還像什麼？但社會對此已熟視無睹，並漸漸地認同了這一切。不倫不類，這是當下生活方式的特色。「不倫不類」是一種表達法，而另一種呢？另一種就叫「立體」。

如此「當代」投影在創作構思的螢幕上，你說，產生的會是一種什麼樣的藝術效果呢？

一般認定，作家在方格稿中填入文字，畫家在畫布上塗抹上色彩，作曲家在五線譜的溝渠裡放養進他的「蝌蚪」，這叫創作。但，這是平面的創作，是對「創作」這一概念的原始詮釋。一位優秀藝術家的創作是無時無刻不在進行之中的，是與其生命的存在過程同步的。月下的散步與沉思；黃河渡口極目瞭望時的那種驚心動魄感；身處教堂、廟堂以及任何宗教場所時的那種虔誠感以及對宿命的悟覺；置身於森林草原河谷，當你充分融入到大自然中去時，你難道就不認定這也是你有機創作生命的另一個組成部分嗎？

寓動於靜，融靜於動。立體創作告訴你一個秘密：在藝術領域內，任何元素都是可以相互轉換的。而在它們的轉換公式中存在着一個常數，這才是那個關鍵的密碼。如何找到它，提取它，然後將它乘以某個單元值之後，你便可以計算出了另一種量值來了。

讓畫家手中的畫筆寫出詩句來；讓作曲家的音符畫出畫卷來；讓作家們手指敲打着的電腦鍵盤擺脫科技的地引力，虛構出一片畫面感和旋律感的天地來；儘量利用他山之石來化作吾嶺之玉，這種努力，我謂之「立體創作」。

立體創作還有一層意思。作家任何時候都不宜用任何「流派」或形式來自我定格（哪怕這只是一種暗藏於心底的「隐性定格」），理論永遠只是追隨創作之後產生的一種概括或企圖概括。將其自套的作家，與端一小板凳，踏上，然後懸樑自盡的悲劇沒太大差別。因此說，文學是有着它極大的隨意性和可塑性的；是一件作家想將它拉長就拉長，壓扁就壓扁，搓圓就搓圓的東西。正如「小說」這種文體，你為什麼就不能叫它作「大說」「中說」，或僅僅只是「說說」而已呢？當然都是能的。其實，命名不表示點什麼，一切都無從定論，還有一個更大的假如。假如在古代，我們的祖先從來就沒有發明出我們今天所熟悉的那種文字，以及運用這些文字來結構出的一種叫「文學」的東西來的話，我們又將何為？說到底，我們肯定也能找到某種文化和文明的形式來宣洩我們的感受，來交流我們的經驗，來感動我們的人生的。但它又叫什麼呢？不知道它叫什麼。但有一點可以肯定：它是一種不叫文學的文學。那就讓我們生命的一部分活在那個假設之中去吧，想方設法地去找尋出那部分不叫文學之文學的蹤影來。

五　霍金還是佛洛德？

癱瘓在輪椅上的霍金非但是一位偉大的科學家，也是位偉大的藝術家和哲學家。他的宏觀和具像思維的無限擴張，與心理學大師佛洛德的微觀和抽象思維的無限內斂相互呼應。就某種意義而言，這兩位科學巨匠是作家們永久的精神導師。

從莫內的油畫到德彪西的音樂到佛洛德的潛意識理論，再到後一點時代的愛因斯坦以及至今仍存活在我們中間的霍金博士（已於 2018 年 3 月 14 日逝世）；可見人類對其生存本質的探討與認識在不同領域內的推進，都能保持一種基本的平衡與平行。我們的文學創作也是對這種本質探究與表達的形式之一。

我們每一個人的生命，其實，也都是一個獨立的情感宇宙。四十歲前處於膨脹期，四十歲後開始縮塌。根據霍金的理論，它最終會收縮成為一隻極小極小的黑洞，一隻能吞噬一切時光與生存細節的黑洞，而我們的生命也在此中止了。在這最後一刻來臨之前，我們用一生構築起來的是一條時光隧道。當我們的記憶力與想像力在這條隧道中自由穿行，並在某處突然驚愕相遇時，我們創作出來的小說作品又會呈現一種什麼樣貌？——去問霍金？或者問你自己便足夠了。而只有具備了這麼一種創作能力的作家，才有可能將他生命中的任何一個一閃而過的瞬間定格、定形、定影，變為永恆。

這也是我為什麼每天每日要記那麼多「印象稿」的原因。這些小紙片上記載的片思斷緒不停地提醒我一些浩大得不着邊際的問題。諸如：我究竟是誰？我為什麼會碰巧生活在這麼個時代，與這麼些雜色人等為伍的？其實，這是個很重要的生命提問，常常能為提升我作品的精神境界提供動力。藝術家自省式的發問，就是向他的廣渺無際的內宇宙發射的一枚又一枚的探索火箭。

有一位作家在其創作隨筆中有一段很精彩的感覺描寫：我的寫作就像是不斷地拿起電話，然後不斷地撥出一個個沒有順序的日期，去傾聽電話另一端往事的發言。或者也可以這樣來表達：你會不斷地接到一隻又一隻的電話。電話的彼端是一把沙啞、含糊、不連貫的聲音。聲音講不成一隻完整的故事，但它極具征服力和誘惑力。它的每一個音節都真實無比，真實如生命之本身。這便是記憶的呈現狀態了。在我的那部中篇小說《姐妹》的末段中，我寫了那麼一隻來自於海底深處的電話，亦幻亦真，其中隱涵着的便是這麼個意思。

無所謂古典還是現代，無所謂寫實主義還是意識流，無所謂具象、印象、還是抽象，為了什麼而什麼這件事的本身就沒有多大的意義。比如說，為現代而現代的結果是產生了後現代；為後現代而後現代的結果是產生了後後現代。如此直線式地延伸下去，如何了得？這不都要到達地極的邊緣了？記住：只有周而復始才會永恆。這既是一切宗教理論的「奧秘」，也是文學的。而鐘，就是基於這個原理而發明出來的一種計時器，簡淺又深奧。所以我們說，立體創作的目光將它們視作為的不是流派，而是工具和道具，是為我所用的一件件外套。出行、遠足、宴會、派對、還是下廚房；春夏秋冬還是颳風落雨，你總需要調換不同的衣衫鞋褲吧？就那麼隨便和隨意。我相信，當你盡可能地將一切屬於人類的智慧產品兼收併蓄，逐漸融會貫通於胸中，並最終成了你自身覺悟的一部分時，某種創作的思維與手法便也不期而至了。

2006 年 12 月 31 日

於滬港往返間

Part Three

淨化生活的角落

曾幾何時，社會上凡目光所能及的一切角落，都被突然佔領、利用和廣告化了——包括了坐廁前的壁板以及便門上方的牆面。如此創意，據說，源自於北方某商業機構的一群入行不久的廣告新手。當時，真還着實讓媒體給炒作了一番：為了贊許那群廣告小子們太敏感太天才了的市場觸覺。

然而於我，偏偏對這種無孔不入的廣告舉措，除了「惡俗」兩字，真還想不出第二個詞彙來加以定義的。其實，就是在「商業廣告」這一概念發源地的西方諸域，甚至在「拜金國」的美利堅，如此現象也聞所未聞。雪白無疵的瓷磚，清潔無異味的空間才是最適合如廁者們生理操作習性的。其他畫蛇添足的心理效應均屬逆向。但創意者們卻說，什麼才叫廣告，你懂嗎？廣告產品的推銷是帶強迫性的；廣告要讓任何不想看它的人都不得不看到它時，才是廣告人的成功。此論或者不假，但也要看是在什麼場合。豪宅名車的三維圖被安置於坐廁的上方又有啥好的？不好，對於如廁人，也對於所銷產品之價值與品位的提升。

更有甚者。我想，這應該是基於那班廣告人靈感地基上的某類高層建築？標榜超前意識還是張揚心理衝突，反而讓我輩這等時代的落伍者瞠目語塞。那一回，我去杭城的某條著名食街用餐，席間上了一回廁所。我在便門前一站，便發現與我目光在同一水平面上的一幅半裸女的彩照：姿色撩人，纖毫畢露，頗有點奪壁而出的意思。一楞之餘，遂令排泄的願望也有過片刻的抑制。再打斜橫裡一瞧，一位先我而到的老者，一頭蒼髮，也正作面壁狀。而他注視的卻是另一幅形異神似的女像，如此這般，遂令其站姿僵直而彆扭。當然，我很快便收回注意力，完成了全部程式。但當我收拾停當，準備撤離時，見老者依然凝視壁面，點滴不漏。見我注意他，便轉過臉來，朝我尷尬地笑了笑，笑中有苦澀：「不看不行，看了又……我年紀大了，再說還患有前列腺肥大症，真是的！——」我說：「別急！別急！慢慢來，慢慢來會成的。」待我回到席間，一通形容，引來了滿桌男女的捧腹開懷。

那次自杭返滬後，此事便始終耿耿於懷。冥思之餘，念及一策。雖是一廂情願，仍決定毛遂自薦。既然這是「中國國情」，既然便門上方總要有些懸掛物來供人視閱的話，我倒願將自己多年來創作的千餘首哲理性靈短詩免酬提供，目標很明確，劍鋒直指那些被女照佔領污染了的生活角落。淨化心靈也好，清醒空氣也罷，唯鄙人願為社稷人群行善積德的初衷是真切、真實而又真摯的。往實用裡說，至少對面壁者的保健通脈也會起個正面作用吧？再說了，此項拋磚引玉之舉，旨在能得到普天下詩人們的集體回應，從而掀起一場文明與廉恥的保衛戰。有無下文，當然要看商家們的意向囉，在此一提，權作一笑。

2011 年春節假期中

做一個堅毅的執燈人

人類社會少不了作家，而作家又少不了評論家。作家是人群間的執燈照明者，而評論家又是作家群中的提燈送光人。唯縱觀當今文壇之現狀，情勢似乎恰好來了個顛倒：作家要取悅的是讀者，要向讀者「借光」；而評論家的借光對象則成了作家。

或者也無可厚非，這是市場經濟的另一條法則，另一類副產品。脫離了制度保障的作家的生存靠什麼（少數仍在享用俸祿的作家除外）？靠市場。而評論家更麻煩：就如胃無法越過嘴去攝取食物那樣，評論家與讀者間相隔着作家，這座橋樑。於是，原來 1+2=3 的加法算式便來個顛倒，它變成了 3-2=1 的減式了。

偉大領袖毛主席早就教導過我們：群眾是真正的英雄。他又說：「人民，只有人民才是創造歷史的原動力。」現在看來，這話不假，一點不假。他老人家從來就是位超常的預言家。他的斷言非但適用於社會主義，還適用於資本主義。延安文藝座談會上一席談已近古稀，但仍生機勃勃，仍能生兒育女。這不？君不見，人們都爭先恐後地奔它而去嗎？

倒不是要將作家的地位故意神聖化：除了美學意義上的承擔外，作家更應該是一位人群中的思想先驅，一位教化者。就如當年基督的訓示，世尊的法會，幾千年後的今天，非但沒有褪色，反倒令生命的真諦經時光的打磨後越發鋥亮越臻完美了。當然，作家是不能與耶穌和釋迦摩尼相提並論的，但我們作品的思想和哲理礦藏，至少也要具備幾十乃至上百年的開採儲量吧？否則，我等的作品還有何價值可言？難道就為了博取現世社會的幾聲喝彩？若干萬元稿酬？一套三房一廳？一個帶局字型大小的官銜？如此目標，不僅是作家功能的萎縮，更是其人格的退化。而一個只是擁有了退化之人格的作家和思想家的社會，又會是一個什麼樣的社會？假如耶穌和世尊是點燈人的話，作家便是那位執燈人。燈點亮了沒人來執是不行的。點燈是一種智慧上的偉大，執燈是一種信念上的堅定和堅韌。即使與大智者相比，我們的付出也並不見得就不更重要。

說了作家，再來說說評論家。文學評論屬於市場學概念上的「二傳手」——假如作家是生產商，而讀者是終極消費者的話。有一種觀點認為：任何「傳貨人」均屬多餘，都是剩餘價值的「盤剝者」。只是隨着市場經濟觀念越來越深入人心，人們才開始領悟到，原來商場上的一切中間環節都是有其必要性的：就如一家進出口貿易公司對於一家生產廠商的不可或缺那般。但必要是必要了，文學批評的「利潤」又從何而來，如今，當一切純書齋生活方式都已逐漸退化成為歷史陳跡後？一旦站到了這個立場上來觀察，思考問題的你，或許就不再會感覺評論工作者收取「紅包」的行徑有什麼不妥了。我曾讀過一篇有關「評論家收紅包實話實說」的文章。文章很圓滑，也很技巧地就此論題繞了個兜圈後，便蜻蜓點水般的稍一觸要害隨即撲刺刺地飛開了去。而我要說的是：凡屬正常的，不損人利己的，不違道害德的生存手段都是合理的；

非但合理而且還是必要的。否則，我們怎麼個活下去法？作家也好，評論家也罷，我們都生活在了這麼個傳統價值觀被徹底顛覆了的時代，這不是我們能選擇的，但我們卻能選擇堅定、堅毅、堅韌和堅持；就像在護照查驗台前排隊輪候出境——我想，我們大家應該都有過這方面的經驗與經歷吧？——一會兒，這列隊快些，一會兒，那列。如果為求快，你手執護照奔東又奔西的結果會是什麼？結果是你老兄將是這代人中的最後一位出線者。因為，誰都說不準將來會是個啥模樣？顛覆了的價值觀難道就一定不會再被顛覆過來？近百年了，中國人不就在如此這般顛來倒去的信念和信仰之中存活了下來？

沒有評論家，作家會生活在黑暗中；正如沒有作家和思想家，人類將生活在黑暗中一樣。儘管當下的物質世界五彩繽紛，眼花繚亂，但思想和精神的境地卻是漆黑一片，人們競相踐踏在一條不歸途上。而我們既然選擇了作家這麼個職業，我們便應該立志做一位在黑暗中的堅毅的執燈人。這非但是我們職業道德上的意義所繫，更是我們能對得起「作家」這一稱呼的良心和良知所在。

2011年3月23日

於滬寓

文學生命與生命文學

一

無一字之差，僅是一組文字排列上的顛倒，傳達出的卻是兩個迥然不同的表述概念，可見文字的智慧使用有時非但有趣而且還很神奇。再加多兩行短詩，以資佐證：它之從屬於火／就如某類欲望從屬於／我。（《煤》）。聚寶盆和陷阱的差別在於／手還是腳的／首先／進入。（《財運》）。還有那句如今社會上人人都言之不疲的流行語：錢不是萬能的，但沒錢是萬萬不能的——民間的知性有時很直接，但又言簡意駭。

再說回我的那行篇題：因為文學作品是有生命的，故而就有了文學生命與生命文學的差別。前者表示「誕生」，後者強調「延續」；誕生在當下，延續則可以連綿為永恆。我們作家創作了一件文學產品，小到一行詩句，大到一部多卷式的長篇巨著，之於作家母親，它們作為一個作品孩子的地位都是平等的。我們讓我們的精神受精，孕育，臨盆，然後——然後我們便完成了一位母親最原始、最基本也是最神聖的使命：誕下了一個有生命的文學法人。

當然，對於許多生活在現世的物質化的母親而言，在完成了陣痛折磨的「誕生」過程後，她還會主動地去承擔、去操心她那孩子日後生活的一切細節：成長，教育，戀愛，結婚，傳宗接代，甚至細微到連他們的嫁妝、婚宴以及新房的佈置如何才算得體等等，她都不得不讓自己不去理會。在此漫長的過程中，一位執着的母親與她所鍾愛的孩子之間，出於代溝和價值觀的差異，磕磕碰碰，爭爭吵吵，甚至鬧到「勢不兩立」的個案斷然不會少。有人說，這叫「自討苦吃」；有人說，這叫「愛子心切」；也有人說，這不正體現了母愛的偉大？唯這些發生在物質世界中的一切，並不適用於精神領域。作家，作為一位精神生命的誕生者，只有生產的權利與義務；因為誕生後的作品已完全脫離母體，成為了一位獨立的文學法人；唯有她的閱賞者才有權說出她的好歹，決定她的命運和壽數。母親即便再「愛子心切」，再折騰，再奔走遊說，短期或有幾年，十幾年，乃至幾十年的影響力，但終究歸於徒勞。作品在誕生那刻起，其實，她的生命將延續多久，或永恆與否的結論早已錘定。就如人之生死，有一種宗教理論告訴我們：死辰定於未生時。

二

別說是本身就處在不同精神生活層面上的作家了，就是同一個作家在創作同一類背景和題材的作品時，由於心態、環境、專注度，以及對於某種特定素材認識程度之深淺，有些作品可能流傳千載，有些過不上幾年就會夭折——其生命甚至還短於作者本人之肉體的。

文學作品，作為一塊精神受孕體，說它物質也物質，但終究還是一種精神存在。物質是因為有人要將它出版，將它影視化，將它推向市場謀利；它，便有了一種貌似物化了的價值替身。假如本末倒置，即為了謀利而去創作，這不與將本供排泄的器官，顛倒為品味佳餚美食的口舌一樣荒唐可笑？從深裡講，這既是對作家人格的一種自我貶值，也是對美學的褻瀆。害人害己，更毀了作家最鍾愛的作品孩子的前程。

但沒法。在這個高度物質化、價值觀道德觀都嚴重扭曲了的當今社會，作家作為一個肉體生活者，他擺脫不了這股生存離心力的強大牽引。漸漸地，他習慣了，也適應了，他已經能做到自己說服自己了：人不是為了能活下去，能活得更好嗎？他誤以為，他見到的那個他所生活的色相世界中的他作品的命運如何，它便將永遠如何下去。他因而從根本上放棄了能成為一個真正的優秀作家的理念與夢想了。他氣質中的藝術成分開始急劇退潮，他感覺要維持這種藝術家基本精神元素的運作太艱難了，而且還吃力不討好。再有天分，再有潛質，再怎麼怎麼樣的作家在這一動因的驅使下，也都可能自甘墮落，無可救藥。而如此作家寫出的如此作品怎能期盼成為一部永恆之作？孤獨。孤獨。孤獨是一位有希望成就的藝術家必須面對的精神現實。讓你孤獨，迫使你孤獨，將你趕入孤獨之窮巷，絕不是上蒼對你的懲罰，而是恩賜；是打磨你的那些永恆之作必須歷經的程式。紅塵滾滾的功利路，只能讓你目不暇接一隻又一隻的彩色肥皂泡，破滅，到頭來空夢一場。

不錯，有些作家很有名望（這可能是他未名前，曾經的優秀帶給他的果報）；有些作家很有權勢（這又是他作家之外另一種人格長袖善舞的結果）；有些作家很有手腕（怎麼說呢？凡能被稱之為作家者，藝術天分撇開不談，一般都有較高的生存智商）；有些作家善於交際，四面來風，八方玲瓏（原因與第三類相似）；還有些作家……但這些，都無助於能讓你寫出跨越時空的生命作品來。這是不同的兩碼事，非但「不同」，而且還「相沖相克」。印度詩人泰戈爾的詩品之所以能風靡全球，流傳千載，就因為他詩中蘊含了最樸質的「童性」。記住，唯童性永恆，而成人化了的老於世故消滅的恰恰是童性。

只有中國的佛學相對全面的闡述了「靈魂永恆」的原理，而作家任何一篇（部）作品不就是他靈魂運作的一次成果？希望其作品具有恆久生命力的作家，要做的就是盡可能將其靈魂保持在一種永恆的存在狀態中，這種狀態稱作為「清淨」。

太多執着，太多顧慮，太多欲望，太多盤算，太多的太多，這些就是佛學裡所謂的「業障」。而負累着這些沉重的「業障」包袱來到這世間的作品生命，能活得瀟灑，活得輕鬆，活得長壽，活得不磨難重重嗎？只有心地清淨，換而言之，只有「童心未泯」的作品，才能活得無憂無慮，活得「童言無忌」，活得延年益壽。哪怕最後看破紅塵，遁入了空門，又如何？再不過問世間任何價值需求，最終，它還能得以虹化，獲得生命永恆的通行證。

《聖經》《華嚴經》《論語》，這些初衷只是「述而不著」的著作反倒千古流傳了下來，且還擁有了眾多「如恒河沙粒」般的讀者和膜拜者，如此現象說明了什麼？再擴大一圈，是李白吟詩為稿費呢，還是曹雪芹寫《紅樓夢》為報酬？還有蕭邦、莫扎特，還有梵古、卡夫卡，生時可能窮困潦倒、失意、鬱鬱不得志；死了，反倒愈來愈光輝奪目了起來。物質的揚棄與精神的富足永遠是互補的，這些作品的永恆性，自某種意義而言，就是以消解了其物質索求而換取的。

扯遠了，再說回作家及其作品上來。作家偉大，就偉大在她無私的母性。對其作品孩子毫無保留，絲毫不求回報的精神呵護與奉獻（注意：絕非是物質的，物質是榨取，是向她孩子的一種即炒即食的榨取！），只有將這種品質發揮到淋漓盡致的母親，才有可能於某一日寫出一部靈性深邃，乃至無限的傳世之作來。反之，世俗的功利觀，將導致作品精神的冷漠、愚昧、遲鈍及其靈性的風化與沙解。這也算是另類心理疾病：一個整天忙着搽胭脂塗口紅、交際應酬、打麻將，而將她的孩子棄之於不顧的母親，你又如何期待她的那個長大成人後的孩子，能真誠而又深情地來擁抱他周圍的社會與人群呢？他的那種經情節化處理後的所謂「可讀性」，粉飾着一種叵測，隱匿了虛偽以及欺騙。而這，正是他的那位作家母親在誕生他時的基因遺傳。於是，他也只會從他的讀者那裡收獲到一份價值同等的虛情假意：當下熱烈，隨即忘卻。而作品生命的尾聲也隨之來臨了。

三

「每個靈魂都有她自己不同的夢囈語言」。可見，所謂文學作品，其實都是某種意義上的夢囈語。太清醒，太理性，太功利化的創作，因而，無法傳達真實的靈魂語也就不難理解了。這是一種語境，更是一種靈境。創作者的表述之所以無法達致某個心靈核點，正是因為他還沒能讓自己真正「睡過去」，沒能讓自己進入一種狀態，一種能將隱藏於心靈最深處的意識語言發露，流淌出來的狀態。有一種密宗理論告訴我們：人的意識分為三種存在狀態：（淺表）意識，潛意識和本識（即本性）。一生中，人之本識醒來的時刻只有兩次：生之刹那與死之瞬間，這是一種靠造物主的能量才能被喚醒的東西。而前兩種靈魂語——無論是色彩的（繪畫），聲音的（音樂），還是語構的（文學）——則不同，它們基本上還是屬於人類本身。它們蘇醒在色相世界的紛紛塵埃漸漸落定後。而優秀作家的優秀作品就是這類靈魂語言的發掘者和表達通道。唯這種鑽頭直搗靈魂深部的挖掘作業非但艱苦卓絕，還須數十年如一日的堅持。功利主義的盤算者不可能成就之，這是因為他缺乏那種勇氣、信心和能力來做到這一點，同時也不可能覺得有此必要去承受這種無謂的刻骨銘心之痛。由此，他那精神產品的含金量會高嗎？

但，還是有人會說，功利寫作，「迎合」寫作又有啥不對的？它們真會嚴重到扼殺一個有心靈鑽探能力的作家的才華發揮？先這麼說吧。「迎合」分兩種：迎合當權者的口味是一種，迎合讀者（即迎合市場需求）是另一種。第一種，不言自明。因為「權力」就是這世間最大的無常，尤其在中國，在東方。今天，你在位上，明天下了台，甚至成為階下囚的機率都很大，能善始善終者反倒渺若晨星。而迎合舊當權者的作品，又如何能被打倒他的或趕他下台的人所認同，接納？當他成為階下囚時，你就能保證說，你這位「儒」也不會連帶着的被（或變相被）「坑」了？第二種，寫作品不就是為了讓人讀，讓人愛讀，喜歡讀？既然如此，去迎合讀者口味的寫作又錯在甚處？這是個偽命題，對於這個乍一聽頗有道理的結論，我的答覆是：錯——至少不準確。錯就錯在那個「去」的動詞上。是讀者走進作家的心靈，而不是相反。愛讀，這種情緒分兩種走向：愈讀愈愛讀，愈讀愈想讀；以及讀讀就感覺虎頭蛇尾起來，感覺趣味索然起來；感覺不讀也罷，不讀反倒心緒寧靜。這樣的作品怎可能持久？作品是作家心聲和心像的迴響與倒映；作家與任何藝術家一樣，只需顧及自我感受。事實上，能充分、及時、準確、深刻地將你真切感受到的心語，構於紙上已是件極其了不起的事了。任何一絲分心都可能令你功虧一簣。聚焦你的精神能量，點燃一根靈感火柴頭的努力，是很艱巨但又樂趣無窮。一旦當你能成功地將當年你的語言表達，重新立體化、形象化、色彩化、旋律化於歷代（哪怕還不包括當代）讀者的想像中，並能與之產生強烈共鳴時，你作品的恒久生命力便自然而然地獲得了。這是一種選擇，且涇渭分明：你是選擇永恆呢還是權宜？真理呢還是功利？精神呢還是物質？不同的價值觀導致不同的選途。

這還是一種佛學的修煉理論，不妨借來一用。愈清淨，愈透徹，愈紋絲不動的心，愈能照見你本性的投影。而愈是能投影到你心底（其實也是一切他人心底）的影像，則愈具其文學、哲理和宗教的價值和功能，因而也愈接近真理和真相的本質。被功利蒙垢後的意識其實已完全，或至少說，部分喪失了它的語言表述功能。這也就是為什麼保持「童性未泯」狀態的藝術家，很可能是所有藝術家群體中最優秀者的道理。因為他（或她）離上帝創造人的初衷最接近。對問題自這種意義上的觀照，就不難理解為什麼愈童性就愈人性，而愈人性也就愈佛性。佛不在西天，佛在你心中——其實，西天的佛也是你心變現出來的。

而如能長久保持在這種心緒狀態上創作出來的文學作品，能不打上相對恒久的生命印記？人的肉體生命是一個卵子和一個精子結合後的產物，作家的作品也一樣。功利卵子與功利精子的結合物能不發育成一個功利的生命體？而功利化的文學是一個先天畸形的文學生命；伴它同時來到的，不是先天性心臟病就是後天的癌症。如此一個先天不足的文學生命決不是鍾愛他的作家母親所能拯救得了的，即使她再愛他，再捨不得他，再為他奔走呼號，為他砸鍋賣鐵，也無濟於事。

這個道理說深奧也深奧，說淺顯也淺顯。任何一位稍有靈性的藝術家，都會有對類似問題的一閃而過的思考、感悟和體會。看是看你留不留得住，留住了又能不能堅持長久？有一行短詩如此寫道：（人類的）靈感是上帝連綿思索進程中的一截橫斷面，光耀閃爍，一瞬即逝。

什麼是靈感？這個看似抽象得來帶點兒玄虛的概念，在二三十年前的中國非挨批不可。但在今天，我們知道，靈感這東西非但存在，且還是會讓作家、藝術家們精神受孕的唯一，也是最佳機遇。錯不錯過是一回事，即使被你抓住了，還有一個能不能與「上帝連綿的思索」接上線、對上號的問題。世俗功利，還有「迎合」，這種帶點兒「厚顏無恥」的姿態，上帝他老人家能接受嗎？他會願意將你的靈感融入他思維的大海中去，成其一滴水麼？而任何沒經神性觸摸過文學（藝術）作品都不會具備久遠的生命力。靈感，靈感，靈屬神，感屬凡，抽去了靈的凡，還能有什麼作為？就假如在當時，上帝從沒曾朝那具泥土捏成的軀殼鼻孔中吹上那麼一口氣的話，人類，這種生物，能在這顆蔚藍而美麗的星球上喜怒哀樂的繁衍至今嗎？

說宗教化了點，而一宗教也就玄了。入世的表達應該是這樣的：在功利主義和實用主義壓力鍋裡，煮熟了的作品最多也是件藝術贋品，經不起閱讀者思索的敲打。要知道，生命文學不來自於當權者的指派，不來自於權勢的顯赫、背景的炫耀，不來自於金錢的萬能和名利的熱鬧，不來自於圈子人群間的相互吹捧或世俗傳媒的裙帶炒作。不來自於這、不來自於那，它們恒久的生命力，紮根在與創造者有着相似氣質與基因的歷代讀者群的精神土壤中。而作家與他讀者間真正的、長久的思想與情緒互動，才讓作品的經久不衰的生命力有了保障。無它，因為你已將你作品的精魂融化進了他人的思維空間，成了他們精神生命的一部分。人傳一人，代傳一代，這根作品的接力棒在接受了歷代讀者評頭論足檢驗的同時，也對他們思想的成熟起了催化劑作用，這樣的作品會有滅度的一天嗎？

是的，這樣的作品，作為作家的我們中的每個人都渴望能擁有，但單有願望是不行的。偉大的精神產品的生產者也必須是一位偉大的精神修行者。

四

同樣是完成了一部作品，每一位作家在落筆與收筆時的心態與情緒各異。由此，便透露出了那部未來作品的巨量的生命資訊。

當然，大可將之詮釋為創作者本人對其作品所虛構出來的那片氛圍，那種情景，那些人物，那段故事的投入度到底有多深？作品從虛構到成形，從物化到心化，或相反，從心化到物化的可逆性、可行性和可能性是否存在？諸如此類的一些形而上的課題，一旦談及，便很可能鑽入學究式的牛角尖。這樣說吧，主題先行，預設目標的文學作品之所以無生命力可言，這是因為其生命的延續能力，當作家在書桌前坐下，旋開筆筒，執筆構思時已被扼殺。這永遠是一具沒被上帝吹氣入鼻孔的泥揑軀體，缺乏靈性。而當作家為其作品圈上最後一個句號時，他的心情又是另一種迴光返照：且截然相反，但又準確無比——或茫然空洞，可有可無；或興奮難抑，充滿預感。母親愛孩子也最瞭解她的孩子。作家，唯作家本人才是能對其孩子前程作出判斷的第一人。

當然，還有些其他的什麼。比如說作家智庫的囤積量：（中西）文化和語言的，哲學的，社會的，宗教的，政治的，心理學的，天文地理的，科學科技的，財經金融的，等等，等等。愈豐雜愈好，愈可能在有需要時，隨手便能從你的知聞之倉中尋找到一件意想不到的、停產已久的智慧配件，恰到好處地鑲嵌到你的文篇中去，讓你暗暗欣喜一番的同時，也叫文章擁有了一種別致的復古風情。根據這一理論，哪怕是最黑暗年代裡的，最荒唐歲月裡的語言殘渣也不例外，不應排斥，不妨做些留存，為了能在某個上下文中，演出一回閃亮登場。所謂「不垢不淨」，凡屬人類文明史上留痕過的思想以及語言（諸如「打着紅旗反紅旗」「練好鐵腳板，打擊帝修反」，還有什麼「摸着石頭過河」之類等等），哪怕是糟粕，也有其珍貴性和稀缺性；糟粕的結論只是在某個特別歷史時期與語境下給界定的，不帶——絕不帶——永恆性。而閣下的文篇恰恰相反，你是希望能寫出具有永恆值的作品來。在明白了這一道理後的作家作品，便會呈現一種消解了一切歧視與偏見的包容性，而愈具有時代包容性的作品，其耐久性亦愈大。

再有一點。任何藝術作品（尤其是文學的）對人之氣質土壤的改造與改良功用是巨大的，這也正是文學創作重要的社會功能之一。所謂針砭時事，所謂歷史長卷，所謂為藝術為人生，所謂草根和貴族，所謂古典與現代，所謂修辭，所謂語法，所謂結構，所謂意像，所謂隐喻，所謂遣詞造句，等等，等等，或者都可能是一部優秀文學作品不可或缺的元素，但什麼也不能與作品思想的深刻度相提並論——深刻，人性的深刻，哲理的深刻——深刻直接蘊含了作品能得以流傳的基因。幾分深刻度決定了幾許春秋的貫通。

秋雨淅淅的深沉夜，夕暉覆蓋大地的黃昏時分，天際一線的傍海漫步，明月當空時的一次把盞臨風，突然映現在你腦海中的是幾行千古名句：或李後主的凄詞，或王維的禪詩，或李商隐的親情，或泰戈爾的童性，或濟慈的高貴，或普希金的純粹；你感慨無限，你激動不已，你潸然淚下，你反復誦吟，不停咀嚼，卻遲遲不肯下嚥，你會於突然的一刻領悟到所謂「生命文學」是什麼了。

五

還有一條準則，或者說，一項秘密。人之所以為人，古今中外，從原始到超現代，若干特徵是共同共通共存共有的。比如說，愛與性；比如說，寬容與復仇；比如說，妒忌；比如說，良知，等等。只要人，這種高度理性，同時也高度感性的動物，存在一天，它們也一定會伴存一天。在這些帶永恆性的主題面前，如何深刻了再深刻些，立體了再立體些，幽微了再幽微些；但最重要的還是：如何用最富有時代感和個性化的語言表達出來，構成了作品生命力持久與否的一項關鍵性指標。

唯這些說說大家都懂，非但懂，而且還能進一步闡述出個甲乙丙丁、子丑寅卯下文來的道理，實踐起來卻困難異常。這與高僧面壁的道理相若：面壁、盤腿、打坐，三個再簡單不過的動作的連貫與堅持，幾分鐘或者可以，但假如十年呢？一世呢？凡人做不到，或者說，做到也就不是凡人了。面對我們這個貌似五光十色、繽紛絢爛、瞬息萬變的色相世界，其實，一條最簡單的 1+1=2，或，1-1=0 的公式就能將其一一解讀，悉數剖析。這裡包含的除了那些廟堂式的宗教理念外，也隱匿了究竟什麼樣的作品才能得以傳世的那條神秘的染色基因。

終是牽掛着兩句話。第一句是：只有永恆的心態才能創造永恆的作品。第二句是：作家給了作品以生命，而讀者賦予作品以生命力。至少在文學創作的領域裡，這是條顛撲不破的真理。

2012 年 8 月 31 日

於滬寓心齋

Literature To Be and Literature Being

1

Only a change of the order of words makes a huge difference. Though the words are the same, no more or no less, yet different placement of the same group of words makes a linguistic effect, magic but interesting : similar in appearance, yet different in meaning. You could therefore understand how to use the Language is actually a great art. There are two short poems I once wrote here to carry my point: It belongs to fire/ Just like a keen desire/ To which I aspire. Coal. Or: Between a treasure-container and a trap/The difference lies in that / If the hand before the foot in-got/ Or the reverse? Fortune. Nowadays in China, you can often hear people talking about money in a similar vein : With money you are definitely somebody; without money you are surely nobody. It is evident that people's wits sometimes can do a marvelous job, that is, they always get directly to the point.

Back to the topic in point. As I think all the literary (as well as all other artistic) works are living, so there comes the difference between The literature to be and The literature being. The former means Birth, while the latter means consistency. Birth is actually a momentary existence, a transient period. Whenever a literary work comes into being, it theoretically owns the possibility to live on for ever, if it is good enough to be so, even though such cases are very, very rare. We writers create literary products, from a short poem to volumes of works. In our eyes, they are nothing but all our children. We love them equally and treat them with no prejudice. One day we make ourselves spiritually pregnant again, something begins to grow in our soul until then, when the time gets mature for us to give birth to it which all at once becomes a new legal life of literature.

Of course, in the world as ours, it does not mean exactly the same thing to a real mother. Even when her painful birth-giving process has been completed, she could not stop herself from doing something for her children—her strong nurturing instinct will make her pay keen attention to their growth, education, lover-mating, and then wedding, and then descendant continuation, there is just too much for her to care about ! This is of course something related to the Chinese tradition which has been exercising influence over this nation for thousands of years.

But such kind of tradition has nothing to do with what happens in the spiritual domains. Giving birth to literary works, in other words, to make literature to be, is totally the duties of us writers, rights and obligations. After having finished that, we certainly open a new world for our children themselves to go into. Nobody but readers can decide their destiny: valuable or worthless, long-lasting or short-lived. The writer, their mother, in spite of her too eager expectations for her children and all the endeavors she will go out for, will possibly meet the unexpected result that everything will pitifully result in vain. One religious theory tells us the secret: Death moment is to be decided before the Birth happens.

2

Not to mention those different writers who live on different spiritual levels, even the same writer, due to different moods, environment, background, concentration, as well as the insights into the materials of the story, may write different works, some of whom could even survive many, many dynasties while others are destined to be short-lived, so short that they might fall in oblivion long before the writer himself passes away.

As a literary work , it of course has its double natures simultaneously: material and spiritual. Its materialization is caused from the fact: somebody would like to publish, to visualize, at last to promote it in the market in order to make profits. Yet, they are a spiritual existence after all. A writer who has forgotten this point, that is to say, for nothing but money to write, has degraded himself to be a fake artist, he upsets everything and deceives everybody: his own reputation as a writer, his readers ' past admirations towards him, and most of all, the future of his beloved child----the works themselves.

But no way out. In this society with everything distorted in moral and value, one could hardly repel the gravity of materialism, it is just too strong for anybody, no writers barred, to escape from it. They (the writers) , therefore, have to get themselves to be used to it, adapted to it, without doing so, they probably find no way to survive this era. Maybe they are right, who knows? Nevertheless, just when they think they have done everything very well, the disasters come: they have turned out to be no longer artists, for money's sake, for so-called goal of survival . They have gradually given up all their dreams and aspirations they once embraced so dearly, when they were young, with so many lofty ambitions and ideals then surging up in their hearts. Now, they have forgotten all of these. Obviously they have become persons of other kind with different dispositions despite the fact that they think they are what they were. They do not perceive the changes happening in them at all, and this is a real tragedy. Now, they might feel it too hard for them to keep implementing a daily life with those most precious qualities and elements that a gifted artist should sustain. They think it is okay: with plenty of money , whatever could you still expect? No talent, no potential, no ideal, nothing. Nothing could ever turn a vulgarized writer into a noble-qualified, thoughtful one again. Only up to then, the nightmare really weighs: you will never ever be an excellent writer until the end of your life. There is almost no suspense: an ever-lasting , a permanently readable literary volume could never come from them.

Solitude. Only solitude does work. Solitude is the only spiritual world a successful writer has to face. It drives you to achieve what you eagerly want to accomplish. Wrapping yourself round in loneliness is a blessing instead of punishment from God. A writer should envisage things in this way: elaborating on your work will never be done without solitude. Fame, honor, wealth, social position----all the hustle and bustle of this materialized world could bring you nothing but vanity and empty-mindedness, one day when you wake up, you will find the castles in the air vanished and everything ending up in zero.

Still, you could find some writers enjoying high reputation while others tactful and sociable; and there are also quite a few ones powerful and influential in the literary fields, as they are actually in charge of some important media channels and departments. But the pitiful thing is that all these advantages could not bring them excellent literary splendor. Why so? I would like to take the great Indian poet Tango as an example. Why has his poetry won so many hearts of the people all over the world, generation after generation, men and women, old and young, rich and poor, somebody and nobody, noble and humble? The secret lies in the Childish Simplicity that his poetic works embody. Please always bear in your mind that truth: nothing but childish simplicity is eternal, because it is the very quality closest to the original intention for which God has created us human beings. Simplest is always the best, while the human sophistications eliminate winning beauty of simplicity in thought, conduct and speech.
Comparatively speaking, Buddhism interprets the theory of the Eternity of the Soul more reasonably and clearly, since any of writers' works, even a piece of short articles they have written,

is a consequence of the operation of their souls----who dares to deny it? Any writer who hopes to create a work of eternal vitality has to do nothing but to keep his or her soul in an eternal state of existence, that state is called Purified Mind .

Too much adherences, too much discretions, too much desires, too much sophistications, too much pragmatism, too much of too much, in the Buddhist theories, all these are called karmas (evil elements) , they are some kinds of negative power, which can easily deteriorate your inner peace, destroy all your accomplishments once achieved. Therefore, born with much karmas, how can a literary work go very far without frustrations? How can it stay ever-lasting, acceptable to so many wise readers, and becoming a real classic? Whereas a literary work embodying the most beautiful childish simplicity may move readers profoundly, they will admire it sincerely, telling one another that it is a wonderful work, and is a book really worth reading. But that quality of childish simplicity is surely not so easy to be obtained, only a writer with purified mind could attain it.

In history, all those greatest works like Bible, The Hua Yan Holy Bible of Buddhism , Len Yu—The Commentary Extractions by Confucianism, were originally speeches or teachings given by some ancient sages. At the time they were only for talking or preaching instead of writing. Yet some late comers got them fully recorded and they soon became the Sacred Works which have powerfully and mentally influenced the societies for so many years. How could it be carried out this way? What messages have these phenomena delivered? To broaden our views and reinforce our mindset, I hereby would like to add something to emphasize : Did Li bai, one of the greatest poets in Chinese History, chant verses for money in Tang Dynasty? Was Cao Xui Qing writing The Red Chamber Dreams for rewards in the Qing Dynasty? Of course not! In some sense, spiritual achievements are attained at the cost of giving up the material benefits. They are actually two things both contradictory and compensatory at once.

Now, back to our theme again, as I think I have gone too far by talking about some irrelevant things. Being a writer is of course a wonderful job and a brilliant career as well, and working as a writer is undoubtedly a great fun. But, besides talent, it is not whoever wants to be a writer could be a writer. Only those who embrace absolutely unselfish devotions could become good writers-----devotions to their works, entirely despite themselves. This is in fact a kind of the great maternal loving nature which should be admired and respected by all the people who have felt it and been touched by it. Imagine a selfish mother who spends all her time just concerning herself with making-up, dressing-up, going out for dinners and balls, not sparing even a little time and attention to care about her children, how could she expect her children to care for the society and the people sincerely and affectionately, when they grow up? A writer and his created works are metaphorically like such a kind couple of mother and her offspring. As a matter of fact, this is just the example their mother has set for them to learn from during their childhood. When they grow up to be a writer, what would they then like to do? They only want to sit by their desks thinking about how to work out a plot-interwoven story and induce their readers to enter it and then get them amazed, fascinated and drunk in order to earn money as well as publicity from them. In this way, we readers would be very likely to lose our own individuality and sense of judgment. That plan of writing is actually full of hypocrisy, deceptions and some kind of the unfaithful subtlety, which are far from being reliable. It makes us readers go astray and be ignorant, blind-following and filled with morbid desires, always keen for all those temptations existing in this materialized world: wealth, sex, power and social position. These falsely persuasive literary works influence you poisonously rather than bringing you any positive benefits, make you empty-hearted instead of full-minded. You, as a reader, should see through it. As time goes by, all these glamorously disguised stuff will sooner or later be exposed and go waning. They are therefore ephemeral, this is of no doubt.

3

Every individual soul has its own unique language. From this prediction you might gather some very significant information. It is a bit obscure, but it is authentic: in some sense, all wonderful creations of literature and arts are somehow probably a series of dream-talking: vague, subtle, inconsistent, but full of imageries. For this reason, a too sober, too rational, too pragmatic soul has no chance to create a work of inspiration. It is because you have always kept yourself away from a mental state, a state half awake but half asleep, in which you could likely let your sub-consciousness wake up, then some kind of special language hidden in the depth of your soul would flow out naturally and fluently. That is the really living language only in which you are able to create a valuable work. There is a Buddhist theory in which we are told that our human consciousness consisted of three kinds of it: (superficial) consciousness, sub-consciousness and the basic consciousness. During the entire span of our lives, the last kind of consciousness is awakened only twice: at birth and the moment of death-----only the Creator can turn it on while the former two still remain within the scope our human capacity could reach.

Knowing this, how to awake the sensitivity to colors, when painting; to sounds, when composing or playing music; and to linguistic structures and wording, when writing, soon become the things of first importance to artists as well as writers. But there are only a few who could get it done, as the most of them find it just too hard to persist in doing so throughout the whole of their lives. They lack not only patience, but also courage and endurance. One day you give it up, which means you have actually given up all the opportunities of creating the worthy works.

Yet, somebody would say, what's wrong with writing just for a utilitarian purpose? It is all right for me to write to meet someone's needs. Doing so is not only beneficial to those in need but also good to me . What they pay, money or any substitute of money, is just something I do want to obtain. It is a fair transaction, isn't it? But pitifully, it is ART. Art is nothing but the spiritual labor, for it is not a mere business case. Therefore that concept of transaction is not exactly suitable and precise.

In addition, that matter of need-meeting is also divided into two kinds: firstly to meet the authorities' needs, tastes and goals; secondly to meet the readers' , i.e, the needs of the market. For the first one, I think I have no more to say: it is obviously absurd that the books liked by those who have been driven out of power will continuously be the favorites to the new ones who now replace them. As for second question, there may be something to be worth arguing over. For what and whom we writers write books anyway? For readers of course! For their enjoyment, for their amusement. Therefore it will never be wrong that we intend to satisfy their reader's appetite. It is a paradoxical thesis. Why? The wrongly used word is ntend . It is the readers who are to come into our spiritual world,- and not the reverse. There are two different paths for the readers to follow when reading our works: the more reading the more loving and being attracted and also the more immersed in the atmosphere you have worked out for the story you are telling about; or on the contrary: the more reading the more bored and less liking it, you might gradually think if it is worth reading any longer? It is actually nothing but a story-telling, moreover, it seems an invaluable story with a lot of rough plots, yet less enlightenment. A literary work deeply

thoughtful and insightful always has such sorts of characteristics: scarcely acceptable to the readers immediately, because they need time and meditation to digest it. It is not an easy job, but it is one of the happiest things in the world. Just like mountain-climbing, the higher level you reach the more efforts you put forth, and then the more magnificent scenery you can view. This is the real enjoyment you are now experiencing and you will find your mind are filled with so much fantastic colors, heavenly melodies, and picturesque imageries. And you are also simultaneously instilled with so much knowledge, intellectual insights as well as wisdoms. Will such a literary work come to be a long-lived one? The answer is of course positive.
Or, things might be understood in another way: this is related to some principles of religion which the disciples practice on. I would like herewith to borrow them for reference. Maybe, it could carry the message across more effectively. Your heart is like a pool of water, when you are agitated, filled with greed for something to be obtained, the water is disturbed, it can no longer reflex images at all, so you could see nothing else. But if you let all the dusts in your mind settled down, the water soon become clear, so clear that you can certainly see all the truths of life straightly as if to the bottom. You become the Buddha Himself. This is why we always say that Buddha doesn't exist in the Western Heaven, He is in your heart.

In fact, this is a specifically mental and emotional state, in which you create your works. Imagine if you can always keep on creating works in such a spiritual state, all your creations will no doubt be sealed with the brand of eternity. Just like our physical body, which is actually developed from an impregnated woman's egg, we writers' creations are also developed from a single spiritual cell, once it is impregnated, we call it inspired, it is really a magic that just from an absolutely abstract inspiration grows up the entire fictional world and we writers are the mothers who give birth to it. For this very reason, when a utilitarian egg is combined with a utilitarian sperm, whatever will turn out except a utilitarian new life? And the fact is like that: from the very beginning that utilitarian life is born imbecile and imperfect, from an inborn heart disease to the later-growing cancer, nobody, even their mother, the writer, is incapable of saving them.

It is actually not a problem too hard to understand. It is as obvious as it is obscure, as deep-meaningful as it is shallow to be understood. During the long span of a writer's creation career, he or she could catch some sparkling ideas flashing up in their minds many a time. If you can hold it firmly and timely, then do whatever you think is right and reasonable, decent and ideal, despite all those worldly temptations going up and down all around you, you will definitely succeed. Of course, it is a very difficult task to complete, because we are artists in disposition, yet we are ordinary people in human nature

There is a poem saying like that: (human) inspiration is a thinnest slice spontaneously cut from the God's continuously thoughtful meditations. It is a very significant saying, abstract yet accurately expressed. Mentioning so-called inspiration, it was a concept definitely to be criticized in China several decades ago. Nevertheless, it is a true existence. It is also the best moment and opportunity for an artist or writer or poet to get spiritually impregnated. Yet, God is still the highest who possesses the absolute right to decide if HE is willing to accept it, if He is willing, everything will be all right with you, if not, your creation will turn out to be worthless in the end. Without a divine touch, any of your literary creations has no soul. It is just like a Bible story telling us: if God has never puffed into the nostril of Adam, the body made of earth would still remain dead.

What I am saying about maybe a bit religious. If putting it plainly, it could be expressed like this: any literary creations complete with a pragmatic purpose instead of a real spiritual need of emotional eruption is pre-destined not to go very far, for no reason but it has no chance to survive so many tests and quiz from readers' mindset digestion, generation after generation, dynasty after dynasty. It is because that the literature of permanent vitality is neither appointed by the authorities, nor influenced by the glamour of your social background or position, nor bought by the omnipotent money, nor accomplished with all those contemporary boosts from the media or critique circles. Nothing and nobody can help it. Only time, time gives the ultimate answer.

As a writer, every one of us is of course eager to create such a work, it is not only a dream, it is moreover a keen desire. We live a life, we are living a worthy life, if without writing a volume historically valuable , worthiness immediately becomes worthless. In fact, there is no secret of it, all of us could do it, only always keeping in mind one point: a great spiritual product is to be produced by a great spiritual principle-keeper.

4

There is also one situation I have to mention. From the acute contradiction, emotional reactions with which a writer is starting or finishing his works, you may gather the vast information if his or her works will exist for ever or just for the time being. Someone are extremely excited, full of anticipations; while the others feel blank-minded, wavering in hesitation.

Only the writer himself is the first as well as the last one who knows what his works will turn out to be in the end. How successful the works are depends on how deeply indulging and how emotionally devoted the creator has been to his works. The atmosphere, the characters, the backgrounds, the plots, every detail must be accurately adapted to one ultimate goal: the full reflection of your real soul. This is actually the work of your own heart, Never try to hide, to disguise, to modify, to re-condition, to intervene something, something that is not your true feelings. According to this principle, any motif- going-first literary works are of no value, which has actually been eliminated just at the moment when the writer starts creating his work.

There are, of course, some other things accumulated in the storage of your memories, which are related to a wide range of knowledge, the more miscellaneous the better: (whether the oriental or the western) linguistics, the religious, the philosophical, the psychological, the historical, the geographical, the technical, the financial, the social and so on. In case of need, you are able to pick up any of them, unexpected yet fit enough to be inserted into your works, when it surprises the writer himself; it amazes your readers too. And now you are at the peak of the state of expressing yourself perfectly.

One of the most important functions for an artistic or literary work is to fertilize the soil of human disposition. Whatever so-called reality criticism, historical volumes, for the sake of life and arts, beautiful grammars, rhetorical structure and ingenious wordings are all the necessary factors to an excellent work, but there is still nothing to be compared with the penetrative searching of a writer's thoughts, in some sense, how long a literary work can last depends on how deep the writer's thoughts are.

At a rainy fall night, or in the evening when the world lies tranquil in the splendor of the golden sunset shines, or being thoughtful, as you take a walk along the coastlines with the misty skyline above the sea-surface in distance, or, all alone with your own self and with nobody else in company, when you raise a cup filled with wines to say a toast towards the full bright moon in the dark-blue sky, you could all of a sudden remember some perpetual lines of poetry inherited from our ancestors long, long ago. They make your eyes filled with tears, but you hold them back firmly, thinking now I have at last understood what immortality means.

5

There is another principle, or rather, another secret: human beings as we are, from the ancient times up to-day, many humanized qualities are certainly unchangeable, such as love and sex, tolerance and revenge, jealousy and conscience. One day we mankind exists on this planet, one day they will be there in company with us, like figure and its shadow. Nobody can change this rule. So there comes the question: facing these permanently lasting themes, how could we deal with them ingeniously and properly, tactfully and variably? We numerous writers belong to different eras, different eras have different characteristics of languages and styles and manners of expression. We writers are also different individuals; different individuals have different individualities. Never imitating the others; your own language, own perspectives, own artistic ideas are unique, which could never be substituted for, therefore they are the most precious to your readers, to societies, to all those dynasties coming and to yourself too. How to erect the sign-post of your individuality soon becomes the most important index of your literary achievements.

All these theories are simple to explain, but complicated to understand; easy to put forward yet difficult to practice on. It is somehow similar to a monk, when he sits down facing the wall, and then meditating. The simplest case with only a series of acts: sitting down, twisting legs into a coil and facing the wall, it is just too easy for anybody to get finished for just a few minutes. But what would happen, if for ten years ? Or even more, for the whole span of life? We ordinary people are unable to do it, or in other words, if you get it done, you are no longer an ordinary person. Furthermore, this world in which we are living consists of a variety of components, colorful, splendid, shining and full of temptations. Nevertheless, it could definitely be decomposed into some basic elements, if we use the simplest formula like 1+1=2, or, 1-1=0, everything will suddenly become extremely easy-to-understand. This case is involved with not only some professional concepts of religion, but also the ultimate, mysterious genes with which we shape out our literary works.

6

Borne always in my mind are two expressions. The first is: only in an eternal spiritual state, you can create eternal works. The second is: the writer gives birth to a literary work to which the living vitality is bestowed only by his readers.

2012 年 9 月 30 日

Trauslated by the writer Hieuselb,

at hin residential site iu Shanghai.

Part Three

關鍵字

文化中國．當代．語言．教育．反思．作家．作品及其他

一

本打算採用「文化中國．當代．語言．教育．反思．作家．作品及其他」這麼一長串詞語做文題，於我，是件很罕見的事兒。再說了，還出自於一個幾近於電腦盲，僅與筆紙打了大半世交道的寫作者之手，更帶上了點反諷意味。我從來就固執地認定：電腦，這個企圖在某一日替代人腦的科技怪物，對人類真正心靈語的流出非但幫不了忙，還添亂，堵塞河道，起反作用。就沒想到，有一天早晨，醒來，思考着有好久沒寫東西了，每日所見所聞所思所悟，不記錄點什麼，似乎有點對不住已活過了的生命時光。就這麼一動念，一連串電腦程式式的名詞，就像排好了隊似的，挨個挨個的在我人腦螢幕上，「嗒嗒嗒」地便列印了出來，令我驚詫。

想深一層，這種現象之所以會發生也不是沒有原因的。我一定是哪一天在他人的電腦螢幕上有過這麼樣的一瞥而過，於是，在我自身的腦存庫中便留下了它們永恆的印記。哪一天對上號了，它們便會自黑洞洞的記憶深處不由分說地蹦跳出來，活潑、新鮮，一如魚竿端上的一尾剛出水面的魚兒，讓你感覺興奮，有些意料之外，但仍在情理之中。

文題這般定位的原因有二。一是，帶點兒印象派色彩與作派的文字組合，頗合我的審美意趣及口味。二是，我打算絮叨一番的內容本來就很凌亂、繁雜，說互不關聯也有點關聯，但說關聯了，又顯得十分碎片。如此統一在同樣也是呈發散性思維標題的框架之中，倒顯得有點兒「文如其題」了。

當然，有些應歸屬於心理學範疇的探究，鑽研太深了，會鑽牛角尖。再說，也超出了一個作家知性的覆蓋面。但，心理學也好，心外學也罷，有些事兒，你是想繞也繞不過去的。我們都生活在現世的現一刻，哲學或宗教的表述語是：活在當下。當下，只有當下才對你有意義。回憶以及展望都是虛的無的空的假的，也就是說，沒有了當下，你又如何能走過去或退回來？所謂進程，再漫長，也都得靠一個個獨立的當下串聯而成。儘管如此，回顧以及嚮往（在佛學裡，這叫妄念）對將來的人類能更優質更完美的生活，仍是種不可或缺的存活元素。這是因為我們都是凡夫，而凡夫都少不了會有夢想。夢想哪一天會如何如何了，夢想哪一天能如何如何了。夢醒了，才知道，原來這一切都是場夢：夢一刻未醒，誰都會全情投入地生活在夢境中，扮演你我各自的角色。還有第三種境界，雖然短促，但仍是存在的。在佛學上，這叫「中陰身」（或「類中陰身」）——而這，正是作家、藝術家們最嚮往，最渴求能進入的那種創作情景——當夢將醒未醒，或已醒但仍未徹醒時，那一刻的你所扮演的角色，是個跨越在兩重境界兩度時空間的臨時演員。你，會擁有諸多意想不到的特權、特殊感受，甚至「特異功能」。或「語出驚人」，或「胡言亂謅」這類「邊緣論述」——主題的邊緣、意識的邊緣、方法與方式的邊緣——有時還是蠻有意思的。這叫「蜻蜓點水」，一點水即起飛，一起飛即俯衝，一俯衝又點水，如此循環，有趣，有效，而且還留有餘地。至於談題方面，則來個主題清晰，輪廓模糊；什麼都說點，什麼都不說深不說透。倒不是說不深說不透，而是說深說透了會開罪人，儘管你說的都是實話。而此文想到哪走到哪，走到哪寫到哪，寫到哪就在哪歇下腳來，做多一番離題發揮的做法就有點它的「相似相」。「語出驚人」談不上，「胡言亂語」則肯定是有的。

二

先說說語言。

當代中國語言，尤其是書寫語，即文學或類文學產品，歷經蛻變，到底與「四書五經」、《論語》時代的語言文字還有多少異同？沒將這個問題弄清楚，發掘完整之前的任何中文學習者，哪怕是研究者，還都只是個中國當代文學的「門外漢」，最多也只能冠以一頂「票友」的桂冠罷了。從被譽為思想啟蒙潮的「五四」新文化運動（以我之見，這種一聲喝，便將中國五千年來的傳統文化統統斥之為糟粕的思想與行為，如真要計算其利弊得失的話，至多也只可以作五五開。如此思潮，恰逢「十月革命一聲炮響」，群雄四起，軍閥、土豪、政客，理想、空想主義者，折騰百年，一覺醒來，道德的沃土都已經沙漠化，傳統文化的森林伐盡，留下一片禿坡。現在號召植樹造林？是的，也唯有如此了。但古樹參天、千年神木的景觀，要等到我們之後的哪一代才能重現？而這，與八十、九十、零零後的子孫們也要將我們所崇尚的那套文化體系，從內容到形式也來個全盤推倒之間，是否存在某種因果關聯呢？值得反思。——題外話）到上世紀三十年代，中國式的「文藝復興」荷尖初露；從抗戰期間，同仇敵愾的街邊劇、牆頭詩，一九四二年春，那篇著名的「講話」到建國十七年後挖出的一條所謂「又粗又長的文藝黑線」；從一九六六年夏始的「踏上一隻腳，叫他永世不得翻身！」的「文革」，狂飆到一九七八年後，國門大開，西方的資金、技術、設備，挾帶着各類思潮、文化與生存習性，霧霾彌漫掩殺而至；當然還有，還有時而零星，時而系列化了的港台、海外華人文化——那些當年被舊政權裝在皮箱裡拎走了的華夏原生態的文化火種——也改換了各種臉譜，登堂入室，廣為傳播，倍受青睞。期間，更有華夏大地上，被徹底顛覆了的價值觀土壤所催生，所培育出來的「土著一族」：京腔的，海派的，尋根的，前衛的，山旮旯的，黃土地的，此起彼伏，你方唱罷我登場，三天一換「大王旗」。一筆粗略的流水賬，帶過是很難將中國百年來的文化變異、語態雜交說清楚，講明白的。但你說，今日的華語還是不是「四書五經」時代的了？既然語言變了，文學哪有不變之理？假如讓一位一百二十年前的清末舉人，穿越時光隧道，來到今日的王府井，在八大胡同影影綽綽的依稀記憶裡，左顧右盼，彳亍而行，望着迎面而來，挎着LV提包的摩登女性，聽着她們的言談，不能說都聽不明白；街邊書亭隨便買一份報紙雜誌什麼的，唸一段，不能說全讀不懂；但，但咋啦——總感覺語言的輪軸在哪裡給卡住了。一個熟識如自個兒掌紋的語種，怎麼就變得影綽模糊，一如對於八大胡同的記憶了呢？我們的科舉大人實在有點弄不明白。當代中國語文之於一位優秀的近代中國學人的感受都已變得如此，更何況是對於一個只是淺受中國古典文學薰陶，略曉當代中國文化、文字、文學皮毛之一二的洋人中的所謂「中國通」呢？

可見語言、文字、文化、文學從來都是活的，它們年年在變，天天在成長，長好長歪不知道，但前三十年不同後三十年，前十年不同後十年，今年不同於明年，這點可以肯定。只是由於時間過於漫長，進程也相對緩慢，不易被人察覺罷了。唯中國在這一百年中社會進化突然提速，而這又是中華歷史溯上五千年來從未有過的事。一百二十年前的清末舉人茫然於今日語文環境之程度，絕對無法與四百二十年前明末舉人不適應清末文化相比擬。再有，凡在一代人的生命中有過記憶之車轍的，車過人散曲終之後，誰都無法將其痕跡完全剷除抹平。比如說，許多人憎恨「文革」，便連帶着地憎恨一切出現在了那個時期的文化現象，力圖否定它們曾經存在過的事實。說，那個時期沒文化，只有瘋狂，只有理智喪盡人性扭曲，那時期是個文化的真空期，等等。事實果真如此嗎？你走去公園的大草坪，頭髮斑白了一圈的大叔大嬸們圍成圈，激情地高唱「文革」歌曲。有時，柳蔭回廊，鳥雀「嘰嘰」的歡叫聲中，有人悠悠地嘎起了二胡，馬上，就有人開始「打虎上山崗」了。這種生活場景在今日的中國隨處可見。而凡真實的生活，又是不可能不在當代文學作品中留下它們印記的；哪天，作品走進了文學史，記憶不也一塊兒跟了進去？而你所希冀的「真空」便不再是真的「空」了。

記得曾幾何時，有一本在中國的知識人群中很暢銷的書，名曰：告別革命。並由此，東效西顰的引領出了一長串相似的書名：告別高尚、告別理想、告別平庸、告別烏托邦、告別……不一而足。沒什麼，只是反映出了人們在經歷了那段荒唐歷史時期後的反思、痛心疾首以及後悔莫及。要追溯它的原始起點，還是一九一九年的那場極端運動。因為文化是有強大的傳承精神的，只有修正沒有打倒。再說說「革命」兩字。這個原本在中國五千年的「辭海」中找不到出處的外來語。它是與「德先生」（Democracy）與「賽先生」（Science）同時代移民來到中國的。並成為了在其後的大半個世紀中，上至精英下到平頭百姓，人人將它掛在嘴邊，曝光率和音訊振動率都居首位的那個詞彙。但革命不會引領進化，革命只能導致循環——這點，當時的人們可能沒意識到。問題出就出在「R」這個英文字母上。「Revolution」（革命）——在「evolution」（進化）前加多一個「R」「循環」的首碼韻。這個英文單詞在其造字之初就將某種晦義暗藏了進去。革命在經歷了血腥、暴力和殺戮後又回到了原點，重新起步。我們不都在上世紀五十年代已昂首闊步地邁上了共產主義的康莊大道了嗎？怎麼現在又說是回到社會主義初級階段了呢？其實，這話還只能算是一句折中語（中國人的政治詞彙斟酌技巧遠高於文學的），觀其現狀，最多也只能算是資本主義初（中）級階段。當然，今日的我們都已開始明白了，但是不是遲了點？所付出的代價是不是高了點？唯如能將其轉化成深刻的教訓，落實成為行動的果斷，相對於漫長的人類歷史而言，在什麼樣的時刻開始清醒都不能算遲。而什麼樣的代價之付出都談不上高。

為什麼要重提這樁事呢？因為今日的我們，似乎又都不自覺的陷入到了另一場不叫「革命」的革命運動中去了。不是「文化革命」，當然不是，而是「物質革命」「經濟革命」「科技革命」。在這場運動中，人人忘我個個狂熱，一如「文革」當年，政治熱情的無比高漲一個樣。而由此導致了的道德淪喪，價值觀崩潰，人格與物格的高度劣質化，會不會又讓我們，或我們的子孫們，在某一天發現又退回到了某某主義的「初級階段」，重拾啟程呢？我看懸。在此冒昧措辭一句潑涼水語，還望不至於掃了那些正朝着財富巔峰攀登人們的蓬勃興致才好。

三

扯完了這些，不知怎地，我又聯想到了某項國人高山仰止的國際文學大獎的頒發——不早說了，將醒未醒時分的「遊魂」是「為變」的？華語作家有幸在二零零零年與二零一二年兩度獲此殊榮，本來是件美事，好事。可惜美中有不足，好中有瑕疵。而問題之一大部分就是出在語言——當代中國的文學語言——上。文學是什麼？文學其實不是什麼，就如繪畫是色彩的藝術，音樂是聲音的藝術，文學首先是語言（文字）的藝術。這也就是「美文」這個詞彙之所以會產生並流傳開來的緣故。至於社會教化、歷史反省、心理剖析、哲義探究、宗教隱喻等等，都只是在這匹語言織錦緞上的朵朵繡花罷了——皮之不存，毛將焉附？記得有位作家寫過如下一段論述，大意是：用越是精美、含金純度越高的語言原料，所打造出來的故事、人物、情節、意像之器皿的終極價值越高的理由是：即使到了有一天，時過境遷，當這些故事，這些人物，這段歷史對於後來的閱讀者們再無興趣可言時，它們語言的金質地仍具回爐重鑄的價值。但假如是用銅的、鐵的、合金鋼的？甚至是木的石的泥的土的沙的呢？在這件事上，語言的終極文學價值便毫無遮掩地凸顯了出來。我微弱的優勢在於還認得半打英文單詞，粗通文法。哪天找來獲獎華語作品的外文譯本來「比較文學」一番。想不到剛唸上幾頁，便暗自驚詫了起來：譯者訓練有素、精美韻致的文字功底，與華語原版三「R」（Rough，Raw and Rustic）式的語感大相徑庭，實有雲泥之別。還有，故事的敘述內容也已走樣，有增有略。譯者加大了西方式的想像能量，力求迎合西方市場與人文的價值觀，以及對於東方式人物與生活情狀的獵奇心態。一部驢唇不對馬嘴的譯篇，與其說作者獲創作獎還不如說譯者獲會意篡編獎來得更合適些。說得更戲劇化一點，哪天將譯文拿來再倒譯成中文，一炮而紅國內翻譯作品市場的可能性不能說不存在。到時，再將它呈現於原作者眼前，他的台詞或可這樣來表述：人家外國作家就他娘的厲害，從未來中國生活過，想像力的觸鬚竟然能伸展到咱北方的農村、山坳和偏區，還寫得如此精緻而傳神，這不能不叫中國當代作家們汗顏哪！他哪知道，假如將小孩抱去醫院，也來個親子鑒定的話，它原來還是你王二痲子的親骨肉呢！

我敢冒天下之大不韙的揣測是：此項國際獎項評委之中，究竟有多少位能直接品閱原文，並能真正提取其語韻及文采之精髓的？而單以譯文為基準的評定又會是一種什麼樣的評定？而文學，在完全（或很大一部分地）排除了語言（即文字）這項基礎因素在外的作品，其實已不再是什麼文學作品了，至多也如作家莫言所言：是個講故事的人所講的故事。獎項的評定和授予本不應是件值得作家藝術家們太去關注的事兒，他們注意力的重心始終應該放在對其作品精深度的打磨上。反倒對於獎項的評判者，當在處理東方這一意蘊深奧、形態神秘的古老語種時，必須小心別在其叢林深處迷路，一疏漏墨，便可能把整幅書法作品汙點成了永久的歷史話柄。

走筆至此，聯想到一位海外中國文化學者不久前曾發表過的言論，說，越是書寫粗俗的生活場景，愚昧的人物形象，越是需要五大三粗的語言表述體系。這才表裡合一，默契而呼應，云云。當然，這裡的所謂「五大三粗」之中，還包含了文法不通、遣詞造句成誤等中國語文的基礎訓練元素。如此悖論，絕不可能是該學者學養水準不夠或理解能力有欠缺所致。這類形似質謬的詭辯術，一度國人都有過「曾似相識」感。比如說在「文革」中，造反派保皇派各執一詞，雙方都揮動小紅書，高呼「萬壽無疆！萬壽無疆！」，並都能從中唸出一段咒語來，各適其用，以其之矛攻其之盾，遂令激辯雙方面面相覷，各打五十大板，以不了而了之。竊以為，如此問題的理解恰恰應該是逆向的：越是書寫愚昧混濁的題材與人物，越是需要作家具備過硬的文字素質訓練和語言修養水準。因為粗俗愚昧的生活場景和人物心理之呼之欲出、神似而相非，正是依賴作家精美、傳神的文字，流動所營造出來的那種強大的語境所導入的，生動、真實、準確、栩栩如生。生活之粗俗人物之愚昧屬題材之本身，而語言之精妙與表述之準確體現的，則是作家的文學功底和對文字的駕馭能力。怎能混為一談？

四

再將談題扯回來。剛說哪了？噢，對了。說到一個一百二十年前的清末舉人返生還世、重臨王府井作「一日遊」。在他生活的那個時代，「五四」運動還未爆發，但中國的政治、民生與文化的積弱，已到了「阿芙羅巡洋艦朝着冬宮一聲炮響」的前夜。就是那個時代的中國社會之情狀，在西方精英們的大腦中根植下了深刻無比的印象。印象是如此深刻，而且固執，乃至於到了他們的孫輩、重孫輩、重重孫輩，還不肯輕言放棄這種對於中國的文化想像。他們的理性或者已經跟上，知道如今的中國早已如何，如何以及如何了，但在他們的潛意識中，他們堅守，堅守祖上傳下來的那方記憶陣地。他們所以要堅守，也有可能是因為他們暗中希望中國仍然，應該，一定，還是，如此。他們還停留在了「賽珍珠」時代，停留在了八國聯軍攻佔北京時，拖辮拉車人，眼中閃着惶恐的神色、倉促躲閃到一旁去的場景之中。十九世紀粗劣的攝影術留下了他們愚昧而又貧困的身影，與太陽傘高禮帽們的形象與禮儀形成了強烈的比差效果。他們蔑視華裔人種的那顆種子就是在那時播下的，且代復一代，固態化，常態化，基石化，甚至於都快化石化了。凡符合他們這種文化想像的所有文藝作品，統統都是好的、真實的、深刻的、具有顛覆意義的，因此，也是能獲得某類國際獎項來以資鼓勵的；反之，則是虛假的、粉飾的、僵硬的、程式化的，或經某種意識形態「洗過了腦的」；總之，是沒任何價值可言，最終都會被扔進歷史的垃圾桶裡去的。這種非黑即白、非正即反、非柔即剛，缺乏灰色中間地帶的價值判斷顯然是非客觀的。尤其是在對待以語言為創作原材料的文學作品時，對於當代中國語言的進化過程，結果以及成就所知甚微的人們又如何能把握好這竿尺度？

然而，歪打正着的結局，反倒變成了西方人的這種心態被國產人種當場活捉，從而在中國催生出了為數不少的一批專事「黃土地」文化生態的文藝工作者：美術的、影視的、文學的、音樂的、雕刻泥塑的，幾乎遍及各個文藝領域。取悅洋人，迎合洋人的結果是令他們在西方的獲獎率、人氣度、曝光率都迅速躥升。當然，對於當代國人而言，這種獲獎的宣傳代價是：讓十九世紀的所謂「愚昧之態」更加深入西方人心。這原是經一番苦旨琢磨，精心策劃的。他們在讀懂了西方人的那種只可意會不可言傳的心態的同時，更明斷國人的根性：排洋，貶洋，否洋的精神實質是崇洋，媚洋，尊洋，唯洋是瞻。這種自卑感（Inferior Complex）與自尊感（Superior Complex）的情結交織，正是現代心理學領域裡最難對治的病症之一種，而我們偏偏又都患上了。這些人本就是這個族群中土生土長的一分子，他們又如何能不明白你們的這點兒心思？於是，他們便出手了，就好比那些個「雷人」抗日劇中所繪聲繪色的那般：頭戴一頂「皇軍帽」，開襟寬袖筒衫，腰間橫挎一「盒子炮」，這裡嘀咕幾句，那邊吆喝一片：「各位父老鄉親們，都給我聽好了啊……啊……啊，皇軍已說了……」這真是有點兒像那批「文化漢奸」（請允許在下的不敬語）的漫畫像。唬住了當官的同時，也唬住了大眾。其實，當官的當年不也來自於大眾？且上行下效，習慣了憑官員眼色行事的大眾，能在當官的說行時說不行嗎？於是，獎項一旦到手，啥都搞掂：房子，位子，車子，票子，還有小娘子。

西方獲獎成功的中國效應不全如此，但也基本如是。這是一出絕妙的以洋制華的當代版。見到滿街穿戴華美的富家狗了吧？幹活幹怨了的年輕人會說，下輩子當狗去，當寵物狗。每天要幹的就是猜透主人的心思，討他（她）歡心，便能整天被抱擁在美人的懷中，盡享温軟細語，衣食無憂。「我願做一隻小羊，偎在她身旁，我願她將那鞭子，不斷輕輕地打在我的身上……」——哦，多麼令人陶醉的意境哪！

其實，每個民族的文化都有它的特點，並無優劣之分。西人文化，就如他們的競選那般，是自我張揚、自我宣傳、自我吆喝、自我招徠的文化。這與中國儒式教育的謙遜、禮讓、含蓄，而後才能得人以尊重、認同、讚嘆和推崇的文化模式剛好相反。兩種文化各有其亮點與陰面，好處以及弊端。率真的可愛並不應遭到謹言慎行者們的批判與否定，它們之間並不存在矛盾與衝突，看只看適不適合誰的脾性罷了。假如一定要說有關係，那是魚與熊掌的關係，千萬別指望能兼得。試想，假如中國式的運心術再配上美國式的吆喝勁，這條道一路走下去，究竟會踏出一種什麼樣的步姿來？擱下釣魚島問題不談（小平同志不也說了，留待後人來解決，後人的智慧比我們高嗎？），至少在這一點上，我們真還得向倭寇一族學着點：他們是決不肯將自己的文化遺產與民族尊嚴獻上，供他人作踏腳石的。

五

月前聽聞一則報道，說，今年高考外語比分的佔有率從150降到100。而中文則相反：從150升至180。這，又釋放出了何種訊號？值得叫人玩味一番。權以此展開去，再扯多一個話題。

首先，文化一事不是搞經濟，更不是安排官位：定個指標，叫什麼（誰）下來，讓什麼（誰）上去。文化是一種代復一代，滲透式的潛移默化，往往於無聲中便釀成一劈驚雷了。再說了，所謂要與國際接軌，融入國際社會，在國際族群中發揮更大、更深、更有效的影響力，云云。外語（尤其是英語），這項基礎技能必不可少。決不可能是外語水準下去了，中文水準就一定上來。或者為了叫中文水準能上來，就必須把外語水準（要求）適當壓低一點。就語言技能的訓練層面而言，這兩門學科的培訓進程非但不矛盾，反倒還有很強的互促互補性。這樣說吧，玩得轉母語的，對外語的領悟力和語感度肯定高人一籌；而外語學精了的，其母語水準也差不到哪裡去。在我們的前輩知識人群中，隨便找出兩個來，林語堂，傅雷，便是。現在還有個錯覺，說是從小就出大代價，將孩子往西地一扔，讓他整天與高鼻子藍眼睛們混在一起，還怕學不好外語？外語，外語，不就是外國人說的言語嗎？再說了，咱中國不自古以來也有「楚人學齊語，置於齊」之一說嗎？但不同。這裡指的是方言。京人、滬人、粵人，我們說的、寫的、用的、都是漢語，有着相同文字與語法體系的漢語。由此錯誤觀念引發的所謂「瘋狂英語」「二十天說一口流利英語」「會說中文就會說英文」等之類的荒唐廣告語，電視、網絡、街頭、隨處可見。其實，只需發一個小小的提問就不難將此謊言揭它個 inside-out（底朝天）：滿大街都能說一口流利中文的路人，難道隨抓一個就能到大學的中文系、漢語系當教授？在美國，這個理兒不也一樣？這種將孩子「往西國一扔」說，只能嚇唬一下從未出國受過訓，老是從裡往外瞧的你我罷了。與高鼻子藍眼睛廝混一通，從未肯真正下苦功的學習者，到頭來，仍一事無成。而所謂一口流利英語的很大一部分組成成分乃 Street Talks & Patters（街頭流行語）。一旦動筆，其 Spelling and Grammatical Errors（拼寫以及文法錯誤）之紕漏百出令人瞠目——還遠無法與純粹自國內院校培訓出來的學生相比拼。可見語言是一項由多部件組裝而成的複雜而又巨型的知識工程。而 Street Talks（街頭語）與 Academic Lectures（學術語）絕對是風馬牛不相及的兩碼子事。只有無知者才會拿着 Swarovski（奧地利產的一種高純度的玻璃產品）的玻璃球當作十克拉鑽戒來炫耀。當然，也只有同樣的無知者才會去相信，去上當。盲目崇洋的結果不是什麼，而是讓洋無賴也有了能在中國大街上手挽窈窕，一享尊貴的機會。

六

教育，說到底還是教育：教育機制，教育觀念，教育宗旨，教學目標，教學手法，教師資質。而資質的涵義中，除了水準外，更是指其為人師表的品行與人格。家長是學童的監護者，教師是家長的導航人，而教育衙門又是教師隊伍的組建和管理核心。於是，脈絡便開始清晰起來了：所謂德智體全面發展，德始終帶在頭裡。不是今日如此，古代也如此；不是中國如此，外國也一樣。乏德而育的結果，無論是於育人者還是被育者都是含有毒性的。而社會在缺乏了道德黏合劑的整合中，終將會風化為一盤散沙。毛主席他老人家始終高瞻遠矚，他不早說了：綱舉目張——當然，很可能也是從古人那兒借鑒來的——但無論如何，這是一句智慧語。就那麼一條主線，抽高拎起，其他支節，諸如中文外語孰重孰輕、舉棋不定一類的困惑，自然也都順風揚沙般地飄走了。

八零、九零、零零後的年輕一代，因崇洋連帶到物質崇拜、科技崇拜，甚至於洋文崇拜洋文化崇拜的原因，當然還要追溯到中國這近百年來，一浪高過一浪、一潮洶湧過一潮的杠倡「文化」之名，行毀「文化」之實的連串的「革命」「革新」「改革」運動。近因還得落巢在他們的上一代，即我們這一代人的身上。在「文革」的煉丹爐中，我們究竟練就出了一些什麼樣「火眼金睛」的法術？鑄造出了一種什麼樣的人生觀、價值觀、道德觀和理想觀？說「垮掉了的一代」，不太好。更有甚者，說是「喝狼奶長大的一代」，當然更不中聽。但當年的造反有理、打砸搶鬥、虐親辱師的案例還嫌少？更有把人活活逼死、打死的。當時的我們正值青少年的生理與心理萌動期，那個年齡段種下去的種子能不影響你一生？近半個世紀過去了，現已六七十近古稀之年的我們開始了反思，開始痛哭流涕，開始上網懺悔（無論如何，懺悔總比不懺悔的好），但，但生命的蠟燭已燃近根部，我們都已回不到過去，而血脈裡留存，累積了五十年的「pm2.5」毒素會不會毒性發作？你吃不準，哪天遇上一位出家人，叫聲師父，以求其解。他會向你一合十，說：「阿彌陀佛，那是要下地獄的，苦海無邊，回頭是岸……」。是啊，隨着那一天的步步逼近，我們都將何為？畏懼感日增，困惑的陰霾在變濃，無神論的信念愈發脆弱。這是因為從人心的內部始終有一個聲音，在呼喚在質問在警醒，說，你這一生都幹了些什麼呀？踏過了生死那一條界線，誰還會是誰？什麼還會是什麼？如何還會變得更如何，或是更不如何？——這個聲音是什麼？這個聲音就是人與生俱來的、永不會泯滅的良知的呼喚，自性的呼喚。再說了，我們也有過三十四歲、四五十歲的年記啊，別忘了，那正是我們的下一代心智成長、成熟的關鍵期，那時的他們又能從我們的言行和意識裡接收到些什麼資訊，授受到些什麼教育呢？從「和尚打傘」——那些無法無天的日子裡走過來的我們這代人，要培養出心性溫良品學兼優的下一代來？「性相近，習相遠，苟不教，性乃遷」——責怪後代，還不如先責怪我們自己來得更合理些。

當然，西方沒有「文革」，但西方有「科革」「技革」「經革」。就破壞的嚴重性而言，後者遠遜於前者。但兩者表異質同，同樣會對人類精神的緣源起到沙漠化的作用。如今全球一體化了，東方人向西方學，西方人往東方流。兩頭怪獸交媾後生產出來後代會是個啥模樣？不敢想像，也難於想像。作為生活在今時今日的我們，就像曾生活在前朝前代，感慨世風日下的無數前輩們一樣，或者終將證明一切都是杞人憂天。相信人類的自我修復機制，世界總會找到一條走下去的出路的。假如連這點信心都喪失的話，那就甭活了。但無論如何，沒有了信仰，沒有了宗教，沒有了倫理，沒有了道德操守的基本約束，我不知道，我們不知道，誰也不知道，何人將把世界引向何方？是的，科技很重要，就像人的肉體很重要一樣，但沒有了精神擎柱的肉體只是一具行屍走肉：同理，沒有了信仰的世界是徹底消解了內聚力的世界，終將會走到土崩瓦解這一步。

但文化不同。文化是人，作為一個精神存在體的唯一，也是基本標杆。因而，也是對治這種物質虛無症的最佳處方。由文化之內涵所輻射出來的那種精神氣場是另一種宇宙，與我們現在用天文望遠鏡所觀察到的物質宇宙完全等同，它們平衡在人之所以為人，人之所以是人的那架天秤的兩端，穩妥而安全。從這點出發，所有權威獎項的評定是否都應朝此靶心瞄準？放下一切偏見、固見和執見，思考一下，當今人類的價值譜系中，除了西方人族所大力提倡的民主、自由、人權外，是否還應包括業已變得十分稀薄了的、本質上的，而非形式化了的宗教、道德、倫理、因果教育等等，虛弱的人類精神機體急需進補的營養成分呢？相信對這些標準的遵循，將向全人類釋放出一種積極的信號，從而讓國際權威評獎真正責擔起一艘世界航船瞭望員的重任。

七

猶言未盡，還想說多點有關語言（文字）方面的事。世界上近兩千個民族，上千種語種（包括方言）。其中，唯英中兩語才是鶴立雞群，一覽眾山小的巨人。先說英語。作為世界語，英語當之無愧。經歷了幾百年（尤其在近代）的進化、擴充、兼收並蓄了法文的優雅，德文的果斷，俄文的規範，意文和西班牙語的浪漫以及妙趣，加上英語世界本身的源遠流長，今日的英語，已成為了地球上最先進生產力與生產關係的標誌和象徵物。當然，還得加添上英美兩代世界霸主的壟斷與推廣，以其母語為代表的強勢文化，不由分說地介入到了世間的一切事務之中，滲透進人類生存的每一個角落。如此事實，毋庸置疑。

再說中文。中文，這一蟄伏了五千年，曾被譽為東方「智慧符號」的語種，就如一壇深埋於塔基下的舍利子，哪天被發掘，得以見天日，決定佛光普照大地，柔和而溫暖。光之所至，無所不顯，無所不明，無所不在，無與倫比，且無往而不勝。在人類社會還沒能完全領悟並獲得其實際好處之前，有人會說，哦，這大概只是一種誇張一種形容一種比喻罷了。其實不然，這是一句再貼切不過的描述了，儘管眼下的情勢還遠未臻如是。這百多年來，它的使用者們信心沉淪，人尊我賤、人傑我粕、自貶自卑的情緒已滲入了民族的骨髓，連他們自己都無法認識這塊祖宗留存給子孫們的無價瑰寶，那就甭怪他民異族會如何來待之了。

然而，近年來，隨着中國國力的迅速崛起，對中文的價值評估先從經貿、外交、國際事務交流等諸多實用領域起步，大有漸入其臟腑，即語韻、語法、語構、語感等語言本身的深層次組成元素之趨勢。換而言之，將用中文構建，書寫出來的文化、文學作品作為一種藝術來品嘗來鑒賞的日子的到來，現在看來，只是個時間問題。在此關鍵時刻，吾國人之有效配合決定，是支撐其最終能得以成就的另一個重要受力面。自穢形慚，唯西為尊一類的逆動力理應減低，乃至徹底消散去。西方的優秀要學要借鑒，但自身的優勢，祖先的遺澤更應珍惜、愛戴，發揚光大，開河寬渠，讓它們能通暢地流向世界。尤其是當代中國語文，歷經劫難、重塑，拋光、打磨、上釉，等等一系列「工藝流程」，使之與相傳，堅守了幾千年的古老的文言文相比，更煥發出一種獨特的奇光異彩，匠工天成。猶如自古樹根部上迸發出來的一尖茁長的新芽兒，擁有了無比強大的生命力，出乎意料地變異成了一種嶄新的衍生語種。總有一天，它會得到世界的認同、欣賞和讚嘆，並由此成就為能與現代英語相比肩的兩座語言高峰，聳入雲端，仙霧縈繞，遂演變成一大片各類藝術品種得以成林、成材的沃土。

但話還要說回來。去除盲目逐西崇洋之陋習，絕不是單靠削足適履式的滅外語分填中文坑的辦法便能奏效的。正確的理解應該是這樣的：中文一百分了，外語也能爭取一百分；而外語一百分了，中文更應超越一百分。能擁有這樣的志向，能樹立這樣的學習目標才對，才好。世間事總是這樣的：人們尊重你的文化了，人們也會尊重你的人格；人們尊重你的人格了，人們自然都會信任你的一切——從言語到行為。摘取國際文藝（學）獎項，因而，不再需要靠揣摩、迎合、抄近路，找捷徑一類的運心術了。而這一天的到來，才是中華民族能真正揚眉吐氣時代的降臨。絕對不是靠世界第一高樓，全球最快鐵路幹線之類的硬體攀比可以叫人心悅誠服的。

八

雜亂無章的扯了一大通後，再繞回我那文題上去。首尾呼應，中學堂裡上寫作課時，老師向我們傳授的基本技法中，好像就有此一項。

「關鍵字」一說，雖帶點兒印象派色彩和發散形思維模式的現代元素，儘管新鮮，有趣，貼近時尚，但在我的心中，仍有一種憂慮在隐隐作梗。為了繞過網檢的哨卡，為了「多快好省」地壘建語言大廈，為了讓個人意志的表達欲儘快地社會化，一套別出心裁的網絡語的（算不上是體系的）體系，正悄悄成形——成形為青年一代的時髦和「灰色幽默」。要知道，絕不是每每都會「印象派」的——這純粹是我個人的解讀行為——白字，錯字，別字；音同字不同，音同意不同；或反過來，字同音不同，字同意不同，等等，等等。一切都是故意的，一切都是為了引來網友們讚賞的歡呼。如此氾濫開去，又會把我們美麗嚴謹的中文語種帶往何處？或者是我多慮了。多慮，少慮，和從未作慮的結果其實都是一樣的。然而，我仍要多說兩句：起底好中國語言，就要起底好中國文化；起底好中國文化，就要起底好中國歷史。歷史的長河就如此這般地奔流而下，該沉澱的沉澱，該滌蕩的滌蕩，該携帶而去的携帶而去，該掀起浪花的也一定會掀起浪花。沒人能左右它，也不存在任何商榷的餘地。只有你去瞭解它，走近它，切入它 適應它；絕無它會來答理你點什麼的。而今日的網絡語與新一代人群的價值取向也將符合這同一規律。唯一點可以肯定：已流逝了五千年的中華文化，中華語種仍會以它特立獨行的姿態繼續她那浩浩湯湯、摧枯拉朽的進化流程。

2013 年 12 月 31 日

於上海 Howard Johnson 酒店公寓

Part Three

靈魂的安放處

一

中國有句諺語：狡兔三窟。雖然我不是隻兔子，但我靈魂的安放處也有三個：宗教、故鄉上海，以及文學。唯前兩個的終極歸處也是那最後一個。因為，只有在文學創作中，我才能找到我信仰的依靠，我的根和我一切創造力的源頭。

這三樁事其實也可以說是一樁事。人之所以為人，所以是人，就因為了他的感情與理智間的衝突、拉鋸，而後言和、融合、注流為一體，奔向終極的人性的大海。其實，動物也有感情，但動物沒有理智（即理性與智慧的相加值），它們的感情是一種本能，永遠停留在那個層面上，無法得以昇華。佛學說的八識：眼、耳、鼻、舌、身、意、末那（識）、阿賴耶（識），人之為人的精華，文之為文的奧妙，藝之為藝的境界，其實，全都寓於此八識田中的意識以及末那識（潛意識），這兩個特殊的精神領域裡。對於它們的發掘，使之無限逼近於你的自性——雖然你永遠也無法能真正到達它——就是將你的藝術才華發揮至最大值的那個過程。

阿賴耶識即自性，自性即阿賴耶；阿賴耶是迷了的自性，而自性是覺悟後的阿賴耶。不僅是人，一切眾生皆如此，因為一切眾生皆有佛（自）性。無法能緣到它，這是因為眾生們還都沒能明心見性故。一旦見性，即成佛道。而你所有的精神追求也於此同一刻化為了烏有。何以故？因為你放下了執着。而為文也好，為藝也好，鄉愁也罷，懷古也一樣，其實都是一種嚴重的情執。我們作家寫作品，假如沒了深濃粘稠情執的話，作品又如何能感動人？故，所謂追求，永遠只是一個過程，霧色茫茫之中的一步一推進，完全不知曉其終極目的地究竟何在？終極目的地在峰頂，那是一片佛光普照的金色世界，清晰明瞭，一望無際。到那時，你再往下俯瞰時，宇宙與生命的真相都呈現在了你的眼前，你自自然然就明白了什麼是什麼了。唯於當下，我們大家都還在那茫茫的霧色之中摸索追求。沒進入到那個境界裡去，我們無法想像它。

二

扯遠了去，再回到我的「狡兔三窟」的主題上來：宗教信仰，故鄉上海，以及文學創作。

比方說，回憶童年（時代的上海），算不算是老讓自己沉浸在回憶中而無法自拔呢？是不是總在想像着要回到再也回不到的過去呢？於作家，是，也不是。佛學中有「三心不可得」之說，其中，「過去心不可得」表示：徒勞地回想，惋惜，哀嘆，悔疚，老在作能不能將已逝去的時光再抓它回來，讓我再活多一次就好啦的夢，這才是一種虛妄，這就叫「過去心不可得」。但如果是從憶田裡汲取教訓，汲取養份，汲取藝術的感知能力的話，這種回憶非但是積極的，而且是必須的。它會讓你富於創造力。

哪個作家不在寫回憶？無論是寫美好的，還是寫痛苦的，那都是些已成為了過去後的事。但它動人——尤其在回憶中。而動人的本身即是一種能量。還有一點必須明白：你寫，寫在當下。只有，也只能，在當下寫過去。僅此一點，便已足夠。因為「當下」又是無法來寫的，剛一落筆，當下又成為了過去，成為了你記憶流程中的一部份。事實真相不就是這樣嗎？故，寫記憶是對的，是有意義和有價值的。反而說寫將來，如何寫？基本都是在打妄想——說好聽一點，叫「想像力豐富，想像力蓬勃」——但當你胡謅一通，再回到當下時，連你自己也都會問自己：將來，將來倒底會是個啥模樣呢？不知道。但有一點可以肯定：將來一定不會是你想像、描繪出來的那個樣。這是我所寫過的一首詩中的某一句，那年我才十八歲：**上帝永遠在更改着他的／那已被猜度到了的／意志**。就這個意思。科幻小說，作為一類文學品種而存在，當然是可以接受的，惜其深層次的文學意義與價值似乎有限。

三

再說回上海。這是一個可以用兩個同音的中文字同時來描述的城市：迷以及謎。迷人的城市，謎一般的城市。她之迷魅，迷魅在她的城市發展史、文明史和進化史。在一個偶然的歷史接點上，她被選中，成為了中國人眼中的西方，西方人眼中的中國。在一九四九年前的一百多年時間裡，中西文化的生態在這裡得到了最充份、最圓滿的融合、嫁接以及整合；像一個美倫絕寰的混血女孩，其中西合璧的迷人氣質與生俱來，無可替代。當代的中國作家和電影導演們老喜歡用「黃土地」題材來取悅世界，取悅西方，來迎合滿足他們的獵奇心態。這不能不說是一種曲解、成見，以偏蓋全。中國，除了黃土高原、橡皮筏子和西安的古城牆外，還有像上海，這樣的行走於人類文明與文化史最前沿的遠東大都市，以及在這都市中生活着的形形式式的人們與職業群落。對上海這種生態的描述，上世紀三四十年代有過一段繁榮期，後因戰亂封閉等諸多原因，遂沉寂了下來。但她還在那裡，她的那些珍貴的文明與文化的種子仍在凍土層下堅強地存活着。她們渴望藍天，渴望白雲，渴望春臨大地那一天的到來，好讓其再度發芽、抽枝，茂樹成林，重新融入世界，融入文明史——而這，就是我們今日所見到的第一個意義層面上的上海。上海的今生仍根植於她一百多年前的前世。

但畢竟，近代的上海仍有過她幾十年的辛酸史，夢魘一般的歲月在她豐腴的肌體上傷痕累累地劃過。

這種精神層面上的創傷所造成的心理扭曲，在這個城市的硬體（指其市容、產業結構與社會資源配置等諸方面）和軟體（指在這個城市中生活和成長起來的一代和幾代人的思維模式與情感結構）上，都留下了永不可能被磨損去的印記。而這，也是另類文化。這種文化以及城市記憶，混合着於此更前以及更後的歷史現實一起，形成了一種特殊的地域文化情結。這便是我們所感受到的第二個意義層面上的上海：價值觀與生命取態不可理論的背後，總也隱藏着終能被理論的條條脈絡。而我所說的第二個中文同音字「謎」的涵義也就寓於此。

基於所有這一切的一切，對於一位富有時代抱負感的作家創作取材而言，上海不是座儲存量巨大無比的金礦，又是什麼？

四

英文裡所說的 Homesickness（戀鄉情結），其實是一種美好的情操——即使是帶上了點兒輕度的病態也不打緊。sickness 這個英文單詞本身不就是指「病態」麼？戀鄉與孝親尊師重道一脈相承。中國歷史上的那個「樂不思蜀」的劉阿斗，除了亡國之外，不可能再有第二種結局。道理很簡單：他不思蜀，蜀也不會思他；蜀地最後改換姓氏，那是件必然的事。

現代心理學的發展，愈來愈深刻地揭示出了 Homesickness 這種情懷的潛意識的本質。在佛學上，潛意識的專業名稱叫作「末那識」，這是一種執着識。只有它，才能夠與藝術直接而有效地對話。再說多一行短詩，以厚其質：異鄉有驕陽／故鄉有明月。我們異地的奮鬥，終究還是為了老去時，能有回歸故里望見明月的那個晚上。這樣的人生才是圓滿的人生，始於該點的，終於該點。

上海，上海虹口區，虹口區溧陽路，溧陽路687號。這是我的故鄉、故地、故址和故居。我深愛着它們，愛得無法割捨：在夜夢裡也在白日 夢裡。入夜夢時，我作不了自己的主，那些記憶精靈們說跑出來，就跑了出來，作祟一番。它們來自於末那識的深處。而所謂做「白日 夢」，那是當我在搞文學創作時，就像是一種「自我催眠術」，我努力使用瞑想的功能，讓自己的神識回到潛意識叢林的深處去。這是一項高危的精神遊戲，卻又趣味無窮得讓人着迷。趣味無窮，是因為你自個兒的理性就能把控全場遊戲的規則、進程與氣氛。我將那些埋藏於記憶底層的陳事舊人和軼聞挨個兒地啟動它，這是一種境界，一種即使在大白天的陽光底下，也能讓你經歷一場「夢遊症」的境界。團團幻影向你圍攏過來，那種感受是帶上了點兒刺激之驚悚感的。它令你流連忘返，忘了你是誰？誰是你？你在哪裡？哪裡才有你？你究竟是生活在今天呢還是昨天？就是這麼樣的一種氛圍，當它們變得濃稠而又濃稠起來時，某種能量便產生了。如同發射一支三級火箭，它們將你送回去了昔日的歲月裡。而我的意識則是清醒的，它告知我說，現在，該是你落筆創作的時候啦！在如此境況之下創作出來的文學作品，其藝術含金量必然會高，代價則是爐煉鍛錘記憶時的痛苦指數也會相應增大。

五

於作家，這類感受、感觸與感情的澎湃，之所以能轉化成為創作衝動的原因是：他除了希望能在作品的產出上有所收獲外（這是他職業的需要），更渴望能為自己找到一帖精神的療傷膏。就此意義而言，文學即是作家們的準宗教。而鄉愁，這起龐大而又籠統的概念所含藏的心理因數，也是多樣性和多元化的。在二十世紀初法國名作家普魯斯特的作品《追憶似水年華》中，你就能見到它們是如何被精緻地剖析開來的：事隔多少年後了的一個陰冷的傍晚，當母親為他端上來一杯熱茶，幾塊童年、少年時代他常在姨媽家嘗到的，普通了不能再普通的「瑪德萊娜」cookies（小點心），當被含入口中的那一刻，其豐富的感受層次是通過小餅接觸到上齶、嗅入鼻腔，咀嚼時感覺其柔韌度，那種種指標值的細緻描繪而表達出來的——一塊小糕點將他在姨媽家的一連串的少年記憶全部激活，甚至包括了整座貢佈雷市（法國鄉間一小鎮，普魯斯特故鄉）的周邊場景。色聲香味觸法，一個高度敏感於生活細節的作家的生命體念是何等地傳神、真實而又感人哪！

這是什麼？這就是鄉愁。鄉愁是文學作品組合中的一個非常重要的精神部件。

鄉愁還是個多極電源，其中有一端是直接插在了你孩提、童年和少年時代記憶的插座上的。這是條情感的高壓線，少年的歲月再艱難、再困苦、再不堪回首，於中老年的回望中，依然美好，依然溫馨，依然充滿了色彩。探深一層，這應該是與你那個年歲上蓬勃向上的生理指數有密切關聯的。生理即心理，生理的熱烈煮沸了心理的水壺，自你那美妙絕侖的生理目光之中透視出去的種種世相，焉有不斑爛絢麗之理？

還有，當你那趟生命的列車陸續抵達中老年各個月台時，你孩提時代的那些親人們都已先後作古而去，即使有健在的，也不復當年那個鮮活的模樣了。這讓你沮喪。那些生活場景與人物，消失的消失，改變的改變，老舊的老舊，這又令你感覺悵然。你無論如何不願意，也不可能迴避的那個事實是：他們都曾是你此回來到這人世間走一遭的全部記憶活體中，最富有生命力的那個部份。時光是一樣很奇異的東西，經其篩選後留剩下來的記憶竟然都是親切、美好和可愛的。憶相得以柔化，遂幻化成了一幅幅誘人的畫面，重閱時，讓你着迷。

沉浸在鄉愁的夢境裡，是中老年人們當生命遭受挫折後的最安全的心理避風港。另一則表述語就是：（它們是你）靈魂的安放處。

六

再說回宗教去，我靈魂的另一棲息處。

這世間所有宗教的原點，其實，都不是現代詞語學意義上的「宗教」。它們的源頭無一不是高智慧的聖賢之說。其智慧的超然，與芸芸眾生們現存的感受能力間的嚴重落差，有當一日，人們將之與日常生活中的某種實踐稍加結合與調配，所可能產生的神奇功效和道德能量，遂讓這種本屬有據可憑的真實智慧被迅速神化，而發酵成為了一種「宗教」——即：不再會有人去關注它那智慧源頭的一種現行的盲目信仰，且代復一代，開始了其漫長的膜拜過程。這種現象我們亦可稱作為「迷信」，即是：不解卻信。而「迷信」又有兩層含意：信是好的，是對的，是有益於社會和眾生的；但「迷」又是錯的，愚蠢的，是希望能於某一日獲得覺悟，從而達至「正信」位的。聖賢們孜孜不倦教誨的全部目的，不就在那個「迷」與「覺」的轉變上？就一念之差，八識成四智，煩惱即菩提。

其實說來，我倒是一個篤信了四十年基督教的信徒，皆因我母親是個虔誠的老基督徒故。她的善良與寬容，自我孩提時代起，就深刻地影響着我的人生軌跡，以及我之價值觀、道德觀和世界觀的成形。一九六六年，中國社會正處於一個瘋狂的紅色漩渦中。父親雖已去了香港，但我與母親仍留在了上海，承擔這一切。由於家庭的那段不被當局認可的歷史，遭受衝擊勢所難免。抄家、遊鬥一波接一波。那天晚上，抄家隊伍剛走，母親就拉着我，一同跪在了地上作祈禱。而所祈之求，竟然都被神奇地兌現了：造反派們再沒「光臨」過。就從那次膝蓋跪地之後，我就再沒中斷過。四十二個年頭，每晚那個時段，無論身處何地，我都會跪禱我們在天的父，「願他免了我們的債，如同我們免了人的債」，「願他的意志行走在地上，如同行走在天上」，「不叫我們遇見試探，讓我們脫離兇惡」（保羅語，馬太福音6章9——13），從而讓生活在這麼個災難頻發時代的我們，能事事順遂。然而，就在這漫長的四十二年間，我個人的家庭，在亞洲金融風暴中遭受了解體之災，我自己也罹患了重度的焦慮型抑鬱症，掙扎求存在死亡的邊緣線上。二零零八年深秋的一個晚上，我偶然獲得了一部《金剛經》，我一口氣連讀了幾十遍，那種deja-vu（曾似相識感），令我那顆始終都處於煎熬之中的痛苦的靈魂一下子便平靜了下來，仿佛像是被敷上了一層薄荷清涼劑一般地緩解了。我感受到了佛法偉大和不可思議的能量。我依稀觸及到了我之前世與今生間的某個神秘的按紐。從那個黃昏起，我重獲新生。大把大把抗抑鬱的藥丸我都基本停吃，每天，我沉浸在誦經、持咒的日常修行中，我變了，變成了一個名字仍叫「吳正」的不是吳正。然而，每晚的那個時段，我仍保持着我己保持了近半個世紀的基督徒的禱告習慣，我感恩萬能的主將我的靈魂送回去了它原來的那個家中，它的永久、真正的安放處。我深切地感受到，人類的的宗教，包括準宗教——儒教在內，都是一體的，它們都是你自性成道的示現。唯自稱為「無所畏懼」的徹底的唯物無神論者，才是這世間真正的可憐憫者。因為他們不理解，也拒絕理解人生的活法與意義，自生至死，他們白來這人世間走了一遭。人是必須要有敬畏感的，這是人之所以為人的基礎和基準。

還有，老將對宗教的認識停留在算命看相測風水等低級層面上，只求現世利益那丁點兒不勞而獲，我必須得說，也是件「求末捨本」之事。這絕不是智慧的人生，並終將落了個「一無所獲」的結局。對這世間所有宗教的真正契入，都會讓你殊途同歸。你終究會明白，大凡宗教都具有同一特徵：既深奧又淺顯。深奧，是因為宗教道出的是宇宙與生命的真相，而相無定相，隨境隨緣隨機隨時隨處，千變萬化，故深奧；但萬變又不離其宗，故又淺顯。中國古老的《易經》採用的那個「易」字，一曰：變；二曰：簡。就是這個道埋。

七

那文學，文學又是什麼呢？文學當然是文字的序列。但那不是文學，那只是一種形式：文學的形式，文字的形式，文化的形式和文明的形式。文學的實質是哲學，是美學，是史學，是心學，也是某類變異了的宗教學。文學是人類的一切美好品質與悟性的代名詞。文學這樣東西很偉大，一旦你投入其中，不求任何回報與利益地投入其中，帶上了某種宗教情懷和獻身精神地投入其中時，它能包含一切：人類的過去與未來，生命的真實與虛幻，世界的解析與淨化，諸如此類。

比方說文學作品中的時空轉切關係。這不單單是個創作技巧的問題，更有其深刻的宗教內涵作為作家的想像依據和敘事之背景的。時空是假的，虛幻的，這既是宗教，是科學，也是文學。

時空的虛幻性決定於，它終究是一樣被「感受」出來的東西。換而言之，當你不再會，不再能，也不再去感受它之存在時，你便「入定」了，而它，也靜止了。同理，當你逆向感受它時（即，憶入往昔歲月裡去時），它也能倒流回到過去的。

有一個文學術語，叫「心理時間」，它的出現是為了能與「生活時間」互相區別開來。這兩種時間概念併立於文學作品中的本身就說明了時空的虛妄：生活時間就是心理時間，反之亦然。道理很深，不說也罷。作家創作時是不需要去終究這些奧理的，他僅憑他的直覺來行事，就可以了。一旦進入到那種境界裡去了後的作家，一切都變成為「法爾如是」了。生命的真相就擺在你眼前，所有的介釋都是多餘的。

這是宗教嗎？是宗教。是文學嗎？也是文學。

猶意未盡，再想說多幾句「時空」的相關語。

剛才說了，「時空」只是人的一種感受。在這裡，再加多一行定語：基於一個特定物件而言，在一種特定境界之中的特定感受。如此定義，或許會更確切些。

所謂「山中一日，世上千年」。說的當然是仙道裡的事。人道與天道在空間維次上的差異決定了其感受方式與計算方式上的不同。且不說科學理據的存廢與否，至少，你不能否認說這是一種心的「感受」。哪用「度日如年」來形容時勢之艱困呢？用「一日三秋」來形容男女間的相思之苦呢？

還有一種水中的浮游生物，朝生暮死的那一種。生命的全部周期，以我們人的演算法來計量之，也僅若干小時而已。但它們也一樣有滋有味地過完了那「漫長的一生」。經歷了出生、遊歷、覓食、求偶、交配、繁殖等各種人類所同樣要經歷的悲歡離合，生老病死的全過程。假如你能與這種浮游生物作出某種精神溝通的話，它們或許會告訴你說，其生命感受，時空感受，與你們能存活八十多年的人類也別無二致。這是事情之其然，哪又何妨不去思索一下其中之所以然呢？

當然，還有「黃粱一夢」「南柯一夢」什麼的。這些事絕對不是比喻說，寓言說，方便說。在人的生命歷程中，夢中的「心理時間」與夢醒後的「生活時間」從來就是迥然不同的兩碼事。這幾乎是我們每個人都曾有過的生命體念。此，又作何解？

只有一種介釋：時空不是什麼，時空只是一種「感受」。如此理念、體念與觀念一旦潤土細無聲的融入了文學作品中去之後，作品敘述的主體維度即可被大幅度地予以修正，思野與視野都將無限止地拓展開去。因為你打開了那隻未那識的潘朵拉魔匣，因為你走進了宗教。這是一片在你文學創作的航海圖表上從未有過任何標識的新大陸，在那個灰濛濛的早晨，你獨自一個人站在了甲板上。你舉着雙筒望遠鏡，瞭望。突然，你發現了那條被氤氳之霧汽籠罩着的地平線，橫斷於天邊。你驚訝無比，也興奮莫明！你向你自己，也向全世界宣佈說：美洲大陸終於被我找到啦！

八

說至此，我想，我們仍有重新回到宗教裡去的那個必要。

任何宗教，只要你能抓住了那三個關鍵詞：真善美，就什麼都迎刃而解了。再說簡練點，就一個字，真（sincerity）：真誠的真，真實的真，真切的真，真情真性的真。沒什麼原因，因為它就是我們的真如本性，與生俱來。善心，慈悲心，悟心都是從中自然而然長出來的。而這，就是這天地宇宙間的大美之況。

世尊四十九年的講經說法，說的就是那樁事，那個字。為了眾生能從惡習中解脫出來，恢復自性，認清生命這種現象的本質與實相，他可謂煞費苦心了！而文學的終極歸旨，不也一樣？只有安住在了這種境界中的文學才是擁有了正能量的文學，「思無邪」的文學，從而也是帶上了永恆印記的文學。作為一個有思想的作家，但又是個沒有任何宗教信仰與情懷的作家，這是件不可想像的事，也是件很危險的事——以其作品對於人們的價值觀和是非觀的影響而言。

並不是單向的。文學裡頭有宗教；其實宗教裡也一樣有文學，有藝術，有美學。我們亞洲人去到歐洲旅行，第一次見識到異族人類的 cathedral（大教堂），及其華麗無比，崇高莊嚴的穹頂畫時的那種發自於靈魂深處的震攝力，無言以達。同理，西方人來到東方，走進寺廟堂奧，各種宗教場所時，被一股無形而有力的能量團團圍困，令其頓生敬畏之心。這些都是由眼識所引發的宗教崇敬感，而眼識所對應的正是六根塵識中的美學認知。

唯美，這種外質，是必須要與「真」和「善」的內性相結合時，才會有了能量。我們老說的「心靈美」，就這個意思。

其實，也可以逆向來求證的。當你真正擁有了「心靈美」時，外貌也決定會自自然然美了起來——那種樸素的安詳美，安靜美，安定美，安稳美，以及莊重美，讓人見了眼慕之，心馳之，意向之，神往之。

而那種經「美容院」裡粉妝出來的「唇紅眉綠」之假美，我們稱作為「妖豔」，其中那個「妖」字不已點題了？

九

文學作品的「境界說」，與上述原理亦異曲同工，殊途歸一。凡屬人間的藝術作品都不可能不着相：文字相，色彩相，線條相，音聲相。唯神韻，才是這些外相的精神內核。你摸不着她也見不到她，但她確實存在。而相着得愈輕愈淡愈妙，內核的外化與顯化便有了更多的機會與可能性。不明白這個道理的藝術家作品的境界，是永遠也不可能得以提升的。

着相，是的，着相。着相並不要緊也不可怕，只要這種着相是一類「照見」式的「着」就行。寫完了，畫完了，曲譜完了，作家畫家音樂家們完全不留印象，完全忘了自己剛才都投入地幹了些啥了，卻於無意之間，將善的意念，美的神韻，真理的實相直接導入了讀者和觀賞者們的心目中去，靈魂裡去了。這，才叫高明，叫高妙。

要知道，「相」背後隱藏着的那個真你真我真他，這才是最重要的。讀者透過外相能感受到什麼的，就是什麼。蒙娜麗莎的笑，蕭邦的悲，杜（牧）詩的淡，八大的孤傲，才是本質，才是實相，是藝術與宗教的介面處。

文學作品是作家心靈語的流出。作家心靈的那潭源泉是純淨呢還是汙穢，流出的水質必是那同一種。你盡可以用「紅唇綠眉」的語言扮相來加以掩飾，但幕布背後藏着的那個真思緒，真意圖，真感情，你是掩飾不住的。它們會通過文字的表相，隐隐約約地浮現出來：或驕逸，或浮躁，或巴結，或獻媚，或套近乎，或借火點光，或慾火攻心，或急功近利，等等，不一而足。讓人讀了，心智被攪渾，愚癡倍增。

這是一種負能量，由作家的心橋直接架通去了閱讀者的心中。說玄乎點，這是要揹因果責任的。說現實點，它會讓人們的心靈水土沙漠化，草木不生。

十

那種淨化心靈的功能只可能源之於宗教——任憑貪與慾的沙塵暴盤旋於半空而不予以抑制，其後果自然不堪設想。而作家，作為人類心靈工程的重要設計者，其咎也難辭。我前述的所謂靈魂的三個安居所：對宗教的敬畏感，對文學的獻身精神，以及對鄉土的眷戀之情，這是三位一體說，也是方便說。這世間一切美好的事物，或曰，凡一切能引起美好與高尚之聯想之意念之共鳴的人事物都屬這同一範疇。我之選擇是那三處，但別人也可以選這選那來安放其心。唯心必須要感到「安」，才行。否則，置「放」於未放也。

心老飄着的作家所寫出來的作品也一定是「飄」着的。急功近利的結果是：More haste，less speed.（欲速則不達），既腐蝕了作品的精神內核，也渙散了處世的道德聚焦，可謂兩頭不着岸矣！

我們生活的世界，是個佈滿了價值觀陷阱的世界，走走，說不定什麼時候就掉入到那陷阱裡去了。這就需要作家們高度的自我警覺能力和定功。一有逆於道德，逆於倫常——先不說「逆」，單說「不合」就夠了——的念頭升起，隨即將其掐滅。所謂「不怕念起，只怕覺遲」。盡可能讓自己的靈魂常住於和諧、優美的境界裡。不錯，這是一種宗教修行，但也是一種藝境的精進。藝術品的價值更多時並不取決於技巧的優劣，而更依託於創作者境界間的落差。

何謂「境界」？心之住所也。

肉體住在豪宅裡，靈魂卻撲騰在污泥濁水中，感人情操的作品焉能與之有緣？相反，人居陋室時，心卻安住於淨土，美麗善良的藝術女神才會常在你面前露其真容——這是你的心靈美感召來的。

這也很好很合理地解釋了為什麼作家藝術家們一生的最佳作，往往出現於其逆緣困境裡的原因。當然，逆緣困境並不是你要去找，就能找得來的。這是上帝的巧妙安排。有一類修行者叫「苦行僧」，這主要是指其物質生活上的高度縮減。精神遭受折磨時的痛苦將更甚；而這種逆境的賦予者只有造物主本身。他要試煉你，為的是最終能成就你。中文所造之字被稱作是「智慧的符號」。那，你就看一看那個「忍」字吧：心之上架着一把刀，而且，還是以刀之刃面切割着柔弱的心靈的。你就明白這種心的忍受有多艱難多痛苦了。

但這，正是一種絕佳的煉就環境：你要讓自己的心安住於其中，不嗔不恚不煩不惱，心情自始至終保持着一種常態。你要設法讓自己看透它，識破它，放下它，笑對它——這一切不都是場夢嗎？它便拿你無計可施了。如此授受，這般捨得，所有境遇的利弊不都被你給利用盡了？再艱困的的孽緣也都變為了一種增上緣。而能這般自悟的作家還怕寫不出傳世之作來？皆心非心是名為心，諸相非相是名為相，凡所有相，皆是虛妄，一切有為法，如夢幻泡影——這不，說說，又繞回到宗教這個層面上來了？

2016年9月10日

於上海寓所

《浮生三輯》編後記

童年、少年、青年、中年——當我登上耳順之年的六十層高樓向下俯瞰時，整片的生命的記憶竟都變得灰靄而温柔，邊緣模糊，亮點不再，讓人生頓生一種煙雨蒼茫的背景上，有一條天際長河隐約流動而過的感覺。我知道，這便是我那朦朧的人生軌跡了。

這，就是我此時此刻在案前坐下，動手編排這本冊集時的心情與目的：心情，為了感慨為了重温；目的，為了總結為了覺悟。在此文集中，之所以所有的篇什都以年代和月份的順序貫穿起來的動機，無非是為了對我生命軌跡的一種苦苦追尋，努力但有時也很無奈。

有時想想，當個作家也不能不算是件幸福的事：一點一滴，一字一句，每天，他將自己生命的每一寸推進都歸流進了文字的河牀中去。待到他老了，他或者可以在某一天溯源回歸。在童年或少年的樹蔭下，他盤腿安坐在一塊青苔茸茸的石板上，靜靜地垂釣一個下午直至黃昏。而當那些瀕於遺忘的往事，突然活蹦亂跳地自他魚竿的頂端騰空而出時，那份情趣和感動又豈是一個非作家者所能體念得到的？

其實，每個人的生命，自他呱呱墜地的那刻起，就註定會去走一段必然必定也是必行必經的路程。走過了也就走過了，忘卻了也就忘卻了，唯錄下後重閱的感受恰如夢醒未醒時分，手握一把美妙的虛無，眶淚欲滴在微笑的餘波中。什麼樣的形容都是蒼白的，什麼樣的解釋也都是徒勞；突然映入你腦屏的很可能

後記

是一句類似於「黃粱一夢」的成語，或者更甚——這是某段宗教意味極濃的偈語：色不異空空不異色，色即空空即色。難道你這日子串聯日子的一生，不是對此段經文的最佳詮釋嗎？

感謝中國社科院文研所的L君和出版家C女士，有了他們的鼎力相助，才有了這本文冊的問世。在這個拜金主義盛行，追名逐利不擇手段的非常時代，不知道我的這些唧唧哦哦着深秋蟲鳴般情調的散文作品能否為閱讀者的心靈帶來些許慰藉？

2009年3月31日

於上海寓所

數易其稿

——代新後記

數易其稿，指的是後記，而不是本書的收錄篇目。

花甲之年，即二零零八年盛夏，好友，社科院的L君，於其新版舊著問世之時，也向其書的出版商舉薦了我，並囑我自選一散文集，以備付梓。於是，便有了這部《浮生三輯》的誕生。書稿是有了，也交了，但「黃鶴一去杳音訊也」。事隔年餘，才由L君婉言轉告說：此集太純文學了。如今出書需創利，而創利，要麼內容抓人眼球，要麼作家知名度婦孺皆識，此人兩頭不着岸，非也！此言傷是傷人了些，然毫不虛飾，切中肯綮；刀及要害，一針見血。我，不就是這麼個人嗎？在這麼個文學必須與權力或類權力相結合才能彰顯其影響力的時代，我，正如搖滾歌手崔健所唱的那般，「一無所有」。無權，無勢，無背景，無學歷，無頭銜，無圈子，無組織可歸靠，當然也無任何掌控之文學陣地可供投桃報李之用，偏還死心塌地咬定了「純文學」這塊硬骨頭不放，絕無商榷之餘地。再說，一把年紀了，還有什麼遠大的文學或仕任前程可言？故，於此人身上押下投注，回報無期。如此一件「多無產品」，遭此冷遇，實屬情理中事矣！

於是，文集之散頁便堆砌在案頭，蒙塵積垢，一過又是兩年，而我，也已六十有三了。直到有一日，有一日，陳先法兄前來陋居敘談，視及此稿，粗閱之下，便表示願盡力相助。他是出版行家，理應明白個

後記

中因由，卻能如此真誠，敢於承擔，遂令鄙人感動不已。當然，後記之修改也就事所難免了。L君改成了先法兄不說，某出版社也改成了另某出版機構。如此這般，又過招了幾個回合，先法兄大名沒變，另某出版社則改為了另另某出版社，進而，另另某出版社再度易幟成了另另另某出版社。至於屢遭拒版的理由亦與北京方面的大同小異。於是就到了這一回，當我已六十有七，直逼古稀了。

期間，也不是沒有過明白人指點迷津的。一說是當今出版世道，有一條路是永遠暢通的：買書號出書。管他娘的純文學俗文學，曲高和寡還是低級下流，只要是不反黨反社會主義的，都行。法，或許也算是個法，壞就壞在我老甩不掉在小學堂裡就唸誦過的那幾行詩的記憶。這是一位被關押在國民黨大牢中的革命志士，在被要求寫一份悔過書，便能放監出獄重獲自由時寫下的：讓人進出的門緊鎖着／為狗爬出的洞敞開着／一個聲音高叫着／爬出來啊／給爾自由！……少年時代建立起來的價值觀體系就是如此可愛而又可恨，執拗且無藥可救。去與那個曾是不齒之徒的自己還是他人的影子打交道？俺不幹！

二是，有人勸告說，如今的互聯網，人人都上得——不是嗎？雖說，這是片嘈雜不堪的大排檔，本不應是個適合我等這般年齡與寫作風格的作家們的登台場所；再說了，我對互聯網知識之貧乏又幾近於零。但畢竟，這是一條通往在遙遠遙遠處還存有一線依稀光亮出口的甬道，在熱心青年朋友們的鼓勵和相助下，我毅然上路了。在這片良莠不齊、生態雜交，有時瘋長，有時荒蕪，有時怪石嶙峋，有時綠洲盈盈的廣闊虛擬世界之一隅，我也像社會上所有那些酷愛文學，卻又找不到發表管道的業餘寫手們一樣，從頭來過，你蹭我擠地擺設了一席攤位，叫賣自己的文學產品；但我仍是快樂的，自在的，心安理得的；至少，我可以不求人，活得有尊嚴，有自我。而在這片人熙人攘的表達空間，向我攤位流來的雖僅是一條涓涓細流，但他們都是些真心喜愛文學，不帶任何功利企圖的人們，這就夠啦，他們不就是我要找的知音人嗎？就這麼，我一篇一篇，一章一章，一首一首的剪貼、上傳，不急不緩，不慌不忙。我像一尾小魚，潛遊在一口生態蓬勃的池塘的深處。我記起了法國詩人保羅說過的那句話：但願我的詩能被一個人讀一千遍，而不是被一千個人唯讀一遍。

那一日，先法兄再度屈臨陋室，告訴我說，已與上海世紀出版集團世紀文睿文化傳播分公司基本談妥，他們願出我的這本集子。我當然高興啦，對於我們這個年齡段的寫作者來說，紙質出版物的情結畢竟是深刻得此生都無法割捨的，一旦有機會，我那內心餘燼未滅的希望便又會「死灰復燃」起來。餘下的問題是：我的後記是否又要另易其稿了？但這次，我決定換種方式來處理。本來，這冊集子所收的文篇，就是我六十數年來生命軌跡行進式的記錄：有甜蜜的戀愛季；有美滿的婚姻期；更有家變後，個人感受上的，近乎於「百年孤獨」的絕望歲月，棘途漫長；然而，我的這次文集出版經歷之本身不正也符合這一選稿標準嗎？於是，在保留了的舊後記的基礎上更續上了這篇新後記。

其實，此回出書的艱辛與曲折，不僅是對我，一個作家來說是空前的；它折射出的，同樣還有出版系統自身面臨的日益逼仄的生存空間。紙媒出版業面對這前所未有的挑戰時，將如何自處？這是當歷史的車

後記

輪滾滾向前時，向一切的曾經是輝煌者們提出的同一道難題。還是達爾文的那句話：適者生存。我們無法改變歷史，只有歷史來改造我們——當然，這些都是我，一個寫書人的題外話了。

數易其稿的故事講完了。但願此回能夢想成真——中國有她宏偉的強國夢，我們這些當作家的，也有我們小小的，謙卑之夢啊。

2014年5月5日（甲午年立夏日）

識於滬寓

半日浮生

作者　吳正
主編　Michelle Lee
責編　Chuk Yu
設計　Arthur Denniz
排版　吳江濤
出版　人文出版社（香港）公司
地址　香港新界白石角香港科學園西區 19W 大廈 981 室
網址　http：//www.hphp.hk
電郵　info@hphp.hk
印刷　中華商務彩色印刷有限公司
版次　2024 年 3 月初版
分類　文學小說
ISBN　978-988-74703-8-0
定價　HK$160　RMB¥145　NT$598
發行　香港聯合書刊物流有限公司
　　　台灣貿騰發賣股份有限公司

Wechat

Facebook